EL MENSAJERO

ALFAGUARA

Primera edición: Planeta, 1991
© 1991, Fernando Vallejo
© De esta edición:
    2003, Distribuidora y Editora Aguilar, Altea, Taurus, Alfaguara, S. A.
    Calle 80 No. 10-23
    Bogotá, Colombia
    Teléfono (571) 6 35 12 00
    Telefax (571) 2 36 93 82
    www.alfaguara.com

• Aguilar, Altea, Taurus, Alfaguara S. A.
Beazley 3860. 1437 Buenos Aires. Argentina
• Aguilar, Altea, Taurus, Alfaguara S. A. de C. V.
Avda. Universidad, 767, Col. del Valle, México, D.F. C. P. 03100. México
• Santillana Ediciones Generales, S. L.
Torrelaguna, 60. 28043 Madrid

ISBN: 958-704-060-0
Impreso en Colombia-Printed in Colombia

© Ilustración de cubierta: Pepe Méndez

Fernando Vallejo

EL MENSAJERO
Una biografía de Porfirio Barba Jacob

Camino de la muerte, en México, conocí a Edmundo Báez que me habló de Barba Jacob. Me dijo que se lo presentó una noche Juan de Alba en un café de chinos de la calle de Dolores que el poeta frecuentaba, en el Canadá por más señas. Edmundo acababa de llegar a la ciudad de México de su tierra Aguascalientes a estudiar medicina, y era el año treinta y cuatro y tenía veinte años. Juan de Alba veintidós y un falo descomunal. Con la palabra griega me lo dice Edmundo y con la palabra griega aquí lo escribo, lo transcribo, en grafía castellana. Este idioma clerical carece de palabras adecuadas para expresar tantas cosas de la vida, y así anda uno hablando en griego y eufemismos y perífrasis, de maromero del lenguaje por las ramas, por las copas de los árboles que en idioma tubnibita, el que inventó Juan de Alba, se llamaban "frondanébula". ¡Qué le vamos a hacer!

Fornido y apuesto, de San Luis Potosí y familia aristocrática, vivía Juan de Alba con los suyos en una casona inmensa de la calle de Colima con la avenida Insurgentes, en esta fea, insulsa, inefable ciudad de México, en este moridero. A tantas cualidades juntas, que juntas tan pocas veces se dan, Juan terminó por sumarles la última, la suprema, la locura: loco murió, con una enfermedad suya propia que el eminente psiquiatra doctor Salazar Viniegra le clasificó como parafrenia, la unión de la paranoia y la esquizofrenia. Los últimos doce o quince años de su desvirolada vida los pasó en otra casa grande, el manicomio, un manicomio de monjas (regentado por ellas, quiero decir). Inventó un idioma, el tubnibita, que se hablaba en Túbniba, rival de Roma, basado en el sistema de absorción literomental, que él también inventó, mediante el cual se tramaban dos o más palabras en una sola como en una cópula, de suerte que la copa de los árboles se llamaba en tubnibita "frondanébula", y sobre la "verdisoltristada pradera" caía tubnibitamente nuestro padre el sol. En memoria de Juan de Alba aquí les transcribo estos versos suyos de uno de sus más dementes poemas: "Y otra agua lúgubre gime oculta en el misterio de una casa sorda, y la ánima de un pájaro rojo y loco, loco y tenebroso, tenebroso y sonoro, sonoro y monótono, y el pájaro se llama triste y tierno: el pájaro se llama corazón". El conocer a Barba Jacob ha debido de ser para él una revelación: Barba Jacob que inventaba extrañas combinaciones de palabras: "minúsculo adminículo lumínico". Barba Jacob que alucinaba con los nombres mayas: Chichén, Kabán, Labná, Tulum, Copán, Quiriguá. Barba Jacob que deliraba con los nombres del tarasco: Querétaro, Cóporo, Carácuaro, Nucuntétaro, Acámbaro, Yuririhapúndaro, Tzaráracua, Panragaricutirimicuaritiro... El forjador de "Acuarimántima" que de niño maldecía por los corredores de su casa de Angostura llevado por las ondas coléricas, en el enloquecido idioma que le dictaba el arrebato de su furia: "La galindinjóndi júndi, la járdi jándi jafó, la farajíja jíja, la farajíja fó. Yáso déifo déiste húndio, dónei sópo don comiso, ¡Samalesita!"

En el diario que llevaba Juan de Alba de muchacho, en el que contaba las cosas más escabrosas con la más tierna naturalidad, Edmundo Báez leyó un breve episodio que se refería a Barba Jacob y que decía algo así como esto: "Hoy conocí a Barba Jacob. Deslumbrante. Al poeta le gustó mi falo. Posesión". No sé cómo se diría falo en tubnibita. Hace muchísimos años que murió Juan de Alba, y no hay forma de preguntárselo, y no hay forma de saber. Tampoco sabremos quién lo presentó con el poeta. Lo que yo sí sé, porque Avilés mismo me lo dijo, es que otro que le presentó Juan de Alba a Barba Jacob fue René Avilés, a quien he ido a buscar, a entrevistar, a la Sociedad Mexicana de Geografía y Estadística, a preguntarle por el asunto ese de que anduvo hablando, escribiendo, veintitantos años atrás en un periódico habanero, en una serie de artículos sobre el poeta que reprodujo El Nacional de México: que Barba Jacob no se privó en su desorbitada vida ni del asesinato.

En la Sociedad Mexicana de Geografía y Estadística, cuyo boletín dirige, me recibe René Avilés. Deja en la antesala unos capitanes de barco esperándolo, y en una estancia invadida de maquetas de navíos y mapas se encierra conmigo a evocar al poeta: sus ademanes, su voz, su paso, lento, largo, inseguro. "No trate de acordar su paso con el mío —le decía—. Mi paso es desigual y tiene un ritmo propio": caminaba de un modo tan irregular que era difícil apareársele. Y la voz, la voz imponderable, como de anacrónico auriga un poco ebrio, entre silbatos y claxons, rumbo a su hotel por la calle Ayuntamiento, como guiando sobre el asfalto unos caballos. "Nunca podré olvidar esa voz. Era un encanto más en su conversación, en la magia de las ideas y los ademanes". Ya sé a qué hotel se refería Avilés: al Sevilla, de que tantos me han hablado. Pero, ¿por qué evocar los caballos? ¿Reminiscencia literaria acaso del cuento de Rafael Arévalo Martínez sobre el señor de Aretal, "El Hombre que parecía un Caballo"? Estamos en 1976 hablando del año treinta y cuatro o treinta y cinco, cuando Juan de Alba le presentó a Barba Jacob, "que era homosexual y marihuano, ¡y lo pregonaba a los cuatro vientos!", y el pobre Avilés, maestro de escuela, casado y padre de un hijo y que vicios no tenía, no conocía, ingresó aterrado al círculo de degenerados que rodeaba al poeta: borrachos, homosexuales, marihuanos. Y Rafael Heliodoro Valle. ¿También? También del círculo vicioso. "Cojeaba del mismo pie de su amigo" y le gustaban los muchachos, o más exactamente los marineros. Si bien, la verdad sea dicha, por lo menos Rafael Heliodoro no fumaba marihuana. Y entonces Avilés se abre a mí y me confiesa, como si me confesara la más terrible verdad de su vida, que él mismo, él, Avilés, el maestro de escuela casado y padre de un hijo, "llegó a fumar marihuana con Barba Jacob y los que le rodeaban".

De ese pecado, señor Avilés, yo lo absuelvo. Ego te absolvo. La marihuana hace tiempo que pasó de moda. Incluso se está volviendo a poner… Pero no se lo digo: lo pienso. Es mi opinión que los santos se hacen santos a fuerza de remordimiento. Dunque, lasciamo stare. Que el alacrancito del remordimiento le siga cosquilleando el alma…

Pero hablando de marineros… Avilés me cuenta una historia que les habré de oír en adelante a muchos, en México y Cuba por donde Barba Jacob anduvo pregonándola: su aventura con Federico García Lorca una noche, en el malecón de La Habana, donde dejó a su joven amigo español esperándolo mientras para hacerle una obra de caridad iba a conseguirle un marinero. Cuando regresó con el objeto de su búsqueda ya no encontró al otro, que atemorizado se había marchado. Y se tuvo que ir él mismo con el marinero. De lo cual el desvergonzado poeta concluía: "Nadie sabe para quién trabaja". Lo usual, en verdad, era que al pobre Federico lo dejaran esperando. Neruda lo deja en sus Memorias a mitad de la subida de una torre vigilando, mientras él arriba se acuesta con una muchacha. ¡Y Federico se rueda por la escalera!

De lo que Avilés me cuenta y yo recuerdo, recuerdo una tarde en que el joven visita a Barba Jacob en su hotel y se ponen a charlar sobre los poetas de México. "No muy convencido de su importancia" el joven menciona a Enrique González Martínez, y para su asombro Barba Jacob, "el ángel de las palabras encendidas y diabólicas", al conjuro de ese nombre santo suavizó su expresión, se humanizó, y por un momento pareció recobrar la serenidad. ¿Pero santo, señor Avilés, en este mundo de los hombres, en esta tierra que gira? Amigos míos y admiradores suyos me han contado que después de que murió su mujer, y ya de viejo, se encontraban a don Enrique consiguiéndose criaditas en los cines. Como las pasiones morbosas de Barba Jacob, la vida limpia, ordenada y constructiva de González Martínez era un lugar común. Que no sólo Avilés el ingenuo, sino Barba Jacob el perverso se tragó. Barba Jacob que lo trató por treinta años, y que vivió cincuenta y ocho bien vividos, haciendo incluso una que otra obra de caridad. Ni tan diablo pues el diablo ni tan santo pues el santo. Hombres simplemente de dos patas y materia vil. Lo que Barba Jacob se conseguía eran "boleritos", limpiaboticas, pero no en la piadosa oscuridad del cine (que no le gustaba), sino a plena luz de la plaza. ¡Y Morelia o La Piedad o Chilpancingo ponían el grito en el cielo!

Luego Avilés pasa a contarme de cuando acompañaba a Barba Jacob (Avilés en la pobreza y Barba Jacob en la miseria) a comer en fonditas humildes de la calle de Dolores o de San Juan de Letrán. Su arrobamiento ante la comida mexicana que pasaba con el pulque, "el vino del Anáhuac". Que por no claros motivos huía del poeta para terminar volviendo a él, al personaje deslumbrante, encandilado por la luz del mal que lo atraía como a la chapola la llama. Que dejaron de verse con la frecuencia de antes cuando Barba

Jacob empezó a escribir en Últimas Noticias, y el poeta que se moría de hambre se convirtió en un periodista "virulento y aun malintencionado pero bien pagado". ¿Y del asesinato qué? Del asesinato nada. Que se lo dijo Tallet: José Zacarías Tallet, años ha, veintinosecuantos, en La Habana, y a lo mejor Tallet ya ni existe. Que en la Frontera Norte, que no sé cuándo, que a no sé quién... Pero mi querido amigo Avilés, andar por estas tierras malpensadas, sugiriendo con la pluma deslenguada que Barba Jacob fue un asesino "porque se lo dijo Tallet" a mí me pone los pelos de punta. ¿Le estoy siguiendo entonces la pista a un asesino? ¿O a un poeta? ¿O qué?

Extraño personaje Avilés y más extraña su relación con Barba Jacob. Ese mirar del joven fascinado, desde el borde hacia el fondo del abismo, arriesgándose a caer... En el alma de nadie, tal vez, haya quedado la huella del poeta tan profundamente grabada como en la suya. ¿En la de Arévalo acaso, que lo retrató en el señor de Aretal? Es que el espíritu une por sobre la moral pasajera. Barba Jacob, que era el escándalo, era el sol.

Al despedirnos Avilés me regala, dedicada, una antología de poemas de Barba Jacob que él editó con su dinero. Y con un prólogo suyo y la vera efigie del poeta grabada por Leopoldo Méndez. Hablando en ese prólogo de abismos y caballos desbocados. Lo dicho pues, pero con más atildadas razones o comedidas palabras.

A principios de 1980, cuatro años después de esta entrevista, charlando sobre Barba Jacob en el Sanborn's de la calle Madero con Elías Nandino, éste me informa que Avilés murió seis meses atrás. Otros cuatro años han pasado y otros cuatro y hoy, ante esta mesa negra, en el aquí y ahora, vuelvo a pensar en Avilés, recordando sus recuerdos. De baja estatura tal vez, de complexión débil tal vez, de algo más de sesenta años… Su aspecto exterior se desvanece, se me borra, pero su espíritu no: perdura en mí. ¿Qué le llevaba a editar esos poemas ajenos con su dinero? ¿Y muerto tantos años atrás quien los compuso, un extranjero? Quería, me parece, preservarlos del huracán del Tiempo. Edmundo Báez, Tallet, Avilés, el señor de Aretal, González Martínez, Leopoldo Méndez, Nandino, Arévalo… Mil novecientos treinta y cuatro, treinta y cinco, cincuenta y dos, setenta y seis, ochenta, ochenta y ocho… Perdón por los nombres. Perdón por las fechas. Son las tablas de salvación en el naufragio del olvido.

Miguel Aparicio, un viejo periodista que trabajara en El Mundo y uno de los fundadores de la Escuela de Periodismo cubana (la primera que hubo en América), me da la noticia al llegar yo a Cuba de que Tallet aún vive: que lo vio pocos días antes en la filmación de un documental sobre él y la vieja Habana, en los alrededores del edificio donde funcionaba el periódico, en el lugar donde estuvo el famoso café del mismo nombre, el café El Mundo, centro de reunión de intelectuales y bohemios, cuando aquí había intelectuales y bohemios. Y periodismo. Y Cuba tenía el periódico más antiguo de la América Española, el Diario de la Marina, y diez o más periódicos, y revistas literarias como El Fígaro que duró cuarentipico de años, y no estábamos circunscritos los cubanos, como hoy, como ahora, al pasquín del Granma: cuatro hojas de panfleto que no llegan ni a periodiquillo de secundaria. En fin…

El apartamento de José Zacarías Tallet es ruinoso y triste como toda la isla. ¡Qué! ¿No tiene esta revolución miseranda ni para pintarle la casa a un precursor? ¿Y nonagenario? ¿De dos o tres que se inventaron el único que queda? ¿Y ya para morir? ¿Se llevaron los gusanos y los marielitos hasta los tarros de pintura? ¡O qué! ¿No les dan suficiente limosna los rusos? ¡Con que esto es la revolución, nivelar por la miseria! Apuntalar los edificios que les dejó el capitalismo con estacas hasta que se caigan de viejos porque la revolución es incapaz de construir nada nuevo. Y a seguirse limpiando el hocico revolucionario con las servilletas raídas de los restaurantes y hoteles de Batista, mezcladas las de unos con las de los otros, todas patrimonio nacional. Es que la revolución apenas lleva quince años, veinte años, treinta años, y treinta años no son nada compañeros porque como dice una valla inmensa a la salida del aeropuerto habanero: "La Revolución es eterna".

Pero en mi encuentro con Tallet no hablamos de estas cosas, evitamos el tema. Por obvio, por sabido, por padecido. La revolución dio el zarpazo y basta. El enfermito se murió. Además, ¿qué puede decir Tallet el precursor, sobre quien filman documentales? ¿Tallet que anduvo con Julio Antonio Mella y Rubén Martínez Villena? ¿Que se casó incluso con la hermana de éste, Judith? Ese par de fanáticos lunáticos, por si usted no lo sabe (laguna inmensa), fundaron el partido comunista cubano a mediados de los veinte, en tiempos de Machado, cuando Barba Jacob andaba con ellos y con Tallet, y Machado, con mano firme y garrote duro, les daba palo. Inveterado huésped de hoteles y hoteluchos y pensiones y hospitales sin pagar, Barba Jacob se había instalado con su hijo Rafael en la "cueva roja", la vetusta casona de la ciudad colonial, en Empedrado y Tejadillo, donde en asocio de un contingente de obreros y verborreros e ilusos, y los venezolanos exiliados de Juan Vicente Gómez, Mella y Martínez Villena fraguaban la revolución: en un recinto en forma de zaguán, largo, estrecho, oscuro, en el abandono, iluminado a medias por candiles de petróleo de que ha hablado Barba Jacob, cubiertos sus altos muros por cuadros obscenos de hombres y mujeres y yeguas copulando de que me han hablado otros. Tallet no recuerda los cuadros, pero sí que solían pintar dos de los del grupo: José Manuel Acosta y Luis López Méndez, exiliado venezolano. Pues ellos, amigo Tallet, los pintaron. ¿Quién más? Y el retrato que usted tiene en la pared lo pintó Carlos Enríquez: me recuerda uno de Barba Jacob de ese pintor, que ilustró las "Canciones y Elegías". Pero si reconozco al pintor no sé a quién representa su retrato. "A mí —me contesta Tallet—. Carlos Enríquez me pintó, y al día siguiente a Barba Jacob, en casa de Alberto Riera". Así que el viejo que tengo ante mí es el hombre esbelto, de facciones nobles, de cabellos negros y vívidos ojos azules del retrato. La nobleza de las facciones queda pero la estatura se ha reducido, el cabello se ha tornado blanco y el azul de los ojos se ha apagado. Hoy Tallet tiene noventa años, y al compararlo con el que fue, por un fugaz instante siento que cuando yo salga la muerte va a entrar por la misma puerta. Mientras llega, mientras tanto, hablemos de Barba Jacob.

Que se lo presentó Eduardo Avilés Ramírez, nicaragüense, en un café de la Plaza del Polvorín. ¿Avilés? ¿Otro Avilés? Le pregunto entonces por el Avilés que yo conozco, el mexicano, y no lo recuerda. Y me lo explicó: veinticinco años son muchos para el recuerdo cuando uno es viejo y ya va a morir. Pero no cincuenta: mientras más lejanos brillan mejor los recuerdos. Además, ¿cómo olvidar a Barba Jacob?

Jefe de Redacción de la revista Chic y colaborador de El Heraldo "negro", como llamaban a su periódico, Eduardo Avilés había conocido a Barba Jacob en Centro América. Llamó por teléfono a Tallet y le dio la noticia: "Está aquí Arenales". ¡Claro, Arenales! Porque si Eduardo Avilés conoció al poeta en Centro América, y antes de 1922, al que conoció fue a Ricardo Arenales, no a Porfirio Barba Jacob, quien suplantó al otro en ese año. Ahora, en 1925, y después de años sin verse, Eduardo Avilés no podía saber de la substitución. Por eso la frase del recuerdo de Tallet, el "Está aquí Arenales", es la frase exacta, la que pronunció Avilés por el teléfono. En "Arenales" palpita la exactitud del recuerdo.

Y es que al contrario de Eduardo Avilés, Tallet no conoció a Ricardo Arenales, que estuvo en Cuba en 1908 y 1915, sino a Porfirio Barba Jacob, su sucesor, el que volvió en 1925 con el nombre cambiado: exactamente el lunes veinte de julio en el Atlántida, un barco proveniente de Nueva Orleans que esperaban en La Habana desde el seis pero que llegó retrasado, según puede constatarse en las "Noticias del Puerto" de El País de esas fechas que anunciaron su arribo "con trece pasajeros y carga general". Entre esos pasajeros anónimos venían Barba Jacob y su hijo.

Enfermo, y desde el hotel en que se alojó, un hotel "en la desembocadura de la calle que subía de la ciudad vieja hacia el nuevo palacio presidencial y la antigua Plaza del Ángel", el poeta mandó llamar a Alfonso Sánchez de Huelva, amigo de su anterior estadía en La Habana, quien en un artículo de periódico ha rememorado el reencuentro. Que subió a su cuarto y se abrazaron. Sin los descomunales bigotes de antes, escuálido, amarillento, los ojos desorbitados, Ricardo Arenales andaba descalzo sobre el azulejo. "Quiero que sepas —le dijo— que tengo un hijo, que vengo de lejanas tierras y que me llamo Porfirio Barba Jacob". Acto seguido le presentó a un mancebo de ojos humildes, al que empezó a reñir con voz autoritaria para demostrar que era su padre.

Lo mismo ha debido de explicarle a Eduardo Avilés Ramírez, quien, me dice Tallet, no se acostumbraba al nuevo nombre, y seguía llamándolo Arenales por la fuerza de la costumbre. Tallet no sabe del hotel que menciona Sánchez de Huelva: recuerda que en el momento en que Avilés se lo presentó, en el café de la Plaza del Polvorín, Barba Jacob fumaba dos cigarros a la vez: uno blanco y otro negro.

Si por Eduardo Avilés Barba Jacob conoció a Tallet, por Tallet conoció a Martínez Villena, y por Martínez Villena a Mella: Julio Antonio, un mocetón mulato, fornido, atlético. Donde dice en el diccionario "fanático" está su foto. Primero en tren, después en bote, después a nado, burlando la prohibición de Machado llegó subrepticiamente al Vorovsky, el primer barco ruso que anclaba en las costas cubanas, en la bahía de Cárdenas, a estrecharles la mano a los camaradas. Cuando en un cafetín cercano a la catedral Martínez Villena le presentó a Barba Jacob, Mella inopinadamente le preguntó a éste: "¿Es usted comunista?" "Pertenezco a la senectud de izquierda", le contestó Barba Jacob que no era de izquierda, ni de derecha, ni de arriba, ni de abajo, ni del centro, ni tan viejo: tenía cuarenta y dos años. La intempestiva pregunta de Mella lo retrata de un plumazo: fanático. Lo cual, en mi opinión, en la oposición está bien: pero no en el poder. Mella no llegó al poder (el sueño máximo de los de su especie) porque después de la huelga de hambre que le hizo a Machado, el tirano lo sacó de Cuba y lo mandó matar. El que sí llegó fue otro, décadas después, verborreico como Mella y déspota y asesino como Machado: un granuja de barba y voz chillona, con el fenotipo, tras la barba, del castrado. Entonces la pobre historia de Cuba, la isla bella, se partió en dos: antes de la revolución, después de la revolución. Así miden el tiempo allá, en la cárcel de esa isla. Treinta años han pasado con su lenta calma, y apagado el huracán la revolución sigue ahí, incólume, como mojón de término. Hoy a las costas cubanas llegan los barcos rusos y se van, con el capricho de la brisa. Allá ellos. Aquí el tiempo se mide muy distinto porque aquí las cosas son distintas, valen distinto. Se mide así: antes de Barba Jacob, después de Barba Jacob.

Mella y Martínez Villena no alcanzaron a ver su sueño realizado, hecho desastre: murieron antes. Otros que andaban con ellos, y con Barba Jacob, sí alcanzaron: lo vieron y lo hicieron: Raúl Roa, canciller sempiterno de las barbas del tirano; Alejo Carpentier, su embajador en Francia; y Juan Marinello, su ministro de no sé qué, redactor de la constitución de la Cuba socialista (también tienen), y miembro hasta su muerte del Comité Central del Partido Comunista cubano, que presidía cuando ascendió al poder el tirano.

Del hotel de la calle en pendiente y nombre olvidado Barba Jacob se mudó con su hijo Rafael a la "cueva roja". Él mismo, en unos artículos de periódico, la ha recordado, y las acaloradas discusiones que entre botellas de ginebra y ron Bacardí se suscitaban con los camaradas. Una en especial, una noche, a las dos de la madrugada, cuando se discutía si la Universidad Popular (la tercera de su vida, humo como las anteriores y de marihuana) debía expedir títulos o no. "Es que usted —le decía un camarada iracundo, blandiendo un alón de gallina en la mano convulsa— usted procede como un burócrata, igual que si estuviera organizando la enseñanza para ganar sueldo, y no para llevar al pueblo a la revolución". "Pero, ¿qué es lo que hacemos aquí, señores? —argüía Barba Jacob y hacía vacilar las botellas vacías con sus ademanes—. ¿Pretendemos inculcar cultura revolucionaria en las masas a fin de hacerlas aptas para un movimiento futuro, o estamos organizando una barricada para combatir en las calles dentro de unas horas? Si de esto último se trata…" Julio Antonio intervenía entonces, se levantaba de la mesa cubierta de botellas y exponía su teoría sobre lo que debía ser la táctica revolucionaria en América y particularmente en Cuba. Lo de siempre, lo que ya sabemos, la verborrea del marxismo-leninismo en que años después el granuja barbudo enredó a su patria. Que el capitalismo, que el imperialismo, que la burguesía, que la plusvalía… Que el matrimonio entre estudiantes y obreros… ¿Qué hacía Barba Jacob ahí, el antiguo soldado conservador, el ex maestro de escuela, el poeta, el invertido, el corrompido, el marihuano, entre estos neologismos humanos de América, hablando en jerga? Se había instalado a vivir, simplemente, con Rafael, en un cuartito al lado del zaguán oscuro mientras afuera, en las noches mecidas por palmeras, ardía en fiesta el país del choteo. Y en un viejo fogón apagado desde hacía años y ahora rehabilitado (como jerarca ruso caído en desgracia y vuelto a desempolvar), encendía los cigarros de marihuana. Este hombre de quien el doctor Aldereguía (otro de la "cueva roja") diagnosticaba que "tenía enfermos casi todos los órganos del cuerpo", se tomaba, según Tallet, un litro de coñac y se fumaba dieciséis cigarros de marihuana "como si nada". Vívidamente recuerda Tallet el trayecto alucinado desde la calle de Empedrado y por la calle del Obispo hasta la casa de su novia el día en que Barba Jacob le dio a probar uno de sus endemoniados cigarros. A los apasionados camaradas se les debía de confundir la dialéctica marxista en la cabeza con el humo anárquico de la marihuana del poeta…

Heredero de aquellas discusiones idealistas de la "cueva roja" fue el movimiento que el primer día de 1959 llevó al poder al bribón de barba. La inmensa cárcel de desesperanza y tiranía que hoy es Cuba se gestaba treinta y tres años antes en ese recinto largo, estrecho, en forma de za guán oscuro, donde unos muchachos ilusos jugaban, con un poeta cínico, a la revolución.

De la "cueva roja" los nuevos apóstoles se fueron a los sindicatos, de los sindicatos a los barrios, de los barrios a los pueblos a predicar el nuevo evangelio. ¡Que el proletariado! ¡Que la revolución! ¡Que la reacción! ¡La concientización! ¡Los medios de producción! Los nombres mágicos, sagrados del marxismo-leninismo, nunca antes oídos en la pobre isla despreocupada y castiza, caían como pedradas de Marte sobre el anonadado auditorio.

La reacción de Machado no se hizo esperar: una persecución implacable se desató contra los revoltosos introductores de cizaña y neologismos y la "cueva roja" se dispersó. Y Barba Jacob y Rafael se fueron al diablo volviendo a lo de antes, al recorrido sempiterno de hoteles y hoteluchos y pensiones sin pagar. Caminando por las inmediaciones de la Plaza del Polvorín vieron uno, de muchos pisos, elegantísimos, el Hotel Mi Chalet (antiguo Hotel Mac Alpin), y les gustó. Les estaban enseñando un apartamentito de los pisos altos con espléndida vista al mar cuando se presentó el propietario, un viejo coronel negro de la guerra de independencia que había luchado al lado de Maceo. Advirtiendo el acento extranjero de Barba Jacob entabló conversación con él, y al enterarse de que era colombiano le preguntó por el nombre de un poeta de Colombia que había compuesto unos versos que decían: "Hay días en que somos tan móviles, tan móviles, como las leves briznas al viento y al azar..." Una sobrina suya, que era declamadora y vivía en París, los había traducido al francés. "Ese poeta es Porfirio Barba Jacob y soy yo", respondió Barba Jacob presentándose. El coronel le manifestó que para él era un honor hospedarlo en su hotel, y como Barba Jacob le contestara que carecía de todo dinero para pagarle, replicó: "¡Pero si nadie está hablando de dinero!". Y no sólo les hospedó gratuitamente sino que les asignó una pensión a cambio de que Barba Jacob fuera a su cuarto los sábados a recitarle poemas. Con whisky y marihuana lo esperaba el primer sábado el bondadoso coronel negro a quien Barba Jacob llamó "el mirlo blanco". Su nombre debió haber sido José Galves o José Morales.

Entonces Barba Jacob y Rafael vivieron uno de los períodos más felices de su miserable existencia. De pantalón blanco y saco negro se veía al poeta en los cafetines portuarios, en especial el Café El Mundo donde tenía cuenta Tallet. "Joven —entraba diciéndoles a los mozos—, pregúntenos qué vamos a tomar". Joven, con ese vocativo tan usual en México para llamar con delicado trato a jóvenes y viejos por igual... A Rafael le hablaba de "usted", para extrañeza de los amigos cubanos y mexicanos, y a Martínez Villena lo llamaba "príncipe", tratamiento afectuoso que aún hace unos años subsistía en Colombia. Y al marcharse del café, invariablemente sin pagar, gritaba al aire: "¡Apúntenselo a Tallet!" Allí, en ese café que ya no existe más que en el recuerdo de unos viejos, círculos de asombrados oyentes le oyeron referir sus historias, truculentas, fantasiosas, desvergonzadas historias de un pasado que engrandecía su memoria. Remontándose "por los cauces del tiempo", iba del marinero de ojos verdes que había raptado en un buque del Pacífico, a ese remoto viaje de su niñez a Sopetrán, a cuyo regreso florecieron en la casa de la abuela las astromelias. Le oían Tallet, Marinello, Serpa, Mañach, José Manuel Acosta, Eduardo Avilés Ramírez, Alfonso Camín, Andrés Eloy Blanco... Por las fechas en que Barba Jacob se marchó al Perú Eduardo Avilés se fue a Francia y nunca más se volvieron a ver. A Tallet, me dice éste, Avilés le siguió escribiendo por años, hasta que dejó de hacerlo "pensando que tal vez me hubiera muerto". Se hizo en Francia un hombre muy rico. En junio de 1976, cincuenta años exactos después de que se fue de Cuba, envió desde París a El Nacional, un periódico de Caracas, su crónica "Las plumas del pavo real", rememorando a Barba Jacob y su palabra encantada. Fue el primer periódico venezolano que leí: lo abrí por la página del artículo. Creo que fui a Venezuela sólo al encuentro de ese periódico. Anotaba en su crónica Avilés que en ciertos salones ya no se recibía al poeta porque, aun sentado modestamente en un rincón, terminaba por convertirse en centro de un grupo de atentos e intrigados oyentes, que crecía y crecía para desesperación del dueño de la casa quien veía, celoso pero impotente, cómo aquel señor desconocido, llevado sin duda por un amigo sin haberle pedido permiso, se robaba la fiesta. Se diría "un imán" que se cubría con veinte o treinta personas como si fueran moneditas de plata, incapaces de despegársele. Pero la improvisación verbal, reflexionaba Avilés, no puede separarse del gesto, de la actitud física, del timbre de la voz, del brillo de los ojos, del ademán. Menos iluso que Manuel José Jaramillo, ese amigo colombiano de Barba Jacob que intentó recuperar en un libro sus palabras, Avilés sabía que cuanto dijo el poeta se había apagado definitivamente en el olvido como los fuegos de artificio en la noche de la fiesta. Que llevaba el cielo y el infierno en la lengua le decía Avilés, y Barba Jacob se reía.

No conocí a Eduardo Avilés, ni conocí a Marinello, ni a José Manuel Acosta, ni a Mañach, ni a Serpa, ni a Andrés Eloy Blanco. A Alfonso Camín sí, en España, en el teatro de Oviedo: de pie, en el palco contiguo al mío en el momento en que el público ovacionaba a los reyes. Escueto, casi incorpóreo, de unos cien años y una palidez espectral, como un fantasma lejano ni oía ni veía. Una cancerbera gorda, de medio siglo menos y cien kilos más le acompañaba: su mujer: la cuarta o quinta o sexta mujer. Hablándole a gritos por sobre los aplausos le dije a través de la susodicha que venía de México, que escribía un libro sobre Barba Jacob, que conocía a algunos de sus amigos de Excélsior, que quería entrevistarlo. La cancerbera gorda le repetía al oído mis palabras que resonaban en su cerebro vacío. Cuando oyó "Excélsior" la perra dijo tajantemente "No". Fue un "no" rotundo, como el golpe seco de la reja de una cárcel al cerrarse, y lo aisló de mí. Fui al día siguiente a su casa del pueblito de Porceyo a buscarlo y abrió la condenada y acompañó el nuevo "¡No!" inmenso con un portazo.

Algo después murió Alfonso Camín sin que pudiera volver a verlo, sin que le preguntara por Barba Jacob. Pero de lo que hubiera podido contarme de Barba Jacob no me privó su mujer ni me privó su muerte: me privó su olvido. Me dicen que ya don Alfonso se había liberado del fardo de la memoria. En cuanto al horror de la palabra "Excélsior" se debía a que en ese periódico mexicano trabajaba su hijo, "al que no quería volver a ver. Nunca más". Puedo jurar aquí que de ese rencor don Alfonso también se había liberado, porque si los fantasmas ya no tienen recuerdos, ¿de dónde van a sacar rencores? El rencor no se alimenta del olvido. Con el poeta asturiano Alfonso Camín Barba Jacob coincidió no sólo en Cuba sino en México. Dos veces me los vuelvo a encontrar juntos en México, dos comprobadas: en una fiesta, en las Memorias de Leonardo Shafick Kaím; y en un entierro: el de Barba Jacob. Allí estaba don Alfonso, en el Panteón Español, la tarde luminosa y fría del miércoles catorce de enero, entre el reducido grupo de los que fueron a decirle su adiós y echarle las paletadas de tierra del olvido.

Pero volvamos a Cuba, a Tallet. Que Mañach, me dice, se fue al exilio "al triunfo de la revolución" y murió en

San Juan de Puerto Rico. Que también se fue Enrique Labrador Ruiz, y no hace mucho, a España, a morir en la añoranza: arrastrado por su mujer que no se aguantaba más a los "Comités de Defensa de la Revolución" espiándola. Y no me pregunten de quién defienden a la pobrecita, edificio por edificio y cuadra por cuadra. Del pueblo imbécil será, que los subió.

Fue Enrique Labrador Ruiz de los amigos de Barba Jacob en su última estadía en la isla, la cuarta, la del año treinta, cuando todo el mundo en Cuba lo daba por muerto y de improviso apareció. Al anochecer del día mismo de su regreso se presentó en casa de Tallet, que se estaba bañando. Tocó el picaporte y Tallet salió a abrir, mirándolo con ojos aterrados: a raíz de su enfermedad en Colombia y un cable de la United Press ("No vive por unos días"), la prensa cubana había dado la noticia de su muerte anticipándola en once años... Venía sonriente, contando las últimas historias, las de su regreso a Colombia, hablando de su hermana "Mercedes Karamázov", que para curarse en salud "le prendía una vela a Dios y otra al Diablo", y les rezaba a los santos para que le ayudaran a robarle a su marido. Y el encuentro desgarrador con Teresa, la novia de juventud, al cabo de una ausencia de veinte años. Que la encontró desdentada. Que los dejaron solos en un cuarto y se echaron a llorar. Que encontró a Colombia asolada por una plaga de poetas...

En esta estadía es cuando coincidió con García Lorca y Carlos Enríquez le pintó el retrato. La revista "1930" (que pensaba cambiar de nombre con el año en curso pero que de ése no pasó) ofreció en el Hotel Bristol una cena de bienvenida y de despedida: de bienvenida para el pintor cubano Carlos Enríquez que volvía de Nueva York; y de despedida para el escritor guatemalteco Luis Cardoza y

Aragón, el musicólogo español Adolfo Salazar y el poeta granadino Federico García Lorca, que se marchaban de Cuba. La cena la ofreció Mañach y de ella informó la Revista de Avance en breve nota que registró a los asistentes, una veintena, entre quienes figuran Tallet y Barba Jacob. No figura sin embargo Raúl Roa que años después (muchos) escribió un largo artículo recordándola. Que García Lorca recitó sus más populares poemas "en los postres", y que entonces alguien le pidió a Barba Jacob que dijera sus versos. Deslumbrador, transfigurado, Barba Jacob dijo poema tras poema, tal una "centelleante cascada de piedras preciosas". Sobre la salva de aplausos aún flotaban, como un maleficio, las estrofas de la "Canción de la Noche Diamantina"... Según Tallet Barba Jacob recitó la "Elegía de Sayula". Concluida la cena y cuando todo el mundo se marchó, Barba Jacob y García Lorca se quedaron solos y se fueron al malecón. Al día siguiente, hablándole de Federico y del final de la noche, Barba Jacob le decía a Tallet: "Hacia el amanecer me entregó su alma". Ésa es la noche del marinero, la de la historia del marinero que Barba Jacob les contó a tantos en México: a René Avilés, a Marco Antonio Millán, a Fedro Guillén, a Alfredo Kawage, quienes a mí me la han repetido. Pero no era un marinero sino dos, según Tallet, y al no atreverse Federico a irse con ninguno, Barba Jacob se había tenido que ir con ambos. De lo cual concluía: "Nadie sabe para quién trabaja". El día de ese amanecer García Lorca se marchó de Cuba: hacia Argentina, hacia España, hacia la muerte.

Se habían conocido los dos poetas en el despacho de Marinello, que estaba en una vieja calle del centro. Ahí se reunían los redactores de "1930" y sus amigos una vez por semana para preparar el nuevo número. Una mañana Marinello llamó por teléfono a Luis Cardoza y Aragón y le avisó que la reunión de la tarde sería grandemente interesante porque asistirían Federico García Lorca y Porfirio Barba Jacob, quien llevaba unos cuantos días en La Habana. Cuando Cardoza y Aragón llegó a la oficina ya estaban allí Barba Jacob y García Lorca charlando con Mañach, Francisco Ichazo y alguien más. Entonces Cardoza y Aragón conoció al poeta colombiano: "Federico, como siempre, centralizó la conversación. Nos hizo reír y nos encantó con su donaire y su talento. Barba Jacob callaba, seguro de que su silencio tenía más valor en aquella conversación. De vez en cuando, con su voz más lenta y ceremoniosa, después de sorber profundamente su cigarrillo nunca apagado, abandonaba palabras cáusticas, cínicas o amargas". Lo anterior lo ha escrito Luis Cardoza y Aragón en un artículo de 1940 en los Cuadernos Americanos. En otro artículo, de 1979, para el diario mexicano Uno más Uno ha referido la continuación: Cuando él, García Lorca y Barba Jacob salieron del despacho de Marinello se fueron a una cervecería. El calor era intenso y Cardoza y Aragón llevaba un parche en el ojo porque al despertar se había puesto una gota de yodo en vez de colirio y le lastimaba la luz habanera. De pie, en el mostrador, pidieron tres grandes vasos de cerveza. Un mocetón gallego les atendió: de camisa de manga corta abierta, descubriendo el pecho piloso. Cuando su brazo desnudo se puso al alcance de Barba Jacob al servirle, éste, sin poderse contener, lo mordió. El mocetón apenas si se apoyó en el mostrador y se lanzó hacia ellos. Y en tanto Cardoza y Aragón le decía: "Me los llevo en el acto, me los llevo" y trataba de contenerlo, el mocetón les gritaba enfurecido: "¡Fuera de aquí partida de maricones!"

Claro que lo anterior no lo podía escribir Cardoza y Aragón en 1940, vivo Barba Jacob y muerto hacía poco García Lorca. En 1979, casi cuatro décadas después, muerto Barba Jacob también y en un mundo menos hipócrita, ya la cosa era otra cosa. ¿Pero a quién le importaba entonces la historia de la cervecería? A mí. Para mí la escribió Cardoza y Aragón sin saberlo. Es la recompensa de esperar uno cuarenta años en el polvo de las hemerotecas desenterrando periódicos viejos, hasta que por fin, en el del día, los viejos acaban por decir lo que han callado. Salieron los tres de la cervecería y en la puerta se despidieron. Barba Jacob se fue con Federico y Cardoza y Aragón por su lado. "Quién sabe qué incidentes vivieron después", escribe. Los incidentes son los ya dichos, los de la noche del marinero o los marineros.

Según Cardoza y Aragón los dos poetas no simpatizaron. Pero Enrique Labrador Ruiz, amigo de ambos, sostiene lo contrario: que Federico tuvo en grande estima a Barba Jacob, de quien solía decir que era "el mejor loco del mundo" y "el primer lírico del primer cuarto de siglo americano". La verdad es que "solía" requiere cierto tiempo, mayor acaso que los efímeros días de fines del mes de mayo en que los dos poetas coincidieron, o mejor dicho, las efímeras noches del mes de mayo, noches de ron y de guitarras.

Debo advertir ahora, llegados a este punto, que el noventa por ciento de los que en este libro se mencionan son poetas: Juan de Alba, Edmundo Báez, Alfonso Camín, Arévalo Martínez, Martínez Villena, Nandino, Riera, Serpa, Tallet, Avilés, Marinello, Andrés Eloy Blanco... Y el noventa por ciento de ese noventa por ciento son borrachos. De vez en cuando, pasajeros, fugaces, cruzan por estas páginas (que con dificultad no salen rimadas), uno que otro jugador de dado, un chulo, un golfo, un albañil. Para evitar confusiones entonces, el alto nombre de poeta lo voy a reservar para Barba Jacob: los demás son verseros.

Mañach lo presentó. Era la noche del viernes quince de enero de 1926 y el salón de actos del Conservatorio

Falcón estaba colmado. Apareció de frac, y ante el reveren-
te silencio de la sala empezó su recital hablando de los maravillosos fenómenos que le había sido dado presenciar en
el palacio episcopal de México, su "Palacio de la Nunciatura", donde había vislumbrado la clave de su poesía, a las
puertas del misterio. Después, introduciéndolos por una
exégesis preliminar, fue recitando sus poemas: la "Canción
de la Vida Profunda", el más famoso, que había compuesto
justamente allí en La Habana: en el kiosko del malecón donde desemboca el Paseo del Prado, frente al mar. Y la "Nueva Canción de la Vida Profunda" que compuso en Texas,
el comienzo de "Acuarimántima" que compuso en Monterrey, la "Balada de la Loca Alegría" que compuso en México, la "Canción de un Azul Imposible" que compuso en
Guadalajara, "La Infanta de las Maravillas" que compuso
en Guatemala, y "El Son del Viento" en fin, que compuso en ese "Palacio de la Nunciatura", su palacio alucinado. La extensa reseña del acto, a tres columnas, de El País,
finaliza diciendo que tras el recital un grupo de amigos le
obsequió al poeta una copa de champaña en el bohemio
Café Martí, y que la celebración terminó con el alba. Lo de
siempre, todos los recitales de Barba Jacob son así: alguien
lo presenta y él se presenta borracho o marihuano, con un
frac alquilado, y habla de cosas muy distintas de las que
decía que iba a hablar y luego, con una breve explicación
de dónde y cómo los compuso, entre dichos y declamados
va recitando sus poemas, con esa voz profunda suya de resonancias inefables, las manos largas, descarnadas marcán-
doles rumbo a las palabras. Tras el recital una gran borrachera, y otras en los días sucesivos en las que se gasta lo que
le han pagado. Así fue antes, en los recitales que dio años
atrás en el Salón Espadero de la misma Habana, en el Teatro Colón de Guatemala o en el Teatro Manuel Bonilla de

Tegucigalpa. Y así fue después, en los numerosos recitales que habría de dar luego, andando él y andando el Tiempo y sus desgracias: en Lima, en Guayaquil, en Manizales, en Armenia, en Ibagué, en Medellín, en Yarumal, en Sonsón, en Caldas, en Rionegro, en Barranquilla, en Bucaramanga, en Bogotá, en Panamá y de nuevo en La Habana. Y los últimos, en fin, lamentables, en las ciudades y poblachos de México acercándose por sus terregales a la muerte, cuando el mundo había cambiado y ya no era tiempo de poetas.

Tres días después del recital del Conservatorio Falcón dio otro: en el Club Universitario presentado por Marinello. Y otro tres días después en el periódico El País, presentado por su director, Manuel Aznar: las escaleras, los corredores y el pequeño salón de actos del edificio atiborrados por la numerosa concurrencia que se agolpaba obstruyendo las entradas. Queda una fotografía del acto publicada en El País del día siguiente, en que aparece Barba Jacob de traje negro impecable, con pañuelo blanco en el bolsillo del saco, y de pie, al centro de una larga mesa de asistentes sentados: los ministros de España y Colombia, el director de El Fígaro don Ramón Catalá, Marinello, Martínez Villena, Mañach, Serpa, Juan Antiga, el violinista Falcón… La reseña, del sábado veintitrés, menciona otros asistentes: la hermana de Martínez Villena, Judith; Tallet, José Antonio Fernández de Castro, Alejo Carpentier, José Manuel Acosta, y los redactores, administradores y reporteros del diario. Uno de esos reporteros tomó la foto, la única de una presentación de Barba Jacob que se conozca: entre quienes le rodean sentados a la mesa hay un personaje no identificado, en el extremo izquierdo, idéntico al poeta. Idéntico a tal grado que no se puede saber si Barba Jacob es quien habla, de pie, en el centro, o quien escucha, en el extremo izquierdo, sentado.

Andaba entonces con el cuento de irse a España, anunciándolo en cartas, allá y a México. Que se iba en el vapor de la Trasatlántica que partía el tres de enero. Que le escribieran a Madrid, a la Legación mexicana. Que lo encomendaran a los dioses. ¡Qué se iba a ir! Puro cuento, puro sueño. Llegó el tres de enero y el vapor y se fueron y él se quedó. Dio los recitales para pagar el viaje y se gastó el dinero. Y cuando por fin, tras un cable providencial, el primero de abril se fue de Cuba, no se fue a Europa: se fue al Perú, en segunda clase, en el Essequibo. Se marchó debiéndole quinientos pesos al dueño del Hotel Crisol, al que le firmó cien pagarés de a cinco pesos, "para írselos pagando desde el extranjero". A su regreso a Cuba en el año treinta Tallet le preguntó por el dueño del Crisol y los pagarés, si se los había pagado, y Barba Jacob respondió: "No. Debe de haberlos vendido como autógrafos".

A ese Hotel Crisol (de las calles de Neptuno y Libertad) fue a dar con Rafael después de una casa de huéspedes y del Hotel Mi Chalet, de donde los corrieron a la muerte del bondadoso coronel negro Galves o Morales, a quien, de inoportuno, le dio por enfermarse y morirse, dando al traste con la efímera bonanza de sus despreocupados huéspedes. Los herederos, los nuevos dueños, pasito a paso en un mes los corrieron: no reponiéndoles las toallas sucias, las sábanas, las fundas de almohada... Entonces se pasaron a la casa de huéspedes (en la calle de Compostela) siguiendo a Tallet que allí se había mudado no hacía mucho: cuando en plena cacería de comunistas lo despidieron de su empleo de cajero auxiliar del Presidio Nacional. A ése, y de huéspedes, por poco van a dar el día en que Tallet, Barba Jacob y Avilés, sin un centavo, fueron a darle un sablazo al doctor Antiga, y en las inmediaciones de su casa un policía se acercó a detenerlos tomándolos por ladrones.

En el Hotel Crisol había vuelto a coincidir con Julio Antonio Mella: allí trasladaron al muchacho, las ruinas del muchacho, tras su huelga de hambre que doblegó a Machado. Las cosas, sucintamente, ocurrieron así: A fines de noviembre explotaron unos petardos en el Teatro Payret y en los portales del Prado cerca del Diario de la Marina, y la policía de Machado encarceló a Mella y a unos líderes obreros acusándolos de sedición y de violar la ley de explosivos. El cinco de diciembre y desde su celda de la cárcel Mella se declaró en huelga de hambre en protesta por su detención que juzgaba injusta. Dieciocho días después, ante la presión popular, Machado se vio forzado a ponerlo en libertad, cuando el joven ya estaba a un paso de la muerte. Entonces el doctor Aldereguía, que lo atendía, y sus amigos lo llevaron al Hotel Crisol. Queda una "Carta abierta contra el encarcelamiento de Mella" publicada el trece en El Día, y dirigida a Machado por una veintena de periodistas y escritores que encabezaba el eximio Enrique José Varona, y entre los que figuraban Barba Jacob y sus amigos Juan Marinello, Juan Antiga, José Tallet, Enrique Serpa, Eduardo Avilés, José Fernández de Castro, Rubén Martínez Villena, Juan Manuel Acosta y Gustavo Aldereguía. La carta, que encolerizó al mandatario, terminaba diciendo que en caso de morir el joven los abajo firmantes dejaban al menos el testimonio de su protesta para salvar la dignidad de Cuba. La huelga de hambre de Mella fue el gran momento de su vida y el tema central, dramático, de las páginas que en su memoria escribió Barba Jacob en el Excélsior de México. Convertido décadas después en héroe nacional por la revolución castrista, Mella ha sido motivo de una película, varios libros e infinidad de artículos, ensayos y discursos. Nada tan magistral, sin embargo, como lo que sobre él escribió Barba Jacob, que no se conoce en Cuba.

Eduardo Avilés era Jefe de Redacción de la revista Chic y escribía en El Heraldo; José Antonio Fernández de Castro en el Diario de la Marina y la Revista de La Habana; Marinello en la Revista de Avance; Miguel Baguer y Mañach en El País; Tallet en El Mundo; don Ramón Catalá dirigía El Fígaro... Los amigos de Barba Jacob... Pero estoy mezclando las estancias del año veinticinco y la del treinta y los periódicos. He tenido acceso a esos periódicos por obra y gracia y trampa del empeño.

En mi primer viaje a La Habana, cuando fui a la Biblioteca Nacional y solicité una lista de publicaciones del año ocho, del quince, del veinticinco, del veintiséis, del treinta, donde sabía o sospechaba que había cosas de Barba Jacob, me contestaron: "No se puede. Hay que sacar permiso del Ministerio de Cultura. Son de antes de la Revolución". En el planeta de los simios todo es "No". Tienen el "No" en la boca, la palabrita más socorrida. Y todo lo arregla ese "No" con su cerrazón monosilábica. Es el "No" de la muerte que también lo arregla todo. No pedí el permiso del Ministerio de Cultura porque para el permiso necesitaba una foto, y para la foto diez días de cola, cinco más de los que me concedieron, compañeros. Y me fui. Diez años después volví y volví a la Biblioteca, y con esta convicción mía que no me falta afirmé: "Estoy escribiendo la historia de Julio Antonio Mella y de esta Revolución eterna. Necesito tales y tales publicaciones, compañera". Y el "No" obstinado, inmenso, insalvable, como globo pinchado por alfiler se desinfló en el aire y se convirtió en un "Sí". Pero no un "Sí" pronunciado: un breve gesto de asentimiento con la cabeza. Al "Sí" seco le tienen terror. Entonces volví a hundirme en el vasto mar de la letra impresa, la memoria del olvido, a buscar a Barba Jacob: en El País, El Día, El Mundo, El Fígaro, El Heraldo, "1930", Archipié-

lago, Letras, la revista Chic, la Revista de Avance, la Revista
de La Habana, Alrededor de América, el Diario de la Marina... Y a encontrar por todas partes su huella: un poema,
una entrevista, una nota, una mención... Las caricaturas
que le hicieron José Manuel Acosta y Maribona. Su recital
en el Teatro de la Comedia, que anunció Chic a fines del
veinticinco y se realizó casi cinco años después. Su conferencia en la Hispano Cubana de Cultura, el recital que dio
en Cienfuegos. La reseña de esa conferencia, en la Revista
de Avance, que él mismo escribió: llamándose "gran poeta
de Colombia y de Hispanoamérica", "artista de la palabra",
y hablando de sus "divagaciones finísimas", sus "aciertos
verbales", sus "sugestiones inusitadas", las del "hombre
impar —vaya— que nos mira desde cada palabra de Barba
Jacob". Y la entrevista que le concedió a Gerardo del Valle para Alrededor de América, hablando de su reciente visita a Colombia tras de treinta años de ausencia (que en
realidad fueron veinte), de la Tierra Futura y de su patria
Indoiberoamérica, diciendo las cosas más lúcidas con la
sintaxis más dislocada: "¿A dónde está la vida? ¿Qué cosa
es y hacia dónde se dirige? No la vaya usted a buscar en los
libros ni en las declamaciones falsas de los poetas. La vida
son dos partes que hay que saber dividir con astucia: una,
para engañar a los hombres —la Humanidad es otra cosa—,
y otra para servir a la Tierra Futura que existe en el insignificante número de seres humanos y animales que nos com-
prenden en el misterio de las cosas que nos queremos decir
con palabras. Buscar lo complejo y lo difícil de la vida real
es caminar hacia la neurosis y el suicidio. Sea usted el hombre vulgar de todos los días y con arreglo a un programa,
diciendo a cada circunstancia los lugares comunes más brillantes. Cuando termine su día vulgar, se esconde en su cuarto y se hace su café. Y se sumerge en la verdadera belleza

de la vida leyendo y escribiendo en los libros que nadie lee y las cosas que son para una multitud de lectores que están en la sombra, invisible en un horizonte lejano: en el Porvenir". Aunque el joven Gerardo del Valle no se dio cuenta ni Barba Jacob se lo dijo, estaba completamente borracho o marihuano. Y esa foto misteriosa de El País en que Barba Jacob no es uno sino dos…

En 1925 cuando conocieron a Barba Jacob, Mella tenía veintidós años, Martínez Villena veinticinco, Marinello veintiséis, Mañach veintisiete, Avilés veintinueve, Tallet treinta y dos. Mella, el más joven, murió primero, en enero de 1929 en México, asesinado: por un esbirro a sueldo de un señor Trujillo, jefe de la policía secreta de Machado. Martínez Villena cinco años después, a su regreso a Cuba de su exilio en Rusia, asfixiado por la tuberculosis como Barba Jacob, y como Barba Jacob y Mella en enero, atendido por el doctor Aldereguía, el médico de la "cueva roja". Pero esto es crónica de la pre-revolución, de los tiempos heroicos. En la Cuba de hoy los papeles de mártires y verdugos se han trocado, y el rufián de barbas, que por su aferramiento a la vida ya se ganó el honroso título de "anciano", sigue desgañitándose, ladrando "¡Patria o Muerte!" con su voz chillona, convencido de que es el dueño de la verdad, de su rigor dialéctico, de que habla muy bien y todavía es un jovencito revolucionario. ¿Y dónde vive, dónde duerme? Si usted se lo pregunta al guía le contesta: "¡Cómo va a saber uno dónde duerme el Jefe de la Revolución! ¿Acaso en Colombia o México ustedes saben dónde duerme el presidente?" Si es un guía menos pendejo o más entrenado le contesta: "En el corazón de todos los cubanos". Ah… Cuando no está en su yate ahí duerme Fidel.

Volviendo a las edades (que es la única forma de saber cuándo es quién), Raúl Roa tenía veintidós años en 1930 cuando conoció a Barba Jacob. Lo conoció la tarde del día siguiente al del regreso del poeta a la isla, en El Mundo, en el despacho de Tallet: narrando sus historias. En el momento de entrar el joven estaba en el crimen del Aguacatal en Antioquia. Venía luego el del Hotel Humbolt en México, donde él se alojó: en el cuarto contiguo al suyo aparecía un hombre asesinado, con la puerta cerrada por dentro sin que hubiera forma de explicar el misterio... Tallet, Alberto Riera, José Manuel Valdés Rodríguez y Rafael Suárez Márquez le escuchaban subyugados. Suárez Márquez, en voz baja, les comentaba a los otros: "El asesino ha debido de ser él". Y en el cafetín de la esquina de El Mundo seguía con sus historias: la del marinero Pis Pis de ojos verdes, que se había raptado en un buque en el Pacífico. Que todos los ojos verdes, de hombre o mujer, lo trastornaban. Y la historia del "Indio Verde", el Secretario de Gobernación de Carranza que para adular al caudillo le encargó su biografía pagándole a diez pesos la página, que él subcontrataba por uno. Y la del manifiesto político que le redactó en no sé dónde a no sé quién, en párrafos breves, "a lo Maeterlinck", con un acróstico: "Esto me lo escribió Ricardo Arenales", que toda la ciudad leyó.

Como nunca hablaba de su paso por la Frontera Norte, en La Habana desde el año veinticinco empezaron a conjeturar que allí había sido el asesinato. "¿Pero cuál asesinato amigo Tallet?" El de "Acuarimántima", el del pasaje a Imali, que me acordara: "Y mi mano sacrílega se tiñe de tu sangre, oh Imali, oh vestal mía. Mas no fue mi ternura, fue un furor: si de nuevo a mis ojos resurrecta te pudiese inmolar te inmolaría", etcétera, etcétera. Y luego: "¡Asesino! ¡Asesino! Susurraba y se iba el viento...". ¡Ah, eso! Si vamos a hacer caso de eso... Del viento de un poema... También dijo en otro poema: "Los que no habéis llevado en el corazón el túmulo de un dios ni en las manos la sangre de un homicidio…" También, amigo Tallet, ¿quién que haya vivido, por ejemplo, en París y se respete no ha matado, por ejemplo, una concierge? La concierge es el espécimen más feo de la fauna humana seguida del burócrata y el policía. Pero esa cosa es otra cosa, y además Barba Jacob nunca vivió en París, ni salió de América, si bien este continente le estaba quedando más bien chico. El viaje a Europa sí lo planeó, "en el vapor de la Trasatlántica que partía el tres de enero", pero como tantas cosas suyas se le quedó en proyecto, se esfumó, se lo bebió, y llegó el tres de enero y el vapor y se fueron y él se quedó, y usted, amigo Tallet, lo siguió padeciendo en Cuba. ¡Cómo me conmueve su credulidad! Que se haya creído el mentiral de Barba Jacob y se lo haya repetido a Avilés, el mexicano, que también se lo creyó y a mí me lo repitió, con un mar y un desierto de por medio, y otro mar, el mar del Tiempo. Barba Jacob andaba por el desierto de la Frontera Norte, por Chihuahua, Ciudad Juárez y El Paso, a fines de 1919, diez años después de que compusiera en Monterrey sus "Tragedias en la Obscuridad", el germen de "Acuarimántima", en las cuales se dice: "Y afano así la marcha con la intensa y mortal inquietud del asesino: un rayo del Señor abre la densa noche que me circuye y se derrama suavemente a lo largo del camino". ¿Es que el poeta vislumbraba lo que iba a suceder con una década de anticipación, como si viera en día claro desde arriba las curvas del camino por el que ya empezaba a bajar, barranca abajo rumbo al infierno? Claro que Barba Jacob tuvo el don profético (y pienso en los vaticinios cumplidos de sus "perifonemas", como el del asesinato de Trotsky), pero su antecesor Ricardo Arenales en Monterrey no: andaba alucinado entre "la densa noche" del humo de la marihuana y las oscuridades de sí mismo:

en brazos de su "Dama de los Cabellos Ardientes", su nueva amante, que acababa de conocer y a la que le fue fiel hasta el final: la marihuana.

Le puedo decir con precisión la fecha: el veintinueve de agosto de 1909 en la noche, cuando se desató la tromba que desbordó el río Santa Catarina que inundó la ciudad. Esa noche Ricardo Arenales fumó marihuana por primera vez. Y le voy a decir cómo lo supe: él mismo lo escribió, en esas páginas autobiográficas que con el pomposo título de "La Divina Tragedia" le publicó, sin su consentimiento, Arévalo Martínez en Guatemala: "Yo celebré mis nupcias con la Dama de Cabellos Ardientes. Fue una noche de tormenta horrísona cuando la ciudad se había inundado hacia los barrios obreros y seis mil cadáveres pregonaban la inocencia de la catástrofe. Y la obscuridad se entenebreció". Lo que usted nunca sospecharía es quién era la Dama de Cabellos Ardientes. Yo tampoco, pero revisando la serie de reportajes sensacionalistas sobre las drogas heroicas que escribió el poeta en El Heraldo de México, sin firma o con el pseudónimo de "Califax" (pseudónimo de Ricardo Arenales que a su vez era un pseudónimo precursor de otro pseudónimo), el primero de esos artículos está consagrado a la marihuana y se titula: "La Dama de los Cabellos Ardientes se bebe la vida de sus amantes". Dunque… También designó con la misma expresión a la lujuria: "Ahora acabo de dar los postreros toques a La Dama de Cabellos Ardientes, dedicado a usted; se trata de Nuestra Señora la Voluptuosidad, o, más claramente, de nuestra tirana la Lujuria", le escribe a Arévalo, al puritano de Arévalo en Guatemala, en carta desde La Ceiba de Honduras, "La Ceiba de Atlántida" como pomposamente llama a ese pueblito mierda de la Costa Norte hondureña adonde ha llegado huyendo de la nieve de Nueva York. Pero "La Dama de

Cabellos Ardientes" no es un poema sensual, es un poema delirante, compuesto al ritmo de un pulso alucinado. Entre sus versos, de improviso, surge un paisaje irreal, un espejismo: "Ya en los juegos del Tenche, cuando llena olor sensual la bóveda enramada, vuela un mirlo, arde un monte, muere un día; o en la aldea de incienso sahumada, donde el melodium en el templo suena y el alma vesperal responde Ave María. O en San Pablo, de guijas luminosas, no visto pez, guayabas ambarinas, platanares batidos con lamento y un turpial que en la hondura se ha callado: en cada instante mío, en cada movimiento, su cabellera un fuego desatado y ondeando al viento, ondeando al viento, Ella estaba a mi lado…" Son las montañas del Tenche y del San Pablo en su Antioquia lejana donde el abuelo Emigdio tenía unas fincas de ganado y caña de azúcar, El Algarrobo y La Romera, donde vivió Miguel Ángel, el poeta, de niño y de muchacho, y donde fundó su primera escuelita con unos cuantos niños campesinos: Miguel Ángel Osorio Benítez, en verso de arte mayor, en decasílabo como el cura lo bautizó, el presbítero Francisco Antonio Montoya, coadjutor, en la iglesita parroquial de Santa Rosa de Osos el tres de agosto de 1883, cinco días después de que el poeta viniera "al torrente de la vida en Santa Rosa de Osos, una media noche encendida en astros de signos borrosos. Tomé posesión de la tierra mía en el sueño y el lino y el pan, y moviendo a las normas guerra fui Eva y fui Adán…" Pero ése es otro poema y otra alucinación. En La Ceiba de Honduras Miguel Ángel Osorio se llama Ricardo Arenales, y allí sólo él sabe qué es un turpial: un pájaro que canta. Muchos, pero muchos años atrás, en ese paisaje remoto de Antioquia "un turpial en la hondura se ha callado".

Cuando al cabo de diez años volví a Cuba, mi gran sorpresa fue que Tallet aún vivía. La Muerte chocarrera me lo preservó para que constatara una cosa: la curiosa memoria de los viejos. A mí, por supuesto, no me recordaba (como diez años atrás no recordaba a René Avilés), pero todo lo de Barba Jacob me lo repitió punto por punto, sin quitar ni poner ni cambiar una coma. Barba Jacob se le había grabado en la memoria como con cincel en la piedra.

En la Calle F número 113, entre Quinta y Calzada, cerca al Vedado, vive ahora Tallet. La revolución le ha asignado un apartamentito limpio, recién pintado, lo único pintado en la isla. Lo preside su retrato, el que le hiciera Carlos Enríquez: el hombre de facciones nobles, de los ojos verdes mirándome desde el pasado, desde La Habana alegre y despreocupada por cuyas calles libres transitara Barba Jacob. Volvemos a hablar del Café El Mundo, del doctor Antiga, de García Lorca, del marinero... De los quinientos pesos en pagarés de a cinco al dueño del Hotel Crisol, el último en que vivió el poeta en el año veintiséis, y del suntuoso Hotel Roosevelt, de las calles de Neptuno y San Miguel, donde se alojó en el treinta a su regreso de Colombia y Panamá sin un centavo, registrándose como joyero internacional: la enorme cuenta de trescientos pesos la pagó con un cheque sin fondos, que de no intervenir Valdés Rodríguez y el generoso doctor Antiga lo iba a mandar a la cárcel. Cuando dejaba el hotel, el administrador le pidió el autógrafo. "Habráse visto mayor descaro —comentaba Barba Jacob—. Pedirme el autógrafo... ¡Qué más autógrafo que el que le firmé en el cheque!" Pero éstos no son sólo recuerdos de Tallet: también de Roa. En el largo artículo que escribió Raúl Roa sobre Barba Jacob, Tallet está una y otra vez mencionado. Son recuerdos compartidos. Y a juzgar por las coincidencias exactas de los del uno y los del otro, han debido de comentarlos más de una vez en estos últimos diez o veinte o treinta o cuarenta o cincuenta años en que por obra y gracia de una revolución milagrosa el Tiempo se detuvo en Cuba.

El recital del Teatro de la Comedia, en que lo presentó Valdés Rodríguez, lo dio medio borracho, después de beber todo el día. Y la reseña elogiosa del mismo la escribió él mismo (para El Heraldo tal vez), como también escribió la de su conferencia en la Hispano Cubana de Cultura. Con el dinero de esa conferencia y de un recital en Cienfuegos se compró un traje blanco de dril, "del dril número cien", y le envió a Rafael, al que había dejado en Panamá de rehén en un hotel, con qué se viniera a Cuba. Llegó el muchacho al Hotel Roosevelt, a ayudarle a aumentar la kilométrica cuenta.

Del Roosevelt, y con Rafael, se mudó al Hotel Crespo, en la calle del mismo nombre, un hotelucho infame donde enfermó. Allí fueron Tallet y Roa a visitarlo un atardecer: en la penumbra de la sórdida habitación, envuelto en un ropón verde y con un pañuelo anudado en el cuello, sudoroso sobre la cama renqueante Barba Jacob deliraba. Les palpó con la mano viscosa como si tratara de reconocerlos… Roa habla de un previo colapso cardiaco que le motivó un exceso de marihuana, del cual lo salvaron Valdés Rodríguez y Alberto Riera administrándole a tiempo un ron Bacardí.

Al recobrarse de su enfermedad Barba Jacob les manifestó a sus amigos (los pocos que le quedaban) su intención de marcharse de Cuba, y entre ellos se organizó una colecta: se la bebió. Cuando ya todos creían "haberle endosado a México su gravosa presencia" se lo encontró Tallet. "¡Cómo! —exclamó Tallet—. ¿No se marchó usted? ¿Y el dinero?" "Me lo gasté en tres deliciosas parrandas", fue su respuesta. Se recurrió entonces al expediente de una nueva colecta nombrando a Riera tesorero. "Riera —le di-

jo—, de ese dinero mío que me tienes dáme tres pesos".
"Ese dinero no es tuyo —le contestó Riera—. Si no te vas
habrá que devolvérselo a sus dueños".

Hacia el quince de septiembre, dejando a Rafael de
rehén en el Hotel Crespo "en prueba de que volvería a pagar la cuenta", en un barco de nombre ignorado se marchó.
Tallet y Riera fueron al muelle a despedirlo. Le subieron a
la pasarela y le entregaron el pasaje y veinticinco pesos que
habían sobrado de la colecta. Y un abrigo que Tallet le regaló para el invierno. Él a su vez le dejó a Tallet un libro
de poemas de González Martínez que Enrique, un hijo de
éste, le había dado en julio a su paso por la isla, y una fotografía suya, dedicada: "A Tallet. Su amigo, Barba Jacob".
Zarpó el barco y nunca más volvieron a verlo.

Ocho años habían pasado desde que el general Calles, Secretario de Gobernación, lo expulsó de México por
sus virulentos editoriales de Cronos contra él, el gobernador Gasca, el procurador Neri y Raimundo y todo el mundo. Las gestiones del embajador mexicano en La Habana
Adolfo Cienfuegos y Camus ante la Secretaría de Relaciones Exteriores le abrieron de nuevo las puertas de la república. Ya en México y años después, Barba Jacob habría de
tener elogiosas palabras para ese embajador en sus "perifonemas" de Excélsior. Busco el nombre de Adolfo Cienfuegos y Camus en la guía telefónica y lo encuentro. Marco
el número. Me contesta una muchacha. Le explico que estoy escribiendo la biografía del poeta colombiano Porfirio
Barba Jacob a quien don Adolfo conoció, y que me gusta-
ría entrevistarlo. "¡Ay por Dios! —oigo que exclama al otro
lado de la línea la muchacha—. ¡Pero si mi abuelo murió
hace veinte años!" Cuelgo avergonzado. Diez años después
el nombre de Adolfo Cienfuegos y Camus sigue figurando
en el directorio. En el piadoso directorio telefónico de Mé-

xico no muere nadie, y en Cuba no corre el Tiempo. Las calles están igual, igual las plazas, igual las casas, desmoronándose. La máquina prodigiosa que soñó Wells para viajar al pasado es la revolución. En Cuba las cucharitas con que uno toma el helado (no con que le pone azúcar al café porque la revolución ya decidió por uno y el café tiene azúcar) son de plomo, dúctiles, maleables, flexibles. Se doblan para acá, para allá, y uno puede hacer con ellas lo que quiera: un muñequito o un prendedor. En Cuba ya olvidaron la aleación. De año en año, paso a paso, Cuba viaja hacia atrás, rumbo a la Edad de Piedra. Ineluctablemente.

Es un día de fines de septiembre de 1930 y Renato Leduc acaba de regresar a México de Guatemala. Está ahora en el despacho del poeta Rafael López, en el Archivo General de la Nación que éste dirige, en el Palacio Nacional, visitándolo. Don Rafael le pregunta si no se ha tropezado en Guatemala con su viejo amigo Porfirio Barba Jacob, ex Ricardo Arenales, y Leduc le asegura que por allí no ha pasado, que de ello puede dar fe el actual director de la Biblioteca Nacional de Guatemala Rafael Arévalo Martínez, a quien precisamente le oyó hablar del paso años atrás por su país del poeta colombiano. Arévalo a su vez le había pedido noticias de Barba Jacob suponiéndolo en México, y temiendo por cierto volver a encontrárselo. En este punto de la conversación entra al despacho un dependiente y le presenta a don Rafael una tarjeta de visita. Rafael López lee la tarjeta: "Porfirio Barba Jacob solicita verlo". En esta situación de tan grande coincidencia conoció Leduc al poeta. En su casa, en la colonia de los periodistas, me cuenta lo anterior. Me dice que Barba Jacob no le prestó la menor importancia y que se limitó a hablar con don Rafael, su amigo del pasado. Nunca simpatizaron. Leduc, sin embargo, habría de editar algo después sus "Canciones y Elegías", con Edmundo O'Gorman y Justino Fernández. Por eso fui a buscarlo. Que Barba Jacob volvía a México, me dice, hablando de la plaga de poetas que había en Colombia. Que en Bogotá cuando dos amigos se encuentran sacan sus versos y se dicen, el uno al otro: "Si me lees te leo". Yo me río porque Leduc, que me lo está contando, también es poeta. Y don Rafael. O mejor dicho don Rafael "fue": ya murió. De suerte que si por Colombia llueve por aquí no escampa. En Churubusco justamente, el periódico incendiario que publicó Arenales cuando esto ardía, en plena revolución, Rafael López dio a conocer su más famoso poema, "La Bestia de Oro", contra los gringos. Pero de eso usted Leduc no sabe. Cuénteme de lo que sabe.

Un miércoles santo Leduc se lo volvió a encontrar, por la Avenida Insurgentes. Caminaba Leduc cuando un coche se detuvo. Venía manejando su amigo Ciriaco Pacheco Calvo y le acompañaban Barba Jacob y un mocetón fornido: Leonardo Shafick Kaím. Ciriaco, que había sido líder del movimiento estudiantil de 1929, tenía por las fechas del encuentro veintitrés años, y habría de morir unos cuantos después. Invitó a Leduc a que subiera al auto y reemprendieron la marcha. Barba Jacob, dice Leduc, continuó en lo que estaba: abrazando a Shafick y diciendo "alguna mariconería" del estilo de que "tan lindo cuello merecería ser decapitado". La mala impresión que tenía Leduc del poeta —la del primer encuentro— llegó entonces al colmo, y muy molesto le pidió a su amigo que se detuviera y descendió del auto.

Y eso que usted no sabe, amigo Leduc, lo que me contó Tallet que le contó Eduardo Avilés que le contó Barba Jacob: que se había pasado la noche entera, la anterior, "tocando el cornetín" en pleno baile del carnaval, allá en La Habana… Se bajó pues usted del auto ¿y qué pasó? ¿Cuándo se volvió a encontrar a ese desvergonzado poeta?

Fernando Vallejo

Meses después, cuando los periódicos daban la noticia de que se hallaba gravemente enfermo y en la extrema pobreza, se lo volvió a encontrar, en la cantina La Copa de Leche, acompañado de nuevo por Ciriaco Pacheco Calvo. Que "ni estaba tan enfermo ni en tan extrema pobreza", le dijo en esa ocasión Barba Jacob, y sin embargo algo después se internó en el Hospital General. Pero antes el joven Ciriaco consiguió que recibiera a Leduc en su casa, y allí fue éste en compañía de Edmundo O'Gorman, quien estaba fundando la Editorial Alcancía con Justino Fernández, a proponerle, para ayudarlo económicamente, la edición de sus poemas en la nueva editorial. "Prendado de O'Gorman que era un muchacho muy bien parecido", Barba Jacob les entregó un cerro enorme de sus escritos. Entonces empezaron los problemas. Se internó en el hospital, y allí debían llevarle las pruebas del libro. Nada le convencía, nada le gustaba... Salió del hospital y siguieron los problemas. No le parecía bien la encuadernación, le parecía mal el papel. Y el prólogo... A Leduc le había pedido que escribiera el prólogo, acaso por agradecimiento, pero cuando lo conoció empezó a gesticular indignado: "¡A qué diablos —decía— hablar de modas si mis poemas son intemporales!" Y otras cosas por el estilo. Leduc, enojado, le contestó que pusiera un prólogo suyo, que un libro de versos no necesitaba presentación de nadie. Barba Jacob le puso entonces su prólogo "Claves", que él mismo había escrito para una reciente, y fallida, publicación de sus poemas en Monterrey, tal cual, con una simple alusión a Alcancía: "Amigos insignes, de la más alta representación en la literatura continental —Ramón López Velarde, Alfonso Reyes, Enrique González Martínez, Silvio Villegas, José Santos Chocano, entre otros— me han instado con afectuosa solicitud, en el curso de luengos años, a reunir mi obra lírica, que anda dis-

44

persa en revistas y periódicos, y a publicarla en una de esas colecciones 'que siquiera se dejen leer'. Accediendo al honroso estímulo y a mis propias urgencias entrego a la casa editorial de Alcancía los originales de algunos de mis poemas escritos entre 1908 y 1929, y que forman parte del volumen 'Antorchas contra el Viento'…" Esas "Antorchas contra el Viento" era otro título, otro entre muchos, del mismo libro quimérico, el definitivo, el que se pasó la vida haciendo y que nunca acabó de hacer. Cuando murió Barba Jacob, su hijo adoptivo Rafael y sus amigos borrachines, creyendo que iban a hacer el gran negocio del siglo para seguir bebiendo, con tinta y papel regalados y limosnas y sablazos aquí y allá publicaron otra colección de sus versos con el título de "Poemas Intemporales" y un breve prólogo, no firmado, de Leduc. El prólogo "Claves", el de Barba Jacob, termina diciendo: "Mi verdadera plenitud empieza ahora, más allá de las tres dimensiones. Y, a lo que parece, luz primaria y silencio polifónico inundan de nuevo el éter y señalan, delante de mí, rutas innumerables". Las rutas innumerables a que aludía no eran ya las del mar y de la tierra que tanto había transitado, eran las del misterio. "Dame ¡oh Noche! tus alas de Misterio para volar al cielo de los Monstruos…" empieza diciendo uno de sus últimos poemas, que se ha perdido. Sólo que el poeta no avanzaba hacia la luz primaria que creía vislumbrar en su prólogo. Oculto tras los hechos externos de su vida iba ascendiendo, palmo a palmo, como barquilla sin lastre, hacia el cielo oscuro de sus Monstruos, adentrándose en el Atardecer.

Dice Leduc que cuando aparecieron las "Canciones y Elegías" Barba Jacob invitó a sus jóvenes editores a un almuerzo que preparó él mismo en su casa para celebrar el acontecimiento. Vivía en un cuartucho miserable en las inmediaciones de la calle de Regina, callejuela de prostitutas de la cual, al salir con sus invitados, Barba Jacob le comentó a Edmundo O'Gorman: "Antigua calle de la buena muerte, hoy de la mala vida". El almuerzo, sin embargo, pienso yo, ha debido de realizarse antes de lo que dice Leduc, pues a la aparición de las "Canciones y Elegías", según he llegado a establecer, ya hacía tiempos que Barba Jacob había dejado la vivienda de la calle de San Jerónimo, la única que tuviera cercana a la calle de Regina. Andrés Henestrosa, por su parte, me ha hablado de otro almuerzo en el cual, por mediación suya, Barba Jacob les entregó a los editores de Alcancía los originales de su libro. Deben de estar hablando del mismo almuerzo.

Andrés Henestrosa figura en el directorio telefónico de México, pero vivo está. Vivo y dueño de una de las bibliotecas privadas más grandes de este país, donde las hay bien grandes. Lo conozco en el Sanborn's de la calle de Madero donde me ha citado, y adonde llega acompañado del arquitecto Ruvalcaba, otro que conoció a Barba Jacob. Y no sólo a Barba Jacob: al inefable Leopoldo de la Rosa, poeta insigne y señor del sable. Pero no voy a permitir que el arquitecto Ruvalcaba o Henestrosa les presenten a Leopoldo. Lo presento yo: de traje negro y sombrero negro, gafitas redondas y bastón. Solemne, engreído, envidioso, sablista, perezoso, místico y según Felipe Servín, "maricón como él". Pero a mí Arqueles Vela me ha contado que andaba muy enamorado de una de las "Mañicas", una artista de bataclán de ese Teatro Colón que hizo famoso María Conesa. Para conciliar estas opiniones encontradas, digamos con solución salomónica que era lo uno y lo otro. Innumerables veces y en los más impensados sitios, Leopoldo se cruza con Barba Jacob. Se conocieron en Barranquilla en 1907, en un banco de un parque; se encontraron en Monterrey en 1911, en México en 1912, en Tegucigalpa en 1917, en México en 1918, en Barranquilla en 1928, en La Habana en 1930 y en México en 1931 y a lo largo de toda la década. Vivieron juntos y viajaron juntos; compartieron el mismo techo, la misma mesa, los mismos barcos, los mismos amigos, y lo que es peor: los mismos vicios y los mismos versos. Así que terminaron peleándose. Por un muchacho primero; luego por una dedicatoria. Lo del muchacho fue en Barranquilla en 1928. Lo de la dedicatoria en 1933 en México, cuando la aparición de las "Canciones y Elegías". Leopoldo publicó una carta indignada en Excélsior inculpando a Barba Jacob de plagio y llamándolo "vampiro". Lo acusaba de robarle la dedicatoria a Colombia del libro, una "meditación" titulada "La Sed", e infinidad de versos sueltos con los que apuntalaba sus poemas. Se cogieron un odio terrible. Dejaron de hablarse. Leopoldo hasta quiso golpear al otro con el bastón. Ya al final, cuando Barba Jacob agonizaba en México en un apartamento sin muebles de la calle de López, Leopoldo fue a verlo, a buscar la reconciliación. Lo encontró en agonía: acababan de ponerle la extremaunción y tenía conectados unos tubos de oxígeno. Leopoldo, apoyado en el marco de la puerta, le dijo: "Hermano, vengo a verte porque me han dicho que estás muy malo…" No pudo decir más. Barba Jacob se incorporó para golpearlo con un crucifijo que tenía en el pecho vociferando insultos de la peor clase: "Saquen a este tal por cual", gritaba enfurecido. Cuando coincidieron la segunda vez en Barranquilla, en el año veintiocho, se reunían en un café de la parte alta de la ciudad, El Gato Negro. Barba Jacob se alojaba en un hotel de la calle de San Blas, y Leopoldo acababa de pasar seis meses bajo los vagones del ferrocarril trabajando en un poema en que aspiraba a que floreciese la angustia de los humildes. Pero debe de ser la primera vez en Barranquilla cuando pasa lo de la noche estrellada de que le contara Barba Jacob a Henestrosa, a raíz de la pelea del plagio: que iban Leopoldo y él caminando bajo la noche estrellada, y que Leopoldo (¡el gran pendejo!) había exclamado: "¡Ah, Ricardo, qué grande es el infinito!" A lo que él contestó: "Ni tanto, ni tanto". Como tampoco Henestrosa conoció a Ricardo Arenales, ese "Ricardo" de su recuerdo es el de Barba Jacob. La noche estrellada ocurre entonces en la primera estancia del poeta en Barranquilla, en 1907 justamente, cuando se cambió su nombre de pila de Miguel Ángel Osorio por el de Ricardo Arenales, quien se marchó y regresó veintiún años después, nuevamente con el nombre cambiado: llamándose Porfirio Barba Jacob.

Leopoldo mismo le contó a Laura Victoria, quien a mí me lo ha contado, que cuando fue a pedirle explicaciones a Barba Jacob por el plagio de sus versos, éste le contestó que con su nombre al menos habrían de ser conocidos porque con el de Leopoldo no los leería nadie, y a Horacio Espinosa Altamirano, en una entrevista, a la pregunta por los atentados que Ricardo Arenales había cometido con su poesía le respondió: "Lo primero fue una dedicatoria que apareció en 'Canciones y Elegías'; lo segundo, una 'meditación', que se llamaba 'La Sed'. La ira que pasé fue espantosa; casi no dormía; bajo los ojos de Enrique Fernández Ledesma le escribí una carta llamándole 'vampiro'. La carta la publicó el periódico Excélsior en la sección editorial. Pero Porfirio, multifacético hasta en sus mil y una agonías, se hallaba convaleciente y la amistad continuó. Muy cínico me leía sus poemas apuntalados con versos míos; y también muy sincero me decía: 'Mira Leopoldo, cuando te guste un verso o un poema mío, aprópiatelo; autorízame a hacer lo mismo'. Me cogió un odio terrible. Era un loco. Al cortar el diálogo, y rectificando asperezas y pasiones momentáneas, Barba y yo nos influimos mutuamente". Por qué le tomó ese odio terrible es lo que ya nadie sabe. La carta de Excélsior es una preciosidad: "Mi ya perdido amigo —empieza diciendo—: Vengo de verte en esta mañana de luz, bella y triste para mí, en que llevé a tus ojos, ciegos de vanidad, la salvación de tu honor de poeta, de tu honra de artista, que tú mismo, insensatamente, has mancillado, traicionando nuestra heroica amistad. Declaro, ante todo, en esta carta pública, que te debía inmensa gratitud", etcétera, etcétera. Y luego: "Has abusado, lo digo con ardiente amargura, has abusado de mi gratitud, acibarando nuestra amistad, que al fin hoy concluye, por demencia tuya, en la tierra. Has puesto la mano, insensatamente sacrílega, sobre el tesoro más preciado de mi madre, muerta ya para el mundo: en la dedicatoria de toda la obra de mi vida, del libro inédito de mis poemas, para Ella. Mutilada por ti aparece, al frente de tu reciente libro 'Canciones y Elegías', esa sacra dedicación, que tú conviertes en la tuya para la Patria: 'A Colombia porque me dio la vida y me infundió el amor a la belleza'. Mi dedicatoria dice: 'A mi madre porque me dio la vida, me reveló el amor y me infundió mi fe en la belleza'. Está así, al frente de mis originales, que conserva en Colombia una hermana mía". Después lo acusa del robo de su "Meditación Primera", que "publicaste íntegro, con tu firma de Ricardo Arenales, en El Ateneo de Honduras", y de la apropiación del verso "a una íntima, abscóndita armonía", que emigró de su poema "La Amiga" a la "Acuarimántima" del otro. "Y otros más que podría ir citando". Y después de compararlo a "los vampiros que rondan por las tumbas" al haber "profanado el tesoro espiritual de mi muerta", y de amenazarlo con la justicia divina y "la espada que brota de la boca del Verbo" termina diciendo: "El Tiempo es el gran plagiario del ser: parece vida, y es continua agonía. No puede ni siquiera detener con sus ilusorias y letales alas, las epopeyas místicas de los santos, ni las chispas de luz que caen a la Eternidad desde el cobre desbordante de los genios. Bajo esas alas, todo es muerte y polvo, polvo de loca alegría. Como tú dices en tu inmortal poema: 'La muerte viene, todo será polvo bajo su imperio; polvo de Pericles, polvo de Codro, polvo de Cimón!'"

La carta, jadeante de indignación y de comas, terminaba con esos versos de la "Balada de la Loca Alegría", precisamente a él dedicada en las "Canciones y Elegías". Ricardo Toraya conserva un ejemplar del libro, el que perteneció a Barba Jacob, en el cual el "Envío" del poema, a Leopoldo de la Rosa, ha sido tachado por la propia mano del poeta.

La "Meditación Primera" (que también se llamó "Nocturno XVI") fue el mejor poema de Leopoldo de la Rosa. Con la firma de Ricardo Arenales en efecto, lo publicó El Ateneo de Honduras en agosto de 1923, tomándolo del octavo número de la revista Vida, de La Ceiba, del quince de mayo de 1918. Un ejemplar de El Ateneo fue a manos de Miguel Rash Isla, amigo común de los dos poetas, quien "asombrado de la inconcebible acción" se lo entregó a Leopoldo en Bogotá. Ricardo Arenales se apoderó prácticamente de lo poco que servía de Leopoldo. Lo demás de poco más servía, y el Tiempo, "el gran plagiario del ser", se lo tragó.

Con Henestrosa se enojó a fines del treinta y siete, cuando la polémica de los diarios cardenistas contra Últimas Noticias a raíz de la guerra civil española. Últimas Noticias era partidaria de Franco, y desde sus columnas Barba Jacob defendió a los españoles franquistas radicados en México, cuyos comercios y negocios eran asaltados por turbas de fanáticos instigadas por el comunismo y la prensa afecta a Cárdenas, a su gobierno, irrestricta como la actual al actual gobierno y aduladora como ésta, lambiscona, abyecta. En respuesta a un violento artículo de Barba Jacob contra Alberti, que juzgó injusto, Henestrosa escribió otro en El Nacional contra su amigo: "Barba Jacob, organizador de agonías", sosteniendo que el poeta las simulaba para sacarles dinero a los ingenuos (por esas fechas Barba Jacob se hospedaba en el Hospital de los Ferrocarrileros). Disgustado con Henestrosa Barba Jacob le llamó en adelante "el señor Redríguez", aludiendo en burla al apellido de su ex amigo, que es con "i" en Colombia, no con "e": Hinestrosa, lo correcto.

Imposible conocer el artículo de Barba Jacob contra Alberti: faltan en la hemeroteca de México y en los archivos de Excélsior y su vespertino Últimas Noticias los ejemplares de varios meses de los años de la polémica. A Alberti lo conocí en Roma, una noche, en su apartamento de la plaza Campo dei Fiori donde quemaron a Giordano Bruno. Yo era un muchacho. Qué iba a imaginar entonces que mi ilustre anfitrión hubiera pasado, así fuera tan pasajeramente, por la vida de Barba Jacob. En fin, como al maestro Caso no le quedaba la posibilidad de vender su biblioteca (la vendía sacándola en cajones a la calle, obligado en su pobreza, y la compraban sus amigos para volvérsela a regalar), a Barba Jacob tampoco le quedaba ya la posibilidad de agonizar. Había agonizado demasiado. Y de esa imposibilidad se dolía: "Ya alguien dijo en un artículo que yo agonizo frecuentemente. Y aquí, en los diarios comunistas y cardenistas, que hasta hace poco me atacaban sin misericordia, se ha estampado que yo finjo 'agonías' para explotar la candidez del público. Si entre mis amigos de Colombia me dirijo a ti es porque me consta la estimación que siempre me has tenido y porque sé que juzgas con sencillez y rectitud las tragedias de los poetas". Es una carta a Juan Bautista Jaramillo Meza.

Queda una foto de Barba Jacob con Henestrosa. Y con Rafael Heliodoro Valle además y Ciriaco Pacheco Calvo y otros dos que no logro identificar: acaso cierto doctor Flores Rosa y cierto general Umaña. La foto no tiene fecha y llegó a mí por distinto conducto al de Henestrosa, quien la conservó. Sin que Henestrosa me lo haya dicho, ni nadie, la puedo sin embargo fechar, y decir quién la tomó. La tomó cierto fotógrafo Márquez el primero de enero de 1932 en la mañana, en casa de Rafael Heliodoro Valle, en su casa de San Pedro de los Pinos del barrio de Tacubaya. Tres años después, en un artículo, "Barba Jacob, el príncipe sombrío", Rafael Heliodoro Valle recordaba esa mañana de año nuevo en que reunió a un grupo de amigos en su casa para que escucharan a Barba Jacob, y sostenía que si el arte de conversar no existiera Barba Jacob lo habría inventado. Estaban con ellos a la mesa, entre otros, el doctor Flores Rosa, el fotógrafo Márquez, el general Umaña, y los jóvenes Henestrosa y Ciriaco Pacheco Calvo. Con sus modales de gran señor de que hacía gala cuando quería (tan ajenos a sus desvergüenzas y sus desplantes), cautivador como nunca, Barba Jacob irradiaba esa mañana confianza y optimismo. Pocas veces le vieron así sus amigos. Todos acercaban las sillas para escucharlo. Habló de viajes, de islas, de volcanes, de caminos, de barcos; de las aventuras y gentes que le salieron al paso, de los proyectos que hizo y deshizo. Habló de Mella y de la Universidad Popular de La Habana, de su hermana Mercedes y su esposo millonario, de su última permanencia en su tierra la fabulosa Colombia: "¡Me trataron tan mal esas gentes que por poco me muero de hambre!" Habló de cuando se hizo a la mar en Barranquilla, de su poema juvenil "La Tristeza del Camino" que le elogiaron en Costa Rica, de su llegada a México, de El Espectador de Monterrey y don Ramón Treviño, del perverso Ricardo Arenales, en

fin, fusilado en una de tantas revoluciones centroamericanas... Con esa vanidad infantil tan suya de ser el centro de
una conversación, el motivo de un agasajo, iba evocando
paisajes, inventando leyendas. Y sus sueños humildes de una
paz campesina: "Nada tan hermoso como pasarse unos
quince días en el monte, sin hacer nada, sin leer periódicos,
vigilando todas las mañanas a la cocinera mientras guisa y
sugiriéndole lo que debe hacer para que todo le resulte mejor..." ¿Qué recordaba? Quizá sus días en Antioquia, a su
regreso a Colombia, con la tía Rosario... Las cosas y los sucesos cotidianos empezaban entonces a transmutarse por
la magia de su palabra.

No dice Rafael Heliodoro en su artículo que se hubiera tomado una foto en su casa, pero sí que estaba a la mesa
un fotógrafo, "el gran fotógrafo Márquez". Pues él la tomó.
Hoy detrás de una foto puede estar cualquiera: se toman
solas. Pero detrás de una tomada en 1932 no: habrá siempre un fotógrafo de profesión. Y donde hay fotógrafo hay
foto. No se necesita ser Sherlock Holmes para descubrir
estas cosas, mi querido Watson. En cuanto a la fecha, ¡quién
olvida la mañana de año nuevo con Barba Jacob! Rafael
Heliodoro en la foto parece un espectro; Henestrosa y Ciriaco, unos inditos patarrajados; ídem los otros. Pero la foto
descolorida por el tiempo y esas presencias opacas se ilumina en un lampo con Barba Jacob, con su aura luminosa.

En ese año que empezaba Rafael Heliodoro Valle
adoptó el pseudónimo de Miguel Ángel Osorio, uno más
entre sus muchos, pasajeros pseudónimos. Desde su casa de
San Pedro de los Pinos, barrio de Tacubaya, donde vivía
desde hacía algunos meses y donde vivió en adelante sepultado entre libros, cartas, revistas, periódicos, por años, hasta su muerte, le escribía a Alfonso Reyes a finales del año:
"Lo curioso del caso es que en Honduras hay un auténtico

Miguel Ángel Osorio como lo verá usted por el recorte que le envío". Todavía en un libro reciente sobre el escultor colombiano Rómulo Rozo radicado por largo tiempo en México perdura la broma: se transcribe en él un viejo artículo de ese año atribuyéndoselo a Barba Jacob porque lleva la firma de Miguel Ángel Osorio, su nombre de pila, siendo así que en este caso Miguel Ángel Osorio designa a su amigo, Rafael Heliodoro Valle.

Con un tiro de cuatrocientos ejemplares, constaban las "Canciones y Elegías" de treinta poemas, dedicados a cuarenta y cuatro personas. Algún poema estaba dedicado a tres a la vez, y asimismo estaban dedicadas las cuatro secciones en que se dividía el libro: "Rumbos", "La Vida Profunda", "La Colina Ensangrentada" e "Iluminaciones". Con que cada uno de los agraciados comprara diez ejemplares, y se agotó la edición y faltó. Con Leopoldo el enfurecido no había que contar, ni con el Ministro de Colombia en México Julio Corredor Latorre, muerto de un ataque de angina de pecho estando el libro en prensa. En la larga lista de nombres de las dedicatorias figuran varios que ya han pasado por estas páginas, y otros que pasarán. Allí están los editores del libro Renato Leduc, Edmundo O'Gorman y Justino Fernández; los cubanos Juan Marinello, Jorge Mañach y Enrique Serpa; el nicaragüense Eduardo Avilés Ramírez, el hondureño Rafael Heliodoro Valle, el colombiano Rómulo Rozo, el guatemalteco Rafael Arévalo Martínez, los mexicanos Alfonso Reyes y Enrique González Martínez, y otros mexicanos y guatemaltecos y colombianos y peruanos… Sólo Tallet no figura. La gratitud del poeta sin darse abasto, abrumada, lo había olvidado.

En las "Canciones y Elegías" las "Iluminaciones" están dedicadas al licenciado Manuel Rueda Magro, "amigo incomparable en la adversidad", y el poema "Los Niños" al licenciado Romero Ortega. Son las diez de la noche cuando reviso las dedicatorias y encuentro ambos nombres en el directorio telefónico. Decido posponer para el día siguiente mis llamadas, y llamo en la mañana. Primero al licenciado Rueda Magro y me contesta un dependiente, de su despacho: "El licenciado —me dice— falleció anoche". Cuelgo y marco el otro número, el del licenciado Romero Ortega, y contesta, llorando, una mujer: "Soy su hermana —me dice entre sollozos—. ¿Para qué lo quiere?" Le explico lo de siempre, que estoy escribiendo la biografía del poeta Porfirio Barba Jacob, de quien acaso el licenciado hubiera sido su amigo. "Mi hermano —me dice— acaba de fallecer. Estamos llamando a la funeraria". Entonces sentí que nunca, después de tantos años de buscarlo y por más que lo buscara, encontraría al hijo adoptivo del poeta, Rafael Delgado, ni recuperaría nunca a Barba Jacob. Mi empresa era una carrera contra la muerte y la tenía perdida.

Cuando Barba Jacob moría en el apartamento sin muebles de la calle de López estaban a su lado su hijo adoptivo Rafael Delgado, la esposa de éste Concepción Varela, y una enfermera. La enfermera era la mujer de Armando Araujo, compañero del poeta en Excélsior, un reportero. Por meses lo busqué por todo México y cuando por fin, en Excélsior, después de mucho explicar y rogar me dieron su dirección y corrí a verlo, hacía una semana había muerto. En su cuartucho miserable de vecindad en las inmediaciones del Mercado de La Merced, invadido de basura y muebles viejos, la vecina que me recibió, al mencionar yo el periódico Excélsior, tomándome por un empleado de éste exclamó: "¿Excélsior? ¡Ya era hora! Lo que vayan a dar a mí me toca, porque en estos últimos meses yo fui la que lo atendí". Le pregunté si no había dejado don Armando entre sus papeles unos pliegos largos, amarillos, de papel rayado con el título de "Niñez": los recuerdos de su infancia que al final de su vida estaba escribiendo Barba Jacob y que debieron de ir a dar, a su muerte, a manos de alguno de sus amigos. "Él no dejó nada", me contestó la mujer. Eché un vistazo por el cuarto a ver si descubría algo. Nada. La muerte enredada en las telarañas.

En enero de 1983, cinco años después de mi primer llamada, marco de nuevo el 5741351 (de Orizaba 215), el teléfono del licenciado Manuel Rueda Magro, a quien todavía no borran del directorio, y me contesta su nieto. Le explico que ya sé que su abuelo murió, pero que llamo para pedir informes de alguien que debió de haber sido su amigo, el poeta Porfirio Barba Jacob. No, ni lo han oído mencionar. Me dice el joven que su abuelo, el licenciado, efectivamente murió hace cinco años, de ochenta y nueve, y que era uno de los socios de La Mutualista de Seguros S. A. "Yo tenía entendido que era el dueño o el director", le comento (en esa compañía de seguros trabajó Barba Jacob). "Ya ni sé", me contesta.

"La Mutualista de México, Compañía de Seguros sobre la Vida, S.C.L.": tal exactamente el nombre. Hay una carta de Barba Jacob a Rafael Heliodoro Valle escrita en papel con ese membrete y aludiendo al puesto: "Me he convencido, por una evidencia indisputable como las pólizas de la Compañía de Seguros en que trabajo, de la utilidad y eficacia de los eruditos, de los bibliómanos, de los recopiladores... Cuando yo desesperaba de poder conseguir una copia de Acuarimántima, me envías tú —¡oh predilecto de los Dioses! ¡oh providencial Heliodoro!— una hoja de periódico de Costa Rica donde se contiene mi poema, lindamente adicionado con 385 errores de imprenta. Lo copié, te lo devuelvo corregido y erigiré un monumento a la progenie de los archiveros, con el mármol y el bronce de mis canciones (pero no en forma de hemiciclo)... Quiero que vengas a visitarme a mi fría, lóbrega y destartalada mansión de San Jerónimo 113, planta baja, pocilga número 1". A la izquierda del lóbrego pasillo de entrada al edificio de cuatro pisos está la pocilga en cuestión: tiene una sola pieza con dos puertas, una pequeña cocina y una ventana a la calle. Cerca está la calle de Regina, la "antigua calle de la buena muerte, hoy de la mala vida". Su "hoy" es entonces. Hoy ya ni eso: una calle más en un millón de calles de una ciudad perdida de sí misma.

La carta es de mayo. De agosto es un artículo de periódico de Alfonso Taracena dando cuenta de que acababa de encontrarse, en los corredores de la Secretaría de Educación Pública, con Carlos Pellicer quien le había informado que Barba Jacob tenía los días contados: había solicitado verlo y Barba Jacob le mandó decir que no recibía a nadie ni quería saber nada de nadie, para acabar aceptando luego que lo visitara a una hora determinada. Pellicer va a ver al "moribundo": habita una vivienda "que le cede el doctor Rueda Magro", quien al mismo tiempo le pasa cien pesos mensuales. Un médico llega a inyectarlo una vez a la semana. Le acompaña un joven que dice ser hijo suyo. Dos sirios van diariamente "a contemplarlo como en un rito". Está tendido en una recámara herméticamente cerrada. Es algo pavoroso su cuerpo esquelético, consumido por la tuberculosis. Ya casi no tiene ojos. Cuando Pellicer entra Barba Jacob le pide que le hable del Bósforo. No quiere saber nada de ciertos escritores... Tal lo dicho en el artículo de Taracena, reproducido diez años después en su columna "Ayer y Hoy" de Novedades. Los dos sirios deben de ser libaneses, y uno de ellos Shafick, y el joven "que dice ser hijo suyo" Rafael. En cuanto a Pellicer, un hombre que se equivoca en las fechas por diez o veinte años, en 1976 de lo anterior ya no recuerda nada. No recuerda, vaya, ni siquiera, que estuvo conmigo hace tres meses en mi casa, hablando de Barba Jacob. Ahora estoy en la suya (donde se acaban Las Lomas), admirando su colección de piezas arqueológicas y cuadros de José María Velasco, la más espléndida colección de sus paisajes: pocos meses después de mi visita se la robaron, y de la pena moral murió Pellicer. Dicen que se la mandó robar Echeverría. Dicen, porque lo que soy yo ni lo afirmo ni lo niego sino todo lo contrario. ¿Un presidente de México ladrón? ¡Dios libre y guarde de semejante afirmación!

Por lo demás Echeverría, Luis, también tuvo que ver con Barba Jacob: de jovencito, un jovencito infatuado: se lo llevaron a su hotel, al Hotel Sevilla: y Barba Jacob le dio a fumar marihuana para tomarle el pelo. ¡Qué se iba a imaginar Barba Jacob que décadas después Luisito le iba a tomar el pelo a México! ¡Y vaya si se lo tomó! Presidente de México, a Luis Echeverría el uso omnímodo del poder y la palabra le trastornó la cabeza. Un delirio verbal incontenible le acometió al final de su mandato, y habló, habló, habló por días, por semanas, por kilómetros, mientras el país estupefacto le oía hablar, hablar, hablar sin freno, sin razón, sin término. Habló como sólo pueden hablar en este mundo los presidentes de México. Cuando paró de hablar y se acabó su mandato volvió al silencio, del que nunca debió haber salido. Luis Echeverría fue la primera víctima de una extraña enfermedad psiquiátrica aún no catalogada, que yo denomino el síndrome del fin de sexenio, un miedo abismal al silencio que se apodera en aquel país del presidente saliente, y que se le contagia a su sucesor a los seis años.

A Cárdenas lo puso Calles, y lo traicionó. A Ávila Camacho lo puso Cárdenas, y lo traicionó. A Miguel Alemán lo puso Ávila Camacho, y lo traicionó. A Ruiz Cortines lo puso Miguel Alemán, y lo traicionó. A López Mateos lo puso Ruiz Cortines, y lo traicionó. A Díaz Ordaz lo puso López Mateos, y lo traicionó. A Echeverría lo puso Díaz Ordaz, y lo traicionó. En esta larga cadena del traidor traicionado, a Luis Echeverría lo traicionó José López el perro, su sucesor, al que puso, como a él lo pusieron, por dedazo. La misma verborrea brutal de Echeverría le acometió a López "el perro" (así lo bautizó México, no yo), pero aumentada a la cien. Lo que dijo, lo que gritó, lo que golpeó no tiene madre, no tiene nombre. "Defenderé el peso como un perro" es su frase cumbre: la pronunció manoteando furioso en la televisión: tres días después devaluó y de paso se quedó con los depósitos bancarios. México lo veía hacer aterrado. Después se contentó con ladrarle, en el aeropuerto, en los restaurantes, donde se lo encontrara, y con una leyenda en una barda: "Defenderé el peso como un presidente", y firmado "el perro". Se fue impune: dejándole a su pobre patria montada la deuda externa más grande del mundo (la interna se la habría de montar su sucesor, su traidor). Pero la verdad sea dicha: después de parrandearse y saquear al país a su antojo, en su último discurso le pidió perdón. Y lloró. El perro se había convertido en cocodrilo...

¿Y a qué hablar de estos granujas, mierda de la Historia? Es que en el México suyo, el nuestro, sigue vivo el de Barba Jacob. Cincuenta, setenta años y no cambia. Y si no oigan este retrato suyo de don Pablo González, general y caudillo de la revolución, y candidato a la presidencia: "Figura singular, toda de sombra, no se ilumina más que por los relámpagos de su despecho. Sonríe y destila hiel. Sus ojos miran zigzagueando, cual si temiesen quedar de hito en hito con su lealtad. Su adhesión es como la charamusca, melosa y quebradiza. Y sus pensamientos de codicia se enredan en una trama punzante y tenebrosa y le hacen traición. Calderonianamente, don Pablo podría ser llamado 'el traidor a sí mismo'. En el momento en que comienza la gran revolución vindicadora contra los crímenes de Huerta, don Pablo parece un ser de generación espontánea: no tiene antecedentes. Pobre hombre que mal lee y peor cuenta la onda del entusiasmo se lo lleva y lo pone en manos de la Fortuna. Se eleva rápidamente a los puestos más altos del Ejército, mas no porque hayan crecido un ápice su aptitud y su conciencia de las responsabilidades. Pero el ala de la derrota muda todas las reglas de la lógica y al revés le erige un monumento al héroe adventicio: sobre una montaña de oro, el cadáver de Emiliano Zapata; en los bajorrelieves, don Pablo huyendo, don Pablo disputando a Guajardo la gloria del asesinato, don Pablo jurando sujeción constitucional y afectuosa a Carranza, cuya mano fue para él mina inagotable…, don Pablo traicionando a Carranza… Posee haciendas, palacios, hoteles, depósitos en los bancos. ¿Cuál de esas campiñas ha regado con el sudor de su frente, cuál de esos ladrillos representa un esfuerzo honrado, cuál de esos millones vino por el rigor de su inteligencia en lucha con la vida? La riqueza de don Pablo también parecería de generación espontánea, si no fuera porque aún claman justicia las manos que la amasaron a partículas. Obscuridad, reveses militares que no interrumpe ni una diana de gloria, traición, riquezas allegadas en río revuelto, cobardía moral, ingratitud, actos felones consumados ante la estupefacción de todo el país… Y, sobre todo ello, a guisa de poderoso cendal político, aquella literatura meliflua y retocada, erudita en los programas, conmovedora en los manifiestos, elevada en las renunciaciones, ardiente y cuasi cuajada de lágrimas en los llamamientos al desinterés… ¡Pero siempre falsa!… Y es este hombre, don Pablo, quien ahora lanza otra vez manifiestos, quien se pone a la cabeza de la rebelión y brinda justicia y paz. Ya no es la paloma bíblica la que porta el ramo de olivo: lo trae un cuervo. Es éste el hombre que habla de restablecer el imperio de la Ley Suprema, de vengar la sangre de Tlaxcalantongo. Este es, en fin, el hombre que al iniciar su jefatura en una revolución de opereta invoca una vez más un patriotismo incorruptible como la nieve y un leal amor a sus principios, firme como los signos del zodíaco". Escrito en El Demócrata en 1921, el penetrante retrato de don Pablo González bien vale para sus sucesores: generales, diputados, líderes sindicales, alcaldes, jueces, gobernadores, procuradores, senadores, ministros, presidentes, que llenan con su palabrería vana y su desvergüenza, con su ineptitud y su servilismo, con su corrupción y su arrogancia, la historia del México contemporáneo forjado por la revolución. Don Pablo González, traidor, criminal, ladrón, mentiroso, que parece un estereotipo pero que existió algún día, aún existe: es el político mexicano.

Pero decía que Pellicer me decía, de Barba Jacob... Que nunca, por más que quiso, logró sostener una conversación seria con él. Varias veces lo visitó con esa intención, pero en vano. O nunca tuvo la suerte o era imposible. Sabía que los hombres más importantes de México le rodeaban, que era siempre el centro de la conversación y que acaparaba la atención de todos. Pero por lo que a él respecta era de una gran vanidad y sólo le oyó historias escabrosas, como esa de los quince soldados que lo violaron en Guatemala, narrada con exceso de detalles y complacencia.

Cuatro años después de la muerte de Barba Jacob un grupo de poetas y periodistas colombianos vino a México a repatriar sus cenizas. En una copa de plata mexicana se las llevaron. Pellicer, comisionado por el Secretario de Educación, les acompañó en su regreso. Tal el motivo de que le buscara.

Me habló de su afecto por Colombia donde estudió de muchacho, en Bogotá, en el viejo Colegio del Rosario. Me habló de la noche en que acompañó a Vasconcelos, Secretario de Educación de Obregón, a visitar a Ricardo Arenales en el lujoso hotel de la calle de Madero donde vivía. Era entonces un periodista muy bien pagado y Vasconcelos, quien consideraba su poesía como la más intensa que se hubiera vertido en lengua española, para ayudarlo le dio un magnífico empleo, pero se lo hubo de quitar al cabo de unos meses en que el poeta sólo se presentó a cobrar el sueldo. Me habló de otra noche, de veinte años después, la última que le viera, la última del poeta: en el apartamento sin muebles de la calle de López, a las doce. Director de Bellas Artes, Pellicer asistía a una representación de ballet cuando le anunciaron la inminente muerte del poeta. Dejó el Palacio de Bellas Artes y caminó las pocas cuadras que lo separaban del apartamento de López: lo encontró "conectado a una máquina de oxígeno, con dos presillas en las fosas nasales". Estaban con él su hijo adoptivo y la mujer de éste y una enfermera. El embajador colombiano Zawadsky y su esposa Clara Inés se acababan de marchar. Cuando se marchó Pellicer entró la muerte.

La última carta de Barba Jacob fue al embajador Zawadsky y termina diciendo: "Ruégole saludar en mi nombre a Clara Inés y decirle que procure aplazar la visita de Pellicer hasta que yo me haya trasladado a un lugar decente, pues me da pena que ese caballero tan pulcro y que tan pocos nexos de amistad tiene conmigo me vea en el horrible zaquizamí donde hoy estoy viviendo. Perdóneme usted la rigidez de esta carta, pero yo no sé dictar mis pensamientos a otra persona. Le estrecho la mano cordial y agradecidamente, Porfirio Barba Jacob". El horrible zaquizamí era el Hotel Sevilla, el último, el de sus últimos años, un hotel de chulos y prostitutas: el que dejó para irse a morir en el apartamento sin muebles de la calle de López.

De la visita de Vasconcelos a Arenales me han hablado otros: Manuel Ayala Tejeda, Felipe Servín, Toño Salazar y Alfonso Taracena, y juntando sus recuerdos podría reconstruir la escena como quien arma un rompecabezas. Según oyó contar Ayala Tejeda, los tremendos editoriales no firmados de Arenales en Cronos iban dirigidos no sólo contra Obregón y Calles, las cabezas del gobierno, sino contra el propio Vasconcelos, por quien estaba empleado. Enterado Vasconcelos de qué pluma provenían fue al cuartucho en que vivía a buscarlo y lo encontró acostado con un muchacho. "¡Mira quién viene! —le dijo Arenales sin inmutarse al muchacho—. ¡El dictador de la cultura en México!" Y con tremendas palabras echó a Vasconcelos del cuarto. Pero Servín me cuenta el episodio algo distinto: que Arenales pasaba por una época de prosperidad y vivía en un hotel de Madero o cerca: en momentos en que estaba en la cama con un muchacho desnudo separando las semillas de un paquete de marihuana llamaron a la puerta. "¿Quién es?", preguntó Arenales. "José Vasconcelos", le contestaron de afuera. El muchacho de inmediato quiso vestirse pero el poeta se lo impidió, y en el estado en que estaban recibieron a Vasconcelos y sus acompañantes. Toño Salazar, por su parte, me dice que cuando Arenales se fue a vivir al Hotel Colón de la calle Madero, el ministro Vasconcelos fue a visitarlo en compañía de su secretario Torres Bodet y de Pellicer. Toño se hallaba con Arenales, y acaso con alguien más, fumando marihuana, cuando Vasconcelos y sus acompañantes llamaron a la puerta. En el curso de la visita Vasconcelos le pidió a Arenales que recitara algo, y él dijo su "Balada de la Loca Alegría". Al terminar el poeta Vasconcelos comentó que "Habría que ir a la poesía inglesa para encontrar algo semejante". Por ese "acaso con alguien más" de su relato Toño Salazar no es el muchacho desnudo de los otros. Pero bien pudo serlo. Ahora es un hombre casado y viejo y estamos hablando de Ricardo Arenales en su casa de las afueras de San Salvador, barrio de Santa Tecla. Que Arenales, me dice, tuvo que salir huyendo de ese Hotel Colón por no poder pagar la cuenta. Allí dejó cuanto tenía. Toño y Rafael Heliodoro Valle fueron entonces a rogarle al dueño que les permitiera sacar la valija del poeta, y se las arreglaron para substraer las hojas de papel timbrado ("Palacio de la Nunciatura, Redacción de la Vida Profunda") en que estaban escritos sus poemas. Cuando el general Calles expulsó de México a Arenales por los demoledores editoriales en Cronos contra su imperial persona, Toño fue a acompañarlo hasta el ferrocarril. Allí el poeta se despidió diciéndole: "Me voy a elogiar presidentes de América".

Rafael Heliodoro Valle ha escrito recordando el nombramiento de Vasconcelos a Arenales de "Inspector de Bibliotecas": de las pequeñas bibliotecas de los parques que estaba fundando para difundir los clásicos. Cinco pesos diarios le pagaban y Vasconcelos en broma le preguntaba por las florecitas de esos parques, y en especial las amapolas, aludiendo a las costumbres del poeta de ir regando por todas partes semillas de marihuana para que las dispersara el viento, el suave viento de la fama que pregonaba su nombre. A Alfonso Taracena, que en esa época había escrito un cuento titulado "Mi trágica amistad", Rafael Heliodoro le decía que él también tenía una trágica amistad: la de Ricardo Arenales. Y le hablaba de la carga que significaba para él su amigo, insaciablemente necesitado de dinero. Le contó que un día en que le reprochaba a Arenales el que no hubiera sabido conservar el puesto que le dio Vasconcelos, aquél le contestó: "Yo no soy esclavo", como si tuviera que serlo el otro. Era la cómoda posición de quien escudado en la poesía se permitía insultar a la burocracia. Y como Rafael Heliodoro le negó entonces el dinero que le pedía, Arenales le decía: "Despreciable criatura, te aborrezco", en cuanta ocasión se encontraban. Y sólo superaba el descaro de Arenales la indolencia de su paisano Leopoldo de la Rosa, a quien también Vasconcelos para ayudarlo le dio un empleo, cuya única función era darle cuerda a un reloj de muro que había en la Secretaría de Educación Pública, y que siempre estaba parado. Tan parado como siempre siguió el reloj, y cuando Vasconcelos le reclamó a Leopoldo éste le respondió que era muy poco los seis pesos diarios que le pagaban. Heroicamente Leopoldo nunca trabajó. De su paso por México y por la vida dejó una huella mendicante. Horacio Espinosa Altamirano oyó decir que cuando Leopoldo intentó matarse disparándose un tiro, la bala que le atravesó los intestinos no lo infectó porque estaban limpios después de varios días de no comer. Por la época en que la comisión colombiana vino a México a repatriar los restos de Barba Jacob, Leopoldo andaba por las calles muerto de hambre, hecho un cadáver: entonces Novo, el poeta Salvador Novo, funcionario del gobierno, les dijo a los comisionados colombianos con su marica lengua perversa: "Señores comisionados colombianos: ¿por qué no se llevan también los restos de Leopoldo de la Rosa?" En fin, para terminar con esta historia de la visita al hotel de Madero, Alfonso Taracena, amigo y biógrafo de Vasconcelos y amigo de Pellicer me ha contado algo que el mismo Pellicer le contó: que cuando fueron con Vasconcelos a visitar a Arenales, éste, en su ir y venir por el cuarto recitando, cada vez que pasaba cerca al joven Pellicer, para hacerlo avergonzarse le acariciaba la cara.

Fernando Vallejo

Alfonso Taracena lo conoció frente al edificio de El Pueblo: hablando de negocios de millones relacionados con el ricino y con pozos petroleros. Hizo grandes aspavientos cuando los presentaron porque Taracena expresó que no tenía el honor de conocerlo. ¿Pero es que alguien podía no conocer a Ricardo Arenales?

Estamos hablando de 1918 en 1982, saquen cuentas. Del apogeo de Ricardo Arenales, cuando Ricardo Arenales era más Ricardo Arenales que nunca. Acababa de regresar a México de Quintana Roo y de Belice y Honduras y El Salvador, etcétera, etcétera, y había entrado a trabajar en El Pueblo, "diario liberal político" y órgano oficial del gobierno de Carranza. Constaba de sólo seis páginas y lo dirigía el profesor Gregorio A. Velázquez, tras de quien estaba el propio Secretario de Gobernación de Carranza, Manuel Aguirre Berlanga: éste es el "Indio Verde" de que le contó a Tallet que le encargó la biografía del caudillo para adularlo pagándole a diez pesos la página, que él subcontrataba por uno. Pero el asunto era más sutil que eso: no era la biografía de Carranza: era la "Historia de la Revolución Mexicana", que sería publicada como folletín del periódico según la idea de Arenales. De la lúcida cabeza alucinada de Arenales el proyecto pasó al profesor Velázquez, del profesor Velázquez al licenciado Aguirre Berlanga, y del licenciado Aguirre Berlanga al presidente Carranza, quien, puesto que inevitablemente debería figurar en ella, en esa historia, en la Historia, la aprobó. Pagado a cinco pesos por cuartilla Arenales inició su empresa: cada sábado entregaba un episodio, y con el dinero recibido organizaba una juerga. De episodio en episodio y de juerga en juerga transcurrieron varios sábados sin que el historiador llegara siquiera a don Francisco Madero. Don Gregorio Velázquez, impaciente pues su idea era empezar la publicación del folletín cuando tuviera en la mano lo relacionado con el Plan de Guadalupe de Carranza, empezó a urgir a Arenales, quien le explicó entonces que la Revolución Mexicana tenía "hondas raíces históricas" que se remontaban a 1906, a Villarreal y a Aguilar. "Pero apresúrese usted —le dijo don Gregorio— porque al paso que llevamos no llegaremos al Congreso Constituyente de Querétaro". Otras semanas más transcurrieron en que los episodios se multiplicaban al ritmo de las juergas, hasta que don Gregorio terminó por preguntarle disgustado al poeta: "Pero, señor Arenales, ¿cuándo va usted a terminar el libro?" "Cuando termine la revolución", le contestó Arenales. La Revolución Mexicana aún hoy no concluye: se levanta de cuando en cuando como fantasma de su letargo: cada fin de sexenio en que un presidente bandido la invoca para cubrir los robos y desastres de su administración y realizar en su nombre, al abrigo de su bandera —negra bandera de humo—, algún nuevo robo o una nueva y heroica expropiación. Lo que precede sobre la historia de la revolución interminable se lo contó Roberto Barrios, compañero de Arenales en El Pueblo, a Rafael Heliodoro Valle.

Ese mismo "Indio Verde" le financió su pequeño periódico "Fierabrás y nada más", del que salieron unos cuantos números y no quedan copias. El historiador mexicano Jorge Flores me dice que constaba de cuatro hojas impresas en muy buen papel y escritas en su totalidad por Arenales, cuyos terribles artículos estaban destinados a zaherir y vapulear a los desafectos al régimen, y a los literatos y poetas que no eran de su agrado. Paradójicamente, de ese efímero y terrible periódico lo único que queda es una opinión elogiosa: de Arenales sobre "El Hombre que parecía un Caballo" de Arévalo. ¡Claro, si el protagonista de "El Hombre que parecía un Caballo" era él! La familia de Arévalo, en Guatemala, me ha mostrado el recorte.

Cuatro años exactos después de "Fierabrás y nada más", y en vísperas de su expulsión de México, con esa ingrata desfachatez olvidadiza que era tan suya Arenales escribía en Cronos: "En la época de Carranza, y cuando ya dizque se había restablecido el imperio de la Constitución y de las leyes, la saña contra los escritores independientes corrió pareja con la munificencia con que se trató a los que servían bajo la coyunda oficial. Recuérdense aquellos largos y escandalosos actos de secuestro, mal llamados 'viajes de rectificación', y, al propio tiempo, evóquense los torrentes de oro que derramaban los Secretarios de Estado —Aguirre Berlanga a la cabeza— ya para mantener empresas cuya dependencia del presupuesto era ostensible, ya para subvencionar de manera clandestina periódicos y periodicuchos de filiación germanófila. Tan oprobiosa se había tornado la antigua inmoralidad, que los hombres de Agua Prieta, una vez que hubieron escalado el poder, creyéronse obligados a declarar que ni perseguirían a la prensa libre ni tolerarían la prensa oficiosa". Lo anterior para seguir diciendo que los hombres de Agua Prieta, que habían subido al poder desconociendo a Carranza, pese a sus buenas intenciones y declaraciones habían vuelto a lo mismo. Pero, ¿acaso El Pueblo cuando en él escribía, no "servía bajo la coyunda oficial"? ¿Acaso "Fierabrás y nada más" no fue publicado gracias a "los torrentes de oro que derramaba Aguirre Berlanga"? ¿Acaso uno y otro periódico no eran prensa "subvencionada", empresas "dependientes" del presupuesto? Y sin embargo algo antes de lo dicho en Cronos, en carta a Rafael López desde Monterrey, escrita con motivo del asesinato de Carranza y Aguirre Berlanga en Tlaxcalantongo, sobrecogido por el horror de la tragedia le decía: "Yo me hallo fuera de mí. Mis pensamientos son un vértigo. Creo que no volveré a conocer nada que me conmueva tan profundamente. Voy a confesarte una cosa: me he decidido, sobre los despojos de Carranza, a pedir inmediatamente mi carta de ciudadanía de mexicano. Este es mi país… Creo que El Heraldo de México se ha manejado inicuamente al tratar al Presidente Carranza como lo trata. Aún no comprendemos a Carranza en todo lo que tuvo de grande. Era un solitario. Erró, sin duda; pero sus errores no son sino virtudes que se invierten…" Y más adelante: "Admirable la actitud de Palavicini. Decididamente, es el primer periodista que he conocido en nuestra América. Sereno y fuerte, lo veo reprimir su emoción y no dejar que se advierta sino en cuanto traduce el sentimiento nacional. Ni una destemplanza, ni un juicio prematuro, ni una sola pasión baja. El Universal tiene una tersura y una claridad de espejo; pero al reflejar la gran tragicomedia la reflejó con majestad y con noble dolor. Ya sé que a Palavicini le molesta mi nombre; por fortuna, yo no necesito de él sino para admirarlo. Voy, pues, a escribir un artículo acerca de su brillante y poderosa personalidad. A ti te lo enviaré muy pronto". ¿A qué se refería con eso de que "a Palavicini le molesta mi nombre"? Es que cuando Arenales trabajaba en El Pueblo se fue a ofrecer a Félix F. Palavicini, director y propietario de El Universal (fundado dos años antes), para regresar a su periódico a hacerse subir el sueldo con la amenaza de irse a la competencia donde le ofrecían más dinero. Lo anterior me lo ha contado don Jorge Flores, y que cuando tiempo después el poeta olvidó el asunto y por intermedio de alguien volvió a pedirle trabajo, Palavicini contestó por el mismo conducto: "Dígale a ese señor que Félix F. Palavicini no perdona hasta la cuarta generación". Me dice don Jorge que en adelante Arenales no perdió ocasión de congraciarse con él: que debió de haberle hecho gracia su respuesta en lugar de ofenderlo. Y aunque a Tallet en

Cuba Barba Jacob le contaba que había escrito una serie de artículos contra Palavicini titulados "El loco", lo cierto es que en El Demócrata, y aun en Cronos a un paso de su expulsión de México, de él se expresó siempre en los más encomiosos términos. Una foto de Palavicini a los treinta y tres años (tenía dos más que Arenales) muestra un hombre de cincuenta, de expresión adusta tras la cual se adivina la voluntad inamovible de quien en efecto no perdona hasta la cuarta generación. Sin que se sepa por qué dejó El Pueblo, pero debió de seguir colaborando de alguna forma con el régimen imperante, pues en un artículo de fin de año sobre Leopoldo de la Rosa, Camouflage recordaba que años atrás éste vivía en un hotel de mala muerte con su amigo Arenales, " hoy sostén literario-político del Señor Ministro de Prensa y Elecciones".

Conocí a don Jorge Flores por una vieja noticia de periódico que daba su nombre entre los asistentes al entierro de Barba Jacob. Jefe del Archivo Histórico de la Secretaría de Relaciones Exteriores, allí fui a buscarlo. Fue al primero que le oí referirse al poeta como Ricardo Arenales: "Nunca pensé que nadie, algún día, fuera a llorar por Ricardo Arenales" fue lo que me dijo, al iniciar yo la conversación aludiendo a su presencia en ese entierro. Se refería a que cuando bajaron el ataúd a la fosa, un pobre hombre soso, insignificante, insubstancial, anodino rompió a llorar desconsoladamente: su "hijo adoptivo" Rafael, a quien el poeta conociera como un joven de una notable belleza. Ricardo Arenales, ese hombre indelicado, egoísta, ególatra... Me lo decía un hombre muy viejo, casi ciego, que sesenta y cinco años atrás, de muchacho, le veía llegar a su casa acompañando a su padre, Esteban Flores, con quien redactó el efímero Porvenir del reyismo: en 1911, cuando el tornado de la revolución.

Arenales... Claro que sabía yo quién era Ricardo Arenales: otro de los pseudónimos del poeta, me lo enseñaron en la escuela. Pero nadie en Antioquia conoció a Ricardo Arenales. El que se fue de joven era Miguel Ángel Osorio, y el que volvió veinte años después Porfirio Barba Jacob. Y como Barba Jacob le conocimos en adelante, cuando volvió a marcharse, hacia la muerte y la existencia intemporal de los seres legendarios. Así que cuando don Jorge pronunció "Arenales" sentí que me arrastraba a las brumas de un pasado muy remoto, transcurrido en países ajenos, substraído a nuestra ingenua curiosidad de provincianos de Antioquia, y a nuestra imaginación que lo engrandeció. Arenales... Había empezado a descorrer el velo de la leyenda.

Al llegar de Cuba a México (por primera vez de Cuba a México), de veintitantos años, debió permanecer en Veracruz un mes sin un centavo, hasta que logró conseguir un boleto de segunda en tren para continuar el viaje. Volvió al hotel de ínfima categoría en que se había alojado a despedirse del dueño, un español que le retenía el baúl de la ropa, a rogarle que aceptara le enviara el pago de lo debido desde la capital. Como el español se negaba, Arenales se dio a maldecirlo, a él, a su mujer y a sus hijos, con tan terribles palabras que el hombre, muy pálido, le permitió que retirara el baúl para parar la tempestad de injurias. Lo anterior se lo contaba riéndose a Esteban Flores, y don Esteban se lo contó a su hijo y su hijo a mí. De la capital se fue a Monterrey, y a su regreso don Esteban y Jorge le conocieron.

El veinticinco de mayo de 1911 renunció Porfirio Díaz a la presidencia de México tras de gobernar treinta y cuatro años con poderes absolutos, y se marchó a Europa. Se marchó en el Ipiranga, eso es historia patria. Menos que historia patria, pobre crónica de poetas, es la coincidencia de que en ese vapor alemán a fines del año anterior se embarcara en Cuba Rubén Darío, el más famoso poeta de América, rumbo a París, gracias al giro que desde allí le enviara el general Bernardo Reyes. Y ahora que don Porfirio iba camino a Francia, al exilio, volvía de su exilio en Francia el general Reyes: del exilio suavizado, disimulado, que le impuso el dictador en pago de su lealtad y sus servicios. Alejado del poder el dictador, el santo de sus devociones, el general podía aspirar a reemplazarlo sin remordimientos y oponérsele a Madero: con un día de diferencia respecto a éste llegó a la capital. A Madero lo recibió la multitud; al general los militares y sus amigos, y los andenes de la estación donde llegó quedaron cubiertos de claveles rojos. Días después una fiesta del reyismo en la Alameda era dispersada por las hordas maderistas, que irrumpieron gritándole mueras al general. El general tuvo que refugiarse en la fotografía Daguerre (donde se habría de refugiar también Madero, andando el tiempo y cambiando el viento de su fortuna), mientras la "porra" lo hostigaba y lo vejaba por el solo delito de haber aceptado su candidatura a la presidencia, a raíz de una revolución que dizque venía a reivindicar los derechos políticos conculcados por la dictadura. ¿Estaba Ricardo Arenales entre los reyistas de la estación ferroviaria y la Alameda? Imposible saberlo. Era reconocido partidario del general, y en Monterrey persistió por años la tradición oral de que había permanecido sin inmutarse en una acera mientras desfilaba ante él una manifestación de exaltados maderistas. El historiador de Monterrey José P. Saldaña ha recogido ese testimonio de su valor civil y de él me ha hablado. Y cuando el general Reyes envió desde su exilio de París su renuncia a la gubernatura de Nuevo León, el estado que por tantos años gobernara, en la primera plana del viejo Espectador, ahora de Arenales, éste publicó el retrato del nuevo gobernador, el general José María Mier, partido a la mitad. Por éstas y otras insolencias de mayor y de menor cuantía lo mandaron cinco largos meses a descansar a la cárcel, de donde lo sacó la revolución. De El Espectador no queda ni rastro. Ni un solo ejemplar de sus archivos. La revolución arrasó con él como arrasó con todo. Lo del retrato partido por la mitad se lo contó Alfonso Junco a Manuel Ayala Tejeda, y éste a mí. Queda una foto del general Reyes tomada en México a su regreso del exilio con el Club Reyista Aquiles Serdán, entre cuyos integrantes creo reconocer a Ricardo Arenales. Lo sabido en fin, con certeza, es que el poeta colaboró en El Porvenir reyista, que duró cuatro meses y se publicó en la capital. En él conoció a Esteban Flores, y por Esteban Flores a su hijo Jorge.

Tras la efímera aparición de El Porvenir Esteban Flores y Arenales viajaron por tren a San Antonio de Texas, convertida en la meca del reyismo al trasladarse a ésta el general. Allí Arenales participó en la redacción del Plan de Soledad, Tamaulipas, que proclamó a Reyes. Lo corrigió y lo redactó en parte, en asocio del licenciado David Reyes Retana, secretario de don Bernardo, y de Rodríguez Peña, fusilado tiempo después cerca de Puebla. El manifiesto fue impreso por José H. Ludick, ex impresor de El Porvenir, en la imprenta de El Faro, de San Antonio. Esto me lo ha contado don Jorge Flores, y que en una casa de dos plantas situada en San Pedro Avenue, 904, que pertenecía a Miguel Quiroga de Monterrey, amigo cercano del general, se habían alojado éste en la planta alta, y Esteban Flores (y acaso Arenales) en la planta baja. Un asistente armado montaba la guardia. En esa casa se redactó el manifiesto y se reunieron los políticos reyistas a repartirse el gabinete: Rodolfo, un hijo del general, sería el secretario de guerra; el de gobernación Manuel Garza Aldape; Fernando Ancira en hacienda… Aunque bien sabía el general que una campaña militar se hacía con militares, o hasta con bandoleros, pero no con licenciados, nadie en México acudió a su llamado cuando lanzó su proclama al Ejército Federal. Los tiempos gloriosos del Divisionario ya habían pasado y, para colmo de males, si a su llegada a San Antonio, entre el medio millar de partidarios que le recibieron incluyendo delegaciones de la Gran Logia de la Masonería Mexicana el mismo alcalde Callagham le había dado la bienvenida oficial, tal situación favorable al reyismo habría de invertirse al ascenso de Madero a la presidencia. Bajo la acusación de violar la ley de neutralidad de Estados Unidos el general Reyes fue arrestado, su equipo militar confiscado, y sus seguidores detenidos por dondequiera: en San Antonio, en El Paso, en Brownsville, en el río de la frontera. El general salió de prisión bajo fianza, y disfrazado y con la sola compañía de David Reyes Retana y Miguel Quiroga cruzó el río y abandonó los Estados Unidos. En Linares, Nuevo León, unos guardias rurales lo apresaron.

Arenales, que venía de Brownsville (pues allí está fechado su "Poema de las Dádivas"), se internó en México por Nuevo Laredo. A punto de cruzar la frontera, en medio de la desbandada reyista, se cruzó con Ludick y le pidió el favor de que fuera al hotel donde se había alojado a recuperarle el maletín de su ropa. Ludick se lo recuperó y se lo llevó hasta el ferrocarril. Años después, al regreso de Arenales de Centro América a México, volvieron a encontrarse y el poeta, olvidando al amigo de los difíciles tiempos de Nuevo Laredo, fingió no reconocerlo. Esto se lo refirió el propio Ludick a don Jorge Flores. La explicación de don Jorge para este extraño comportamiento es obvia dada la

opinión que tiene del antiguo amigo de su padre: Arenales
actuaba así porque era un desagradecido que sólo se tomaba la molestia de considerar a quien pudiera servirle. ¿No
se hizo amigo de Jaime Torres Bodet, uno de los que en su
"Fierabrás" hacía víctima de sus sarcasmos? ¡Claro! Porque cuando Vasconcelos nombró a Arenales "Inspector de
Bibliotecas", el joven Torres Bodet era el jefe del Departamento de Bibliotecas de la Secretaría de Educación. Por eso.
Por los altos puestos que empezó a ocupar el joven y por
el interés malagradecido de Arenales. Con eso de que estaba convencido de ser el mejor poeta... Con eso de que a
Esteban Flores le decía que pensaba publicar un libro de
poesías con el título, insufrible, de "Poemas Excelsos" o
"Supremos" o algo por el estilo ("Poesías Perfectas" según
Arqueles Vela me ha dicho)... El objetivo de la fracasada
expedición de Texas era derrocar al débil e inepto gobierno de Madero y reemplazarlo por uno fuerte que pudiera
mantener la paz y el orden con base en la justicia. Poco de
esto ocurrió. A Madero sí lo derrocaron (otros), y lo asesinaron, unos días después que al general Reyes, en la "decena trágica", pero la revolución pasó sobre sus cadáveres
como soldadera borracha, quemando toda ilusión de paz
y de honestidad y de justicia en la gran fiesta de trenes desca-
rrilados, haciendas incendiadas, iglesias saqueadas, donce-
llas violadas y mezcal y tequila y tiros y fuegos de artificio
que vino luego. Madero el demagogo prendió la mecha y
el barril de pólvora explotó.
   Dieciséis años tenía Torres Bodet cuando conoció a
Arenales: en casa de González Martínez, calle de Magnolia,
colonia Santa María de la Ribera. Lo ha escrito en sus memorias. Y que en los altos de esa casa tenían lugar los domingos unas tertulias literarias a las que asistían Arenales
y su amigo De la Rosa, Esteban Flores, Rafael Heliodoro

Valle, Ramón López Velarde… Vecino de esa casa, en la misma calle, era Esteban Flores, y también vecino Arenales, quien rentaba, en la cercana calle de Naranjo, un cuarto en una casa de familia. Desde su casa don Jorge Flores le veía llegar, acompañado de Leopoldo de la Rosa, a la de González Martínez: allí solían ir a comer cuando Arenales se quedaba sin trabajo. Leopoldo no, porque como Leopoldo nunca trabajó, decir que Leopoldo se quedaba sin trabajo sería una sandez o imposibilidad metafísica. Postulaba entonces Arenales su doctrina del "trascendentalismo", una poesía trémula y humana que no se quedara en la exterioridad de las palabras como la de Darío o Lugones. Cuando Torres Bodet le conoció no tardó en comprender que entre ellos se levantaría una barrera insalvable: de prejuicios burgueses, decía Arenales; de sensibilidades opuestas, pensaba él. Pero su intolerancia para con los vicios del hombre no conseguía disminuir en nada su admiración por el poeta. Oyéndole declamar algún fragmento de "Acuarimántima", o los endecasílabos admirables de la "Lamentación de Octubre", se preguntaba el joven, estupefacto, cómo le había sido posible a Arenales expresar en una forma de tan clásico molde verdades tan originales, y sin embargo tan simples y tan augustas. Una observación de Proust habría de revelarle, años más tarde, la clave del enigma: la de que casi siempre los "aunque" son en verdad "porque": así Arenales no era profundo aunque rebelde, sino que porque era rebelde era profundo; y no era generoso aunque violento, sino que porque era violento era generoso. Embajador de México en muchos países, director de la UNESCO, doctor honoris causa de infinidad de universidades, Jaime Torres Bodet era el Secretario de Educación cuando vinieron los comisionados colombianos por las cenizas de Barba Jacob. Fue él quien envió a Pellicer con ellos a Colombia. A él le tocó entregarlas en la urna de plata. Era una mañana luminosa, en la Rotonda de los Hombres Ilustres de México. Ante un pequeño grupo de mexicanos y colombianos reunidos cerca de las tumbas de Salvador Díaz Mirón y Amado Nervo, Enrique González Martínez dijo las palabras de la última despedida, la que ya no podía escuchar el indetenible viajero.

De Guadalajara lo corrieron "por sus escándalos homosexuales" según la versión de don Jorge Flores, de la que Rafael Heliodoro Valle no supo, o no quiso saber, cuando escribió sobre el asunto. Escribió, en uno de sus artículos sobre la movida vida del poeta, que éste había acompañado al gobernador Vadillo en su caída. Pero se equivoca. Cuando el Ayuntamiento de Guadalajara tumbó a Vadillo, ya hacía uno o dos meses que Arenales estaba de vuelta en la capital escribiendo en El Demócrata: sus reportajes espeluznantes sobre chinos poseídos por indecibles vicios chinos, opio, antros, golfos, garitos, salteadores, impostores, El Gato Negro, el "Palacio de la Leche", fakires, y los delirios siniestros de los marihuanos, los morfinómanos, los heroinómanos, los toxicómanos, magos, misas negras, fenómenos de diabolismo, de satanismo, de espiritismo, delitos contra el Espíritu Santo, posesión demoníaca y adeptos al culto de Satanás, con los pseudónimos de Juan Sin Tierra y El Corresponsal Viajero.

Accediendo a los ruegos epistolares de Rafael Heliodoro Valle, su ex compañero de la Escuela Normal, el gobernador de Jalisco Basilio Vadillo había nombrado a Arenales Director de la Biblioteca Pública del Estado, cargo que a los cuatro meses larguitos, con pesar del alma, le hubo de quitar. ¡Cuántas cosas no dirían si pudieran hablar las paredes de esa augusta biblioteca! Cosas que humanos ojos no vieron para atestiguar, pero que se pueden deducir. Por ejemplo: allí, entre esas venerables paredes, estuvo con Ricardo Arenales nadie más ni nadie menos que el insigne forjador del marqués de Bradomín, el funambulesco, el tremendo, el esperpéntico don Ramón María del Valle Inclán, de noble estampa y figura del Greco, sin un brazo, fumando marihuana. Era un sábado. Los periódicos de Guadalajara dieron cuenta de la visita del ilustre huésped a la biblioteca, pero no de lo que pasó allá adentro. Alfredo Kawage me lo contó. Que pedagogo por naturaleza, Arenales le enseñó a fumar marihuana al maestro. Pero exagera: ya don Ramón había estado años atrás en México: ¿no sería entonces cuando aprendió? A su regreso a España de esta segunda visita, don Ramón se llevó una silla de obispo rellena de marihuana. Unos dicen que el relleno se lo regaló el poeta colombiano; otros que el general Obregón. Este general Obregón, presidente, también sin brazo, lo único que había leído en su vida eran las obras de José María Vargas Vila, mi paisano, lo cual encuentro muy bien, para qué más. Luchó en muchas batallas que le dieron fama y la presidencia pero que le costaron el brazo. Al brazo cercenado aquí le hicieron su monumento. Pronunció una frase célebre que ha resistido, vaya a saber Dios por qué, los embates del Tiempo: "No hay general de la Revolución Mexicana que resista un cañonazo de veinte mil pesos". Algunos dicen que eran cincuenta mil… En fin, don Ramón se embarcó en Veracruz con su sillón de obispo y profiriendo palabras injuriosas contra el monarca de su país don Alfonso XIII. Muy merecidas. Don Alfonso era un pelotudo, un semitarado infantil. ¿Qué necesidad tendrá España de andar consecuentando imbéciles?

Saliendo ahora de esa biblioteca, a campo abierto, lejos de sus eruditas paredes, pocos días después de asumir su cargo hizo Arenales un alegre viaje con el gobernador

Vadillo a Sayula, a inaugurar los trabajos de una carretera. Bajo el sol recién bañado y el aire puro, camino de Sayula departían alegremente el gobernador y su bibliotecario: el gobernador hablando de que al concluir su período tendría ahorrados doce mil pesos, exactos para comprar un linotipo y una prensa para fundar un periódico. Él, Vadillo, se encargaría de las cuestiones políticas; Arenales de las literarias… El gobernador hablando, soñando, y el poeta asintiendo, escuchando. Puros sueños. La probidad administrativa del gobernador Vadillo, escándalo intolerable en el México de la revolución, dio al traste con su gobierno: lo depusieron. Algo antes, aterrado por la conducta de Arenales, su ex compañero de viaje, el mismo que lo nombró hubo de pedirle que se marchara. Por lo pronto, en Sayula, Arenales compuso uno de sus más bellos poemas: la "Canción del Día Fatigado", que luego llamó "Elegía de Sayula", y que dedicó a Vasconcelos: "Por campos de Jalisco, por predios de Sayula, donde llovía a cántaros ensueños fui a espigar…"

Hay en este país un loco, un loco pretencioso, que ha dicho, escrito, que el único que desafinaba en la segunda edición de "Laurel, Antología de la Poesía Moderna en Lengua Española" editada en México era Barba Jacob. Ese loco pretencioso es un poetilla soso de nombre insulso, al que también, como a Echeverría, le llevaron a Barba Jacob al Hotel Sevilla. Quién sabe qué le haría. Se llama Paz, dizque Octavio Paz. ¿Paz en este mundo en guerra? ¿La paz octaviana? En qué cabecita hueca cabe ponerse semejante pseudónimo… "Por campos de Jalisco, por predios de Sayula, donde llovía a cántaros ensueños fui a espigar…" ¿Cuándo te vas a escribir unos de éstos, Octavio? "Sayula está de fiesta porque llovió; la luna sublima los magueyes, me dan vino, y… ¡México es tierra de elección! —Mi padre, dice un joven, tiene cinco yuntas de bueyes. Cruzan la honda noche ráfagas de maizales, y un júbilo de júbilos nos llena el corazón". Y no te digo más, hombre Paz, léete todo el poema a ver si eres tú o él el que desafina.

"Aquí, hoy, este año. Querido Salazar: Llegué hoy, malísimo, después de dos días de excursión a Sayula. Mañana entraré al sanatorio del doctor C. Barriera donde seguramente me tendrán que operar. ¿Será éste el principio del fin? Haga los más fervientes votos, no sólo por mi salud, sino por mi bienestar en el horrible abandono en que me encuentro. El Gob. Vadillo me ayuda; pero ¿puedo creer que un hombre que no me conoce me ayude hasta lo último? Me consuelo en mis versos. Tomo Pater-admirabilis, y siembre un ciprés sobre la tumba de Mari-Juana. Abrazos a los amigos a quienes en verdad les interesa mi persona. Hasta después. Yo". La carta anterior, no fechada (pero si como dice la escribe llegando del viaje a Sayula, "hoy" es el doce de septiembre del veintiuno), es a Toño Salazar, el muchacho que ya conocimos desnudo en Hotel Colón con Arenales, recibiendo a Vasconcelos. Y quedan otras cartas y otras tarjetas del mismo remitente al mismo destinatario: las conservó Rafael Heliodoro Valle, en quien tomó forma y persona la manía humana de conservar. Su biblioteca llegó a ser más grande que la del Estado de Jalisco, la que se parrandió Arenales. Más incluso que la de Alfonso Reyes, que la de Henestrosa. Y sin contar cartas, recados, fotos, artículos, papeles… A su muerte fue a dar a la Biblioteca Nacional de México, que se la incorporó. O mejor dicho: la enterró. Cinco, diez, quince, veinte años lleva allí arrumbada en cajas con una simple etiqueta: "Acervo Rafael Heliodoro Valle" y basta. Infinidad de cosas debe de haber en esas cajas, de Barba Jacob y sobre Barba Jacob. Un mes, dos meses, cinco meses, ocho meses le rogué al

Director de turno que me permitiera consultarlas. Imposible. No se puede. "¡Quién saca esos libros de esas cajas!" "Yo". "No, no vaya a ser la de malas que se pierda algo, que se lo roben". Y su "no se puede" fue no se pudo. Cayó del puesto por indignación del cielo, y entonces pasé a rogarle a su sucesor, a su sucesora, una Directora. Que iba a ver… Y mientras vio cayó, la quitaron. Y así quitaron a otro Director y a otra Directora. Sólo mi constancia es más necia que mi ingenuidad que cree que un simple ser humano de dos ojos y dos patas puede vencer a la burocracia. Cuando yo esté en otra caja quizás, quizás entonces esas cajas las abrirán… Cuando Barba Jacob se haya muerto tres veces y ya a nadie le importe, en el tricentenario… Y a propósito de Echeverría y el combativo Paz: lo mandó para calmarlo, para tranquilizarlo, para apaciguarlo como embajador a la India. Abierto a cuanto pudieran captar su sensibilidad y la permeabilidad de su espíritu, tres o cuatro meses se quedó allá, en el subcontinente profundo donde se respetan las vacas. Y volvió a México más hindú, más rumiado, más en paz que una vaca de la India. El hondo Paz, el transparente Paz…

Más errático este libro que la vida de Arenales, ¿dónde iba, qué decía? Iba en sus "escándalos homosexuales", en que don Jorge Flores me decía… Que asombrado por la prodigiosa intuición del poeta, quien acabando de llegar había escrito un gran artículo sobre la ciudad, el gobernador le consiguió, para ayudarlo, unas clases en el Liceo de Varones, mas aterrado por su conducta escandalosa hubo de pedirle pronto que se marchara. Ítem más: le tuvo que dar para el pasaje de regreso a México.

El gran artículo sobre la ciudad de Guadalajara no lo he encontrado. Pero en mi humilde opinión la versión de don Jorge es la correcta. En lo esencial. Claro que éste estaba en México y el otro en Guadalajara, pero las noticias vuelan, vuelan como vuelan las palomas en un repique de campanas… Consultando El Informador de Guadalajara he llegado a descubrir, tras una inocente polémica, una perversa intención. La polémica era del periódico contra el poeta. O mejor dicho: contra la pared sorda del poeta. "Como el señor Director de la Biblioteca es extranjero —decía, aconsejándole, el periódico—, ignora muchas intimidades y secretos que sólo conocen los que son de la tierra, motivo por el cual nos vamos a permitir darle un consejo: Sabemos que tiene usted, señor Director, el proyecto de abrirle tres puertas más a la Biblioteca, por los otros costados del edificio. ¿Para qué?… ¿Para poner más porteros, más vigilantes y más empleados, y para dar lugar a que escapen con más facilidad algunos libros? La Biblioteca Nacional de México, veinte veces más grande que ésta, no tiene más de una puerta. Por la única puerta de nuestra biblioteca se puede controlar mejor la entrada y salida de los lectores, y sin el riesgo y la atención de tres puertas más: los libros y los empleados quedan mejor vigilados. Por cien años más seguramente que no se necesitará abrir otra puerta. Los libros que se han perdido de la biblioteca han salido por esa puerta, y si usted, señor, abre tres más, saldrán tres veces más libros. ¡Podremos darle a usted nombres de más de cien importantes bibliotecas que no tienen más de una sola puerta!" Se las abrió. Lo que ignoraba el inocente editorialista de El Informador era que si las puertas no le servían a la biblioteca, mucha falta le hacían a Arenales: para darles trabajo a sus muchachos de la Escuela Normal de Varones donde, en efecto, daba unas clases: los miércoles a las seis, como parte de los cursos de su "Universidad Popular", inaugurada en noche de fiesta por el "Ciudadano Gobernador", con la Banda de la Gendarmería y discurso de Arenales. Habló

las manzanas del jardín, dáselo al mar, llévalo al monte puro y vive intensamente, porque… en fin…" Tal el comienzo de la "Primera Canción Delirante" que Arenales compuso en Guadalajara, que publicó en el pequeño boletín Ideas y Noticias de la biblioteca de Jalisco por él fundado, y que nunca más volvió a publicar y que olvidó. Un poema de malos consejos en imperativo, dedicado a Toño Salazar, de esos que en el Renacimiento escribían Malherbe y Ronsard exaltando el efímero gozo de la vida. Toño Salazar se le ha convertido por entonces en su interlocutor callado, una especie de alter ego al que le escribe desde San Antonio Texas, desde Guadalajara, desde la misma ciudad de México donde bien podría caminar hasta su casa a verlo. Las cartas y las tarjetas las ha conservado Rafael Heliodoro Valle, el gran recogedor de papeles y basura. Que cobre "sus decenas", que saque sus valijas del último hotel, que pague la cuenta, que se las retenga hasta que él mande por ellas, que saque de esas valijas los cartapacios de sus escritos —prólogo, apuntes, borradores—, que haga con el conjunto un paquete y se lo remita por expreso certificado a Guadalajara, pero ya, sin dilaciones, que sin sus "mamarrachos literarios bajo la almohada" no puede dormir tranquilo, que se le acabó el dinero que traía, que le quedan dos solos pesos para una sola noche en el cuarto del hotel. Que Rafael Heliodoro Valle le escriba a su gran amigo el gobernador Vadillo quien carta no ha recibido y aún no le da el puesto, que urge, que le telegrafíe, que está muy enfermo, enfermísimo, que estas fatigas horribles, que estos horribles dolores (los que padecía hace siete años), que se va a morir… Que si no se muere escribirá cantos de Vida y Esperanza y seguirá fumando marihuana… Que qué hace él en México, que se irá a Nueva York, que lo que a él le hace falta es extenderse hacia España y el resto de América, que en él hay canteras que no han sido trabajadas, que necesita una tribuna y amigos entusiastas de espíritu superior...

Regresó a México, a El Demócrata, en el que ya había estado dos veces escribiendo. La primera, cuando la serie de reportajes espeluznantes sobre "Los fenómenos espíritas en el Palacio de la Nunciatura". Cinco fueron y aparecían en primera plana, ilustrado el que inició la serie con el dibujo macabro de una calavera y las manos de un esqueleto apresando un edificio. Una foto del autor-protagonista reproducida en el periódico mostraba a Ricardo Arenales con sombrero, traje y chaleco oscuros, y corbata oscura de rayas blancas.

Porfirio Hernández "Fígaro", periodista hondureño y amigo desde los tiempos de El Imparcial y El Independiente en que escribió Arenales después de El Porvenir revista, ha escrito que el poeta a su regreso de Monterrey y San Antonio Texas a la capital fue a verlo y le comunicó que había conseguido un buen trabajo pero que estaba sin un centavo y necesitaba le hiciera un servicio. Pensó Fígaro que se trataba de dinero pero no: "No necesito que me preste nada; sólo que escriba lo que le voy a dictar". Fígaro tomó papel y lápiz y Arenales le dictó lo siguiente: "Señor Ricardo Arenales: he venido a buscarle para entregarle los quinientos pesos y no lo encontré". "¿Qué quiere decir esto?", preguntó Fígaro. "Que estoy desde hace quince días en una pensión y la dueña ya empezó a ponerme mala cara. Hoy, para que no entrara, me cerró la puerta con candado. Vaya usted a buscarme. Al preguntar usted por mí ella saldrá muy enojada. Entonces le pide un papel y escribe lo que le acabo de dictar. Esto es todo". Cuando Fígaro fue a preguntar por Arenales, la patrona, como el cínico había previsto, le contestó muy enojada: "No está ni creo que vuelva. Pero aquí le tengo sus cosas encerradas y no se las entrego

hasta que me pague lo que me debe". Fígaro hizo entonces lo que Arenales le había indicado y a su regreso horas
más tarde a la pensión el poeta encontraba su cuarto abierto y un jarrón de flores sobre la mesa. Treinta años después
de que Fígaro escribió su artículo me dí a buscarlo. Dí con
su paradero el día que Ricardo Toraya me lo indicó: el cementerio. Hacía dos semanas que Fígaro había muerto. En
fin, de la pensión de su artículo Arenales se mudó al "Palacio de la Nunciatura", donde habría de depararle grandes sorpresas el Misterio.

El "Palacio de la Nunciatura" no era tal: era una casona de cuatro pisos en la quinta calle de Bucareli que pertenecía a María Ramírez, hija de un ministro del derrocado
emperador de México Maximiliano de Habsburgo; la habían acondicionado para alojar al Nuncio apostólico, pero
el Nuncio nunca llegó, invitado a no llegar por el gobierno
anticlerical de Carranza, y la casa entonces fue rentada a varios inquilinos, entre ellos Arenales, quien la bautizó con
ese pomposo nombre y ocupó los aposentos del último piso, los que iban a ser los del Nuncio: un vasto salón de altos
techos, claro y sobrio, con dos balcones que daban a Bucareli, una antesala y un baño; en algún muro se veía, tallado
en piedra, el escudo del Vaticano, y en la antesala había un
armario de sacristía con casullas, albas, estolas, sobrepellices y sotanas. Arenales tuvo allí un criado indígena, Espiridión, y asiduamente lo visitaban Leopoldo de la Rosa y dos
jóvenes salvadoreños a quienes había conocido en El Salvador: Toño Salazar y Juan Cotto, Juan "Joto" como le llamaban en México: "joto": maricón. Alguien ha dicho que
éste se vino a México deslumbrado por Arenales pero exagera. Mocetón fuerte de dieciocho años, cara de angelote
y exuberancia primaveral, que entonaba salmos en latín con
unciosa voz de barítono, Juan Cotto había estudiado en El

Salvador en el colegio jesuita de Santa Tecla, y de paso por Guatemala, camino a México, se había alojado en la austera casa de Rafael Arévalo Martínez, donde la pública murmuración le atribuía a su glotonería las más tremendas diabluras. La primera impresión que tuvo Arévalo de su huésped, dice, fue compleja: por una parte de juventud, de ingenuidad y de vida; por otra de pecado y de dolor. Llevaba objetos robados a su casa, no le importaba mentir ni engañar al amigo y protector, y contraía deudas que nunca podría pagar. Cualidades todas estas que sumadas a la de que hacía versos prometían hacer de Juan Cotto, con un poco de tiempo y escaso esfuerzo, un émulo del gran Ricardo Arenales. Una noche llegó temblando a la casa de Arévalo con los ojos desorbitados y la lengua fuera de la boca abierta por el terror, hablando de una criatura infernal que lo perseguía; otra, hallándose con éste en la oscuridad de una habitación cerrada, tuvieron la visión de un niño vestido de blanco que penetraba en ella sin haber abierto la puerta. Pero, ¿qué diablos hacía Arévalo con el angelito ese, glotón y mentiroso, en una habitación cerrada a oscuras? El aldabón de hierro comenzó a golpear rudamente la puerta y la habitación a moverse sacudida por un temblor de tierra. Cotto acabó por irse de Guatemala huyendo de Arévalo y de la puritana sobriedad de su casa, y llegó a México, donde se lo presentaron al general Barragán, jefe del Estado Mayor de Carranza: agregado al mismo siguió al caudillo coahuilense en su retirada a Veracruz, asistió al desastre del Tren Amarillo, y tras el asesinato del presidente en Tlaxcalantongo se escondió en Puebla para acabar regresando a la capital. Esta potencia sin igual de simulación, que en el decir de Arenales "vestía con el ropaje de la infantilidad más encantadora un egoísmo bajo y feroz", vivía con Toño Salazar en la calle de López cuando el poeta se mudó al Palacio de la Nunciatura. Con tanto como tenían en común y de qué hablar Cotto y Arenales, es comprensible que aquél se convirtiera en el asiduo visitante de éste, y de su asiduo visitante en su huésped, y de su huésped, según Toño Salazar, en su amante. Y el joven Cotto, que tenía la propiedad de trastornar las fuerzas de la naturaleza, acabó por trastornarle la cabeza a Arenales: como Arévalo, el poeta empezó a ver visiones. A la presencia del joven Cotto en el Palacio de la Nunciatura le atribuyó siempre Arenales la causa de los inusitados fenómenos que allí ocurrieron durante las noches del seis al diez de agosto de 1920, de que dio cuenta el mes siguiente en la serie de reportajes para El Demócrata, y de que siguió hablando el resto de su vida. Con base en estos reportajes y en lo que les contó el poeta a muchos, y que muchos me han contado, se puede establecer lo siguiente: El seis de agosto en la noche Toño Salazar llegó a visitar a Arenales "con el ánimo de que leyéramos juntos algunas páginas mías dedicadas a Hispano-América"; luego llegó Leopoldo de la Rosa, luego el joven Cotto "y con él cuatro artistas hispanoamericanos que suelen visitarme": venía exultante, dando la noticia de que le había elogiado unos versos González Martínez, quien a punto de partir para Chile le alentaba a perseverar en el noble ejercicio de la poesía. Dijo esto y se retiró a la cocina —al sitio adaptado como cocina— a preparar un chocolate. Los que se quedaron en la sala embebidos en la conversación oyen de súbito un tremendo alarido, e irrumpe ante ellos una figura corpulenta cubierta con una capucha, maldiciendo en latín: era Cotto el angelito travieso, que los estaba asustando… Disuelta la reunión a la una de la mañana Cotto se quedó a dormir, como tantas otras noches antes "en un lecho improvisado en la antesala", dice Arenales. Y éste, plácidamente, con un libro de geología y su manía enciclopédica se metió en la cama. Al empezar a leer empezó el prodigio: a levantarse en el aire y a volar en una danza frenética todos los objetos y muebles del vasto salón: floreros, libros, cuadros, almohadas, trajes, lápices, mesas, sillas, todo volaba entre el tintineo de los hilillos de vidrio de una lámpara colgante y el angustioso batir de las puertas. Cotto, que ya dormía, se levantó de su lecho y corrió a la estancia de Arenales para caer a sus pies con la faz horrorizada, articulando entre balbuceos incoherentes una palabra diabólica: "¡Súcubo! ¡Súcubo! ¡Súcubo!" El disco luminoso de un espejo de mano cruzó la estancia y fue a estrellarse contra un muro haciéndose añicos, y en pos del espejo se fue el libro de geología y las cajas de fósforos y las jaboneras y los frascos de esencias, chocando las unas contra los otros, contra las sillas, contra las mesas, contra el enloquecido torbellino que partiendo de la antesala inundaba ahora el gran salón de sotanas, albas, casullas, estolas y sobrepellices, girando, girando, girando en su propio vértigo, hasta que la mano invisible que desataba la rebelión de las leyes y de las cosas acabó por lanzarles al asustado poeta y a su huésped, para cerrar con broche de oro la espléndida fiesta del desquiciamiento, una lluvia de agua salobre y caliente: "¡Orines! Eso es lo que eran: orines —me dice Arqueles Vela—: Todo eran burdas patrañas de Arenales". En la escuela secundaria de la ciudad de México que él dirige, a más de medio siglo de distancia de aquellos sucesos, Arqueles Vela —"Urkeles Vega", como le designa en sus crónicas Arenales— revive para mí esas noches en el Palacio de la Nunciatura en que entre humaredas de cáñamo índico el depravado poeta y sus acólitos pretendían iniciarlo en el culto de la "Dama de Ardiente Cabellera" y sus misterios. Guatemalteco, de diecinueve años entonces, Arqueles Vela asistió a tres al menos de las sesiones de espiritismo que presidía

Arenales en lo que pomposamente llamaba su "Palacio de la Nunciatura". La hierba de la secta de los "hachidis", asesinos bebedores del hachís, estaba a punto de convertirse entonces en México, bajo el pontificado de Arenales, en institución nacional. En la redacción de El Heraldo González Martínez había presentado el año anterior al joven Vela con Arenales. Hoy, en su recuerdo, los extraordinarios sucesos del Palacio de la Nunciatura no fueron más que burdas orgías de homosexualismo y marihuana, en que los asistentes se orinaban y lanzaban los orines al techo, entre carcajadas estentóreas. Eso era todo: patrañas y falacias que continuaron hasta el día en que los echaron del edificio. Toño Salazar tendría entonces veintitrés o veinticuatro años; era de una gran cultura literaria y simpatía pero "de doble juego". Como Leopoldo de la Rosa por lo demás, así dijera Leopoldo estar enamorado de una de las "Mañicas" del Teatro Colón... Y como el joven Cotto, protagonista de los trucosos relatos de Arenales, desorbitado y envejecido por los vicios, "forastero de varias casas" que había venido a México desde Guatemala estimulado por Arévalo Martínez: aquí lo acogieron González Martínez y Vasconcelos "a quien le gustaban los muchachos, al estilo de los griegos". Me dice, en fin, el señor Vela, que Arenales se proponía suprimir de su obra poética la influencia del tiempo y que pretendía editar un libro de "Poesías Perfectas" presentadas por este verso de Darío como epígrafe-advertencia: "La adusta perfección jamás se entrega..."

La segunda crónica de Arenales, "Anuncios de una noche terrible", reseña la noche del siete en que están reunidos con él "Urkeles Vega", Toño Salazar, Cotto, Leopoldo de la Rosa y Gerardo Hernández, "un simpático aventurero": cuando Toño Salazar se retiró a las tres de la mañana los elementos desquiciados volvieron a empezar su fiesta.

Fernando Vallejo

Lapidados por una tromba de menudos objetos y bañados por el agua salobre y caliente, Arenales y sus visitantes se vieron obligados a abandonar el recinto hechizado e irse a la Alameda. En el Café de Tacuba amanecieron. Las siguientes crónicas, que reseñan los fenómenos de los días ocho, nueve y diez, se titulan "Satanás en acción", "El encanto se deshace" y "Artículo quinto y último del hombre doble". El once se reunió en el Palacio de la Nunciatura un grupo de espiritistas, parapsicólogos y cultivadores de las ciencias ocultas que en vano buscaron determinar la causa de los portentosos fenómenos. El doce en la noche un militar, huésped también del palacio, cuya mujer en el decir de Arenales "a la sazón malparía", irrumpió en sus habitaciones pistola en mano y les intimó la fuga a él y a sus acompañantes si no querían perecer en el acto. Esa noche Arenales se mudó al Hotel Nacional, "trufado de chulos y prostitutas", y se separó de Juan Cotto. Nunca más desde entonces volvieron a repetirse los extraños fenómenos que Arenales pudo atribuir a su presencia.

Cuando a su regreso de un viaje a El Salvador mi amigo Luis Basurto volvió hablando de que allí había conocido al caricaturista salvadoreño Toño Salazar me turbó el sueño. ¡Cómo! ¿Aún vivía? Yo lo daba por muerto desde hacía mucho. Más aún: nunca se me ocurrió que hubiera estado vivo, que hubiera sido más que una sombra, un fantasma en la locura de la vida de Arenales. Y entré en verdadero estado de conmoción. Cuando uno empieza a apostar carreras con la Muerte es más terrible saber que vive uno que uno creía muerto que lo contrario, que un vivo se murió. Lo esperable a estas alturas del partido es que todo el mundo esté muerto. Que Toño Salazar aún viviera se me hacía intolerable, un desafío a la fuerza de gravedad que me trastornaba el sueño y la ley de las esferas. Entonces supe que tenía que ir a El Salvador y sin dilaciones.

Iban mis ojos apurados adelantándose al avión por entre nubes, y rebasando luego al carrito por la carretera florecida de buganvilias que me llevaba de San Salvador a Santa Tecla, apresurando más que la Muerte. En el vasto jardín de su espléndida mansión me recibió: próspero, sonriente, opulento en un país de pobres. Miré en torno mío temiendo descubrir entre los altos árboles y los rosales de su jardín, agazapada, a la segadora de guadaña. ¡Qué va! Contradiciendo el verso de Horacio no se atrevía a entrar la desarrapada a la casa del rico. "Pallida mors, aequo pulsat pede pauperum tabernas…" "Pálida muerte que llamas a patadas a las puertas del pobre…" Eso sí. Me presentó a su mujer, una francesa. Como había sido tantos años embajador en París… Todos los lujos de esta vida Antonio Salazar se los dio. Hasta el de ser amigo de Ricardo Arenales padeciendo la bohemia. Y se puso a hablarme de él, a evocarlo.

A más de medio siglo del "Palacio de la Nunciatura", de esa casona de la calle de Bucareli que ya no existe (que acaso no existiera en su viva verdad más que en la quimera de Arenales), en su mansión de Santa Tecla, antiguo pueblo y hoy barrio de San Salvador, Antonio Salazar cierra los ojos para evocar al poeta. Lo ve de noche, los tirantes colgándole a lado y lado, diciendo sus poemas en medio de la alucinación de su palacio hechizado. Lo ve escribiendo en máquina sus versos, con dos dedos, en hojas de buen papel que arriba y a la izquierda tienen impreso: "Palacio de la Nunciatura, Redacción de la revista La Vida Profunda". Recuerda el lugar: el último piso del edificio de ventanales góticos que dan a Bucareli. Recuerda a Gerardo Hernández, colombiano, asiduo visitante de Arenales, inteligente y leal aunque ajeno a la poesía. Recuerda al sirviente Espiridión. Recuerda al poeta López Velarde, ingenuo y provinciano, que alguna vez allí se presentó, y que veía a Arenales como quien ve al demonio… Recuerda "El Son del Viento", el poema que Arenales compuso allí: "El son del viento en la arcada tiene la clave de mí mismo: soy una fuerza exacerbada y soy un clamor de abismo… Vine al torrente de la vida en Santa Rosa de Osos, una media noche encendida en astros de signos borrosos. Tomé posesión de la tierra mía en el sueño y el lino y el pan; y, moviendo a las normas guerra, fui Eva y fui Adán…" ¡Claro! Lo que no podía saber Arqueles Vela cuando me hablaba de lo mismo, desde su cáscara de huevo, era que ese viento frío que pasaba por las estancias del Palacio de la Nunciatura entre el fragor que aturdía y el largo y angustioso batir de puertas conmoviéndolo todo era el son del viento, el ala negra del misterio de la "Canción Innominada": "Ala bronca, de noche entenebrida, rozó mi frente, conmovió mi vida y en vastos huracanes se rompió…" Lo que no podía comprender Arqueles Vela era a Arenales: aquella tempestad dentro de un palacio era la tempestad interior.

En el Hotel Nacional que sucedió al Palacio de la Nunciatura Arenales escribió sus páginas autobiográficas "La Divina Tragedia". En ellas aparece por primera vez la palabra "Acuarimántima", con la que designó en adelante al más ambicioso y extenso de sus poemas, las viejas "Tragedias en la Obscuridad", que durante veinticinco años pulió y repulió y que nunca concluyó. Toño Salazar me dice que él inventó la palabra y que Arenales le dedicó el poema. Y que pasado algún tiempo le dijo: "Mira Salazarcito, ¿te acuerdas del poema Acuarimántima que yo te dediqué? Me lo devuelves porque se lo voy a dedicar a un general". Después se fue a Monterrey con un colombiano de apellido Moreno, gran falsificador de moneda recién llegado a México. Alquimista por intuición, había encontrado los

aditamentos químicos que le daban gran dureza a sus alea-
ciones, y sus monedas al caer sonaban con el timbre vibran-
te de las legítimas. Era su especialidad la moneda de cinco
dólares, pero sólo fabricaba las precisas para vivir. Arenales
le hacía fabricar algunas más, las necesarias para que un
poeta pudiera pasar la vida decentemente y comprarse al
menos un sombrero. Moreno obedecía y fabricaba monedas… Y he aquí que al poeta se le abre un vasto mundo de
perspectivas y se va con el falsificador a Monterrey, donde
tenía amigos, a montar el negocio de la falsificación en grande. Pasó un mes sin que Toño Salazar recibiera una línea de
Arenales, mes y medio, dos meses… Hasta que repentina-
mente apareció el poeta de nuevo por México diciendo:
"Moreno es un hombre genial: se robó el dinero del negocio y desapareció".

Después se fue a Guadalajara, después volvió a la capital, después lo expulsaron de México. A Toño Salazar,
que fue a la estación ferroviaria a despedirlo cuando unos
agentes "de cara patibularia", por órdenes del general Calles, se lo llevaban en un tren rumbo a Guatemala, le dijo:
"Me voy a elogiar presidentes de América". Partió el tren
y fue lo último que le dijo. Toño Salazar se marchó a Europa, a Nueva York, se casó, y doce años transcurrieron. De
paso Toño por México, camino de Buenos Aires, volvieron
a encontrarse. Barba Jacob fue a buscarlo al hotel en que
se hospedaba, se dieron cita y comieron juntos. Rememorando el reencuentro Toño Salazar me dice que el poeta era
una persona muy distinta de la que él en su juventud había
conocido. Quizás él también lo fuera, quizás fueran ambos
los que habían cambiado. Se sintieron extraños, distancia-
dos. Habían tomado caminos divergentes y ya no se produjo entre ellos la comunicación alegre y efusiva, la cálida
amistad de antes. Fue un encuentro triste, sin trascenden-

cia. Toño recuerda en especial que Barba Jacob se molestó mucho cada vez que él, en la conversación, le llamó Ricardo, el viejo nombre con que lo había conocido, cuando fueron amigos. La vida, que une, también separa. No volvieron a verse. Atrás quedaron definitivamente sepultados en el alud del tiempo, los mágicos y despreocupados días del "Palacio de la Nunciatura" y sus fantasmas. Atrás quedaba esa "Primera Canción Delirante", de malos consejos, espléndida, y sus once estrofas portentosas que le dedicó Ricardo Arenales. Ya se apagaban sus últimos versos, lejanos, huecos, vacíos, en el vacío hueco y lejano del olvido: "Ama el tumulto báquico, los juegos aleatorios, el brillo del puñal, y los viajes absurdos que no tienen ruta fija ni punto cardinal. Y, en fin, pues que te llama la locura, corre a su voz, penetra en su jardín, embriágate en sus brazos peligrosos y goza tu instante, porque… en fin…" Los fantasmas del palacio encantado se esfumaban en las borrosas sombras del pasado… Se habían conocido en San Salvador, en el Hotel Nuevo Mundo donde se hospedaba el poeta, siendo Toño un jovencito que dibujaba y presentaba entonces su primera exposición. Arenales lo estimuló a venirse a México. Una de las varias cartas del poeta a él dirigidas (las que conservó Rafael Heliodoro Valle) terminaba diciéndole, desde San Antonio Texas: "Adiós amigo; un poco más lejos geográficamente, pero siempre en el primer puesto en mi corazón entre mis amigos". Toño Salazar no recuerda esta carta, ni las otras, ni que Ricardo Arenales le hubiera escrito…

Podría reconstruir día a día, paso a paso, la expulsión de Ricardo Arenales de México: cómo se la buscó, qué temerariamente y con riesgo de su vida. Primero desde El Demócrata, con sus virulentos artículos contra el gobernador Gasca y el procurador Neri. Luego desde Cronos, que fundó Jesús Rábago, viejo periodista que había dirigido El

Mañana opuesto a Madero. Arriba, a la izquierda, en primera plana, desde el primer número empezaron a aparecer los corrosivos, insolentes, insultantes editoriales de Arenales de oposición al gobierno. Una veintena alcanzó a escribir, formidables, como pocos se han escrito en el periodismo en este idioma, hasta que le agotó la paciencia al todopoderoso Secretario de Gobernación general Calles, el más connotado blanco de sus ataques. Plutarco Elías Calles, derrocador de gobernadores, ladrón de elecciones, matacuras, iletrado, granuja, y andando un poquito el tiempo y sin cargar mucho la tinta, asesino: la mente criminal de los asesinatos de Huitzilac, y otros que Dios sabrá. Aunque a Ricardo Arenales no lo asesinó: se limitó a aplicarle el Artículo 33 de la Constitución y a expulsarlo del país "por mezclarse en política", una fórmula tan simple pero tan rotunda como la que años después le aplicó a él mismo el presidente Cárdenas, quien lo mandó al destierro "por motivos de salud pública". El poeta y el general venían a coincidir así al cabo de los años: uno y otro, cada quien a su modo, no dejaban gobernar.

En Cronos la emprendió, para empezar, contra la "prensa oficiosa", los periódicos gobiernistas. Siguió, para continuar, con el general Calles, al que no bajaba de "hombre audaz y sin escrúpulos" y "cabecilla de yaquis", aprovechando para cantarle de paso a la corrupta y cínica Revolución Mexicana sus verdades: sus coyotajes y peculados y cohechos y latrocinios y abyecciones y adulaciones y claudicaciones y terminar, nada más ni nada menos, que con el Artículo 33 de la Constitución, el mismísimo, el que facultaba precisamente al ejecutivo para expulsar del país a los extranjeros perniciosos, y del que dependía precisamente su permanencia en México, y el que precisamente le aplicaron. Se lo aplicaron tal y cual y exactamente como él lo pronosticó: "Basta una delación, una suspicacia, una calumnia, para que el Artículo 33 cumpla su acción, inexorable como un rayo. Eso sí, jamás ha caído sobre un yanqui ni sobre un inglés. De este modo esa prescripción constitucional se ha trocado en un arma de despotismo que ningún país culto puede tolerar. Se prescinde de toda investigación, de todo precedente, se niega todo recurso para la defensa, y se da el golpe". Así ocurrió. Lo aprehendieron al amanecer, lo incomunicaron para que se ignorara el hecho, y sin que "pudiese acudir ni aun a la amistad de Vasconcelos", según él mismo escribió, ni darle tiempo para arreglar equipaje, versos, libros, ropa, escoltado por "un homicida-gendarme y otro pajarraco que tenía el vientre cosido a puñaladas", lo echaron a rodar en un tren: cinco días en que los angelitos, con manifiestas intenciones de bajarlo en cualquier punto para terminar por la vía rápida tan fatigoso viaje, lo llevaron hasta la frontera de Tapachula y le hicieron cruzar el Suchiate. Lo que él no supo es que si él no pudo hablar con Vasconcelos sí habló Rafael Heliodoro Valle, quien al saber que agentes de la policía reservada habían detenido a su amigo Arenales se comunicó de urgencia con Torres Bodet y con éste acudió al ministro para pedirle que interviniera ante Calles: "Yo no hablo con ese asesino", fue lo que les contestó Vasconcelos.

Por los días que precedieron a la expulsión y se lo encontraran Esteban Flores y su hijo en un tranvía, se lo encontró también Fernando Ramírez de Aguilar, el periodista, en un café. "Felicíteme —le dijo Arenales—: desde ahora soy materia fusilable". Se refería a que había pasado de la calidad de "expulsable", la de los simples extranjeros a quienes cuando estorbaban se les mandaba a la frontera, a la de "fusilable", la de los mexicanos a los que con un rifle treinta-treinta se mandaba al panteón. Y el día del último artículo se presentó en casa de Alfonso Sánchez de Huelva, en la calle de Capuchinas, y le dijo: "Vengo a estar contigo y a despedirme. Todo lo tengo preparado para encaminarme a mi tierra. A las cinco publico un artículo furibundo y poco después me acompañará la policía hasta el barco. Lo malo es que aquí no dan ni la rueda de cigarrillos a los deportados, como sucede en La Habana". Es lo que Sánchez de Huelva ha escrito. ¿Pero barco y La Habana? Al informar los periódicos gobiernistas que a Ricardo Arenales se le había aplicado el Artículo 33 "por haber aprovechado su talento en pro de las malas causas" hablaban de que se le iba a deportar a La Habana. Acaso ésa fuera su secreta intención, que lo embarcaran de gratis en Veracruz rumbo a Cuba. No se le hizo: lo mandaron por tierra a Guatemala, donde ya había estado, en tiempos de Estrada Cabrera, y adonde no quería volver en tiempos de Orellana, "ese lugarteniente y procónsul de la política de Washington", "fantoche dócil a su amo y que le pone cara de sargento a su pueblo", "encaramado al poder por las escaleras del crimen", "encumbrado por un crimen de media noche" según había escrito, y hacía poquito, en sus editoriales de El Demócrata. Menos mal que los periódicos de México no cruzaban, como él, arremangados, la frontera del río del Suchiate porque si no, si Orellana hubiera conocido sus editoriales, Ricardo Arenales se hubiera tenido que quedar en mitad del río. Imposibilitado para volver atrás a México y para seguir adelante a Guatemala, ¿qué habría hecho entonces el desventurado poeta? Por la magia de Aladino se habría tenido que esfumar en el aire. Pero qué iban a saber en Guatemala de lo de afuera de su cáscara de huevo... Dicen que al marcharse de México había exclamado: "A mí podrán desterrarme de México, pero a México no lograrán desterrarlo de mí", y que a punto de cruzar el río, en un gesto simbólico, había cortado unas flores o recogido un puñado de tierra mexicana para llevárselo consigo. Lo que en realidad se llevó de México, según le contó él mismo a Manuel Gutiérrez Balcázar y éste a mí, fueron unas semillas de marihuana que sembró en el Jardín Botánico del vecino país, que germinaron, se convirtieron en plantas, y dieron nuevas semillas que él solía dispersar, durante sus paseos y caminatas por las carreteras de Guatemala, en los campos de las orillas.

Julián Marchena, el poeta nacional de Costa Rica, hoy es un hombre viejo. Era un muchacho cuando recién llegado a México conoció a Ricardo Arenales y entró a trabajar de corrector de pruebas en Cronos. En su despacho de la Biblioteca Nacional costarricense que él dirige, en San José, adonde he ido a buscarlo, me cuenta del poeta colombiano. Que estaba enfermo a menudo, me dice, y que tenía en su cuarto un esqueleto colgado de un resorte que lo hacía balancear y al que llamaba Muelarte: la muerte, con esa manía que había tomado de trastrocar las palabras. Cuando la policía se presentó a expulsarlo por los editoriales de Cronos le entregó a Julián sus cigarros de marihuana.

Como a un genio que se nos hubiera escapado de la botella estoy tratando de recuperar a Ricardo Arenales: cierro las manos para apresarlo y agarro humo de marihuana. ¿Y qué más, señor Marchena? Y nada más. Que clausuraron después a Cronos y no volví a saber de su paisano.

Cronos se puede consultar en la hemeroteca de México, entre niños, que son los que la frecuentan y van a hacer allí sus tareas. Y El Imparcial, El Independiente, Churubusco, El Pueblo, El Porvenir de Monterrey, El Heraldo, El Demócrata, los periódicos en que escribió Arenales o que él fundó. El Porvenir reyista y El Espectador no, desaparecieron. Sepultado en el alud de letra impresa de los que se conservan yace Ricardo Arenales periodista, y gran periodista entre los grandes del periodismo escrito en este idioma. Firmados o no firmados, para reconocer sus artículos da igual. Nadie en el periodismo mexicano escribía como él. Más aún: diría incluso que en el largo siglo que iba corrido de periodismo en lengua española sólo Mariano José de Larra se le puede comparar. Ni siquiera Varona. Los artículos de Larra y de Varona están recopilados en libros: los de Arenales sepultados en el olvido polvoso de las hemerotecas. De todos modos no les daba importancia: los escribía con dos dedos tecleando en una máquina, de prisa, sin releer, sin corregir; los daba a la imprenta y se olvidaba de ellos. Si se me permite en este punto de mi humilde narración mi humilde opinión, diría que Ricardo Arenales fue expulsado de México más que por su oposición al gobierno, por lo bien escritos de sus artículos: la lucidez de su inteligencia, la perfección de su prosa, la desmesura de su cinismo... Con él no sabían a qué atenerse. Un día, en un periódico, amanecía llamando a Emiliano Zapata "el Atila del Sur". Otro en otro le llamaba "patriota suriano", "modesto agricultor indígena", "luchador incansable", "defensor de la democracia", "invencible Cayo Sempronio Graco del ideal agrario". En El Independiente, en su editorial "Delenda est Zapata", de por las fechas en que surgió el bandido, decía: "Las hordas de Emiliano Zapata han arrojado cien vidas al fondo de una barranca para darse el placer felino de aspirar el vapor de la sangre, y entregarse, airadas y sañudas, a la satisfacción bestial de las torturas dantescas. Para los intelectuales trufados de quimeras socialistas, Zapata es la encarnación del grito de venganza y guerra de los oprimidos, es la protesta iracunda contra la vejación agraria, es el brazo armado de todas las miserias y de todos los dolores que se retuercen en el fondo oscuro de la gleba. Para nosotros, Zapata es un industrial del crimen. Ningún gobierno civilizado puede pisotear el derecho de propiedad para aplacar las iras de una banda de forajidos. Si Zapata es un Espartaco, que libre el gobierno la batalla de Sílaro". Y en El Demócrata, en su editorial "El sacrificio de Emiliano Zapata no ha sido estéril", escrito a raíz del asesinato del angelito: "La pasión política trató en vano de coronar la cabeza de este sincero y abnegado luchador con la corona repelente del desprestigio: era el incendiario, el salteador de caminos, el arrasador de pueblos, la hiena sedienta de sangre humana, el ángel exterminador del apocalipsis. ¡Mentira! Era un caudillo de conciencia honrada dentro de la coraza de un patriotismo saludable y su causa no fue la de la ambición, sino la del bienestar popular". Arenales se gritaba "¡Mentira!" a sí mismo. Y para terminar, para cerrar con broche de oro en Cronos, desdiciéndose de lo desdicho volvía a lo ya dicho: a denunciar "los crímenes monstruosos de la Cima y de Tucumán, consumados por las hordas sin camisa de Emiliano Zapata". Hoy llamaba a Madero "demagogo", mañana "glorioso apóstol". Sobre el gran bandido de Francisco Villa escribió en San Antonio Texas un folleto glorificándolo, haciendo del criminal saqueador de haciendas un heroico muchacho del pueblo que tomó las armas para vengar el honor agraviado de su hermana, y que arriesgando su propia vida fue a cumplir el sagrado deber de cerrarle los ojos a su madre muerta: dos ediciones de veinte mil ejemplares de este folleto vendió la casa editora. Arenales era un genio. La única forma de desenmascarar esta revolución de cínicos era con el cinismo. Cantarle a la revolución de opereta el aria de la locura. ¡Y cómo se la cantó! Enredando en sus legalismos de colombiano los subterfugios de sus leguleyos. Quitándoles la careta. Poniéndoles enfrente un espejo para que se vieran, para que se viera el adefesio: fea Revolución, sucia Revolución, asesina Revolución, vándala, indolente, corrompida, abyecta, lambiscona, mentirosa, perezosa… Don Porfirio, el dictador caído, empezaba a resurgir como un santo de su tumba fresca.

¡Claro que lo expulsaron, cómo no lo iban a expulsar! Vivo salió y es mucho cuento. De Tapachula le envió un telegrama a Arévalo: "Llegaré a ésa de paso para El Salvador mañana". Decía "de paso" para que no le impidieran la entrada a Guatemala. Llegó a las cinco de la tarde, en el tren de Ayutla. A Arévalo le latía el corazón alborozado. No pudo reprimir un movimiento de zozobra al ver descender de los carros a todos los viajeros salvo a su amigo. De improviso apareció: venía hacia él iluminado, con su burlona sonrisa. En la biografía de su padre Teresita Arévalo ha escrito que Arenales apareció como siempre: bien vestido, archielegante, con el traje de rigor en un viajero y un flexible junquillo de puño de oro que solía empuñar como un cetro aunque no era más que un bastón. De ser así, o sus amigos le llevaron su ropa a la estación de México, o Ricardo Arenales era mago. Arévalo lo condujo a un hotel, y como cuando se conocieron ocho años antes, se pusieron a hablar, largo, interminablemente.

Tras la sombra de Arenales he venido a Guatemala a dar con la de Arévalo: a los noventa y tres años, escasos meses antes de mi llegada, murió. Una vez más la muerte se me adelantó en la carrera. A falta entonces de su testimonio me conformo con el de su viuda doña Eva y el de su hija Teresita. Teresita Arévalo es una mujer soltera, y soltera en Guatemala lo cual ya es decir: decir que ha tenido todo el tiempo de este mundo para perder. Ella ha empleado ese tiempo vacío en una empresa de devoción filial, en una obra pía: escribir, en dos volúmenes gruesos gruesos, la lenta, larga vida de su padre Rafael Arévalo Martínez, mal poeta, mal cuentista, mal novelista, buen hombre. Para Arévalo, que conoció y trató y admiró a Darío y a Chocano, Ricardo Arenales fue el personaje de su vida: su "personaje inolvidable" como dirían las Selecciones del Reader's Digest. A él le debe el momento fulgurante de su mediocre existencia: cuando escribió, como si se lo dictaran desde el cielo, "El Hombre que parecía un Caballo", una joya de la literatura americana, y este prosista insignificante, este poeta insulso con olor a jabón cuya obra cumbre hasta entonces había sido el soneto "Ropa limpia", de la medianía literaria que era y que volvería a ser, se convirtió en lo que siempre quiso, un gran escritor, aunque sólo fuera por el breve y único instante de ese relato. Pero digo mal, "El Hombre que parecía un Caballo" no es un relato, es un retrato: el del señor de Aretal, "el señor de los topacios", Arenales: perverso, diabólico, inhumano. Él es. Arévalo lo captó, con intuición prodigiosa, en su prístina esencia.

Lo conoció recién llegado a Guatemala, cuando Arenales estuvo la primera vez. Venía huyendo de la revolución mexicana, y más concretamente de: Carranza, Villa, Obregón y Pablo González, blanco de las ironías de su pluma y sus ataques desde su periódico Churubusco, que en los estertores del régimen de Huerta le patrocinó el licenciado José María Lozano, gran orador y ministro de no sé qué. De éxito resonante desde el primer número, Churubusco era un discurso: un panfleto escrito casi en su totalidad por Arenales, en frases largas, patrioteras, indignadas, incendiarias, piedras retóricas lanzadas aquí y allá con una catapulta de fuego. ¿Contra quién? Contra todos. Contra Raimundo y todo el mundo. Contra los yanquis que nos robaron a Panamá y que nos acaban de invadir a Veracruz. Contra los susodichos bandidos o jefes revolucionarios. Contra los alzados en armas y los que no. Y finalmente, veladamente, maliciosamente, como quien no quiere la cosa, de rebote y de pasón, contra el mismísimo Huerta, el patrocinador del patrocinador, asesino de ojo ciego que no sabía qué pensar. Que por qué le decía Huerta a secas le reprochaba el ursurpador al poeta, con voz sorda y ojos que echaban chispas, rodeado de esbirros, en un palco del Teatro Principal. "Me ha suprimido en su periódico el título de presidente y eso no me molesta porque ese título me lo dieron, pero me suprime también el de general y ése sí, créamelo, me ha costado mucho ganarlo". "Le digo Huerta —contestaba el desgraciado poeta— como quien dice Napoleón". "Con Huerta o sin Huerta pero todos contra el yanqui" se titulaba uno de sus editoriales cabrones: "Si para los revolucionarios —sostenía— Huerta es el peor de los hombres y el más culpable de los gobernantes, una vez que él empuña la bandera nacional para ir a luchar, no contra los mexicanos sino contra los yanquis, dejará de ser un hombre para ser solamente un símbolo". Tal era la tesis central del periódico, surgido a raíz de la invasión de Veracruz por los gringos, que ya habían despojado a México de la mitad de su territorio. Y lo repetía y lo repetía en inagotables formas y largas cláusulas retóricas. "Victoriano Huerta puede ser reo de todas las faltas propias de quien ejerce el mando supremo en época en que el odio preside los espíritus; pero él no ha traicionado a la Patria vendiendo su territorio al enemigo tradicional, ni puede invocarse el rencor que se le tenga como excusa para renunciar derechos que han conquistado a costa de su esfuerzo y de su sangre nuestros antepasados". "Nuestros", en plural, como cuando te dice el dependiente de la tienda "No tenemos", como si también fuera dueño. ¡Qué! ¿No sabía Arenales que era extranjero? "Nuestro" es para los mexicanos, amigo señor poeta, mientras estemos aquí.

Caído Huerta y avanzando Zapata y Villa sobre la capital, todavía seguía el atrevido desafiándolos, y en primera plana de su Churubusco publicaba una "profesión de fe personal" o declaración firmada diciéndoles, en pocas palabras, "Aquí los espero, bandidos". "Quizás dentro de cuatro, seis u ocho días pudieran flaquearme las piernas o se me trabara la lengua. Hoy no experimento ninguna de esas incómodas debilidades", y les chantaba la firma. ¡Qué los iba a esperar! Antecitos de que llegaran traspasó la empresa y se esfumó. Se esfumó en compañía de Carlos Wyld Ospina, su más asiduo colaborador en Churubusco, un jovencito guatemalteco con sangre colombiana que había conocido en El Independiente. Veracruz, en manos de los "yanquis", les estaba vedada, imposible embarcarse. Y el Norte en poder de los revolucionarios... ¿Para dónde tomar? Pues para el Sur. ¡Y a Guatemala! Materializada su cínica persona al cruzar el Suchiate, la línea divisoria entre México y Guatemala, el río de la frontera, pasándolo vio un zopilote paradito en una islita en mitad del cauce mirando filosóficamente correr el agua, y exclamó exultante: "¡He ahí un zopilote internacional!" Llevaba ya en el alma, y lo repetía a menudo, el verso "La vida es clara, undívaga y abierta como un mar", que habría de incorporar algo después en la "Canción de la Vida Profunda", su más famoso poema. Lo del zopilote se lo ha debido de contar Carlos Wyld Ospina a su paisano Arévalo, quien se lo contó a su hija, quien lo escribió en su libro y me lo repitió a mí.

Para darlo a conocer en su tierra el joven Carlos le organizó, en unión de sus amigos, una velada literaria. En un salón improvisado cerca al Teatro Colón tuvo lugar. Archielegantemente vestido, a la última moda, Arenales habló de poesía y declamó sus versos y los de su amigo y compatriota Leopoldo de la Rosa, el futuro ingrato. A instancias del joven Carlos le acompañaban en el escenario Alberto Velázquez y Arévalo Martínez, éste deslumbrado escuchando. Fue entonces cuando Arévalo le conoció. Antes había conocido a Chocano y después conoció a Rubén Darío y a Gabriela Mistral: ni ellos ni nadie dejaron en él tan honda huella como el poeta colombiano. Su encuentro con Arenales marcó su vida. La atracción hacia él, la más fuerte que sintiera, fue inmediata. No era física pues no hallaba nada físicamente atractivo en Arenales: toda la impresión en este sentido en un comienzo fue la de que era un hombre prieto, de fisonomía repulsiva, pero al oírlo empezó a experimentar una gozosa angustia y por primera vez lo que los romanos llamaron el "raptus", el vuelo de su espíritu más allá de sí mismo. Un año menor que Arenales, Arévalo habría de sobrevivirle casi cuarenta, y morir, como ya dijimos, muy anciano, pero cada día la figura de su lejano amigo se agigantaba más y más en su recuerdo. "Lo creo el poeta más grande de América —decía al final de sus días—. Rubén murió en tinieblas que no supo disipar su intuición. Barba Jacob sí las disipó. Él sabía desde muy joven todo lo que un hombre puede saber… Yo supe tanto como él muy tarde: a los sesenta y cinco años". Bueno, cree él que supo… Conoció a Arenales y empezó a brillar como brilla un satélite con la luz de su estrella. A reflejar los destellos del otro.

Joseph Anthony Lonteen escribió una tesis sobre la extraña amistad de Arévalo con el poeta colombiano, amistad a primera vista imposible o fuera de la realidad, cuya transposición literaria fue "El Hombre que parecía un Caballo". Un hálito de misterio atraviesa esas páginas llenas de la presencia del inquietante personaje. El guatemalteco, el narrador, era tímido, miope, medroso, delicado; el colombiano, el personaje, era sarcástico, insólito, imprevisible, burlón. De este lado de acá del mundo, del mío, el suyo, está Arévalo, quien habla, quien dice yo; del otro él: monsieur le diable.

Al Hotel España donde se alojó el poeta (pagando esta vez, pienso yo, pues traía dinero de México) fue asiduamente a visitarlo Arévalo. Se presentaba a tempranas horas de la mañana, y allí seguía a medio día cuando acompañaba a comer a Arenales, y al caer de la tarde, cuando se disponía a marcharse. Entonces Arenales decía, a la puerta del hotel: "Corro por mi sombrero. Iremos hablando hasta su casa". Caminando paso a paso sin detener la charla llegaban a la casa de Arévalo, y en la acera seguían conversando. "Tengo que irme a comer", decía al fin Arenales, y regresaba a su hotel, pero acompañado del otro. ¿De qué hablaba Arenales? De literatura, de poesía, de sus proyectos. De su "Filosofía del Lujo" en que por entonces se empeñaba y que no llegó a escribir nunca. De su ansia de conocimientos. Le contó a su asiduo amigo que después de dos años de querer leer el "Esquema de una Moral sin Obligación ni Sanción" de Guyau, cuando al fin pudo hacerlo ya la obra no le proporcionó nada nuevo: "Meditar durante ese tiempo sobre el libro condensado en las ocho palabras de su título traducido al castellano bastó para anticiparme su contenido". Este hombre de mirada arrogante que le hacía recoger el mentón con el gesto arisco de un brioso corcel, centro de la atención de cuantos le rodeaban, era "el señor de los topacios", el señor de Aretal cuya moral simplista cabía en la del título de Guyau, era Ricardo Arenales, "El Hombre que parecía un Caballo".

El cuento lo compuso Arévalo a raíz de una desavenencia con su amigo, al que le había entregado el manuscrito de su novela autobiográfica "Manuel Aldano" para que lo leyera y lo corrigiera, pero que el otro relegó al cajón del olvido. Cuando Arévalo, al cabo de los días, quiso llevárselo, Arenales reaccionó violentamente y le dijo que no había acabado de leerlo y que si se lo llevaba dejaban de ser amigos en ese instante. Y lleno de furia le advirtió: "Si traspasa usted la puerta con esos originales, no vuelva a poner los pies aquí". Arévalo abandonó la habitación con el manuscrito y no volvió a visitarlo. Pero el rompimiento produjo una honda herida en su espíritu sensible. Sintió que su vida volvía a la oscuridad que había alumbrado por un momento el sol de Arenales, e imbuido por su recuerdo, para llenar su vacío, compuso entonces "El Hombre que parecía un Caballo". Lo escribió fluidamente, sin un tropiezo, como si alguien le llevara de la mano. Con la precaria simbología de las deleznables palabras, Arévalo había trazado el retrato portentoso, la más profunda semblanza del poeta. Asustado el pobre al leer lo que había escrito y costándole creer que el cuento fuera suyo, envanecido, olvidándose de su disgusto con Arenales corrió al Hotel España a mostrárselo. Dice Arévalo que Arenales sufrió una intensa conmoción al oírlo; que se levantó de su asiento como presa de una crisis nerviosa y empezó a pasearse por la habitación y a hacerle la confesión de su vida y de sus vicios, que hasta entonces el otro había ignorado. Dice que en esos momentos recordó que meses antes, al llegar de visita a esa misma habitación, había visto salir de allí a un bello muchacho, y que a su observación de que parecía una mujer Arenales había replicado, sin darle importancia: "Así son todos los muchachos en la adolescencia". Como si un relámpago le hubiera iluminado por breve instante un paisaje sombrío en la noche cerrada, Arévalo había vislumbrado lo más recóndito del alma de su amigo.

Pero empecé hablando de la segunda visita de Arenales a Guatemala y he acabado en la primera. Culpa suya, de su ir y venir desordenado por la geografía de América en busca de una patria mejorcita para reemplazar la mala que Dios nos dio. Va él en el espacio y yo detrás de él en el tiempo, poniéndole orden por lo menos a la cronología. A su conciencia no, ésa no tiene remedio. Que rinda cuentas como mejor pueda en el más allá que en el más acá yo no soy juez de nadie, ni biógrafo piadoso. Objetivo sí, en el fiel de la balanza, ni le cargo ni lo exculpo, digo lo que me dicen. Y me dicen los de El Imparcial que llegó y transformó el periodismo centroamericano. De El Imparcial de Guatemala estoy hablando, que aún subsiste, no de El Imparcial de México en el que también trabajó y que desapareció antes que él.

Volvamos pues al Suchiate, a cruzar el río. Amigo Heráclito, no volveremos a bañarnos en las aguas del mismo río dice usted. Pero sí a cruzarlo, digo yo. Como ocho años antes, cuando el esplendor de Churubusco, volvió Ricardo Arenales a cruzar el Suchiate. Ya no venía huyendo de Zapata y Villa, de Carranza y Huerta y demás granujas y asesinos, difuntos porque existe Dios, sino expulsado por Calles el ateo que se le olvidó. Crucemos pues el río, sigamos en el tren a Guatemala, bajémonos en la estación ya conocida y constatemos que el tiempo gira en redondo como la tierra, con su misma redundancia.

Ha venido Arévalo a recibirlo y la amistad se reanuda. "El Hombre que parecía un Caballo" ha sido impreso en Quezaltenango y empieza a recorrer los caminos de la fama. El cuento y su personaje. A los cambiantes nombres que el poeta se pone hay que sumarle ahora el del "señor de Aretal" que le puso el otro. ¿A cómo estamos, amigo Arévalo? A diecisiete de julio de 1922. Pues hoy nos saludó El Imparcial en primera plana: "Ricardo Arenales, ilustre huésped de Guatemala" rezaba el titular en grandes letras. ¿Así de famoso era el poeta? O así de ociosa Guatemala. Artículos elogiosos de Arévalo y Wyld Ospina dándole la bienvenida acompañaban una fotografía suya sin bigotes, misteriosa, vanidosa.

En flagrante contradicción con la ley primera de este libro según la cual al que yo busque se muere, viven cuatro de El Imparcial que conocieron a Arenales: Antonio Gándara Durán y su hermano Carlos, Rufino Guerra Cortave y David Vela, hermano éste de ese Arqueles Vela del "Palacio de la Nunciatura" que conocí en México y que antes de que yo pudiera abrir la boca de entrada me advirtió que él era mexicano, no guatemalteco. Guatemalteco tal vez su hermano... ¿Será tánta la ventaja, o mucha la diferencia? En fin, no sólo viven los cuatro que digo sino que, como cincuenta y cuatro años atrás, siguen en el periódico espectral, y él con ellos envejeciendo. Y de ser el primer diario de Centro América en que lo convirtió Arenales, El Imparcial está ahora a un paso de ser el último.

He dejado la casa de Teresita Arévalo para irme a El Imparcial a llevarme sorpresas. La primera: que alguien antes que yo pasó por ese periódico buscando al mismo. "¿Quién?", le pregunto a Rufino Guerra asombrado. "Alguien que tiene su apellido". Ímprobos esfuerzos de la memoria nos llevan a establecer que fue Manuel Mejía Vallejo, el novelista, quien hacia 1952, veintitantos años atrás, pasó por Guatemala, y fue al periódico a preguntar por el poeta.

Carlos Gándara Durán, que había conocido a Arenales en el periodismo de México, lo presentó en El Imparcial, al que entró a trabajar de inmediato. Fundado por Alejandro Córdova un mes atrás, Arenales habría de transformarlo en pocos días. Lo nombraron Jefe de Redacción (al parecer "con un gran esfuerzo económico" del propietario) y al día siguiente, viejo truco de su Porvenir de Monterrey, saltó la numeración en mil números: del 46 al 1047, con lo cual le daba de entrada al periódico lo que no tenía: tradición. Otro que no fuera yo que conozco a Arenales como la palma de mi mano podría pensar, al revisar los archivos de El Imparcial y ver que faltan sin faltar mil números, que se le movió la tierra y se desfasó a una dimensión desconocida. ¡Qué va! Malicias del malicioso. Creó también una página literaria y lanzó el primer "Extra" (el primero de El Imparcial y sospecho que del periodismo centroamericano), dando cuenta en grandes titulares de los levantamientos de la noche anterior en San Lucas Sacatepéquez, que sofocados por el gobierno condujeron a la captura de su cabecilla Francisco Lorenzana, luego a su condena a muerte por un consejo de guerra, luego a su ejecución. Arenales entrevistó al prisionero en su celda y narró su fusilamiento. Es la famosa crónica sobre el último día de vida de Lorenzana y de cómo se cumplió la sentencia, cuyo antecedente en la carrera periodística de Arenales es la que publicara años atrás en el Diario del Salvador, "Últimos momentos de un condenado a muerte", sobre la ejecución de Diego Martínez por el asesinato de un niño. Arenales viajó entonces en tren a Santa Tecla, en las cercanías de San Salvador, donde se llevó a cabo la misma, y la narró con el dramatismo de un testigo presencial en el periódico. Mayor dramatismo aún tiene su relato de El Imparcial que es una página maestra: del periodismo y la literatura. Más aún: tras el detallado, magistral, conmovedor relato de Arenales hay oculta una formidable protesta: uniendo las letras mayúsculas con que comienza cada aparte de la narración se forma esta frase: UN ASESINATO POLÍTICO. En el ejemplar conservado en El Imparcial alguien ha subrayado las mayúsculas implicadas con un lápiz: UN ASESINATO POLÍTICO. Y la protesta oculta la descubrió todo Guatemala. El Imparcial acababa de imponerse como el primer diario del país y se iniciaba la era del periodismo moderno guatemalteco.

Antes de la llegada de Arenales en Guatemala sólo había gacetillas de literatura ampulosa, que los intelectuales del país llenaban de suficiencia y pedantería con sus crónicas a la Gómez Carrillo. El periodismo era un cuerpo inerte y sus redactores no admitían indicaciones ni consejos. Frente a los sucesos sangrientos de los tiempos de Orellana los reporteros se limitaban a buscar la información en el Ministerio de Guerra, cuyas circulares firmaba Ubico, así, con el apellido solo, como quien dice ahora Napoleón o Bolívar. Arenales les mostró el camino: fue en persona al escenario de los hechos y sobre la sangre humeante de Lorenzana escribió sus cuartillas que llenaron de vergüenza a los hombres del gobierno. En El Imparcial se burló de todos y les enseñó a trabajar. A su director y propietario Alejandro Córdova lo trató de ignorante y mercachifle, y un día en que le reclamó por haberle mandado al bote de la basura un artículo suyo en que destruía a un contrincante, le dijo: "Sus querellas personales no le interesan a nadie. Si quiere que yo haga de El Imparcial un periódico de primera me va a dejar entera libertad para elegir lo que se publique". "Formen ese artículo en el acto —le ordenó Córdova al jefe de imprenta—: saquen de la página editorial lo que sea del caso y sustitúyanlo con mi trabajo". Arenales se puso el chaleco, el saco, el sombrero, y sin decir una palabra tomó el bastón de la empuñadura de oro y el camino de salida. Lo llamaron para que volviera y aceptó pero exigiendo plena autoridad, y una mañana, reloj en mano, al mismo Alejandro Córdova le llamó la atención porque llegaba retrasado al diario. Iba, venía, subía, bajaba, escribía editoriales, crónicas, artículos, páginas literarias, formaba los encabezados, pedía almuerzos y coñac, eliminó los sociales de la primera plana y los anuncios, modernizó el formato, introdujo el reportaje y la entrevista, los grandes titulares llamativos… El Imparcial se convirtió en el gran diario guatemalteco. Transcurridos cincuenta años, cuando ya ha dejado de serlo y ha vuelto a ser un cuerpo inerte, anquilosado, sus viejos redactores recuerdan al gran poeta y periodista colombiano que les enseñó a trabajar y los pasados tiempos de esplendor. Recuerdan cómo sacó a patadas del periódico a "Chicuco Palomo", Héctor Quiñónez, un reportero principiante que le había dado una información inexacta sobre el descarrilamiento de un tren de ganado acerca del cual Arenales escribió como si se tratara de un tren de pasajeros ("Un accidente en el Ferrocarril del Sur"); cómo hacía que Carlos Flores, un jovencito simpático de El Imparcial, le llevara libros a su hotel con perversas intenciones; su cercana amistad con el joven y apuesto escritor costarricense Rafael Cardona, llegado al país por la misma época que Arenales, y a quien el poeta hizo, junto con Wyld Ospina, editorialista del periódico… Y el día en que Arévalo le felicitó por el gran triunfo de El Imparcial le respondió jactancioso: "¡Bah!, todavía no empleo mis cañones de largo alcance". "¿Por qué?", le preguntó Arévalo. "Porque los reservo para destruir este periódico desde las columnas de otro cualquiera si Córdova me traiciona". Por sobre cuantas noticias hubiera, el escandaloso y estrafalario poeta era con sus vicios y sus ocurrencias la gran noticia en la aburrida y chismosa Guatemala.

Una noche de mediados de septiembre de ese año veintidós, por capricho de los astros o extravagancias de su naturaleza, Ricardo Arenales se transmutó en Porfirio Barba Jacob. Desapareció heredándole al sucesor sus vicios y sus versos. Dice la leyenda (alimentada por él) que se hubo de transmutar al borde del fusilamiento, cuando confundido con el licenciado Alejandro Arenales, director del Diario Nuevo y defensor de los reos procesados por los levantamientos contra Orellana, fue detenido por orden del Consejo de Guerra que los juzgaba para aplicarle la misma receta que le aplicaron a Lorenzana. Y que a un paso el inocente del otro mundo se aclaró la confusión: que no era a "Ricardo" al que buscaban sino a "Alejandro". Ricardo era nadie menos que el autor de la "Canción de la Vida Profunda"... En 1976, en Guatemala, no sólo vivía el licenciado Alejandro Arenales, sino que por una de esas coincidencias de que está llena mi vida necia yo me alojaba en la casa de su nieto Jorge. Bastaría entonces con haberle preguntado al licenciado Arenales si en septiembre de 1922, en tiempos de Orellana, de veras lo iban a fusilar y lo estuvo buscando un Consejo de Guerra. Sólo que el licenciado Arenales padecía ya de ese mal, o virtud, tan usual en pueblos y naciones: había perdido totalmente la memoria. Yo que por momentos tengo destellos de Funes el memorioso y recuerdo cuándo se movió tal hoja y a qué horas le dio de canto el sol, no lo podía creer. Ni aceptar. Ni tolerar. Y una y otra y otra vez le rogué a mi amigo Jorge que me llevara con su abuelo, así no recordara quién fue ni cómo se llamaba, así no fuera más que una tapia desmemoriada, para poder por lo menos decir aquí, contar aquí, consignar aquí que lo conocí y que respiraba. Y una y otra y otra vez mi amigo Jorge se negó avergonzado, como si la enfermedad del olvido fuera sífilis. A quien conocí, en cambio, en México, fue a Fedro Guillén que me aseguró que el licenciado Alejandro Arenales (cuando aún no se había quitado de encima el fardo de la memoria) le contó en Guatemala que Ricardo Arenales se cambió su nombre, en efecto, tras de que la policía guatemalteca lo detuvo confundiéndolo con él. Hubiera habido o no confusión con el cuasihomónimo y riesgo de muerte, lo cierto es que el poeta también se quitaba su nombre de Ricardo Arenales "por viejo, gastado, sucio e inútil" según le dijo a uno en una entrevista, y "por empolvado" según le dijo a otro en otra. Nemesio García Naranjo, su amigo de Monterrey que desde la caída de Huerta vivía en el exilio y con quien, según calculo yo, debió de coincidir fuera de México en San Antonio de Texas, se lo volvió a encontrar en Guatemala acabadito de cambiarse el nombre. Entonces Barba Jacob le leyó una sentida elegía a Ricardo Arenales en la que pintaba su cadáver con las manos atadas por un cordel, tendido sobre un túmulo bajo la luz oscilante de los cirios. Rafael Heliodoro Valle y otros amigos recibieron entonces en México unas esquelas fúnebres con orlas negras, en que un desconocido, Porfirio Barba Jacob, les participaba el deceso de su amigo común Ricardo Arenales, "rogándoles que rezaran por el eterno descanso de su alma, y que no volvieran a pronunciar aquel nombre maldito". Años después, en la reunión en casa de Rafael Heliodoro Valle la mañana esa de año nuevo de que he hablado, uno de los asistentes le preguntó a Barba Jacob: "¿Y usted conoció en Centro América a Ricardo Arenales?" Y Barba Jacob le contestó: "Lo conocí, claro que lo conocí. Era uno de los hombres más perversos de que hablan las historias. Afortunadamente lo fusilaron en una de tantas revoluciones centroamericanas".

¿Cómo se le ocurrió la extravagancia de semejante nombre? Es que no se le ocurrió: lo tomó de la realidad, ésa es mi tesis. A unos les dijo que fue así y a otros que fue asá y a ninguno le dijo la verdad. Yo la descubrí con mi manía de cotejar versiones y ordenar fechas. Pero vamos por orden. Santiago de la Vega, su viejo amigo, le preguntó en una entrevista para El Universal Ilustrado de México que por qué había escogido ése y no otro pseudónimo, y Barba

Jacob le respondió: "Eso me lo han preguntado muchos. Tú eres el único que vas a obtener una contestación categórica. El nombre se me ocurrió indudablemente por la creencia que yo he tenido siempre de que mi mentalidad es un poco alejandrina, neoplatónica. El primer apellido lo escogí porque sugiere cierta idea de virilidad, de fuerza, de brío; el segundo, para que haya en la simple enunciación de mi nombre una sugerencia de eso que se llama... ¿cómo?" "La escala de luz". Y Teresita Arévalo ha dicho en la biografía de su padre que éste le sugirió el "Porfirio" como nombre de pila en vez del "Pórfiro" que el otro quería cuando molesto con tantos Arenales que había en Guatemala decidió ponerse ese nombre raro que nadie habría de llevar más que él, "luengo como una barba judía, extraño y misterioso" de Barba Jacob.

La verdad es que Barba Jacob yo lo he encontrado en los libros y en la vida: en la suya, pero antes de que soñara ponérselo. En el libro tercero, capítulo sexto de su "Historia de los Heterodoxos Españoles" Marcelino Menéndez y Pelayo reseña una sentencia de 1507 de la Inquisición catalana dictada por dos frailes dominicos y el Vicario de Barcelona Jacme Fielle contra Mossén Urbano, natural de la diócesis y ciudad de Florencia, hereje y apóstata famosísimo que publicó una y muchas veces que un cierto Barba Jacobo era el Dios verdadero omnipotente, en Trinidad Padre, Hijo y Espíritu Santo, que era igual a Jesucristo, y que así como Jesucristo había venido a dar testimonio del Padre, así Barba Jacobo, que era el Padre, venía a dar testimonio del Hijo; y del mismo modo que los judíos no reconocieron a Cristo, así ahora los cristianos no reconocían a Barba Jacobo. En el infinito mundo de las probabilidades la lógica de Mossén Urbano era impecable, pero la Inquisición, que atizaba sus hogueras de leña seca con la lógica, no admitía argumentos en contrario, y le entregó al fuego del brazo secular: el viernes cinco de mayo de 1507 verificóse la sentencia y Mossén Urbano y su verdad recalcitrante se quemaron en la plaza del Rey.

Sostenía Mossén Urbano, entre otras cosas, que él no estaba obligado a prestar obediencia al Sumo Pontífice, ni a prelado alguno, si no se convertirían antes a la enseñanza de Jacobo. Que estaba próximo el fin del mundo y que Barba Jacobo sería el verdadero y único pastor, y que juzgaría a los vivos y a los muertos ("E que axi ho creu ell, e que li tolen lo cap mil vegades e nel maten, que may li faran creure lo contrari"). Que Barba Jacobo era el ángel del Apocalipsis y todo el ser de la Iglesia plenísimamente, y que sin haber aprendido ciencia alguna, puesto que había sido rústico pastor en Cremona, sabía todas las cosas. En fin, que el pecado de Adán no había consistido en la manzana sino en la cópula carnal con Eva. Y ampliando la bendición cristiana del Padre y el Hijo y el Espíritu Santo a toda la parentela: "In nomine Patris et Matris et Filii et Spiritus Sancti et Sanctae Trinitatis, filioli et filiolae et compatris et comatris, et de lo fratre ab la sorore et de lo cosino et de la cosina". En La Habana, en 1915, Ricardo Arenales leía a Menéndez y Pelayo pues en sus artículos de entonces en El Fígaro lo cita; si pasaron ante sus ojos esas páginas de los "Heterodoxos" consagradas a Barba Jacobo, ha debido de quedar fascinado con el testarudo y misógino de Mossén Urbano, que más que hacerse expulsar de los países se hacía quemar en la hoguera con su promesa de esa segunda Iglesia a cuyo advenimiento "las hembras concebirían y parirían sin obra de varón". ¿Pero leyó en efecto esas páginas de los "Heterodoxos"? Es lo que nunca sabremos.

Y ahora dejemos los libros eruditos y pasemos a la vida que es la que importa. Hay un poema de Ricardo Arenales compuesto en Barranquilla por la época en que adoptó ese pseudónimo, que se conoce con los títulos de "Carmen" o "Mi vecina Carmen": apareció en El Siglo de esa ciudad en marzo de 1907 y luego, en junio, en La Quincena de San Salvador. Es el que empieza: "Esta noche tengo miedo de estar solo. Entre la sombra hay un fantasma que cruza de mi pobre sueño en pos…" Una vez más lo publicó Arenales: en El Universal de México, en agosto de 1918, y con las indicaciones de cuándo y dónde fue compuesto: el diecisiete de septiembre de 1906 en Barranquilla, Colombia. Pero ahora con el siguiente título: "En la muerte de Carmen Barba Jacob". ¿Barba Jacob? ¿Por qué este apellido? Cuando reproducía el poema en El Universal con el título anterior a Ricardo Arenales no se le pasaba por la cabeza el cambiarse de nombre. Y en "Los Desposados de la Muerte", que fueron escritos en Ciudad Juárez en 1919 y publicados en México Moderno el año siguiente, el segundo de los seis muchachos del poema es Emiliano Barba Jacob: así estaba en la versión original, si bien luego, en las "Canciones y Elegías", cambió a Emiliano Atehortúa. ¿Qué pensar de todo ello? "¿Acaso su mismo nombre —se preguntaba Santiago de la Vega en su reportaje— vendrá a ser, violentando un poco las sospechas, el mejor y más dorado despojo de sus burlas?" "No —respondía Barba Jacob—. Mi pseudónimo es una pequeña trampa para que en ella caigan los que carezcan de agilidad. Mis amigos podrán salvar, elásticamente, ese obstáculo". Ni Santiago de la Vega que se lo preguntaba, ni Rafael Heliodoro Valle que quiso escribir su biografía, ni Rafael Delgado que le acompañó veinte años, ni quienes más supieron de su vida y sus andanzas y más notas periodísticas escribieron sobre sus aventuras a su muerte pudieron salvar el obstáculo. A nadie le confesó el poeta de dónde sacó el nuevo nombre. Entremos pues, por nuestra parte, en el camino de las suposiciones que es el que queda ya que no hay forma de preguntar a los muertos. Barba Jacob, de no ser un apellido real (un apellido compuesto, o dos apellidos simples pero reales) es una extravagancia: no un nombre poético. Y la extravagancia iba bien para quien cuando se cambió su nombre de bautizo de Miguel Ángel Osorio por el de Ricardo Arenales estuvo pensando (se lo contó a Arévalo) si no le quedaría mejor el de Juan María Terremoto o Centellas o Tormentas, y para quien al final de su existencia pensaba cambiarse el de Porfirio Barba Jacob por el de Juan Pedro Pablo. Pero ¿a quién se le ocurre apellidar a la joven de un poema Barba Jacob? Menos inusual el primero que el segundo, ambos apellidos se dan en la vida real. ¿Alguna vez existieron juntos? A Marco Antonio Millán, uno de sus más cercanos amigos en sus últimos años, Barba Jacob le contó, y Millán a mí, de una amante de ocasión que tuvo en su juventud en Barranquilla: una muchacha de quien se enamoró y a quien mataron en una riña de burdel, la noche misma que tenía con él una cita de amor. Al llegar a la cita se encontró con su velorio. Llevaba algo de comida y una botella de licor que con cuanto dinero tenía encima hubo de dejarles a los deudos. Por ello los versos del poema: "Esta noche tengo miedo de estar solo. Me acongoja el recuerdo de una breve historia del corazón... ¡era que la pobre joven tenía la boca tan roja!... Esta noche tengo miedo de estar solo. Me acongoja el ritmo del corazón..." Y luego: "Iba cayendo la tarde cuando murió mi vecina... en la sala de la casa borbota un foco de luz... están rezando el rosario... y una comadre ladina, reza, más alto que todas, y con los brazos en cruz". Es comprensible que al publicar en Barranquilla su poema "Carmen" Miguel Ángel, o Arenales, lo llamara así, simplemente, prescindiendo del apellido o los apellidos por consideraciones de orden personal. Y es que: "Todos en el barrio saben la historia de mi vecina, es una historia fragante de risueña juventud… por sus flancos, por sus ojos y por su boca divina… todos en el barrio saben la historia de mi vecina… de esa pobre joven muerta que duerme en el ataúd…" En México en 1918, cuando la separación geográfica y temporal de aquellos hechos era grande, y cuando aún no entraba en sus planes adoptar el insólito pseudónimo, bien podía llamar al poema como le fuera imposible llamarlo en Barranquilla: "En la muerte de Carmen Barba Jacob". Después en sus narraciones saturadas de alucinaciones y mentiras, decía que Barba Jacob era el apellido de una amante persa, la mujer que más intensamente le había amado. Y a Rafael Heliodoro Valle, cambiando "son" por "somos" le decía: "Los Barba Jacob somos una numerosa familia de judíos que se refugiaron en Colombia". El carácter autobiográfico de los poemas "En la muerte de Carmen Barba Jacob" y "Los Desposados de la Muerte" es innegable. Ahora bien, dos personas con el apellido compuesto, o con los dos apellidos de Barba Jacob sólo pueden ser hermanos. Su insólita unión lo impone. ¿Es ir demasiado lejos en el camino de las suposiciones el pensar que Carmen y Emiliano Barba Jacob fueron dos hermanos a quienes Miguel Ángel Osorio (acaso ya para entonces Ricardo Arenales) conoció en Barranquilla? De aceptarlo así la suposición iría aún más lejos: según se desprende de los poemas a ellos consagrados, ambos fueron sus amantes.

Salió a pie de su pueblo rumbo a la Costa Atlántica, y al llegar a un río se embarcó en una lancha de caña. Es lo que le contó en México a Manuel Gutiérrez Balcázar, y también le contó, y éste a mí, que llegando a Barranquilla conoció a Leopoldo de la Rosa en un parque. Leopoldo tenía dieciocho años, cinco menos que Miguel Ángel. El río, cuyo nombre no tenía por qué saber ni menos recordar Gutiérrez Balcázar, es el Nechí, que va al Cauca que va al Magdalena que va al mar, al mar de todos libre de las mezquinas patrias. Antes de irse por las rutas de ese mar generoso, en Barranquilla se cambió el nombre de Miguel Ángel Osorio con que lo habían bautizado por el de Ricardo Arenales, tomando el "Ricardo", según ha escrito Juan Bautista Jaramillo Meza, de su amigo Ricardo Hernández, y el "Arenales", según ha contado Arévalo, razonando que Arenales era una extensión de arena y la arena era el desierto y el desierto era su alma. Dieciséis años llevó ese nombre con que se hizo famoso en Cuba, México y Centro América, con que firmó sus mejores poemas, y que ahora se quitaba en Guatemala.

El nombre de Porfirio Barba-Jacob aparece por primera vez en El Imparcial: firmando el artículo "Sueño de una Noche de Septiembre". De septiembre, el mes en que ocurre el cambio. Porfirio Barba-Jacob, así, como Valle-Inclán con la raya en medio, la que él siempre le puso y que aquí, sin razón, yo le quito. Por unos días figuró en el indicador del periódico como Jefe de Redacción Porfirio Barba-Jacob seguido entre paréntesis de Ricardo Arenales. Un día desapareció el paréntesis. Y otro, en primera plana, apareció este anuncio: "Cambio de nombre: Por convenir así a mis intereses particulares hago saber públicamente que a partir de hoy no usaré el nombre de Ricardo Arenales con que se me conoce desde hace diez y seis años, sino el de Porfirio Barba-Jacob, con el cual responderé de todos los compromisos que he contraído o contrajere en lo sucesivo. Para que esta determinación tenga el valor que deseo darle, tramito en la actualidad lo conducente ante las autoridades a quienes corresponde legalizar mi cambio de nombre". Guatemala a días tantos del año tal, y firmando Arenales, el difunto.

La primera hazaña de Barba Jacob estrenando nombre calculo yo que sea una que Arévalo ha referido: Rodeado de un grupo de estudiantes universitarios Barba Jacob los invita a que lo insulten ofreciéndoles un premio al que mejor lo haga. Como no logran complacerlo a satisfacción los convida a una correría por la ciudad. Entran a una fonda de los arrabales, se sientan a una mesa, y a la matrona gorda y mal encarada que los atiende Barba Jacob le pide de beber. A la tercera copa le dice: "Traiga más licor, pero no en estos sucios vasos que nunca ha limpiado". Y cuando ella trae lo pedido le pregunta: "¿Secó los vasos con sus cochinas enaguas?" La matrona estalla en una explosión de insultos y le pide al poeta que le pague y se marche. Barba Jacob le dice que no tiene dinero, que por favor le apunte las bebidas a su cuenta. Los insultos de la matrona llegan entonces a lo heroico. Sale ella y regresa con un policía. Frente a un caballero tan bien vestido como el poeta el policía empieza por sentir respeto, y el respeto va en aumento por lo que ve y lo que oye: "¿Cuánto le debo, honorable señora?", le pregunta beatíficamente Barba Jacob a la matrona. "Dieciséis pesos". Barba Jacob le paga con un billete de a cien. "¡Oh! —exclama ella asombrada—. No tengo vuelto". "Guárdeselo —responde Barba Jacob—. Los dieciséis pesos son por los tragos, y el resto en pago de los insultos". "¿Lo insultó esta pícara vieja? —le pregunta al poeta el policía—. Si quiere me la llevo presa". "No —le detiene Barba Jacob—: le estoy muy agradecido. En cuanto a usted, tome por la buena intención", y le da una generosa propina. Episodio que corroboran las siguientes palabras de una carta del poeta a Alejandro Córdova: "Raras veces, como no procediera de almas perturbadas por el odio, miré escrita ni oí hablada siquiera una apreciación que no me fuera en algún sentido favorable: el talentoso, el inteligente, el ilustre, el admirable, el conocido, el desconocido… Aludo a esto porque sin duda es una realidad; porque probablemente yo, que me he despreciado tanto, que he despreciado tanto la naturaleza humana, que me he tenido asco y se lo he tenido a los demás en lo material y en lo moral —porque, si vamos al fondo, todos somos grosera materia— tengo algún valor, estoy dignificado por algo que es puro, me siento compelido a alguna acción grande". Y algo más adelante: "No se me olvida que tengo el mundo delante de mí, que existen la cuarta y la quinta dimensión, que la vida esplendente será en el tiempo y en el espacio, que alguien me comprenderá algún día cabalmente…" Bueno, a uno siempre le queda esa posibilidad, que alguien algún día lo comprenda cabalmente, y a él le quedaba esta otra: "Y al fin quietud… el mortuorio túmulo, loas lúgubres, flores, oro póstumo, y en mármol negro el numen desolado. Con sus manos violáceas, en la tarde riente, ya mi ansiedad la Muerte apaciguó. Alguien diga en mi nombre, un día, vanamente: ¡No! ¡No! ¡No! ¡No!" Es la estrofa final de ese poema desencantado y portentoso de la "Canción de la Noche Diamantina" que compuso a la muerte de Ramón López Velarde, cuyas estrofas terminan todas con la negación obsesiva. López Velarde, hoy el poeta nacional de México, tímido y ocasional visitante de Arenales en su palacio alucinado de la Nunciatura, empleado público y que murió más bien joven de una forma indigna: de un resfriado agarrado en un aguacero. Lo velaron en la Universidad y lo enterraron por cuenta del gobierno…

Barba Jacob dejó El Imparcial y se fue de Guatemala rumbo a Colombia. Pero no llegó. Se atrancó en el camino. Juan Felipe Toruño me ha contado en San Salvador que le contaron los de El Imparcial que Barba Jacob estuvo acarreando bultos en el puerto de San José sobre el Pacífico.

La ocupación es cierta, el lugar inexacto. Lo que han debido de contarle los de El Imparcial a Toruño es lo mismo que le contó Arévalo, aunque muchos años después, al embajador de Colombia en Guatemala Gustavo Serrano Gómez: que sin dinero y colmado de angustias causadas por el alcohol y la marihuana Barba Jacob se dirigió por tren a Puerto Barrios, donde cargó racimos de banano como bracero para los buques de la United Fruit Company. Un periodista hondureño allí se lo encontró y al reconocerlo le contrató para su periódico en Tegucigalpa y le anticipó mil dólares, que el poeta de inmediato se bebió con los braceros. Alcanzó no obstante a llegar a Honduras (en un barco de la misma United Fruit Company), a la Costa Norte donde ya había estado, pero para quedarse breve tiempo y acabar regresando a Guatemala. De la Costa Norte debió de ser el periódico que dice Serrano Gómez que le dijo Arévalo, y no de Tegucigalpa, pues en Tela, en la Costa Norte, su "Tela de Atlántida", está fechado, por él mismo, el primer poema que compuso con su nuevo nombre de Barba Jacob: ese poema "La Reina", que es la muerte, tan desolado como la "Canción de la Noche Diamantina" pero en el cual el No se ha convertido en Nada: "Y a ritmo y ritmo el corazón parece decir muriendo: Nada… Nada…"

Según el Diario Comercial de San Pedro Sula, en un número de 1950 consagrado a la vecina ciudad de La Ceiba, entre cuyos visitantes ilustres contaba a Barba Jacob, de La Ceiba se fue Barba Jacob a Puerto Barrios "con diez monedas que manos cariñosas pusieron en su bolso". Según le escribió Barba Jacob a Jaime Torres Bodet en una carta, regresó enfermo a Guatemala, "entre la vida y la muerte". Según Rufino Guerra, de la ciudad de Guatemala se fue a Quezaltenango en busca de un mejor clima. Según Miguel Antonio Alvarado igual: se fue a Quezaltenango cuyo clima frío y seco le habían aconsejado para su arruinada salud, y allí trabajó en el periodismo y compuso el poema "La Ciudad de la Estrella". Según Carlos Mérida, en Quezaltenango vivió en casa de Adolfo Drago Bracco, con quien tuvo un periódico, y dirigió el Diario de la Tarde. Pero como ya el poeta había estado en Quezaltenango ocho años atrás, y Carlos Mérida tiene más de noventa, y la memoria confusa, y no logra aclararla ni a punta de coñac, ni precisar si fue en la primera o en la segunda estadía del poeta en Quezaltenango cuando lo conoció, si llamándose Arenales o llamándose Barba Jacob, y del Diario de la Tarde ya no quedan ejemplares, ni del que tuvo con Drago Bracco, y de éste ni siquiera el nombre, y Drago Bracco ya murió, las dos estadías del poeta en Quezaltenango, pese a su aire limpio y puro, y a lo transparente y sano, se quedan en el limbo de la confusión. Lo que sí tiene muy claro Carlos Mérida es que cuando el poeta se marchaba (la primera o la segunda vez), una ilustre dama de Quezaltenango le preguntó qué era lo que más le había gustado de su ciudad, y el poeta le respondió: "Ese caminito de salida para irme a la chingada". A la dama dicha frase no podía, por supuesto, hacerle mayor sentido. Porque ¿qué sería "chingada"? ¿Una falda "plisada"? ¿Unas enaguas? No señora: cuando Barba Jacob decía "chingada" estaba pensando en marciano, en mexicano. En fin… "Abejas zumbadoras, maíz que está granando, canciones a la tarde, cuando se sueña, y cuando el polvo de los astros fulgura en el vacío…" ¿Oíste, Octavio? ¿Entendiste, Paz? Son versos de "La Ciudad de la Estrella", de donde sale un caminito que te lleva a la chingada.

Ese poema lo publicó en El Imparcial, dedicado a Alberto Velázquez. Como Alberto Velázquez, por notable que se me haga, aún vive cuando visito a Guatemala, dejando

El Imparcial voy a buscarlo. Nada más fácil que encontrarlo en la pequeña ciudad de Guatemala; nada más imposible que entrevistarlo: su familia lo guarda, como a doncella islámica, bajo siete candados. Como si la enfermedad del olvido de que también él sufre fuera un tesoro, la virginidad recobrada de la memoria. La tabula rasa primigenia, sin amores, sin rencores. Para cuando acabe de escribir estas líneas y se publiquen Alberto Velázquez hará mucho que se haya ido, con sus recuerdos, con sus olvidos. Originario de Quezaltenango, allí llegó con el poeta, a quien había conocido en la capital, y lo alojó en su casa. Solía entonces Arenales proclamar ante él que "sólo tenía la moral indispensable para subsistir". Sé que años después redactaron juntos el Boletín de la Universidad Popular de Guatemala, que en asocio de otros fundó Arenales: fundó y al punto olvidó. Sé que más años después, desde el Hospital General de México, Pabellón Número Once, Barba Jacob le escribió una carta: a él y a Arévalo, a raíz del libro que Arévalo, "para allegarle fondos" aunque sin su consentimiento, publicó de sus versos: un libro del que cuando Barba Jacob lo conoció comentó que parecía de cocina, pero que en realidad parecía de burdel, de burdel triste al estilo de Pierre Loüys o de Vargas Vila, con su lúgubre título y su fea portada de una mujer desnuda pudibunda cubriéndose los senos con las manos y con rosas en las manos: "Rosas Negras", que casi acaba con la vida del poeta. Para incorporárselo como prólogo a ese libro entrometido, Alberto Velázquez "rescató por alto precio" el largo recuento autobiográfico de "La Divina Tragedia" que había escrito Arenales poco antes de su expulsión de México, y que se le quedó a su sucesor Barba Jacob en Guatemala tras su expulsión de Guatemala. Todo esto sé de Alberto Velázquez, quien sin embargo sigue siendo para mí un nombre vacío, el de un espectro.

Tras la cura de altura y aire frío en Quezaltenango y de regreso a la capital, Barba Jacob se dio a soñar con una gran revista "de altas letras", y a vivir del sueño: de mayo a mayo y de mayo a agosto según mis cálculos vivió del cuento, año y tres meses durante los cuales acumuló, según los cálculos de Miguel Antonio Alvarado, deudas por seis mil quetzales. Agotada su capacidad de crédito y endeudamiento se hizo expulsar de Guatemala. Y de Guatemala se fue a Guatepeor.

La gran revista "de altas letras" iba a ser un semanario gráfico y a salir los sábados. Iba a tener entre cuarenta y ocho y cincuenta y seis páginas con ilustraciones en blanco y negro y a todo color de los más talentosos pintores y caricaturistas de Hispanoamérica y la madre patria, y colaboraciones de los máximos literatos de tierra firme y de allende el mar. Se iba a llamar Ideas y Noticias, y a competir, a rivalizar, con nada más ni nada menos que con la Revista de Revistas de México, y El Universal Ilustrado de ídem igual. Iba, iba, iba, todo en "iba" porque en "iba" se quedó: vendió anuncios por varios meses y subscripciones por varios más (a cuarenta pesos la serie de cuatro números), todo cobrado por anticipado, pero como lo expulsaron, ¡cómo podía pagar! Y a cuanto "ilustre intelectual" hubiera o no hubiera en Guatemala lo invitó a colaborar, sabliándolos de paso claro está. Es a saber por ejemplo: como el licenciado Antonio Villacorta, Jefe Político del Departamento. O el coronel Daniel Hernández, Director General de la Policía. O el Ministro de Agricultura don Salvador Herrera. A éste, según me contó Antonio Gándara Durán, fue a pedirle que colaborara en su revista "con su magnífica pluma", y de paso dinero prestado. Que cuánto, le preguntó el Ministro. Que mil pesos. Y el Ministro halagado le hizo un cheque por dos mil. Barba Jacob en recuerdo se guardó la pluma con que el Ministro le firmó el cheque, la "magnífica pluma", que nunca le devolvió. A este Antonio Gándara Durán también le pidió colaboración, por carta. Y muchas de esas cartas en igual sentido les dirigió a sus amigos escritores o no escritores, de las cuales una al menos queda y conozco: a Carlos Wyld Ospina, escrita a máquina en papel con el siguiente membrete: "Ideas y Noticias, Semanario Popular Independiente, Director-Fundador y Propietario Porfirio Barba-Jacob, Apartado de Correos No. 100, Edificio San Marcos, Guatemala".

Al Edificio San Marcos, su "Palacio de San Marcos", fue a dar después de la pensión de Clemente Marroquín Rojas donde lo visitaba Miguel Ángel Asturias, y el Hotel Iberia donde coincidió con Benavente: don Jacinto Benavente de la calva marfilina e indiscriminado gusto por los muchachos, el mismo suyo pues, el de su servidor el poeta. Dos premios Nobel como quien dice y en unos meses: uno que ya era, y otro que habría de ser… Gustavo Alemán Bolaños, paladín divulgador en Guatemala de los "vicios nefandos" de Arenales, los cuales sabrá Dios por qué le inquietaban tanto, al llegar de visita a su país el ilustre escritor hispánico corrió a entrevistarlo, y lo primero que le preguntó fue: "Dígame por qué es usted tan pederasta". A lo cual don Jacinto no supo qué responder, tal vez porque el esquimal no tiene el concepto de la nieve, ni el beduino el concepto del desierto. La lengua de este personaje Alemán Bolaños, también poeta, pesaba sobre la pequeña ciudad de Guatemala como el volcán sobre San Salvador. Cultísimo él, un día le comentó a Arenales que le encantaban los "Diálogos" de Plutarco, y Arenales con ironía le contestó que él prefería las "Vidas Paralelas" de Platón…

¿Y El Imparcial? El Imparcial acolitando. Se iba Barba Jacob, y lo despedía. Volvía, y lo saludaba. Que las puertas del periódico le estaban siempre abiertas, que era su casa. Y haciéndole la publicidad gratis. Que ya iban a salir las Ideas y Noticias, el prodigio gráfico, el magazine. Pero hoy no como anunciamos, sino mañana. Y de mañana en mañana… Y reportajes con el Director-Fundador-Propietario. Y fotos. Y en primera plana la mejor foto que conozco del poeta, la más mentirosa: guapisísimo se ve, con su traje negro de anchas solapas, recogido el mentón y la mirada oblicua e iluminación de enigma.

Del Hotel Iberia se mudó a la pensión de Clemente Marroquín Rojas, o mejor dicho de su mujer, casona fresca y vieja en la Décima Calle Poniente, entre la Primera y Segunda Avenidas. Allí compuso ese poema "Futuro" que es tan famoso y que es el que empieza: "Decid cuando yo muera, ¡y el día esté lejano!…" De la pensión se mudó a los apartamentos del Edificio San Marcos (trocado en su recuerdo en el "Palacio de San Marcos") donde compuso el poema "Imágenes": "Algo queda del hombre antiguo que hubo en mí, tan cercano, tan lejano…" La pensión tenía un patio y en el patio flores y jaulas de pájaros y niños correteando por los amplios corredores donde mujeres morenas de pelo negro se mecían en sillas de balancín… El mundo antiguo del hombre antiguo que había en él… Y que nunca más volverá.

Dos le quedaron por sabliar en Guatemala según mis cálculos: el presidente Orellana y su Ministro de Guerra Ubico, quien con la anuencia de aquél lo expulsó. Ubico, el Calles guatemalteco, ladrón, granuja y asesino también… Cuando el poeta llegó por segunda vez a Guatemala, expulsado de México, hacía medio año que gobernaba Orellana: José María Orellana, quien había depuesto a Herrera y Luna, quien había depuesto a Estrada Cabrera, el tirano de la primera vez. A Orellana lo mataron, como habían matado al predecesor de Estrada Cabrera, Reyna Barrios. Le aplicaron la tercera fórmula de la política centroamericana que consta de tres: encierro, destierro o entierro. Al poeta la de en medio, tras de su memorable discurso contra el gobierno en la feria de Jocotenango. El discurso se lo llevó el viento, pero algo de lo que entonces dijo se recuerda aún en Guatemala...

La famosa y concurrida feria de Jocotenango tenía lugar en agosto, en el barrio de ese nombre y sus aledaños, y venían a ella ganaderos y hacendados de todo el país y de las vecinas repúblicas de Honduras y El Salvador. En ese agosto del año veinticuatro Barba Jacob era el orador oficial de la feria. Miguel Antonio Alvarado me ha contado en Honduras que él acompañaba al poeta cuando el discurso; él y el profesor Morazán y Alejandro Córdova, el director de El Imparcial. Rufino Guerra por su parte me ha dicho que el tema del discurso fue la cuestión monetaria, el asunto de la supresión del dólar y el peso y la adopción del quetzal, que entonces se debatía apasionadamente en Guatemala. En un momento de su discurso Barba Jacob exhibió una de esas viejas monedas que el pueblo llamaba "carreras", valiosas monedas de oro que había troquelado con su efigie el caudillo conservador Rafael Carrera, para compararlas con los devaluados billetes del presente. Carrera, que no sabía leer y se firmaba "Carrara", fue valiente y gran militar y gobernó por treinta años a Guatemala, durante los cuales el país vivió una era de paz, de honradez y seguridad. La paz, la honradez y la seguridad se fueron al traste con el ascenso al poder de Justo Rufino Barrios y su secuela de corruptos gobiernos liberales, que recogieron las monedas y pusieron en circulación los billetes. Heredero de esos gobiernos liberales era el de Orellana.

Como la expulsión de México, la de Guatemala se la buscó él mismo. El discurso de Jocotenango no era su primera intervención pública. Ya a los vecinos y obreros del barrio de Lavarreda les había dado una conferencia instándolos al ennoblecimiento de sus destinos y a la superación por el esfuerzo, en la cual evocaba la figura de su bisabuelo paterno, un campesino y hombre sencillo del pueblo, igual a quienes le escuchaban, abierto desafío al oscurantismo imperante. Y a otra conferencia suya ha aludido en un artículo Alberto Velázquez, pronunciada la mañana de un domingo en el Teatro Venecia, en la Calle Real del Guarda Viejo. Su tema, "No matarás", había sido el de uno de sus editoriales de Cronos que en México le valieron el destierro. La memorable y encendida prédica del Teatro Venecia parecía, según su amigo, tomada de una epístola de San Pablo, y "habría podido ser pronunciada desde un púlpito". Hacía el poeta sus pinitos de entrenamiento para su posterior oficio de cura, cura con sotana y con tonsura, que con el nombre de Manuel Santoveña y trescientos lempiras de sueldo para empezar, y mil dólares para continuar, habría de ejercer un año escaso después, en la Costa Norte, en Honduras, contratado por el administrador de un ingenio: por bananeras y cañaverales, de campamento en campamento iba predicando contra el homicidio y en pro del respeto a la vida ajena entre los trabajadores de la región, un público de salvajes que los días de pago se emborrachaban y se bajaban las cabezas en peleas a machete: como cortando caña, como en Colombia pues. Pero esto es luego, en Honduras, andando el tiempo y andando él. Volvamos atrás, a Guatemala, al escenario-púlpito del Teatro Venecia donde con tono grave y convincente voz predicaba la conciliación y el amor al prójimo. El público que se agolpaba en el recinto le oía conmovido. Dice Alberto Velázquez que un revuelo extraordinario acompañaba a sus palabras, y que "muchas conciencias sórdidas y opacas se sintieron traspasadas por un rayo de luz". Dice, pero lo dudo yo.

"Agarraron al ratero del expresidente Luis Echeverría", anunciaba hoy un titular enorme de periódico, y me dio un vuelco el corazón. Pero no, era un titular errado: al que agarraron fue a uno que le robó a él. ¿Y qué le dieron? ¿Cuántos años de perdón? Perdón por las intromisiones contemporáneas y retomemos el hilo del discurso, el de Jocotenango. Arrastrado por las deudas como por la fluidez de sus palabras, después de mostrar el carrera de oro Barba Jacob la emprendió contra el prócer del partido liberal (el del poder, el de la sartén por el mango) Justo Rufino Barrios, "villano, matarife y ladrón" como le había anunciado a Arévalo que iba a decir, y su madre y su memoria. "Si dice eso lo expulsan", le advirtió Arévalo. "Es precisamente lo que quiero —replicó Barba Jacob—. ¿No ve que estoy preso en el fondo de este pozo de paredes lisas, de este agujero que se llama Guatemala donde nadie puede ganarse la vida de ninguna de las tres únicas maneras decentes: haciendo periodismo, política o estafando?" Arévalo, escribe su hija Teresita, le aconsejó entonces prudencia, un tono calculado de suerte que lo expulsaran pero sin irlo a matar, ni a apalear. Prudencia en tiempo de matones era prudente palabra. ¿Pero un tono calculado? Sería el cálculo del que baila en la cuerda floja sobre el abismo de las serpientes, Sandokán... Lo buscado, sin embargo, sucedió, Barba Jacob fue expulsado y siguió su camino, y Arévalo y él nunca más se volvieron a ver. Algo antes o algo después de este último encuentro con Arévalo, Barba Jacob se presentó en la casa de José Domingo Carrillo, y al encontrarse con que su amigo estaba ausente de la ciudad, le ofreció a su joven esposa Carmen su bastón de empuñadura de oro por una mínima suma que necesitaba para viajar al extranjero. Sin recibirle el bastón ella le dio el dinero que le pedía. Doña Carmen aún conserva una fotografía del poeta, que su hijo me ha enseñado: es la misma del traje negro que publicó El Imparcial, con la siguiente dedicatoria manuscrita fechada el doce de septiembre de 1923: "Para el Doctor José Domingo Carrillo, en testimonio de amistad, la sombra de este viajero tempestuoso".

¿Cuántas veces no he tomado la máquina del tiempo que inventó Wells para ir a buscarlo? Y me he bajado en Costa Rica, en El Salvador, en Colombia, en mil novecientos siete, diecisiete, veintisiete. Señor del Tiempo y el Espacio he pasado en noviembre de 1907 por San José de Costa Rica, por la casa de huéspedes de doña Julia Dee donde se ha alojado y donde, dice, "sirven los mejores bistecs del mundo". Y en 1916, aterrizado en tierra, me he ido de La Ceiba a Belice y de Belice a Payo Obispo en misión de espionaje tras sus huellas. Payo Obispo, la nueva capital del territorio de Quintana Roo (porque la antigua, Santa Cruz de Bravo, una sublevación de indígenas la destruyó), es un poblacho: unas cuantas casas de tablones y láminas de zinc, estación inalámbrica de torre para descifrar la voz del viento, y el viejo reloj que salvaron de la antigua capital instalado en un poste, como un loro: todo, todo, todo se lo llevó un ciclón. El treinta de septiembre de 1916, con femenina furia caprichosa, el viento desmelenado alejó el mar de las playas y secó la bahía durante horas y de Payo Obispo no dejó nada, todo se lo llevó: las casas de tablones y láminas de zinc, el viejo reloj de Santa Cruz de Bravo, la estación inalámbrica y la torre, y el loro del poste y el poste del loro. De Payo Obispo el viento se llevó hasta el nombre y lo borró del mapa, y hoy la tercera capital de Quintana Roo es Chetumal, a la que le tiene puesto el ojo otro ciclón. ¿Qué hacía Ricardo Arenales con semejante tiempo y en semejantes lugarejos? Lo dicho, espiando. Espiando para el general Monterroso que espiaba para Estrada Cabrera. Comandante del puerto hondureño de La Ceiba y máxima autoridad del departamento de Atlántida de la misma nacionalidad, este general Monterroso (Antonio María o Vicente, ya no se sabe), pese a ser guatemalteco gobernaba para el presidente de Honduras doctor Francisco Bertrand, pero era agente secreto del tirano de Guatemala Manuel Estrada Cabrera, y más falso que su conciencia. Al poeta le patrocinó en La Ceiba su pequeño diario Ideas y Noticias (del mismo título del semanario que años después intentó fundar en Guatemala), periodiquito del que no quedan más que unas cuantas noticias de carambola: las que dio, justamente, paradójicamente, El Cronista de Tegucigalpa, a cuyo director Paulino Valladares se dedicó a atacar Arenales para darle con la polémica circulación a su diario. El Cronista, de la capital, solía reproducir en su sección "Noticias Departamentales" informaciones extractadas de los diarios de la provincia. Por eso en los pocos ejemplares de El Cronista que quedan queda una mísera huella de las quimeras del poeta. Por ejemplo: "La Ceiba, viernes 27 de octubre. Tempestad, grandes lluvias, mar furioso, frío intenso. Hay consternación. Ideas y Noticias". O esta otra: "La Ceiba, sábado 28 de octubre. Violento oleaje impidió vapor Yoro atracar muelle. Ideas y Noticias". Pero vámonos de aquí que tras el ciclón el mar nos tiene puesto el ojo. Volemos, aterricemos. ¿Dónde? ¿Cuándo? El siete de junio de 1917, jueves de Corpus, en el Hospital Rosales de San Salvador, adonde llegó Arenales en compañía de Miguel Antonio Alvarado, y al que corrió a alojarse el muy cínico llegando llegando, pero un terremoto lo recibió. El famosísimo terremoto de 1917 con acompañamiento de incendio que arrasó, quemó, demolió a la inocente ciudad que no pudo salvar ni el que le daba el nombre. ¡Tres mil construcciones quemadas o derruidas haciendo tabula rasa! La Logia Masónica, el Instituto Salesiano, el Café Nacional, el Café El Fénix, la Farmacia de la Cruz Roja, la casa del presidente, el Monumento a la Libertad, la Escuela Politécnica, el Teatro Colón, el Diario del Salvador, el Lion d'Or, ¡qué incendio, qué esplendor! Las llamas de coloraciones fantásticas, producto de las respiraciones mefíticas de la tierra, lumbre quemando azufre, pasaban del verde pálido al violeta y del violeta al rojo sangre. Y Arenales de un lado al otro sobre la tierra bamboleándose, yendo, viniendo, viendo, y don Carlos Meléndez, el insigne presidente, que un día mandó por él a sacarlo de un burdel y pagó la cuenta, consolando a la multitud. Vámonos también de aquí, volvámonos a Guatemala que no es tan mala, a probar el brebaje diabólico que prepara Meme Diéguez en su cantina, o mejor la "arenalina", el coctel enloquecido de bebidas alcohólicas que inventó Arenales y que sirven en su honor en Guatemala, y que como la "Canción de la Vida Profunda" le dio fama y nombre… Arenales convocaba ciclones, marejadas, incendios, revoluciones, sacudimientos de conciencia y tierra, terremotos. Pasaba y arrasaba. Una estelita de humo nos dejaba al irse como cuando pasa el tren, pero de marihuana…

He medido la tierra en sus mismos trenes y el mar en sus mismos barcos. En un tren llegué de Santiago a La Habana; en otro de Veracruz a México; en otro de La Unión a San Salvador. Los trenes no tienen nombre pero los barcos sí: en el vapor italiano Venezuela partí de Puerto Colombia, Barranquilla, el martes veintidós de octubre de 1907 al amanecer. "Iba mi esquife azul a la aventura, compensé mi dolor con mi locura, y nadie ha sido más feliz que yo". Entre los treinta y cinco pasajeros de camarote o cubierta venían en ese vapor dos locos, y con ellos el poeta o sea tres: Franco y Marín, músicos ellos y antioqueños como él. También de Antioquia la Grande, que el tiempo también se tragó. Franco era un nombre cambiado pues no se llamaba tal sino Pelón Santamarta como lo puso el cura de bautizo, apelativo que se hubo de quitar cuando mató a un cristiano, a no sé quién por no sé qué. Por eso venían los dos en el barco huyendo, o mejor dicho medio huyendo: huyendo el uno y el otro haciéndole segunda voz. Formaban un dueto, con tiple y guitarra, y se desgranaban en bambucos, pasillos, guabinas, redovas. Traían en la voz el alma de Colombia y en el bolsillo una botellita de aguardiente, visto lo cual se les unió el poeta, a tomar, a añorar, a beberse la nostalgia. Y de canción en canción y puerto en puerto y trago en trago llegaron a Costa Rica, Jamaica, Cuba, México. Después se separaron. Después volvió el poeta a coincidir con Franco en Guatemala, pero años después. Hoy viernes veinticinco de octubre de 1907 a las siete de la mañana estamos anclando, desembarcando, del Venezuela en Puerto Limón Costa Rica, según puede constatar usted, si no lo cree, en la guía portuaria de El Noticiero, de San José. Ahí figuran los tres nombres aunque como si fueran dos por un error de imprenta: Miguel Ángel Osorio y Franco Marín; falta la "y": Franco y Marín: León Franco y Luis Adolfo Marín. ¿Dónde los conoció Arenales? ¿Dónde se les unió? ¿En Barranquilla? ¿O en el barco? No lo sé. La máquina del tiempo no es gitana embaucadora que inventa todas las cosas. Lo que sé es que el Venezuela además de los treinta y cinco pasajeros traía "cuatro sacos de correspondencia, veintiún canastas y veinticinco paquetes en la carga". También podría decir que el Venezuela hizo escalas en Cartagena y en Colón juzgando por la duración del viaje: del martes veintidós al viernes veinticinco. Mas no lo digo pues no soy de esa ralea de biógrafos suponedores. Que salió el martes veintidós lo puede constatar usted en la "Crónica Local" de Rigoletto, diario de Barranquilla. Estos barcos que salían de los puertos los recibe hoy uno en las hemerotecas, en periódicos amarillentos, como si al hacerse a la mar, a la mar de agua, hubieran tomado el mar del Tiempo.

Lo despido pues en un periódico de Barranquilla Colombia, y lo recibo en otro de San José Costa Rica: en El Noticiero, que el domingo veintisiete, llamándolo ahora con el nombre de Arenales que él se puso, y no con el de Miguel Ángel Osorio que le pusieron, le daba la bienvenida: "De Colombia acaba de llegar el poeta de La Tristeza del Camino Ricardo Arenales. Es el alma de un libro jubiloso que adivinó la fuerza de los vocablos y aprendió la música de los conceptos nuevos: su verso jugoso ha iniciado una era artística, y la novísima generación literaria de su país le consagró maestro en una hora de triunfo. Ahora ha recibido una misión especial del gobierno del Atlántico (Colombia) para estudiar la estadística, los sistemas educativos y la organización judicial de estos países. Ello es que en Arenales hay un pensador, un hombre de acción y de lucha y un poeta. Lo saludamos cordialmente". ¿Misión especial del gobierno del Atlántico Colombia? ¿Para estudiar estadística, organización judicial, sistemas educativos? ¿Y en Centro América? ¿Y en el año siete? Jua jua. Permítame que me ría. Eso les diría él para que le abrieran crédito. ¡Qué le iba a dar el gobierno de Colombia nada! Colombia es el país más roñoso y mezquino. Por eso se iba. Además ¿por qué le tenía que dar? Que se jodan los poetas.

Mes y medio largo después, el domingo quince de diciembre, el mismo Noticiero que lo saludó le daba la despedida: "Ayer salió para Cuba Ricardo Arenales, el delicioso artista cuya figura intelectual descollará en breve entre la juventud indolatina. La hermosa Antilla dará campo al amigo que nos deja, y no nos sorprenderá saber muy pronto de su triunfo definitivo". Se embarcó en un vapor inglés de carga, en el Reventazón, que llegó a Kingston Jamaica entre la media luz del amanecer, "una mañana fragante como el beso de América en la frente de Colón el descubridor". Las "Tragedias en la Obscuridad", el germen de su "Acuarimántima", traen la siguiente dedicatoria: "A la memoria de aquel amigo silencioso con quien departí una vez en Kingston, sobre las ruinas de la ciudad y en una playa del Océano; que no pide lógica a la emoción y sabe que la unidad del pensamiento pertenece exclusivamente al poeta". ¿Que "no pide" y "sabe", en presente? ¿Entonces por qué "a la memoria"? En fin, lo que importa es Jamaica. En el relato de Arévalo Martínez hay un episodio en que el señor de Aretal, encendido por el alcohol, empieza a hablarle de cosas bajas a su púdico amigo. A contarle de una legión de negras de Jamaica, lúbricas y semidesnudas, que corrían tras él ofreciéndosele por unos centavos. "Me hacía daño su palabra —dice el narrador— y pronto me hizo daño su voluntad". Es el momento en que Arévalo vislumbra en el alma del extraño personaje, donde antes viera reflejarse a Dios, al Demonio.

Y henos aquí de vuelta a Guatemala con Arévalo, a Guatemala de donde nos fuimos sin darnos cuenta y adonde nos devuelve la máquina del tiempo para que Ubico nos pueda expulsar. La máquina de Wells es caprichosa, va y viene, avanza y retrocede al menor cambio de brisa o de imaginación… Estaba a la mesa cenando con el escritor salvadoreño Adolfo Pérez Menéndez de quien era huésped (y amigo desde su estancia en El Salvador), cuando se presentó la policía a detenerlo, a notificarle unos agentes que debía acompañarlos por orden del Ministerio de Gobernación y de Justicia, sin indagaciones inútiles. Como cuando Calles pues. La Universidad Popular, las crónicas en El Imparcial con claves ocultas, las conferencias, el discurso, le habían colmado la copa de la paciencia al general Ubico. Como a Calles pues. Calles lo expulsó de México por reaccionario; Ubico lo expulsaba de Guatemala por bolchevique.

Alberto Velázquez, que salía de un cine a las once y media, se encontró al licenciado Pérez Menéndez en plena noche y desesperación, reuniendo con apremio dinero entre los amigos para Barba Jacob, al que acababan de detener y ya iban a expulsar de Guatemala. A la mañana siguiente, con doscientos cincuenta pesos y un sentimiento de acerba consternación, en la estación ferroviaria de Escuintla esperaban a Barba Jacob sus amigos. Apareció entre gendarmes, y cuando le tendieron la exigua suma se acercó a recibirla insultando a voz en cuello a los altos personajes del gobierno "que en esa forma le correspondían a sus afanes por difundir las luces de la cultura entre los obreros". Con infinita pena y sorda indignación le vieron partir. Lo anterior lo han contado en artículos de periódico Pérez Menéndez, Alberto Velázquez y José A. Miranda quien agrega que al partir el tren Barba Jacob le dijo a gritos: "Guatemala es un país muy bello pero sus gobernantes no dejan vivir en él". ¿Vivir? ¿No dejan? Gracias debía dar de que salía vivo...

En la Dirección de Correos de San Salvador le conoció Manuel Barba Salinas una mañana: sentado tranquilamente esperando a que el director, don Ramón Uriarte, acabara de despachar la correspondencia. Uriarte los presentó y le pidió a Barba Jacob que recitara algo. Manuel Barba Salinas escribe que oyendo de labios del poeta sus propios versos tuvo aquella mañana la misma sensación del hombre excelso y misterioso tocado del genio de que hablaba Vasconcelos. Juan Felipe Toruño le conoció en el Café Nacional, en el inmenso mostrador donde estaba en compañía de un joven bachiller que después habría de ser

poeta (para variar) y escribir versos a la manera de Lugones, Augusto Castro, quien los presentó. Barba Jacob tenía
chaleco y portaba un bastón. El doctor Toruño, nicaragüense, que radica en El Salvador desde hace más de cincuenta años, tenía veintiséis cuando Barba Jacob llegó a este
país por segunda vez, en tiempos del presidente Quiñones.
Ahora tiene setenta y ocho y me advierte, con presunción
candorosa cuando voy a visitarlo, que él ha escrito treinta
y cinco libros y que su nombre figura en la Enciclopedia
Británica (el mío ni en el directorio telefónico). Luego me
cuenta cómo conoció a Barba Jacob, que venía del puerto
de San José donde estuvo acarreando bultos. Pero no. Venía sí del puerto de San José, en el Pacífico, por donde lo
expulsaron, pero los bultos los acarreó en el Atlántico, en
Puerto Barrios: antes. Es que Barba Jacob estuvo en todas
partes, como un brujo. En fin, me cuenta el doctor Toruño
que a Salvador Salazar Arrué, "Salarrué", de veinticinco
años, empleado de la Dirección de Sanidad, que ni fumaba ni bebía y que se hizo llevar a conocer al poeta, en el
momento en que los presentaron Barba Jacob le ofreció un
cigarrillo, y el otro se lo fumó por cortesía: de marihuana.
Y "Salarrué" salió de la cantina en que se hallaban enloquecido, a echarle la puerta abajo a su mujer. Como Echeverría. Luis Echeverría a quien, me dice Fedro Guillén,
también le dio a fumar marihuana Barba Jacob, aunque a
Echeverría el humo de la barbajacobina yerba sólo se le
subió a la cabeza treintaitantos años después con la presidencia, cuando le dio por tumbarle la casa a México. Sobre lo que dejó después un perro se orinó. O algo peor…

Nadie supo en El Salvador, según Toruño, cuándo se
marchó. Ignora que hubiera sido expulsado; antes bien,
cree que por deferencia el presidente Quiñones lo invitó a
la inauguración de una escuela. Pero no, el presidente Qui-

ñones sí lo invitó, con deferencia, pero a salir del país: por uno de sus más autorizados conductos le hizo llegar al escandaloso poeta la notificación de que su presencia en El Salvador no le era grata. Tres meses se pasó esta vez, bebiendo y haciendo diabluras. La anterior nueve según dicen estos versos que, parodiándole un estribillo suyo que puntuaba su relato del terremoto, por entonces le compusieron: "Este Ricardo Arenales, que nueve meses cabales, estuvo en San Salvador, ¡qué horror!, ¡qué horror!, ¡qué horror!"

Su folleto "El Terremoto de San Salvador, Narración de un Sobreviviente" lo escribió, según le contó a Leonardo Shafick Kaím en México, en el curso de un mes, y le dejó una ganancia de veinticinco mil dólares, que se gastó en menos de otro. Lo imprimió en las prensas semidestruidas del Diario del Salvador, y se lo dedicó al "insigne" presidente Carlos Meléndez, el que le mandó a pagar la cuenta del burdel donde lo retenían las prostitutas. Encerrado en el burdel en compañía de un amigo y varias de las susodichas, desde allí enviaba diariamente su artículo para el Diario del Salvador, donde ganaba mucho. Un fin de semana recibió un telefonazo del presidente informándose por él. Le contestó que unas mujeres lo tenían secuestrado porque les debía quinientos dólares, y el presidente se los envió en el acto con su chofer. "Cuando me presenté en palacio a saludarlo lo encontré en un pequeño salón discutiendo con su gabinete. Me disculpé por interrumpirlos e iba a retirarme pero el presidente me detiene y me dice: 'Más vale estar solo que mal acompañado. Me voy con usted porque usted al menos no es aspirante a la presidencia como estos que ve aquí sentados', y nos fuimos a otro salón donde se nos trajo una botella de coñac, que nos bebimos conversando hasta las cuatro de la tarde". A Shafick le habló también de un joven albañil, fuerte y hermoso, que dirigía una construcción frente a la casa donde él vivía. Un día el poeta se decidió a hablarle, para descubrir con asombro que el joven conocía sus poemas y conservaba con admiración sus artículos, "recortados y pegados en cartones". Se hicieron amigos. Embebido en sus palabras el joven se convirtió en su asiduo visitante. Lo que yo me pregunto, y que nadie me podrá responder, es si ese joven albañil fuerte y hermoso era el amigo del burdel…

Burdel o prostíbulo, ramera o prostituta, uno de esos aspirantes a la presidencia de la anécdota era el vicepresidente Alfonso Quiñones Molina, solapado propulsor de la desunión entre los paisitos centroamericanos, en contra del gran proyecto del presidente Meléndez, y del presidente de Honduras Francisco Bertrand, de restaurar la antigua República Federal Centroamericana, el sueño de Morazán, y el de Arenales: de sus editoriales y su memorable discurso improvisado desde los balcones de su hotel, el Nuevo Mundo, ante unos cuantos partidarios y una turba de contrarios. La noche del jueves seis de septiembre (faltando nueve días para cumplirse un siglo de que se firmara en Guatemala el acta de Independencia de los cinco pequeños estados de Centro América, que entonces formaron uno solo) dos delegados del presidente hondureño trataban de hablar desde el balcón del segundo piso del hotel hostigados por la turba de opositores que ahogaba sus voces con denuestos y disparos, cuando apareció el poeta en la plaza. Mientras avanzaba de regreso a su hotel por entre los mueras a Centro América, al Diario del Salvador, al presidente de Honduras, a su propuesta unionista, a sus delegados, alguien reconoció al poeta y empezó a pedir que hablara. La multitud, integrada por los dos bandos, se dio a secundar el pedido, unos en burla, otros en serio. Arenales subió entonces al balcón y desde allí pronunció su famoso discurso en pro de la unión, que por años se siguió recordando en El Salvador: el conmovedor discurso improvisado por un extranjero sin patria que abogaba por una gran patria ajena. Del discurso, por supuesto, supo el vicepresidente Quiñones, el actual presidente. Lo que nunca supo es que el poeta se refería a él como "el sórdido señor Quiñones". Pero se lo sospechó. Y sin entrar en muchas averiguaciones lo expulsó. Y cayó en Nicaragua, realidad forzosa. Polvosa, terregosa, tórrida.

Nicaragua es el culo del mundo. Vaya y vea. Dejada de la mano de Dios la mantiene ardiendo el Diablo en su forja. A veces la tierra se sacude tratando de quitarse a los nicaragüenses de encima, pero no, se aferran como hormiguitas sobre un mapamundi. Allá lo estable no es la tierra, son las tiranías: los Somozas, los sandinistas, que se eternizan. Yo nunca digo "pobre país", "pobre fulano". Los países se merecen sus gobernantes y la gente su destino: Cuba a Castro, México al PRI, Colombia a sus leguleyos. Y el pobre su mugre y sus tugurios… Salido de Guatemala y cayendo en Guatepeor, Barba Jacob desembarcó en Puerto Morazán Nicaragua con el marinero de ojos verdes Pis Pis, según le contó a Tallet y según les repito yo. Surcando el mar océano en un vapor por el Pacífico se enamoró de esos ojos verdes que lo trastornaban. Tras una discusión con un viejo decidió abandonar el buque, y en el primer puerto desembarcó con el marinero: Puerto Morazán, Nicaragua. De Puerto Morazán siguieron a caballo a Chinandega, y de Chinandega por tren a León. Recordaba Barba Jacob que en Chinandega consiguieron con dificultad donde pasar la noche, y la extrañeza de las gentes porque pidieron naranjas.

"Mes de rosas van mis rimas en ronda a la vasta selva, a recoger miel y aromas en las flores entreabiertas…" Es el comienzo de "Azul", el libro juvenil de Rubén Darío, que en el traqueteo de una carreta de bueyes voy recitando para refrescarme del calor. Él es el poeta nacional de Nicaragua, su única brisa, y nació en León y murió en León pero vivió muy campante afuera: en París, bebiendo, de librea, de embajador. Al llegar Barba Jacob a León se entera de que el viejo del barco ha dado aviso a la policía acusándolo de haberse raptado al marinero, por lo que adelantándose a toda acción policial compra una corona de flores, reúne a un grupo de jóvenes, y va con ellos a depositarla en la tumba de Darío. Tal gesto, les dice a sus atentos oyentes habaneros del Café El Mundo, le gana la simpatía de los leoneses y ya nadie piensa en detenerlo. ¿Pero una corona de flores? ¡De dónde flores, qué va! Como no fueran las de los versos de Darío... De su imaginación... Del delirio provocado por el calor... Lo que ha contado Agenor Argüello es más preciso: que él y Andrés Rivas Dávila lo acompañaron a visitar la tumba de Darío y las cantinas de las barriadas.

León tenía luz eléctrica, dos o tres automóviles que circulaban por sus calles empedradas entre las carretas tiradas por caballos, y dos periódicos: El Centroamericano que dirigía Abaunza, y El Eco Nacional que redactaban Agenor Argüello y Andrés Rivas Dávila. En un artículo de 1930 escrito a la muerte de su compañero, y modificado ligeramente doce años después a la muerte de Barba Jacob, Agenor Argüello ha recordado la mañana en que conoció al poeta. Rivas Dávila, que era obeso, cabezón, narigón, de mediana estatura, se presentó muy temprano en el diario acompañado de un personaje alto, flaco, aindiado, de cabeza metida un tanto entre los hombros, con el que contrastaba en lo físico pero con el que coincidía en la bohemia incurable. Salían de una juerga nocturna a la que puso fin la luz de la mañana. "Te presento —le dijo— al hombre que parecía un caballo". "¿El hombre que parecía un caballo?", repuso sorprendido Argüello tratando de descubrir en el desconocido al señor de Aretal. "Sí hombre —confirmó Rivas Dávila—, Porfirio Barba Jacob, el asesino de Ricardo Arenales". Y el poeta burlón le extendía la mano. Aquella mañana, en las oficinas de El Eco Nacional, sus dos nuevos amigos le oyeron hablar de que el ambiente de pecado del mundo era demasiado estrecho para él. Contó cómo dio muerte a Miguel Ángel Osorio y su reciente homicidio de Ricardo Arenales: había llegado a un país desconocido, sin un centavo, con el solo traje que llevaba puesto por todo equipaje: "Ya que no llevaba nada conmigo, nada en absoluto, quise despojarme de lo único que me acompañaba: mi nombre. Y una vez más el acero de mi voluntad asesinó mi propio yo". Le preguntaron cómo había personalizado su nuevo yo y repuso: "Lo formé como se forma el protagonista de una novela. Lo dediqué a nuevas actividades y hasta concebí para él nuevos vicios. Lo único que no pude dejar de ser fue poeta".

El Centroamericano publicó toda una página presentando a Barba Jacob, por la cual le conocieron y rodearon los intelectuales leoneses: Eloy y Agustín Sánchez, Eduardo y Norberto Salinas… Con Abaunza, el del periódico, le llevaron a la cercana playa de Poneloya a emborracharse, y pasaron allí la noche en el Hotel Lacayo. A su regreso a León Barba Jacob conoció a un muchacho muy apuesto de nombre Rafael Delgado a quien habría de cambiarle la vida. Por coincidencia lo conoció en la calle, a unos pasos del Hotel Esfinge donde se hospedaba, pero por coincidencia irremediable: por una de esas anticipaciones caprichosas del destino que ya le tenía dispuesto que se lo volviera a encontrar en la casa de su reciente amigo Eloy Sánchez, donde Rafael vivía desde niño como criado. Hijo de padre cabrón y huérfano de madre, a Rafael lo habían recogido Eloy y su mujer, María de Lourdes Ayón, de pequeño. El pasado mes de agosto Rafael ha cumplido dieciocho años (estamos a principios de diciembre) y sigue viviendo con el matrimonio y sus dos niños cuando irrumpe Barba Jacob en León y en su vida. Diecisiete años anduvieron juntos, de error en error, de tren en tren, de barco en barco, por Nicaragua, Honduras, Cuba, Perú, Colombia y México. Cuando se conocieron Rafael era un muchacho de una notable belleza; cuando Barba Jacob le dejó para emprender su último viaje, el que se hace solo, el sin retorno, Rafael seguía a su lado, devotamente, míseramente viéndolo partir, pero de su juventud y belleza ya no quedaba nada: era el hombre insignificante, fofo de que me habló Pellicer y que puede verse, de pie, de negro, cabizbajo, junto al féretro, en la foto que tomó esa fría madrugada un reportero de El Universal Gráfico, el primero de los diarios mexicanos en anunciar la muerte del poeta, dando a Rafael como su hijo adoptivo. El que lloraba desconsoladamente pues, según me contó Jorge Flores, cuando bajaban el ataúd a la fosa… "Yo nunca pensé que nadie fuera a llorar algún día por Ricardo Arenales" fue lo que me dijo.

Oí hablar de Rafael Delgado por primera vez en Medellín una tarde ya lejana en que el doctor Antonio Osorio, primo hermano del poeta, me contaba del regreso de Barba Jacob a Colombia tras de veinte años de ausencia. Me dijo que Rafael venía con él. Que era su hijo. Que era hondureño. Un muchacho fornido, apuesto, del bajo pueblo. "A lo mejor no era su hijo —aventuré— sino su amante". Sentí que una súbita luz se hacía con mi observación en su recuerdo, y que en el lapso de un instante le aclaraba muchas cosas, infinidad de cosas. Claro, su amante… Pero también sentí que tras la revelación el asunto le era tan, tan lejano que ya poco más le importaba. Como si se estuviera diciendo: ¡Ya qué más da lo que fuera al cabo de tantos años! Medio siglo exactamente: de 1928 a 1978, en que el mundo ha cambiado tanto… "Sí —repuso pensativo—. Dicen que Barba Jacob era homosexual. Sin embargo lo que yo recuerdo es otra cosa: que una noche, al final de una gran borrachera en que fuimos a dar a un burdel, cuando todos nos marchábamos Barba Jacob nos dijo: 'Váyanse ustedes, yo me quedo con esta mujer'".

He dejado la casa del doctor Osorio y tomado las calles pendientes de su barrio de Prado mirando a Medellín abajo. Mirando y lamentando, lo mucho que ha crecido, lo mucho que ha cambiado, los estragos del tiempo. Que lo que cincuenta años atrás pudiera ser un escándalo hoy fuera tan anodino… Mi pequeña Medellín a la que él volvió y en la que yo nací, que no sabía qué hacer con su alma. Y hoy la ciudad inmensa, ajena, de barrios y más barrios desconocidos, de nombres nunca oídos, cubriendo el valle y las montañas. El valle antaño idílico por donde serpenteaba un día —entre sauces e ingenios y quintas y cañaverales— un río terso y diáfano que hoy es una cloaca.

Cuando Miguel Ángel el poeta vino por primera vez a Medellín a estudiar, de su pueblo, era casi un niño y vivió por unos meses en la casa de su tío Eladio: Eladio Osorio, el padre de Antonio quien aún no había nacido. Medellín entonces no tenía luz eléctrica ni tranvía, y candiles de petróleo alumbraban sus noches de serenata. Se dormía la pequeña ciudad arrullada por las sombras con acompañamiento de bandolas, y en la casa grande un loco: Epifanio Mejía, el más grande poeta que tuvo Antioquia antes de Barba Jacob, y con quien inauguraron el manicomio. Cuarenta años lo tuvieron allí encerrado, alucinantes, interminables, vacíos. A él que había compuesto el canto de la raza, ese que empieza: "Nací libre como el viento de las selvas antioqueñas, como el cóndor de los Andes que de monte en monte vuela…" Luego, en homenaje, tras su muerte, le pusieron su nombre al salón de actos del Colegio San Luis de Yarumal, en el que Barba Jacob habría de dar dos recitales: cuando regresó a Antioquia de su largo viaje por las rutas de América, con Rafael y el nombre cambiado, y le conoció su primo Antonio que ya terminaba la carrera de medicina, y Medellín tenía luz eléctrica y tranvía aunque le seguían dando serenatas. Ya nunca más.

De regreso del largo viaje y de tantas cosas, Barba Jacob se dio a visitar tumbas y espectros, "en una peregrinación de lágrimas" como le dijo a un periodista. Entonces fue a Yarumal, el pueblo donde vivía, y vivió toda su vida y murió soltera, diez años después que él, Teresita Jaramillo Medina, la novia de su juventud. El jueves once de octubre de ese año veintiocho, como he podido determinar por un periódico, una multitud entusiasta le esperaba en la plaza para aclamarlo. Venía solo, sin Rafael, y al día siguiente inauguraban la carretera de Yarumal a Angostura, el pueblo de su niñez y de sus abuelos, y se cumplía el vigésimo tercer aniversario de una boda en que el joven Miguel Ángel dijo unos versos de ocasión: la de su amigo Ricardo Hernández, de quien tomó el "Ricardo" para su "Ricardo Arenales", y Julia Jaramillo Medina, hermana de Teresita. Ofelia Hernández, hija de Ricardo y Julia, y que como su tía nunca se casó, tiene un almacencito de hilos y botones en Yarumal, al que he ido a buscarla. Ella me contó de los recitales, de los que les oyó hablar a sus padres, y que éstos arreglaron el reencuentro de Miguel Ángel con Teresita. En la sala de la vieja casa pueblerina tuvo lugar. Allí dejaron solos a los antiguos novios, solos con sus recuerdos… De ese encuentro desgarrador con Teresa, la novia de juventud después de veintidós años de no verse, le habló Barba Jacob a Tallet en La Habana: que la había encontrado casi desdentada, que se echaron a llorar... Y a su regreso a Medellín de Yarumal, cuando Antonio Osorio le preguntó: "Primo, ¿y no te dieron ganas de casarte con Teresita?", me dice el doctor Osorio que Barba Jacob le contestó: "Eso sería asesinar el amor". Teresa Jaramillo Medina murió en 1952, soltera, en ese pueblo de Yarumal donde la pretendió Miguel Ángel el poeta y donde pasó su vida. Que poco antes de morir, me dice su sobrina Ofelia, quemó las cartas que Miguel Ángel le había escrito desde Barranquilla y México en los meses siguientes a su partida, y que ella conservaba atadas con una cinta azul.

Por esa carretera que se inauguró el doce de octubre se fue Barba Jacob de Yarumal a Angostura. Infinidad de veces había recorrido ese trayecto, de muchacho, a pie o en mula, por el camino de herradura: cuando se llamaba Miguel Ángel y tenía en Yarumal una novia... Ahora una carretera nueva le llevaba de prisa, de prisa, de vuelta a su más remoto pasado: al pueblo, a la casa, a los afectos que llenaron su infancia. El pueblo lo encontró desierto, como si el huracán del tiempo hubiera pasado por él y se los hubiera llevado a todos; la casa la encontró en ruinas, cubierta de musgo, como una casa de espectros; los afectos los encontró enterrados en un cementerio invadido por la hierba. Había muerto la abuela Benedicta, la madre-abuela como siempre la llamó. Había muerto el abuelo Emigdio. Los tíos y los primos o habían muerto o se habían marchado. El hombre de cuarenta y cinco años que volvía se sentía extraño, irreal. Se lo dijo a José Navarro en Monterrey, México; se lo escribió en una carta a Rafael Arévalo Martínez, a Guatemala. Caminando por ese pueblo espectral donde le salían al paso los fantasmas del irrevocable pasado, se encontró con Francisco Mora Carrasquilla, un amigo de la infancia. A Francisco Mora Carrasquilla, años después, Barba Jacob le escribió una carta desde México pidiéndole unos datos para cierto libro autobiográfico que, como buena parte de su vida, se le quedó en proyecto. Es una larga carta escrita en el Hospital de los Ferrocarrileros donde entonces se hospedaba, en la cual alude a su breve tránsito por el pueblo de su niñez y al reencuentro, y que comienza: "Si no me engaña la memoria, es la primera vez que te escribo en el transcurso de cerca de treinta años, mas no por ello he dejado de recordarte y de quererte". Sin embargo, en el medio centenar de cartas que conozco de Barba Jacob hay otra, la más remota, dirigida al mismo destinatario: de 1903, de mediados de junio, una breve misiva de despedida que firma Maín (esto es, Maín Ximénez, el primer pseudónimo de Miguel Ángel Osorio, que le acompañó dos o tres años), escrita con una de esas plumillas metálicas de manguillo con que yo aprendí a escribir, y retórica antigua y errores de ortografía y hablando de que se va. ¿Para dónde se iba? No lo dice y no se sabe. Tal vez para Bogotá, pero no era en todo caso la primera vez que se iba, ni habría de ser la última. Su vida fue un inútil irse de todas partes para invariablemente regresar luego, como un fantasma pueblerino que vuelve a desandar los pasos.

La misiva la ha conservado Alfonso Mora Naranjo, más una carta de buenos consejos dirigida a él, de Ricardo Arenales, que Arenales le escribió desde La Ceiba de Honduras cuando Alfonso era un muchacho; más unos versos, en la memoria, de Miguel Ángel Osorio, que éste le hacía repetir cuando Alfonso era un niño: allá en Angostura, en la Escuela de la Iniciación que fundó el poeta, justamente en los meses que preceden a la misiva: "La neblina perezosa va subiendo allá, y en jirones impalpables viene y va; y en los ramajes, blancos y trémulos, las gotas de agua se ven caer. Como un hilo de plata los arroyuelos murmuradores, murmuradores, pasan sobre la grama de las llanuras besando flores, besando flores…" Pero al cabo de tantos años don Alfonso no recordaba por completo el poema. Otro niño que aprendió a leer en esa misma escuelita campesina, en esa pobre escuelita donde aprendieron tantos, fue Jaime un primo del poeta, de seis años, Jaime Cadavid Osorio. Ochenta y dos años tiene don Jaime cuando voy a visitarlo en su finquita de las afueras de Medellín, a preguntarle por su primo Miguel Ángel, el que después fuera el famoso poeta Porfirio Barba Jacob.

Llegué con dos botellas de aguardiente para avivarle los recuerdos, y lápiz y papel para anotarlos. Y él fue diciéndome la continuación del poema: "… besando flores, besando flores. Y en el límpido cristal, y en el terso manantial, se retratan los collados y los prados, y sus montes con su túnica de tul y la magnificencia del azul. Las palomas se van, con su arrullo de miel…" Y ahí se interrumpió su recuerdo, en los dos versos más hermosos. El hombre de barba blanca volvió a empezar y trató de continuar, como un niño… Inútilmente. "Las palomas se van, con su arrullo de miel…" repitió y volvió a detenerse. El niño ya era un viejo…

En el Café Pensilvania pasó Barba Jacob su última noche de Bogotá: con Silvio Villegas, Ricardo Rendón, Ramón Barba y Jaime Barrera Parra, a quienes usted sin duda no conocerá, ni habrá oído siquiera mencionar, pero que en sus días y en su tierra fueron más bien famosos. Otros amigos del diario El Espectador donde él había trabajado y unos jóvenes estudiantes completaban el grupo. Charlando todos y entre copa y copa recitando poemas. Todos menos él. A él se le veía ausente y preocupado. A pedido de Barrera Parra dijo su poema "Los Desposados de la Muerte", en el tono más neutro, sin énfasis alguno. Se levantó luego de la mesa y desapareció sin despedirse de nadie. A uno de los estudiantes, Alfonso Duque Maya, quien ha referido el episodio, le dejó como recuerdo, autografiada, la "Canción de la Vida Profunda". Bajo la firma hay una fecha: agosto catorce de 1928: la de su partida rumbo a Antioquia, último objeto del retorno. Con Rafael y una maleta en que guardaba sus versos, en el tren de carga de la medianoche se marchó de Bogotá.

En un pueblo caluroso sobre un ancho río dejaron el tren y se embarcaron. A Antioquia, que está de espaldas al mar entre montañas, curiosamente se llegaba por agua: en barco de rueda por el río Magdalena que tenía caimanes: caimanes aletargados en los bancos de arena de las orillas despertándose al paso de los barcos... Ya no existen los caimanes del río Magdalena, ni existen sus barcos de rueda, ni el río es el ancho río que era entonces, pero la imagen de los caimanes despertándose al paso de los barcos perdura en el recuerdo de alguien en León, Nicaragua, donde en el anodino presente ese viaje de otros tiempos por el caudaloso río de una tierra extranjera resplandece con aureolas de aventura: en el recuerdo de Rafael Delgado, de quien hizo el viaje con el poeta. Viajando río abajo hacia el norte, sobre la margen izquierda hay otro pueblo caluroso: Puerto Berrío, adonde llegaba el Ferrocarril de Antioquia y donde desembarcaron y se alojaron en el Hotel Magdalena, de altos árboles invadidos en ese mismo recuerdo por bandadas de loros y golondrinas al atardecer. Al día siguiente, en el tren del Ferrocarril de Antioquia continuaron el viaje. Al tomar ese tren que lo llevaba de regreso a su tierra Barba Jacob emprendía, veintidós años después de haberla escrito, su propia "Parábola del Retorno": "Señora, buenos días, Señor, muy buenos días... Decidme, ¿es esta granja la que fue de Ricard? ¿No estuvo recatada bajo frondas umbrías? ¿No tuvo un naranjero, y un sauce, y un palmar?"

La compuso en Barranquilla, de jovencito, acabando de dejar su pueblo de Angostura. Veintidós años habían pasado y ahora tomaba el tren del regreso. Se diría que esperó tan largo tiempo para poder vivir él mismo su poema. "El viejo huertecito de perfumadas grutas, donde íbamos… donde iban los niños a jugar, ¿no tiene ahora nidos y pájaros y frutas? Señora, ¿y quién recoge los gajos del pomar?" Avanzaba el tren lentamente, subiendo y bajando montañas. Deteniéndose en las pequeñas estaciones de muros blancos de tapia y techos bermejos: Caracolí, Cisneros, Girardota, Copacabana… "Decidme, ¿ha mucho tiempo que se arruinó el molino? ¿Y que perdió sus muros, su acequia, su pajar? Las hierbas, ya crecidas, ocultan el camino. ¿De quién son esas fábricas? ¿Quién hizo puente real?" Bajaron en Copacabana y se dirigieron al pueblo. Con la maleta de los versos, indagando por la casa de Rosario Osorio de Cadavid. Adel López Gómez ha recordado la tarde memorable en que un grupo de noveles escritores de Medellín había viajado hasta Copacabana "a recibir dignamente" al gran poeta Porfirio Barba Jacob que regresaba a su tierra. Ninguno lo conocía. Sin más identificación del viajero que el retrato literario del señor de Aretal del cuento de Arévalo Martínez, Romualdo Gallego y Augusto Duque subieron al tren a buscarlo. Tras una breve espera, los que quedaron en el andén vieron aparecer en la plataforma del tren, flanqueado por ellos, a un hombre alto y magro que sonreía y a un muchacho con una maleta. El hombre venía a buscarse a sí mismo en los restos de su pasado. "El agua de la acequia, brillante y fresca y pura, no pasa alegre y gárrula cantando su cantar; la acequia se ha borrado bajo la fronda oscura, y el chorro, blanco y fúlgido, ni riela ni murmura… Señor, ¿no os hace falta su música cordial?" El irrecuperable pasado… María del Rosario Osorio de Cadavid, hermana de Antonio María su padre, era la querida tía Rosario de la infancia. Casada con Raimundo Cadavid tuvo nueve hijos, pero el pequeño Miguel Ángel, abandonado en la casa de los abuelos fue para ella como uno propio. "Dejadme entrar, señores… ¡por Dios! Si os importuno, este precioso niño me puede acompañar. ¿Dejáis que yo lo bese sobre el cabello bruno, que enmarca, entre caireles, su frente angelical?" Un niño del lugar les guió hasta la casa que buscaban: tenía delante un viejo jardín de clavellinas y rosales. Tocaron a la puerta y abrió una viejecita. Barba Jacob se echó en sus brazos y ella no lo reconoció en un primer instante, desconcertada. "¡Soy yo, Miguel Ángel, tu sobrino!", le decía él con palabras entrecortadas por el llanto. "Recuerdo… Hace treinta años estuvo aquí mi cama; hacia la izquierda estaban la cuna y el altar… Decidme, ¿y por los techos aún fluye y se derrama, de noche, la armonía del agua en el pajar?" Queda una carta de Miguel Ángel Osorio enviada desde Nueva York a su tía María del Rosario Osorio de Cadavid, quien aún vivía en Angostura, Antioquia. Es una larga carta de doce años antes del reencuentro, en que le cuenta de la nieve, de su soledad, de sus viajes, de sus desventuras, y que termina diciendo: "Si puedes, mándale esta carta a mi tía Jesusa para que ella llore otra vez por mí, y vea que nunca la olvido, y que su amor está vivo en mi corazón. Ella y tú sois las personas a quienes más quiero en el mundo después de aquel dos de diciembre en que se fue para siempre la dulce Benedicta, la que era madre común de todos nosotros. Ahora, voy a llorar por ella, por ti, por mi tía Jesusa y por todo lo que está allá lejos. ¿Qué ha sido de Teresita Jaramillo Medina? ¿Se casó? ¿Con quién? Señora doña Rosario: ya sabes que se prohíbe morirse sin volver a ver al sobrino a quien le ponías la bata gulunga. ¿Te acuerdas?… Tu viejo, que ya está viejo y triste, Miguel Ángel Osorio". Teresita, ya sabemos, nunca se casó; en cuanto a la tía Jesusa, María de Jesús Osorio Parra, murió antes de su retorno. Los recuerdos… Los recuerdos se le agolpaban atropelladamente entre las lágrimas. "Recuerdo… Eramos cinco… Después, una mañana, un médico muy serio vino de la ciudad; hizo cerrar la alcoba de Tonia y la ventana… Nosotros indagábamos con insistencia vana, y nos hicieron alejar". Los recuerdos… Los recuerdos… Doña Benedicta, su abuela… La casa de anchos corredores que a su muerte se llenaron de mendigos… Y él de niño, corriendo, corriendo, flotando la ancha bata azul que le habían puesto, la bata "gulunga"… Y la tía Rosario diciéndole que se parecía al cungo, un pájaro de cola azul como el quetzal… "Tornamos a la tarde, cargados de racimos, de piñuelas, de uvas y gajos de arrayán. La casa estaba llena de arrullos y de mimos: ¡y éramos seis! ¡Había nacido Jaime ya!" Jaime es Jaime Cadavid Osorio, uno de los nueve hijos de Rosario. Su primo, a quien le enseñó a leer, a quien he conocido ya de viejo en su casita de campo de las afueras de Medellín, en el camino, justamente, de Copacabana. ¡Quién iba a imaginar que ese viejo de larga barba blanca que tenía ante mí, en el corredor de una casita campesina, fuera el niño que nació al final de esa estrofa, ya acabándose la "Parábola del Retorno", uno de los más bellos poemas que compuso Antioquia!

A don Octavio Paz, Mallarmé criollo, se le hará muy poca cosa este pobre poema anecdótico. ¡Se le hacía poca cosa al propio Barba Jacob que era tan humilde y que lo borró de su obra! Pero Antioquia no de su recuerdo, y lo siguió recordando, recitando, que es para lo que son los poemas, en los clubes de los ricos, en las cantinas de la barriada, en las fonditas de la montaña. Claro, Octavio, que el tema del retorno no es nada nuevo. Nihil novum sub sole, ¡qué le vamos a hacer, si el hombre sigue siendo el mismo hombre! Y Ulises retornando a Ítaca desde hace tres mil años, por mares encantados de sirenas, de isla en isla desafiando naufragios, en hexámetros, desde los comienzos de nuestra literatura, sin más objeto que la vuelta a Ítaca la patria, que se aleja entre las ondas como marino espejismo. La patria para Barba Jacob, si es que alguna tuvo, era Antioquia, la tierra de su infancia. Y cuando él regresó él ya era otro, y Antioquia otra, que es lo que siempre pasa.

En el corredor de su casita de campo en las afueras de Medellín, meciéndose en su mecedora, a los ochenta y dos años Jaime Cadavid Osorio recuerda... Recuerda el lejano día en que regresó Barba Jacob de su largo viaje y se presentó en la casa de Copacabana acompañado de un muchacho. Y más atrás, mucho más atrás, recuerda cuando era un niño de cinco años y vivían en las haciendas del abuelo don Emigdio, El Algarrobo y La Romera, en las montañas de Angostura, con el primo Miguel Ángel. Pero el recuerdo era recíproco. En la carta de Nueva York a la tía Rosario le decía Miguel Ángel: "Anoche soñé con Jaime: lo volví a ver de cinco años, con sus ojos azules y aquella vena que tenía en la frentecita: estaba vestido con una blusa de dril aplomado y jugando con unos monigotes de plátano..." Ahora, al regreso de Barba Jacob a Antioquia, Jaime tenía treinta y un años y era constructor de carreteras. "Señora, buenos días. Señor, muy buenos días. Y adiós... Sí, es esta granja la que fue de Ricard, y éste es el viejo huerto de avenidas umbrías, que tuvo un sauce, un roble, zuribios y pomar y un pobre jardincillo de tréboles y acacias... Señor, muy buenos días. Señora, muchas gracias". El viejo de barba blanca recordaba, e iban y volvían los recuerdos al vaivén de la mecedora. Recordó la inspección a la escuela del visitador local don Santos Balvín y a Miguel Ángel, el maestro travieso y vivaz que enseñaba en juego, yendo detrás de él, en plena clase, imitándolo en su modo de caminar algo encorvado mientras los niños hacían lo imposible por contener la risa. Recordó el día en que murió la abuela, doña Benedicta, y que la casa se llenó de mendigos: los mendigos a los que todos los martes les daba de comer, en los corredores, la caritativa señora. Tantos fueron los mendigos que acudieron que a los deudos les fue imposible pasar al interior para asistir al velorio. Recordó la casa, en una esquina de la plaza de Angostura, a la que volvió a vivir Miguel Ángel cuando los abuelos se quedaron solos al casárseles todos los hijos. Cuatro meses después de la muerte de la abuela, don Emigdio, que enviudaba a los ochenta y tres años, se casaba por segunda vez, con Jesusita Arboleda, vieja también, según se lo había anunciado a doña Benedicta poco antes de que ésta muriera. Esperó ese término por imposición del cura, pero el matrimonio lo quería realizar de inmediato, acabando de pasar el entierro. En sus últimos tiempos cuidaba hasta veinticinco vacas en la pesebrera de su casa. Murió de noventa y siete años, cuando ya hacía mucho que Miguel Ángel se había marchado. Se marchó escasos meses después de la muerte de la abuela, en los cuales fue director de la escuela pública de Angostura.

De su paso por esa escuela quedan cuatro testimonios milagrosos, o sea, conservados por obra y gracia del milagro en este mundo cuya ley primera quiere que todo desaparezca: uno, el acta de posesión de su cargo ante el alcalde Constantino Balvín, "sin estampilla por no haber en la oficina"; dos, una carta suya al Honorable Concejo

informándoles que el techo de la escuela, el cielo raso, se
está cayendo; tres, otra carta suya al alcalde enterándole de
lo mismo: que "los dichos cielos" están por venirse abajo,
sostenidos con rejos que trozaron las ratas, que los hagan revisar y cuando menos los amarren con alambre; y cuarto,
el tajo de una navaja en un pupitre. Tiempo después de que
muriera Barba Jacob en México, su primo Antonio Osorio
fue nombrado Director de Educación en Antioquia. Pasando por Angostura en ejercicio de su cargo, en la escuela
municipal le mostraron un pupitre que se decía era el de Miguel Ángel cuando fue maestro en ese pueblo en los años
de su juventud. Don Antonio lo hizo trasladar a Medellín,
al Museo de Zea donde ahora se encuentra. Sobre la autenticidad de que el pupitre fuera el que usó el poeta se suscitó una polémica periodística. Un día, me dice don Antonio,
un señor cuyo nombre ha olvidado lo fue a visitar a la Dirección de Educación, a contarle que había sido discípulo
de Miguel Ángel en Angostura, y que podía sacarlo de la
duda sobre la autenticidad del pupitre: en la parte posterior del mismo, la que miraba hacia los alumnos, debía haber un tajo hecho con navaja, con la navaja que él, siendo
un chiquillo, le había lanzado al maestro cuando éste "le
arreó la madre". Fueron a ver el pupitre y, en efecto, en él
quedaba aún la huella de esa remota escena de absurda violencia que el tiempo no había borrado.

Más inquietante que un tajo de navaja desafiando los
años es que quede un telegrama, un telegrama que transmi-
tido se perdió en el viento. Este que digo ha quedado, en
el original, porque hacía parte de lo más sagrado de esta
tierra, la burocracia, que abriga sus documentos con su
manto polvoso. Lo puso Miguel Ángel en Angostura el veinticinco de diciembre de 1901, y dice así, con su bella caligrafía, de su puño y letra: "Comisario Pagador S. Rosa. A

las ocho de esta noche sale expreso. Suplícole muy encare-
cidamente dígame si puédense hacer gastos sal, panela para
tropa, y cómo legalizarme. Afmo. Habilitado M.A. Osorio".
Escrito por el poeta a los dieciocho años, es el testimonio
más remoto de su paso por la existencia. Ah, y la partida de
bautizo, aunque ésa no la escribió él sino el cura, y la au-
tenticó el notario. Ah, y los recuerdos, los recuerdos sobre
él ajenos, los de quienes le conocieron, tan vagos, tan impre-
cisos… Escribir vidas de santos con base en los recuerdos
es como tejer con hilos de humo. ¿No se me equivocaba Pellicer hasta en veinte años en lo que me contaba? En fin…
De algo después del telegrama, del cinco de mayo del año
siguiente, es un parte que publicó el Repertorio Oficial del
Departamento de Antioquia, el pormenorizado relato de
una pequeña acción de guerra dirigido al coronel Julio C.
Gamboa, "Comandante de las fuerzas estacionadas en Santa Rita", por Miguel Ángel Osorio, "Capitán ayudante mayor del Batallón Santa Rosa No. 2". ¿Capitán ayudante
mayor? ¿En cuatro meses? ¿De "Habilitado"? ¿Cómo? Disparando. Disparando contra el enemigo liberal las balas de
su palabra. A las fuerzas del gobierno, a los conservadores,
los llama en ese parte "restauradores de la República"; a los
liberales, "turba de asesinos cobardes y miserables, cua-
drilla de malhechores". Y he aquí por qué, según ha recordado el escritor guatemalteco Gustavo Martínez Nolasco,
en el recital que dio recién llegado por primera vez a Guatemala de repente se escucharon vociferaciones en la sala,
gritos de "¡Viva el partido liberal! ¡Abajo el godo! ¡Mue-
ran los conservadores!" Eran los liberales colombianos radicados en Guatemala, que ni aun en el extranjero podían
olvidar las aversiones sectarias de su tierra y le recordaban
a Arenales la filiación de su antecesor Miguel Ángel, allá en
Colombia, allá en la guerra: godo, o sea conservador. Are-

nales bajó de la tribuna y exclamó por todo comentario: "Es Colombia. Así somos. Vagamos con nuestros ensueños y nuestras fobias. Soy igual a ellos".

Lo que no podían saber Martínez Nolasco ni los liberales gritones de la sala era la movilidad voluble del poeta: "Hay días en que somos tan móviles, tan móviles, como las leves briznas al viento y al azar..." dice su "Canción de la Vida Profunda", y consecuente con ella, en el año que precede a su primer viaje a Guatemala se escribió, en El Independiente de México, toda una serie de artículos y editoriales haciendo profesión de fe liberal "a fuer de buen colombiano", y despotricando contra los veintiocho años de infausto gobierno conservador en Colombia que le costaron al país tres revoluciones, amén de la sangrienta última guerra en que él participó, que duró más de tres años, con "más de tres mil escaramuzas y setecientos combates". Asesorados por los arzobispos, el Nuncio y los curas, los conservadores ensotanaron la educación, y la enseñanza de la física, la química, el dibujo y la higiene la reemplazaron por la del catecismo, y la de la Historia Universal por la del Antiguo Testamento. Bajo el régimen conservador Colombia era un espantoso desastre: "No hace mucho tiempo, los locos del manicomio de Bogotá fueron despedidos a la calle porque no había dinero del erario para darles alimento y abrigo. El partido conservador, tutoreado por los primates del catolicismo, ha llevado a aquella nación a la ruina".

¡Quién oyera a este matacuras jacobino escribiéndole en su anterior reencarnación al coronel Gamboa, en su parte contra los liberales! "¡Pero qué mucho si a los que, cobijados por la bandera republicana y llevando en el corazón la fe del Crucificado, vamos a luchar por la defensa de nuestros hogares y por la conservación del orden social cristiano, se nos llama retrógrados, y como por sarcasmo se nos dice camanduleros!" Por sarcasmo y colombianismo: camandulero viene de "camándula", rosario, y significa en Colombia rezandero.

En el ir y venir caprichoso del poeta por las rutas de la ausencia, las olas del mar y las tiranías de América lo empujaron de regreso a Colombia. Volvía del Perú por Buenaventura, tras de caer en desgracia con el dictador Leguía por haberse negado a escribir su biografía "haciendo de cuenta que fuera la de Bolívar", como el señor presidente, muy comedidamente, "para darle una idea" le sugirió. Bolívar para Barba Jacob, y para muchos en estos países febriles del trópico, era algo aparte, la gran cosa. No un Leguía, un Rosas, un Melgarejo, un García Moreno, un Guzmán Blanco, un Trujillo, un Batista, un Machado, un Castro, un Ubico, un Somoza, un Estrada Cabrera, un Porfirio Díaz, un Juan Vicente Gómez, un doctor Francia, enfermitos de poder, del bajo instinto, muy daditos a identificar sus viles, ruines personitas con el destino de millones, de naciones. No el ambicioso de poder, de fama y gloria amasada con sangre ajena. No el Disociador pues, sino el dizque Libertador. Y en consecuencia le respondió: "Señor presidente, yo puedo con gusto escribir la biografía de Augusto Leguía y basta. Bolívar ya es otra cosa". Fue la última vez que puso los pies en palacio. Guillermo Forero Franco, su paisano, que lo había traído al Perú de Cuba a dirigir La Prensa, el órgano del gobierno, le pidió su renuncia "porque el presidente se había disgustado con su respuesta". Y de mes en mes y cuartucho en cuartucho y tugurio en tugurio, sin que nadie en Lima osara acercárseles ni ayudarlos, tras un año exacto de estadía en el Perú, tan gris y opaco como el cielo de El Callao, con el mismo Rafael con quien llegara y la misma maleta de los versos, en El Callao se embarcó. El embajador colombiano Fabio Lozano Torrijos les dio para el pasaje en cubierta: se desencartaba de él y se lo endosaba a su patria.

¿A qué volvía? A nada. O a constatar que todo cambia. Que había cambiado él y cambiado Antioquia, y que cambiando ambos, cada quien por su lado, se habían ido alejando, doblemente alejando. De los tres años que duró su regreso, llenos de pequeñas glorias y miserias, sobran los testimonios. Luego se marchó, por la segunda y definitiva vez, para no regresar más que en una urna de cenizas vuelto leyenda.

El sábado nueve de abril de 1927, a las doce, partiendo el sol el día, se fue de El Callao el Santa Cruz de la Grace Line, con carga y pasajeros de primera clase y de cubierta, y destino final Nueva York. La reseña portuaria de un diario de Lima da la lista de los pasajeros de primera clase, entre los que no figuran, por supuesto, ni Barba Jacob ni Rafael Delgado, pero también se anuncian, como bultos, sin nombrarlos, "diecisiete pasajeros de cubierta". Entre éstos venían ellos. El vaporcito hizo escala en los puertos de Salaverry y Guayaquil antes de llegar a Buenaventura. En Guayaquil, en el curso de las cuarenta y ocho horas que duró la escala, Barba Jacob dio un recital en el diario El Telégrafo, en un calor sofocante. El martes doce el Santa Cruz fondeaba en Buenaventura, ciudad de negros sobre las sucias aguas del Pacífico, y en previsión de la viruela negra lo ponían en cuarentena. Colombia estaba enfrente. Había regresado. Años y años atrás, también un martes, desafiando refranes, se había marchado en un vapor italiano por el Atlántico, en plena juventud y con dos músicos borrachos, sin más posesión que el traje que llevaba encima pero con el corazón palpitando de ilusiones. Ahora volvía por el otro mar de Colombia, a los cuarenta y tres años largos, a las puertas de la vejez, con un muchacho centroamericano, bello cuanto absolutamente inútil, y una maleta de versos, igual de bellos e inútiles. El traje supongo que fuera otro. En cuanto a las ilusiones, las había ido dejando regadas por el camino. La "Parábola de los Viajeros" había concluido y empezaba la del "Retorno".

En un trencito que partía de Buenaventura al amanecer se marcharon. Iba la "carrilera", la vía férrea, por los despeñaderos y montañas del cañón del Dagua, y la locomotora arrastrando el tren, lenta, dificultosamente, fatigada, coronando cumbres, resoplando. Por entre plantaciones de caña de azúcar y potreros tomaron el valle extenso donde se levanta Cali y se acaba el Ferrocarril del Pacífico. En Cali dejaron el tren y siguieron hacia el norte en mula, por caminos enlodados por la temporada de lluvias y una ruta de pueblos y pequeñas ciudades: Palmira, Tuluá, Sevilla, Buga, Zarzal, Cartago, Pereira, Santa Rosa de Cabal, Manizales, donde interrumpieron el viaje. Vivía en Manizales Juan Bautista Jaramillo Meza con quien el poeta había coincidido doce años atrás en La Habana. Desde entonces y hasta su muerte, Juan Bautista habría de vivir deslumbrado por ese insólito paisano que el azar había cruzado en su camino en una isla extranjera, en los días luminosos de su risueña juventud. Cuando una tarde del año veintisiete Barba Jacob se presentó en su casa de Manizales acompañado de un muchacho, Juan Bautista en un principio no lo reconoció. Ha escrito que Ricardo Arenales llegó en silencio, mirándolo hondamente, muy cambiado, y que sólo sus palabras inconfundibles le recordaron al amigo de antes. Su esposa, que a fuerza de oírlo hablar de Ricardo Arenales compartía sus entusiasmos por el poeta aun antes de conocerlo, ha evocado asimismo esa tarde apacible de provincia en que llegó a su casa un hombre cenceño, desgarbado, con un mechón lacio en la frente, unos ojos de mirada casi agresiva y la elegante fatiga de un lord inglés desterrado. Con más devoción que informaciones, a la muerte de Barba Jacob, Juan Bautista, su amigo de La Habana y Manizales, intentó una biografía del poeta. Pero el poeta, como fantasma inasible, se le escapó de las manos. "Y vosotros, rosal florecido, lebreles sin amo, luceros, crepúsculos, escuchadme esta cosa tremenda: ¡He vivido! He vivido con alma, con sangre, con nervios, con músculos, y voy al olvido…" ¿Cómo recuperar los pasos, desde la lejana Manizales, de quien había andado por toda América inventando leyendas y embrollando las pistas, en un ir y venir incierto, para que nadie se atreviera a contrariar los versos de su poema?

Aparte de los brumosos recuerdos, los de Juan Bautista y su esposa y otros, quedan dos testimonios tangibles, incontrovertibles, del paso de Barba Jacob por Manizales: un impreso que circuló por la pequeña ciudad invitando a un recital suyo en el Círculo del Comercio, y una placa alusiva a la conferencia que dio en el Instituto Universitario cuyo director, Alfonso Mora Naranjo, allí la hizo poner, en el Aula Magna. Alfonso Mora Naranjo, discípulo de niño de Miguel Ángel Osorio en su escuelita de la iniciación en Angostura, y destinatario, de muchacho, de esa carta que Ricardo Arenales le envió desde La Ceiba de Honduras, de buenos consejos, de esos que el poeta era tan dado a prodigar pero no a poner en práctica: "Sea casto, luche, sangre, fatíguese, gima; pero no se entregue jamás en brazos de la concupiscencia. Nada hay peor, nada hay más feo, nada hay más indigno de un alma. Sólo en la castidad está la fuerza". Y lea esto, lea lo otro, aprenda latín, aprenda inglés, aprenda griego… Tras la muerte de Barba Jacob don Alfonso hizo publicar la carta como si fueran dos, dividida: una enviada desde La Ceiba y otra desde Monterrey, México, con una fecha en que el poeta allí no estaba, para hacer aparecer su relación con él más estrecha de lo que en la realidad hubiera sido, y para embrollarme aún más las pistas. Muerto ya don Alfonso y pasados muchos años, me entero de que un hijo suyo vive en Medellín, frente a mi casa, la de mis padres. Cruzo la calle y voy a pedirle las cartas: es una sola, de varios pliegos, muy larga, escrita en una máquina inglesa de la United Fruit Company a la que le faltan las tildes y la eñe española, que el poeta agregó con tinta, y enviada en respuesta a otra que desde Angostura le dirigió el muchacho, a quien poco más recordaba: uno de los tantos niños a los que les había enseñado a leer y escribir en su escuelita rural de las montañas de Antioquia. Diez años pasaron desde la escuela hasta la carta; otros diez desde la carta hasta la llegada de Barba Jacob a Manizales; quince más hasta que murió el poeta y Alfonso Mora Naranjo hizo publicar la carta; treinta y siete más en los que el destinatario murió y el original llegó a mis manos, y pude resolver el enigma de que el poeta estuviera en Monterrey cuando no estaba; diez más desde entonces hasta ahora en que el tiempo, en asocio del olvido, ineluctable, sigue haciendo sus estragos. Cuando Barba Jacob pasó por Manizales y volvió a encontrarse con su discípulo, ya Alfonso era un hombre, casado y con hijos, y maestro a su vez. Su vida entera la vivió de acuerdo con los consejos de esa carta, buenos consejos, puritanos consejos de una moral antigua que quien le dio nunca siguió.

De improviso y a caballo como habían llegado, se fueron de Manizales sin despedirse de nadie: el día en que Rafael se acostó con la mujer de un finquero, que enfurecido juró matarlo. Las hazañas erótico-amorosas de este donjuanito irresponsable fueron varias. En Bogotá, cuando Barba Jacob entró a trabajar como Jefe de Redacción de El Espectador, alquilaron la parte baja de un apartamento en las inmediaciones de la Plaza de las Aguas. Se la alquilaba Ricardo Castillo, un cantante, que ocupaba la parta alta con sus dos hermanas. Adquirieron buena ropa, una máquina de escribir y algunos muebles, entre los cuales dos camas, y empezaron a vivir como la gente decente. En una ausencia de Barba Jacob y el cantante, Rafaelito juntó las dos camas, y sobre las dos camas las dos hermanas, y se entregó a la concelebración. A las diez y media de la noche, estando el trío orgiástico-incestuoso en pleno aquelarre, apareció Barba Jacob que había cancelado su proyectado viaje a Ibagué por sentirse muy enfermo. "Rafael, vengo enfermo" entró diciendo, pero dándose cuenta de la situación añadió con delicadeza: "Dentro de media hora regreso". La máquina de escribir, la buena ropa y los escasos muebles incluidas las dos camas se los robaron completitos la noche que Rafael salió a acompañar a una muchacha dejando la puerta abierta como si estuviera en Suiza. Pero no: en Colombia estaban que es un país de ladrones. Cuando Barba Jacob regresó a su casa de El Espectador, a las diez, cansadísimo, y la encontró vacía, simplemente dijo: "Entonces vamos a dormir en el suelo tapándonos con periódicos". Y así fue. Y en una boda por Anorí o Amalfi, en Antioquia, la de Leonel Cadavid Osorio, hermano de Jaime y sobrino del poeta, a la que Rafaelito fue enviado por éste en su representación, la novia se enamoró de él y tuvo que marcharse sin decirle adiós a nadie, a pie y sin un centavo el desgraciado. Salir huyendo. Y vaya a saber Dios si entre los dos algo hubo o hubo algo... Y de la pensión de la calle de Luis Moya 59, en esta mismísima ciudad de México, donde rentaban un cuarto (el del balcón de en medio de los tres de la segunda planta que daban y dan a la calle), y donde como en un remanso por dos meses sin pagar vivieron, hubieron de marcharse el día en que la patrona sorprendió a su hija, en ese cuarto del balcón de en medio, blusita abajo con Rafael besándole apasionadamente los senos. "¡Bandidos —les gritaba—, no sólo no me pagan sino que me quieren violar a mi hija!" "Quieren", en plural, como si el pobre Barba Jacob también anduviera. Y la patrona enfurecida los echó a la calle. Que no fue culpa suya sino de la muchacha que entró a su cuarto a buscarlo, alega hoy ya de viejo el angelito. Y agrega muy inocente que había enfrente una joyería o relojería de un matrimonio joven que tenía en grande estima al poeta: Tomás García Herrera y Enriqueta Carmona de García, que se le escapó. A Concepción Varela, su mujer, que puso a trabajar para él, la hizo abortar. Pero tuvo en cambio una hija con Glacira Mancera, inocente criatura a la que no le dio ni su Delgado nombre. Se la llevó, eso sí, recién nacida a Barba Jacob a que la conociera. Etcétera, etcétera, etcétera. Inútiles eran las amonestaciones de éste en calidad de "padre adoptivo" y en nombre de la moral, la decencia, la higiene, la religión, lo que fuera, para enderezar al torcido. Que se enderezara él primero y dejara de fumar marihuana y tomar alcohol del cuarenta y acostarse con limpiabotas y soldados, que por lo menos él, Rafael, no fumaba ni tomaba ni se acostaba. Al trote del caballo y soplándoles en la cara el viento se fueron de Manizales huyendo. Rumbo a Ibagué donde vivía, según Barba Jacob se había enterado, su hermana Mercedes, la única que le quedaba.

En León, Nicaragua —pobre tierra de Darío asolada por los terremotos, los Somozas y la langosta del castrismo que les habrá de caer luego—, a los setenta y cinco años de edad bien cumplidos Rafael Delgado recuerda a la lejana Colombia del lejano poeta, allá en los días despreocupados de su irresponsable juventud. Yo, removedor de

sombras, cazador de recuerdos, jamás he presenciado otra
derrota más feliz ni más conmovedora del olvido que su
memoria. Por sobre el doble abismo del espacio y el tiempo Rafael Delgado sonríe y recuerda. Recuerda los hoteles,
las pensiones, los hospitales, los restaurantes, las calles, las
plazas, los barcos, los trenes, las caras, las casas, las rutas,
las fechas, los precios… La precipitada partida de Manizales cuando se acostó con la mujer del finquero. Y el recital
que dieron en Armenia camino de Ibagué. Y la comitiva de
ilustres ciudadanos a las puertas de aquella ciudad espe-
rándolos para darles la bienvenida. Y acompañándolos un
tramo del camino en la despedida. Y luego el ascenso solos,
a caballo, de la brumosa cordillera: el alto de La Línea entre
ventiscas, el aire frío y el descenso entre el rugir del viento. La noche en la posada La Losa. Y el amanecer azul siguiente abriéndose en un valle, un ancho valle entre suaves
colinas y un río que corría por tierra caliente arrastrando témpanos de hielo, y antes del río un caserío, donde se
apearon.

A un kilómetro del Combeima, el río del Tolima, en
un caserío se apearon. Barba Jacob bajó del caballo y entró
a una fonda a afeitarse, "porque no quería que su hermana Mercedes lo viera tan viejo". Pasando el río está Ibagué,
el término del viaje. En una de las primeras calles Barba
Jacob detiene a un muchacho que pasa, fornido y apuesto,
y le pregunta por Mercedes Osorio de Castro. "Esa señora es mi madre", contesta el muchacho. Es Salvador, uno
de los hijos de Mercedes. Barba Jacob se presenta como el
tío Miguel Ángel, el muchacho lo abraza y lo conduce hasta
su casa. Curioso encuentro que precede a la emoción de la
llegada: Miguel Ángel y Mercedes se abrazaron llorando. Se
habían dejado de jovencitos en una ciudad extraña: treinta
años después, en otra ciudad extraña se encontraban. Cuan-

do Miguel Ángel vio a su hermana por última vez en Bogotá, antes de 1900, Mercedes era una muchachita soltera. La hallaba ahora casada y con catorce hijos, de los cuales el mayor tenía veinticinco años. En el largo tiempo transcurrido habían muerto los abuelos, los padres, los hermanos.

Había en esa casa de Mercedes niños y muchachos de todas las edades: Efraín, Aníbal, Salvador, Guillermo, Ema, Alicia, Alcira, Blanca, Hugo, Roberto, Arturo, Ricardo, Alfonso... De esa larga lista de los hijos de Mercedes he olvidado a alguno y he conocido a tres, en Colombia, y antes que a Rafael Delgado: a Alcira, Alicia y Blanca. A Alcira en Medellín, en el barrio Domingo Savio. A la madre Alcira, Alcira Castro Osorio, su nombre de pila antes de ser esposa del Señor. El barrio es una ciudad perdida, terregosa, en la pendiente de una montaña, sin luz, sin agua, sin esperanza. Ella es hermanita de la caridad y dirige una pequeña comunidad religiosa que se dedica a la "acción social". Alegre y expansiva, el cascabeleo de su risa llena de luz el cuarto estrecho, de piso de tierra, donde día a día prepara en un gran caldero la sopa para los pobres. Justamente lo que hace ahora cuando llego a visitarla. Y mientras el humo del caldero asciende al techo, ella se pone a hilvanar recuerdos de Porfirio Barba Jacob. Era una chiquilla de catorce años a lo sumo cuando llegó a Ibagué, a su casa, de improviso el tío desconocido. Venía de muy lejos, acompañado de un muchacho hondureño, buen mozo y fuerte, que decían era su hijo. La noche de su llegada hubo una gran fiesta de bienvenida, y en la casona inmensa de seis patios e incontables habitaciones donde la familia de Salvador Castro y Mercedes Osorio vivía en la opulencia, les asignaron a los huéspedes un cuarto cercano al comedor. Don Salvador, un hombre riquísimo, tenía la concesión de la Lotería del Tolima, sesenta casas en Ibagué y una gran finca ganadera. Luego habrían de llegar los malos tiempos y la bonanza de la familia venirse a pique por culpa de la política: porque don Salvador, conservador, era partidario del general Vázquez Cobo, y al ganar las elecciones Olaya Herrera, liberal, tuvo que gastar cuanto poseía en pagar los premios de la lotería, lo cual lo llevó a la quiebra. Y en medio de estos reveses de la fortuna, Barba Jacob viajó a Sogamoso a firmar unos papeles ante un notario, haciéndose pasar por don Salvador Castro, su cuñado, para librarlo en parte de la ruina.

Con las dos hermanas de Alcira de Bogotá, Alicia y Blanca, he precisado y ampliado estos recuerdos. Alicia tenía dieciséis años, Blanca doce cuando llegó Barba Jacob con Rafael del extranjero a vivir con ellos. Instalados en el cuarto cercano al comedor los dos huéspedes se levantaban tarde y comían desmesuradamente: los niños se reunían a su alrededor a verlos devorar gallinas enteras que se hacían preparar por la servidumbre de la casa. Barba Jacob escribía mucho y algo publicó en el periódico de Ibagué; tenía valijas enteras de papeles y recortes de periódicos… En cuanto a Rafael, un muchacho buen mozo y callado que no era adicto a la bebida ni acompañaba a Barba Jacob en sus correrías por los cafetines de la ciudad, era sin embargo un inútil que vivía a costa de su padre adoptivo, quien a su vez vivía del que se le cruzara en el camino. Don Salvador hizo cuanto pudo por ayudar a su cuñado, porque llevara una vida ordenada y de trabajo y le ofreció instalarlo en una oficina y hasta financiarle un periódico. Pero pronto comprendió que luchaba contra la inestabilidad del viento y se olvidó del asunto… Había en la casa un piano. Y Barba Jacob, siempre de buen humor y bromeando siempre, se acercaba sigilosamente por detrás del niño que estuviera tocando, lo levantaba por el aire y se lo llevaba a jugar a los patios. O se sentaba él mismo a tocar en juego, remedando la ejecución de un gran pianista con ostentosos ademanes, para alborozo de los pequeños que lo apodaron "Barbas de escoba" y le tomaron un gran cariño. Era un niño entre los niños y un personaje insólito entre los mayores: entraba a las tiendas de Ibagué a preguntar los precios de los más diversos artículos, y acababa comprando un simple paquete de cigarrillos. Sólo en una ocasión recuerda Alicia haberlo visto enojado: en Bogotá, en el Hospital de San José donde se había internado, y adonde ella fue acompañando a su madre a visitarlo. Mercedes le pidió a su hermano que recibiera al cura, y Barba Jacob, perdiendo el control y verdaderamente enojado, comenzó a patalear y a gritar que si algún cura ponía los pies en su habitación lo sacaba a botellazos o a patadas… En cuanto al viaje a Sogamoso, allí fue, en efecto, a firmar unos papeles por encargo de don Salvador ante un notario, haciéndose pasar por él, pero me asegura Alicia que al marcharse Barba Jacob de Ibagué y Colombia definitivamente, don Salvador aún estaba en plena prosperidad económica. Dos meses viviría con ellos, a lo sumo, dispersos entre ausencias prolongadas. Y un amanecer, con gran pesar de los niños, acompañado de Rafael y llevándose una máquina de escribir de la casa y ropa de Salvador el chico, el tío maravilloso se fue rumbo a Buenaventura y se marchó para siempre. Nunca más, desde entonces, ni Mercedes ni los suyos volvieron a saber de él.

Hay entre los recuerdos de la madre Alcira una pequeña historia que ella me cuenta sin darle más importancia que la de una anécdota graciosa, pero que me habrá de llevar a descubrir luego, medio siglo después de los sucesos y en León, Nicaragua, el secreto de la famosa Lotería del Tolima. Es la historia de una fracción de un billete de esa lotería que Alcira le sustrajo a su padre y que acertó el premio mayor. Temerosa de entregársela a don Salvador, la niña recurrió al tío para que se la cobrara, y éste así lo hizo pero se gastó todo el dinero del premio. Y cuando la niña lo interrogaba y le preguntaba por su dinero, él le respondía con infantiles evasivas: que la taquilla de la lotería estaba cerrada, que el cajero estaba ocupado, que se negaba a pagarle… Y en fin, que en vista de lo imposible de cobrar el premio, había optado por romper el billete y echado a volar los pedacitos por el aire.

Cuando le comento esta historia a Rafael en Nicaragua me da una explicación asombrosa: es que en la casa de los Castro Osorio los billetes de lotería ganadores abundaban. Mercedes, inteligente y ambiciosa, fue quien le consiguió a don Salvador la concesión de la Lotería del Tolima. Ésta jugaba semanalmente un premio mayor de cinco mil pesos, que luego fue subido a diez mil. Y a Mercedes se le ocurrió la forma de apropiarse de los premios que caían en poblaciones alejadas de Ibagué a las que no llegaba el periódico: comunicaba por telégrafo un número falso y enviaba luego una lista falsa en la que hacía imprimir el número telegrafiado, que la familia poseía y cobraba. El gerente de la lotería era don Salvador y Efraín el administrador. De aquí las sesenta casas de Ibagué y la gran finca ganadera y la casona inmensa de seis patios y las criadas y los criados.

El revés de la fortuna vino cuando Efraín, el hijo mayor, orgulloso y soberbio (por contraste con su hermano gemelo Aníbal, que era seminarista y la santidad misma), golpeó al telegrafista de Ibagué en una disputa por cuestiones de política, y el telegrafista, que había observado algo extraño en los mensajes de Mercedes, se dio a revisar sus telegramas viejos y descubrió que ocultaban una clave: que detrás de las comunicaciones inocentes del tipo de "el niño amaneció bien… o mal" estaba el robo de los premios, y que los mensajes significaban que éstos podían o no cobrarse. Y en venganza denunció el fraude.

Fernando Vallejo

Don Salvador y Efraín huyen y Mercedes enloquecida, a punto de que le rematen los bienes de su marido, va a pedirle ayuda a Barba Jacob a Bogotá. Para estas fechas, comienzos del año treinta, Barba Jacob está definitivamente disgustado con su hermana. Sin embargo acepta ayudarla. Se pone a imitar la firma de don Salvador, y cuando logra hacerla con facilidad viaja a Sogamoso, un pueblo de Boyacá donde nadie los conoce ni a él ni a los Castro, y allí fingiéndose enfermo de muerte y haciéndose pasar por Salvador Castro, ante un notario le traspasa a Mercedes los bienes de éste. Así la salva del embargo y de la ruina. Mercedes, en agradecimiento, le da algún dinero, con el cual habrá de marcharse por segunda y última vez de Colombia. De aquí el recuerdo de Blanca y Alicia de Barba Jacob dejando su casa al amanecer con el pesar de los niños y llevándose la ropa y la máquina de escribir. Cuando Barba Jacob llegó por cuarta vez a La Habana venía contando historias de Colombia y de su hermana "Mercedes Karamázov", que le robaba dinero a su marido, y que ansiando ser rica y tener a la vez un hijo cura, le prendía una vela a Dios y otra al Diablo.

Iniciado en el Hospital de San José por lo del cura, el disgusto con Mercedes llegó al colmo, al rompimiento, el día en que Salvador el chico le sustrajo a su padre un billete premiado de lotería, ya pagado y contabilizado en Ibagué, y viajó a Bogotá a que Rafael, por una ridícula suma, se lo cobrara en la sucursal de la capital de la lotería de su familia, la del Tolima. Don Salvador le robaba pues al público, y sus hijos a él... Cuando el viejo y Efraín descubrieron que un billete había sido pagado dos veces, consultaron con sus oficinas de Bogotá, y la respuesta fue que se lo habían pagado al hijo de Barba Jacob. Sin sospechar la culpabilidad de su propio hijo, el viejo Salvador enfurecido ordenó que hicieran detener a Rafael de inmediato. Detenido Rafael y enterado Barba Jacob, éste en el colmo de la indignación llamó a Mercedes a Ibagué y la amenazó furibundo con hundirla a ella y a toda su familia en la ruina denunciando el fraude continuado de la lotería si no ponían en libertad al muchacho en el acto y suspendían el proceso. Así tuvieron que hacerlo, pero en lo sucesivo quedaron disgustados de parte y parte. No volvieron más a Ibagué ni Barba Jacob ni Rafael, como solían, ocasionalmente, en sus primeros tiempos de Bogotá. Sólo Aníbal, el seminarista, conservó el gran cariño de siempre por su tío, y en las malas épocas de éste en la capital le ayudaba con dinero que recogía, a escondidas, entre los suyos. ¡Y pensar lo bien que habían empezado las relaciones con el retorno, con lágrimas en los ojos y una alegre cena de bienvenida! Y don Salvador el viejo, el rudo, el tosco, maravillado por la inteligencia de su cuñado y colmándolo de atenciones…

Se hizo internar en el Hospital de San José, recién inaugurado, y dos meses se quedó allí muy sereno, muy calmado, sin pagar, o pagando El Espectador, bañado de luz y de aire puro, rodeado de árboles nuevos y gozando de la novedad limpiecita. Allí fue Luis Eduardo Nieto Caballero, de El Espectador, a visitarlo, y lo encontró leyendo la Biblia, cómodamente instalado: "¡Qué libro —le dijo—, es pura poesía!" ¿Qué tenía? Tuberculosis de la piel, le diagnosticaron las eminencias médicas colombianas. ¡Qué tuberculosis de la piel ni qué diablos! Sífilis y en tercer grado, cual le descubrió un curandero del barrio Egipto, el "doctor" Cala, que se hizo llevar por Eduardo Castillo a conocer al poeta y vino a ponerlos en ridículo a todos. En el curso de la conversación, advirtiendo el cuerpo ulcerado de Barba Jacob, le preguntó si no había padecido alguna enfermedad venérea antes. Dice Rafael, testigo de la escena, que Barba Jacob recordó entonces que trece años atrás, en La Habana, había tenido de querida una prostituta, Olga, que le había contagiado una sífilis. "¡Eso es lo que usted tiene, poeta —exclamó el doctor Cala—, y en tercer grado!" El diagnóstico resultó acertadísimo: le hicieron la reacción de Wasserman y le salieron más cruces que a un cementerio. Es natural: las mujeres son transmisoras naturales de la sífilis y otras roñas. Son su natural "réservoir".

Lo curaron con salvarsán pero a medias pues las ulceraciones le reaparecieron tiempo después en México: en 1932, cuando se hizo internar en el Hospital General; y en 1937, cuando se hizo internar en el Hospital de los Ferrocarrileros. Ya para entonces a la sífilis merecida se le había venido a sumar una inmerecida tuberculosis. Pero el poeta seguía viviendo merced a que, como decía Rafael Heliodoro Valle, "los microbios de una y otra enfermedad se combatían". Y henos aquí de vuelta a México con Barba Jacob en su último regreso, cuando entra Shafick en su vida y él en el Hospital General.

A Shafick ya lo presenté: un miércoles santo, en un carro, por la Avenida Insurgentes. Ciriaco Pacheco Calvo, que venía manejando, se detuvo a recoger al malgeniado de Leduc que cuadras adelante descendió molestísimo, por el simple hecho de que Barba Jacob estaba abrazando a Shafick. Leonardo Shafick Kaím, de familia rica libanesa, quien por entonces estudiaba arquitectura. Graduado de arquitecto, su vida se agota en uno que otro edificio que construyó, medio chambones, de apartamentos, y en la devoción por dos poetas a los que separaban la geografía y el idioma: el libanés Gibrán Jalil Gibrán, y el colombiano Porfirio Barba Jacob, cuyas biografías escribió. O intentó. Para la primera viajó incluso al Líbano, a documentarse. De la segunda él mismo hizo parte: me cuenta Felipe Servín que Shafick conservaba cinco cartas de amor que Barba Jacob le escribió.

Supe de Shafick, antes que por Leduc y Servín, por una vieja noticia de periódico que anunciaba que aquél estaba escribiendo un libro de sus recuerdos de Barba Jacob. Una fotografía suya acompañando al poeta ilustraba el artículo. La fotografía, sin fecha, calculo yo que sea de unos meses antes de la muerte de Barba Jacob, y a juzgar por unos tinacos de agua que se alcanzan a distinguir al fondo, fue tomada en una azotea. Shafick se ve en ella alto, fuerte, saludable; Barba Jacob enjuto, débil, acabado: de traje gris holgado de solapas anchas, sombrero claro con cinta negra, una copa en la mano y la otra mano en el bolsillo, parece tan insubstancial que da la impresión de que se lo fuera a llevar el viento, con todo y copa.

Tras la noticia me di a buscar a Shafick, para enterarme de que hacía un año había muerto. Entonces me di a buscar a su viuda, Felisa, y a rogarle cuando la encontré que me permitiera consultar el libro inédito de su marido y las cartas que le había escrito Barba Jacob. Que me aguardara, me decía, que el libro lo iban a publicar en seis meses. Seis meses me aguardé, y seis años, y el libro de Shafick seguía tan inédito como el difunto lo dejó. Y la condenada mujer que ya ni me pasaba al teléfono. Y la muerte rondando… Entonces empecé a urdir un plan maestro, digno de Maquiavelo y el gran Houdini, para substraerle de su casa el libro. Un golpe de suerte vino a librarme de un calificativo más de los muchos que ya me habrán puesto: el de ladrón. Guillermo Rousset Banda, de la Editorial Domés, donde yo buscaba que publicaran mi biografía de Barba Jacob, me facilitó, en pago de un pequeño servicio, una copia fotostática del libro de Shafick, que también Felisa buscaba que le publicaran. Trémulo lo empecé a leer, y no era sólo un libro de los recuerdos de Shafick de Barba Jacob sino el intento de su biografía. Intento, pues Barba Jacob —como antes a Juan Bautista Jaramillo Meza, Manuel José Jaramillo, Lino Gil Jaramillo y Víctor Amaya González, que también fueron sus amigos— también a Shafick se le esfumó, en los aros de humo de su marihuana. A mí no. Como si su vida fuera la mía, llegué a saber de él más que nadie. Más que Rafael Heliodoro Valle, que lo trató por treinta años; más que Rafael Delgado, que vivió con él dieciocho y lo acompañaba en el instante de la muerte. Yo que sólo coincidí con él sobre esta tierra ese instante, ese único instante en que él se iba de esta comedia en México y yo venía en Antioquia. Bajo cielos tan distintos los dos sucesos… Pero naciendo yo como él bajo el mismo cielo. Y para las payasadas del destino y los cálculos de los astrólogos ese cielo es el que cuenta. "Vine al torrente de la vida en Santa Rosa de Osos, una medianoche encendida en astros de signos borrosos", dice "El Son del Viento" en su locura y sigue: "Tomé posesión de la tierra mía en el sueño y el lino y el pan, y moviendo a las normas guerra fui Eva y fui Adán…"

Ni a Shafick, ni a Juan Bautista Jaramillo Meza, ni a Manuel José Jaramillo, ni a Lino Gil Jaramillo, ni a Víctor Amaya González se les dio escribir la biografía de Barba Jacob, aunque lo conocieron, porque una biografía no se puede escribir desde el cómodo escritorio de la casa con los solos propios recuerdos, y hay que salir a la calle a preguntar, a preguntar los ajenos. Es que el prisma no es una sola cara del prisma.

En cuanto a las cartas de amor a Shafick, ¡qué ingenuidad esperar que se fueran a conservar! A la chimenea debieron de ir a dar. Al fuego que es el destino natural de las cartas de amor. En cambio Rafael Heliodoro Valle, que no tiraba papel al cesto de la basura, conservó las cartas que Barba Jacob le escribió desde Monterrey, y en todas ellas hay alusiones a Shafick, al amor del poeta por Shafick.

Supongo que fue Rafael Heliodoro quien se lo presentó, y la noche en que introdujo al poeta al círculo del maestro Escobar, que Shafick frecuentaba. José U. Escobar, "el maestro", presidía una especie de Academia griega de bellos muchachos, en la que se "cultivaba el cuerpo a la par que el espíritu". No sé por qué dije "griega". Acaso por eufemismo, por una delicadeza tomada de los recuerdos de Shafick, de algún pasaje de Shafick evocando a ese Sócrates calvo y cabezón que había fundado las Tribus de Exploradores Mexicanos. La noche en que Rafael Heliodoro le llevó a Barba Jacob a su casa, un grupo de muchachos rodeaba al "maestro": Shafick y su primo Ricardo; Ricardo Gutiérrez, Ignacio Rodríguez, Lorenzo Favela… "El poeta —escribe Shafick— mostró un entusiasmo singular a la vista de los jóvenes, para quienes tuvo frases hermosas y halagüeñas al apretar la mano de cada uno entre las suyas". Shafick tenía entonces veinte años y acababa de pasar unas vacaciones en Cuba donde por coincidencia conoció a Rafael Delgado aunque no a Barba Jacob, quien ya había regresado a México dejando a su "hijo adoptivo" con Tallet en la isla mientras conseguía con qué comprarle el pasaje para que se le reuniera. Ahora Shafick tenía al poeta enfrente y le oía contar la historia de su cambio de nombre en Guatemala confundido con el licenciado Arenales y al borde del fusilamiento, y la de un fulano de apellido Colón a quien sus padres tuvieron la infame ocurrencia de darle por nombre Cristóbal, y quien al crecer hubo de cambiarse el Colón por Colín. Relato que Barba Jacob remataba diciendo, con toda la fuerza que tiene en México la palabra: "El número de los pendejos es infinito".

La velada en casa del maestro Escobar se prolongó hasta el amanecer. A las cinco de la tarde del día siguiente, en la cantina Royalty de la Avenida Juárez e Iturbide, Shafick volvía a verse con Barba Jacob. Tanto el joven como el poeta acudieron puntualmente a la cita. Barba Jacob, escribe Shafick, entró a la cantina como a su casa: no había parroquiano que no le saludara. La conversación, según la ha recordado Shafick, versó sobre los nuevos amigos del poeta: "—Y dígame, Shafick, ¿se reúnen con frecuencia en casa del maestro Escobar? —Una o dos veces a la semana, excepto Favela que desde niño vive con él. —Precise: ¿qué hace ahí? —Las más de las veces oír al maestro disertar sobre filosofía, literatura, historia, poesía… Otras veces jugamos a un juego chino, mahjong, que él mismo nos enseñó. En otras ocasiones nos lee poemas suyos o capítulos de una novela que él lleva años escribiendo y que se llama El David de Miguel Ángel. Otras veces nos lee Calamus de Walt Whitman o poemas de usted. En fin, siempre la pasamos muy a gusto en compañía suya. —¿Y nada más eso hacen? —Nada más. —Y si permanezco en México, ¿cree que sería bien aceptado por el maestro Escobar? —Seguramente. —Y dígame, cómo conoció al maestro, ¿en la escuela o dónde? —Con el grupo de muchachos de las Tribus de Exploradores Mexicanos. —¿Y qué tan numeroso es el grupo? —Empezó con pocos y ahora ya cuenta con unos dos mil entre niños y jóvenes. —¿Y todos acuden a su casa? —No, muy pocos, como los que usted vio anoche y casi siempre los mismos. —¿Y no asisten personas mayores? —Muy rara vez". Y el perverso interrogatorio continuó hasta que irrumpieron en la mesa del poeta Santiago de la Vega y otros periodistas. Ante el asombrado Shafick, Santiago consagró el tiempo que estuvo con ellos a elogiar la obra de Barba Jacob, sosteniendo que era el poeta máximo de América.

Llegada la hora de retirarse, Santiago pagó la cuenta. Barba Jacob se fue a cumplir con un trabajo que tenía pendiente, y Shafick "a ver a su novia".

Tres días después, el sábado, volvieron a verse: en la elegante casa de Shafick donde le habían preparado una espléndida cena. Shafick les había advertido a los suyos que traería a cenar a un príncipe. Llegaron el maestro Escobar y Lorenzo Favela; luego llegó "el príncipe": con el mismo traje negro, viejo y arrugado que Shafick le conocía, con toda su fealdad y su pobreza. La impresión que de entrada causó fue pésima. Después la impresión fue cambiando, cuando empezó a hablar, arrastrado por una euforia desbordante que le producía la marihuana que sin duda había fumado antes, y al calor de varias copas de arak. La magia de su palabra empezó a trocar el desprecio de los ricos familiares de Shafick en admiración: Barba Jacob, en efecto, era el príncipe que el joven les había anunciado. Tras de la cena libanesa, instalado en un sofá mientras fumaba un narguile que adornaban pétalos de rosa y perfumaba un agua de azahar, Barba Jacob declamó para sus cautivos anfitriones la "Elegía de un Azul Imposible" y la "Parábola del Retorno". Entonces de improviso un niño de diez años, sobrino de Shafick, preguntó si el poeta era tan bueno como Amado Nervo. Tras de la risa general que saludó la ocurrencia Barba Jacob le contestó: "Cuando tengas más años y hayas leído muchos versos, tú mismo sabrás quién de los dos es mejor poeta". A la media noche, acabada la cena, Shafick llevó a Barba Jacob, al maestro Escobar y a Favela a dar un paseo en automóvil por la ciudad y sus alrededores.

Pocos días después Barba Jacob acompañó a Shafick a la Academia de San Carlos donde el joven estudiaba arquitectura. De paso, en una librería de la Avenida Cinco de Mayo, Barba Jacob le compró un libro de Wasserman, que le dedicó: "A Shafick, que aún lleva la antorcha en la mano", alusión al verso de Lucrecio. Cruzaron luego la Plaza Mayor, el "zócalo", y tomaron por la calle de la Moneda. Ya en la Academia de San Carlos, en el vestíbulo que sigue al patio adornado con esculturas griegas y renacentistas, Shafick les presentó con orgullo al poeta a varios de sus condiscípulos. Después se despidieron, y al día siguiente Barba Jacob se marchó de la capital a Monterrey.

De Monterrey han debido de ser las cartas de amor de que me ha hablado Servín. Las dos que Shafick conservó del poeta dirigidas a él son posteriores, de la ciudad de México, y bien distintas: tratan de una máquina de escribir. Una que Shafick le prestó y que Barba Jacob vendió o empeñó. Cuando Shafick se la reclamó, Barba Jacob le contestó con una carta firmada por un tal César E. Pólit, dizque su secretario, diciéndole que ya había terminado de pagar en abonos una Remington portátil para reemplazarle la suya, que le habían robado. No se sabe qué respondió Shafick, pues al día siguiente Barba Jacob le escribía al joven, pero firmando ahora con su nombre: "El último párrafo de su carta al señor Pólit contiene alusiones a hechos que resultan para mí completamente incomprensibles; es probable que se relacionen con rumores y chismes de un ambiente poco serio y poco varonil, y no puedo detenerme a refutar tonterías. Para su gobierno, le manifiesto que se equivoca cuando cree que yo desdeño a los amigos bondadosos tan sólo porque no son hombres ricos o genios andantes. Quizá la persona que más útil me ha sido en México es un joven que apenas me conoce, que no me visita nunca, que no tiene talento, y tan pobre que carece de trabajo y lleva los pantalones rotos por las nalgas; pero es un muchacho de buena voluntad, que cree en mí ardientemente, dispuesto a servirme, que no conoce la cobardía personal ni socialmente, y al cual le bastó desatar una chispa para crear un incendio. No puedo recordar en este momento ni a ricos ni a genios que hayan estado en torno mío. Mi casa está siempre abierta de par en par para usted, a cualquiera hora del día o de la noche, y me será muy grato recibirlo cuando usted guste, en el concepto de que para conservar serenidad y alegría, lo mejor será no hablar de las cosas pasadas, de los amigos cobardes y de los chismes que proliferan en ciertas zonas palúdicas de la vida social mexicana. Como le dijo el señor Pólit en su carta, está a disposición de ustedes la factura de la máquina que tienen en su poder. Le estrecha la mano como hace un año, Porfirio Barba Jacob".

Como hace un año no: como hace medio, si acaso. ¿No ve que su carta es del veintitrés de enero del año treinta y tres, y el miércoles santo del treinta y dos iba usted con él en un carro por la Avenida Insurgentes abrazándolo, y el dieciséis de mayo salieron juntos de su casa de la calle de San Jerónimo (usted en un estado deplorable) y un perro callejero les ladró, y el veintitrés de junio se fueron a comer juntos adonde Jesús López, ese muchacho que usted trajo de Guadalajara y que ya se había hecho un hombre, y el cuatro de julio él, Shafick, volvía de visita a San Jerónimo, y los días siguientes? Acuérdese y verá. Después usted se internó en el Hospital General al que ya sí no sé si iría o no a visitarlo. Yo llevo las cuentas de su vida mejor que usted. Las que se me han hecho un embrollo son las de la mía.

Ayudándose sin duda de un viejo diario, a juzgar por la precisión de las fechas, Shafick evoca en su libro inédito sobre el poeta esos días aciagos de 1932. Evoca, por ejemplo, un día de marzo en que fueron a comer al Hotel Regis. Barba Jacob, ameno y vivaz, platicaba más de la cuenta; hacía chistes sobre las meseras, hablaba de proyectos, de folletos contra Monterrey y Puebla en las que acababa de pasar una temporada desastrosa, de una edición de sus versos y de la publicación de una revista homosexual. Shafick aprobaba y prometía ayudarle. Entonces Barba Jacob le hizo una confidencia: le confesó que a pesar de su enfermedad, de su agotamiento, de su fastidio, de sus calamidades, de su pobreza, estaba perdidamente enamorado de un muchacho "de tercera mano" que se llamaba Joaquín. Recordó un paseo que habían hecho al Bosque de Chapultepec y habló del desencanto del muchacho ante la vida, de su escepticismo y de su indiferencia. Tres días después, sin embargo, le contaba a Shafick que Joaquín había ido a visitarlo, y que viendo entonces en él a un joven tonto y vulgar lo había corrido de su casa. Al final de la comida en el Regis Barba Jacob se puso triste y quejumbroso, y al salir del hotel, fatigado y sin poder caminar, hubo de sentarse en un banco de la Alameda mientras recuperaba las fuerzas. Ya de regreso a la vivienda de San Jerónimo, Barba Jacob se acostó con fiebre y Shafick, tras de llamar al médico, se quedó con el poeta "vigilándole el sueño". Volvieron a comer juntos a mediados de marzo, "en un mal lugar donde mal los atendieron" después de haber recorrido, sin decidirse a quedarse, algunos restaurantes. Barba Jacob estuvo hablando entonces con encomio del licenciado Rueda Magro, de su bondad y su cariño. El licenciado Rueda Magro, a quien no alcancé a conocer por unas horas, las que se me anticipó la muerte.

El dieciséis de mayo salió Barba Jacob de su casa acompañado de Shafick y en un estado deplorable. Abrumado por el alcohol y los excesos de la gula, su estómago, decía, rechazaba todo alimento. Muy enfermo, había ido a consultar a un especialista europeo que pretendía haber curado de su mal a más de tres millones de personas, pero el viejo bandido, el muy canalla y majadero, el especulador ruin había querido cobrarle setenta y cinco pesos. Ahora el aspecto de Barba Jacob era aterrador. Cuando cruzaron el lóbrego pasillo y salieron a San Jerónimo un perro callejero los miró, miró al poeta y comenzó a ladrarle. Barba Jacob levantó el bastón para golpearlo, abriendo su boca de dientes horribles, amenazante, con sus ojos de muerto y sus manos huesudas. "Ahora comprendo que estoy terriblemente feo", comentó, porque el infeliz animal se fue huyendo. Débil la voz, turbios los ojos, con el pensamiento poco lúcido, Barba Jacob maldecía de Rafael y de la vida. Rafael el vanidoso, el tonto, el haragán impertinente se quejaba ahora de que su catarro se debía al Flit que Barba Jacob usaba para matar mosquitos. ¡Y temía morir de eso! Shafick acababa de presenciar una de esas escenas de demencia cotidiana. Barba Jacob había tenido "que decirle a su Rafael algunas groserías de alto calibre" por las mil tonterías que el joven había soltado acerca del homosexualismo y por su estúpido concepto de lo que era un hombre de verdad. Degenerados son aquellos que no trabajan, que sólo viven para ir al cine, para sacarse fotografías y jugar billar o acostarse con las prostitutas a las que roban y les cuentan mentiras infames: y le pintó su vívido retrato. El cínico joven, acostumbrado, no oía, y el chaparrón de insultos y reprimendas del poeta rebotaba sobre el paraguas de su cinismo. Entonces Silvestre, el cocinero, les trajo una cazuela de barro muy caliente con chorizo, y al recibirla Barba Jacob se quemó los dedos: furioso se levantó de su asiento y maldiciendo al cocinero que era incapaz de servirle el chorizo en un plato rompió la cazuela contra el piso.

El veintitrés de junio fueron a comer a la casa de Jesús López en la calle de Revillagigedo, una vivienda de vecindad me imagino, en cuyo patio adornado de macetas se aferraba a la existencia una humilde plantita de marihuana que el poeta sembró. Jesús vivía con su mujer y tres niños. Dice Shafick que después de haber comido en exceso Barba Jacob se sintió desfallecer y quiso acostarse; pero entonces oyó el radio de la familia y rompió a maldecir. "La música, el baile y el canto me producen un displacer definitivo", decía. "El que canta es un vanidoso, un inútil, un sinvergüenza, y de un cantante profesional sólo pueden esperarse las peores cosas. Ninguno me inspira confianza. Todo en ellos es repugnante. Les tengo un asco y una predisposición inaudita. La peor recomendación que pueden hacerme de un individuo es decirme que canta o baila. Ocupación de marranos".

Y el cuatro de julio en que Shafick volvió a visitarlo le oyó despotricar contra el imbécil mundo moderno, una civilización degradada de ciegos que iban por sobre la faz de la tierra arrastrándose como cerdos. "¡Dios mío, sólo hasta ahora que me estoy muriendo me doy cuenta de los cambios! Shafick querido, le aconsejo que sea un hombre de acción y de negocios y no pierda su tiempo escribiendo o escoltando a poetas y artistas, que somos ya de otra raza. No debemos existir en el futuro". Había convocado a Shafick para pedirle informes de Rafael, a quien había corrido y no pensaba volver a admitir en su casa. Mejor pagarle un cuarto en tanto el haragán conseguía trabajo. La silla en que estaba sentado Shafick estaba sucia, y sucia la cama en que estaba acostado el poeta: "sucia y llena de manchas de saliva y sangre y demás asquerosidades". "¡Qué horror —sigue escribiendo Shafick—, verlo siempre matando moscas!" Dice Shafick que ese día le hizo un retrato de perfil al poeta, recostado a medias en su cama, el cual tiempo después reprodujeron las revistas. En la visita del día siguiente Barba Jacob le estuvo hablando de sus viejas hazañas en

El Imparcial de Guatemala, y después volvió a Rafael, el haragán frecuentador de prostitutas. "Desde que Rafael está a mi lado un solo poema no he escrito. Él ha matado mi Musa. Los sacrificios que por él he hecho me han tomado mucho tiempo. Mi pensamiento estaba siempre en Rafael vistiéndolo, dándole dinero constantemente. Casi puedo asegurar que mi fracaso en Monterrey se debió a Rafael. Cuanto dinero conseguía tenía que enviárselo. Jamás dejé de pensar en él, le enviaba veinticinco dólares semanales. Si ahora Rafael se consiguiera un trabajo, aunque fuera de mozo de billar, y se ganara unos pesos diarios y no tuviera que preocuparme más por él, creo que volvería a escribir poemas. Desde que Rafael está a mi lado nada he hecho. Todo ha sido fracaso, miseria, abandono y vida inútil". Dos días después era un muerto que hacía el intento de conversar con los amigos que llegaban a visitarlo. Le encontró Shafick con la cabeza vendada y un aspecto cadavérico. "Movía las manos lentamente, manos descarnadas, negras, sin sangre, las venas resaltadas, los dedos largos con las uñas largas y sucias, que no se cortaba porque decía que le sangraban y le producían dolores en todo el cuerpo". En la mañana, decía, le había visto un médico anciano que le prohibió toda comida salvo leche con calcio: pero él, por hoy, iba a comer de todo aunque se lo llevara la muerte. Y comió mole verde con carne, carne de puerco con grasa, muchas tortillas, mucho arroz con plátanos fritos, huevos, camarones, postre, café. Imposible convencerlo de que comiera menos. Y terminó fumando marihuana con deleite.

Después calculo que dejaran de verse. Después internaron a Barba Jacob en el Hospital General, aparecieron las "Canciones y Elegías", y Leopoldo de la Rosa publicó su demente carta en Excélsior acusando a Barba Jacob de plagio. Antes de publicarla, dizque agotando el último recurso fue a visitar a Shafick "para tratarle un asunto muy delicado que concernía al prestigio de Barba Jacob en el campo de la poesía". Lo que pretendía el loco, el místico, el envidioso, era que Shafick interviniera ante Barba Jacob para convencerlo de que le pidiera perdón y confesara sus errores, librándose así de la carta pública que habría de exhibir ante el mundo "sus vergonzosos plagios". Cuando Shafick fue donde Barba Jacob a plantearle el asunto, el poeta sonrió con dulzura y le dijo: "¿Qué se puede esperar de semejante holgazán que sólo me busca cuando sabe que tengo unos centavos para ayudarle? No debería de abrir nunca la boca más que para darme las gracias". Publicada la carta en Excélsior, Barba Jacob comentó: "Así que el perro ese cumplió su promesa…" Shafick le pidió que respondiera poniéndole en su lugar, pero Barba Jacob le dijo: "Hijo querido, Shafick bondadoso, en otros tiempos nadie se hubiera atrevido a desafiarme como lo hace este mentecato. Ya no tengo humor para entablar polémicas de esta índole. La posteridad colocará a cada quien en su lugar. No se preocupe por mí ni se sienta molesto. Ya verá cómo nadie le hará caso". Y, en efecto, así ocurrió. Nadie le hizo caso. Ni antes ni después ni nunca nadie le hizo caso.

Leopoldo de la Rosa pasó por este mundo como una sombra mendicante. Como un espectro vestido de negro, siempre de negro, muy compuesto, de gafitas redonditas y bastón. El horror que le producía el trabajo llegó en él a lo heroico. Fue el haragán supremo que nunca trabajó. Y cuando digo nunca es nunca. Por un tiempo lo sostuvo Ricardo Arenales, cuando bailaba en la cuerda floja entre la vida y la muerte, acometido por la tuberculosis y la manía del suicidio. La tuberculosis casi se lo lleva en mayo de 1913, casi lo difumina. Tan, tan mal se puso, que temiendo su muerte en breve término sus amigos hubieron de trasladarlo del cuarto que ocupaba en el Hotel Lafayette al Hospital General, y del Hospital General al Americano a causa de un enjambre de moscas que lo perseguía. Allí lo salvó el doctor Joaquín de Oliveira Botelho, médico brasileño, inyectándole aire en los pulmones: el "pneumotórax", un tratamiento suyo que había traído a México a fines del año anterior, y que sólo en Leopoldo dio resultado. La primera inyección le fue aplicada en presencia de los cónsules de Colombia y Venezuela, de sus amigos y de los periodistas. De lo anterior informaba "Almafuerte" en su artículo de El Independiente titulado "Un gran poeta herido por la fatalidad en tierras de México". ¿Almafuerte? ¿Pedro Palacios, el argentino? No, ése fue otro que usó también el mismo pseudónimo. Almafuerte ahora en México era Arenales, Ricardo Arenales el colombiano.

Sacaron a Leopoldo del hospital convaleciente y se lo llevaron a la casa de la Cuarta Calle de Nuevo México número 41 donde, según noticia del mismo "Almafuerte" en el mismo periódico, vivía Arenales. El uno decía que el otro vivía ahí, mandando al diablo el principio de identidad pues el uno era el otro: Almafuerte era Arenales. ¿Y Arenales quién? Es en lo que me he pasado media vida tratando de averiguar. La mejor respuesta que tengo ahora es que Arenales era en germen Barba Jacob: "en potencia propincua" como diría él. O mejor dicho "ellos". Como dirían ellos.

En esa casa de la Cuarta Calle de Nuevo México debe de ocurrir la escena que le describía, años después, Barba Jacob a Alberto Velázquez en Guatemala: "Tenía yo en cierto país y en determinada ocasión un compañero de andanzas que lo era también de cuarto. A veces saltaba de la cama antes que yo y dirigiéndose a la ventana descorría los visillos para darse cuenta del tiempo que hacía afuera, y si la mañana se presentaba lluviosa y aborrascada solía exclamar: 'Está el día como para arrojárselo a los perros'. Pues bien, amigo mío, mi juventud ha sido, a su vez, algo tan escabroso como para arrojárselo a los perros".

Luego se fue Leopoldo a Colombia y luego regresó. Luego, en 1917 (calculo yo que a fines de mayo), andaban los dos por Tegucigalpa. Los dos más uno más: José Santos Chocano el inefable. ¿Qué hacían en ese poblacho miserable donde las ruedas de las carretas no tenían radios, ni vidrios en las casas las ventanas, esa Santísima Trinidad de poetas? Arenales venía de La Ceiba, la de los ciclones, de hacer estragos. En ese puertecito de la Costa Norte hondureña había fundado su periodiquito Ideas y Noticias, e insultado en él a todo el mundo. Al profesor Abel García Cálix, director de Pabellón Latino en la susodicha Ceiba, su colega, de buenas a primeras lo empezó a atacar para darle circulación a su diario. Y como el inocente seguramente respondió, Arenales le lanzó una andanada de artículos, de los cuales uno llevaba este epígrafe: "Nadie puede impedir que un perro callejero se orine en el monumento más glorioso", con lo que quería significar que el monumento glorioso era él y el perro callejero García Cálix. Y según la misma fórmula de vender atacando, la emprendió contra el otro periodiquito de La Ceiba, uno que había fundado y dirigía el procurador judicial don Juan Fernández Valenzuela, y para ampliar el ámbito de Ideas y Noticias a toda Honduras, contra El Cronista de Tegucigalpa. Pero el director de El Cronista, Paulino Valladares, permaneció mudo, y sólo cuando Arenales abandonó el país —o sea saliendo de Tegucigalpa hacia Amapala con los dos de que vengo hablando— al día siguiente de su partida se atrevió a escribir, en un editorial, que el gran periodista colombiano Ricardo Arenales lo había buscado para entrar en polémica y que él no había aceptado porque a su entender los asun-

tos políticos de Honduras debían ser tratados exclusivamente por los hondureños: "Arenales le buscó la punta al
huevo y no se la encontró".

De La Ceiba, según José C. Sologaistoa que allí le conoció ("en octubre de 1916, mientras la goleta en que vino
reposaba en el abra después de un azaroso viaje desde Payo
Obispo"), se tuvo que ir porque si bien Ideas y Noticias,
con su amplia publicidad, subscripciones y ventas, se había
convertido en un negocio apreciable, sus imprudencias de
manirroto lo llevaron a la quiebra. Burlando las asechanzas de sus "viles acreedores", se embarcó entonces en secreto en una lancha orillera, y fue a abordar en alta mar una
goleta que iba rumbo a Puerto Cortés; luego continuó por
tierra hacia Tegucigalpa y Amapala. En Tegucigalpa se encontró con Leopoldo y con Chocano, que es lo que estoy
diciendo. ¿Qué hacía en Tegucigalpa el gran Chocano, José
Santos, gran poeta? Lo de siempre: alabando y estafando.
Y espiando. A fines del año anterior, en diciembre, andaba por La Ceiba "en prácticos negocios concesionales": ges-
tionando, para él solito, la concesión de todo el banano de
la Costa Norte que pensaba reducir a suculenta harina de
pescado para darle de comer a los Estados Unidos. Pero la
pública murmuración decía que no, que no era cierto, que
en sus continuos viajes a Honduras Chocano no tenía más
negocio que espiar al presidente Bertrand por cuenta de Estrada Cabrera. ¿Y Leopoldo qué hacía en Tegucigalpa? Eso
sí ya no lo sé. No sé qué haría allí el haragán.

Se fue el trío de poetas de Tegucigalpa porque según me ha explicado Miguel Antonio Alvarado el grupo de
Froylán Turcios les hizo mala atmósfera. Y pienso que tenga razón: con un poeta por cada millón de habitantes hay
más que suficiente, y Tegucigalpa ni llegaba a los treinta
mil, quiero decir habitantes porque poetas calculo entre

cien y cinco mil, o diez mil, que publicaban en las siguientes revistas literarias: Esfinge y El Ateneo de Honduras, que dirigía Turcios; Helios y Germinal. Se fueron rumbo a Amapala, saliendo del mismo infierno.

A la sombra de una montaña donde la imaginación popular ha escondido el tesoro del pirata Morgan, en la isla del Tigre del Golfo de Fonseca se encuentra Amapala, el único puerto hondureño del Pacífico. No tiene muelle, pero a sus tranquilas aguas llegan de la tierra firme, tras algunas horas de navegación, gasolineras y balandros. Miguel Antonio Alvarado (el culpable de que Arenales fundara Ideas y Noticias en La Ceiba pues allí le había presentado, acabando de desembarcar el poeta, al general Monterroso, el dueño de la imprenta) se hallaba ahora en Amapala, donde su padre era Administrador y Comandante del puerto. Sorprendido y complacido de ver llegar a los tres poetas, los llevó a alojarse "en el hotel de mama Chepa". Al día siguiente los poéticos viajeros se separaron: De la Rosa se embarcó para Panamá, Chocano para Guatemala, y Arenales, sin saber qué rumbo tomar, desconcertado, se quedó en el puerto. "¿Y yo hacia dónde voy?", le preguntó a Alvarado tras de despedirse de sus amigos. El joven le contestó que podía elegir entre El Salvador y Nicaragua, pero que a su modo de ver sería mejor recibido en El Salvador donde había dinero y no sobraban los poetas. Dos días después, en una gasolinera de la Aduana, me dice Alvarado que él mismo llevó a Arenales al puerto salvadoreño de La Unión, y de La Unión le acompañó en tren hasta San Salvador. Llegando los agarró el terremoto.

Lo del terremoto ya lo conté; sigamos con las coincidencias de Arenales con Leopoldo sobre esta tierra. Un año después de Honduras volvieron a encontrarse en México, refugio de forajidos, consuelo de sus andanzas. Entonces se dieron a frecuentar la casa de Enrique González Martínez (para variar también poeta), en la calle de la Magnolia, colonia Santa María de la Ribera: a comer allí. A sesenta años de esa casa en la colonia más elegante de México, que fuera el centro de una brillante tertulia literaria y que hoy no son más que sus ruinas en una colonia venida a menos, el doctor Héctor González Rojo, hijo de González Martínez, recuerda que siendo un niño empezaron a frecuentar su casa dos extraños personajes que a fuerza de costumbre y con el correr del tiempo se fueron haciendo familiares: Ricardo Arenales y Leopoldo de la Rosa, que eran paisanos. Llegaban a comer y a hablar interminablemente de poesía. Hombre de modales bruscos, Arenales tomaba las tortillas del cesto y se las iba repartiendo a los demás comensales con la mano. El otro era tímido, y si llegaba tarde a la cena y los encontraba a todos a la mesa, cuando lo invitaban a comer respondía que ya lo había hecho, para irse luego a la cocina a confesarle a doña Luisa, el ama de la casa, que en verdad no había comido, y ella se veía obligada a prepararle algo especial. Cinco años menor que Arenales, Leopoldo era de una pereza y de una haraganería inconmensurables. Vivían bajo el mismo techo y Arenales, convencido del gran valor de su amigo en contra de la opinión de los literatos de su tiempo, lo sostenía y lo estimulaba a escribir los versos que tenía en la cabeza y que la desidia le impedía pasar al papel. Se volvieron inseparables. De la casa de González Martínez pasaban a la de Esteban Flores, de la de Esteban Flores a la del poeta Urbina, de la de Urbina a la de Antonio Caso donde se reunía a veces el Ateneo de la Juventud, que acabó llamándose el Ateneo de México.

Por entonces le entró a Leopoldo la manía del suicidio. Varias veces intentó librar al mundo de su haragana presencia envenenándose, pero tomando cada vez las precauciones debidas para que sus amigos llegaran a tiempo de salvarlo. Una vez se le fue la mano y se disparó un tiro: en la cadera, insólito lugar para quitarse uno de en medio. Lo del tiro me lo contó el doctor González Rojo y lo he confirmado en los periódicos de la época: en El Heraldo de México. Que tras aviso telefónico, personal de la Cruz Roja se trasladó "con la premura que el caso requería" a la casa de habitación del señor poeta, en calle de la Academia, número 32, a recogerlo en estado de coma. "No obstante su gravedad el señor De la Rosa pudo manifestar que la herida había sido accidental, puesto que al sacar el pañuelo de uno de sus bolsillos, en el que también guardaba un pequeño revólver calibre 32, se disparó el arma hiriéndose en el vientre". ¿Calibre 32? ¿Como el número de la casa? Ajá. "El poeta, hoy al borde de la tumba, había estado la mañana de ayer en el consulado de su país, extendiéndole el señor ingeniero don Julio Corredor Latorre, cónsul de Colombia, un pasaporte para los Estados Unidos a donde pensaba marchar el señor De la Rosa". Y lo que dice el periódico es la santísima verdad pues en los archivos de la Embajada colombiana en México he encontrado un documento revelador: la constancia de que se le ha expedido a Leopoldo de la Rosa, de nacionalidad colombiana y de profesión "Bellas Letras", un pasaporte sin estampillas porque el interesado no tiene con qué pagarlas. No se murió del tiro porque, según me ha explicado Horacio Espinosa Altamirano, tenía las tripas limpias tras varios días de no comer. Por eso no hubo infección. En cuanto al motivo de su viaje a Estados Unidos es evidente: Arenales se hallaba allí por esas fechas, en San Antonio de Texas. Iría a reunírsele.

Herido Leopoldo por la fatalidad de su mano no pudo irse de México, pero Arenales regresó y volvieron a encontrarse. Luego expulsaron a Arenales por sus editoriales en Cronos, pero volvieron a coincidir en la patria, en Barranquilla, donde según Rafael Delgado tuvieron un primer agarrón por un muchacho. Aunque este testimonio hay que ponerlo en agua tibia pues Rafael no viajó con Barba Jacob a Barranquilla: se quedó en Medellín jugando billar. El disgusto, el grande, en mi humildísima opinión, fue por lo del plagio, así haya quien afirme que los dos poetas siguieron viéndose y que el rompimiento definitivo vino después, mucho después, por un motivo que sabrá Dios cuál fue. Ya irreconciliablemente disgustados, Barba Jacob le contaba a Felipe Servín que se odiaban a muerte, si bien antes habían sido grandes amigos, y que en una ocasión Leopoldo llegó hasta levantar su bastón para pegarle, aunque al final de cuentas no se había atrevido a tanto.

Incontables testimonios, orales y escritos, atestiguan el paso del fantasma de Leopoldo de la Rosa por este mundo. Shafick escribe que lo conoció en un café del centro. Solo, sin introducciones ajenas, Leopoldo se le acercó al joven a presentarse. Andaba con los cinco sentidos alerta para descubrir los nuevos protectores de Barba Jacob, y a ellos, sin vergüenza alguna, tendía suavemente la mano. Cuando Shafick le contó a Barba Jacob de este encuentro con su viejo amigo, el poeta le habló del horror que le inspiraba a Leopoldo el homosexualismo, del miedo con que vivía de que lo tomaran por homosexual por vivir bajo el mismo techo con Ricardo Arenales. Era un mujeriego empedernido que gustaba de exhibirse con mujeres por las calles, y que jamás, por el contrario, permitió que le acompañara ningún joven. ¡Quería llamarse Virilo Viril! Entonces Arenales le tranquilizaba: ¿No eran suficiente prueba de su hombría sus poemas consagrados a la mujer y sus masculinas parrandas? ¿Quería más? Pues para evitar toda duda, para que nadie lo fuera a tomar por marica, bien podía an-

dar con los órganos genitales al aire en plena calle. Y ahora Barba Jacob remataba diciendo (¿era su caso?) que al fin
y al cabo todos los mujeriegos acaban convirtiéndose en homosexuales.

Manuel Gutiérrez Balcázar lo conoció el día en que
se presentó a su edificio a preguntar por el cuartito de la azotea, el que en México suelen ocupar las criadas, que Leopoldo quería rentar porque dizque le gustaban las estrellas
y se dedicaba a la astrología o a la astronomía. Aunque no
le dijo entonces su nombre, Manuel lo reconoció por las
descripciones que de él le había hecho Barba Jacob: muy
solemne, muy compuesto, de gafitas redonditas, traje negro y de bastón. ¡Leopoldo de la Rosa, quién más iba a ser!
Y Rafael Delgado lo recuerda como un hombrecillo orgulloso y fatuo, corroído de la envidia por la superioridad
de Barba Jacob; alguna vez los visitó en la casa de la calle
de Córdoba; después lo perdieron de vista; después, hacia
1939, se lo volvió a encontrar Rafael y vivía con un muchacho. Ése es el año en que lo conoció María Duset, recién
llegada de España: ya estaba disgustado para siempre con
Barba Jacob y andaba con una Biblia citando pasajes referentes al Juicio Final y al fin del mundo. Terminó predicando los domingos en Xochïmilco y otros pueblos de las
afueras de la capital, para una secta protestante que le daba
de comer. Adquirió una fama terrible de sablista. Don Jorge Flores me cuenta que una mañana en que estaba desayu-
nando en un café del centro con el doctor Manuel Mestre
y el periodista Mariano Díaz de Urdanivia, se les apareció
Leopoldo con su Biblia, y a cada uno, uno por uno y por
turno le sacó dinero prestado. Y el doctor González Rojo
me dice que tenía la costumbre de ir a visitar a sus víctimas
en sus oficinas para sabliarlos, previa introducción y preám-
bulo de una hora durante la cual tocaba todos los temas

políticos y literarios del momento; luego, pero sólo luego, venía la petición del préstamo; y se ofendió irreconciliablemente con el presidente de la Academia Mexicana de
la Lengua, Alejandro Quijano, cuando éste quiso abreviar
el procedimiento ofreciéndole dinero antes de que se lo
pidiera. Y Andrés Henestrosa y el arquitecto Ruvalcaba me
hablan de una noche en que la patrona de la pensión en que
vivía lo echó a la calle con su ropa y con sus cosas porque
no le pagaba; indignado, envuelto en una sábana, Leopoldo fue hasta una delegación de policía a levantar un acta
contra ella, y en ese atuendo un reportero le tomó allí una
foto que salió a la mañana siguiente en el periódico. La última vez que Fedro Guillén le vio llevaba la Biblia en una pe-
taquilla. Vivía en el Hotel Isabel y al decirlo aclaraba: "No
el lujoso sino uno de barriada". A mediodía visitaba las ba-
rras de las cantinas del centro donde algunos le conocían.
Cuando Fedro le preguntó por su disgusto con Barba Jacob no quiso responderle. Viendo lo molesto que se mostraba al oír el nombre de su antiguo amigo, Fedro cambió
de conversación y pidió otra copa. Leopoldo de la Rosa murió hacia 1962, veinte años después que Barba Jacob. Dicen que al final de su vida de extrema pobreza recibió una
pequeña herencia, de una hermana, y que se la gastó en el
acto.

Descansando pues Leopoldo y nosotros de él, pasemos a otra cosa. A un archivo que hay en la Embajada
colombiana aquí en la ciudad de México, de documentos
supersecretos que ni el Padre Eterno puede consultar. Ex-
humador de papeles y vejeces lo he consultado yo, simple
mortal con mis mañas. Y entre pliegos y más pliegos de basura oficial con sellos, de infamia, me he encontrado toda
una correspondencia referente a Barba Jacob, a su internación en el Hospital General en el año treinta y dos: una

serie de cartas limosneras en las que se expresa en su más deliciosa y genuina verdad Colombia. La primera es del veintitrés de febrero y se la dirige el ya mencionado Julio Corredor Latorre, cónsul cuando se dio el tiro Leopoldo y ahora Encargado de Negocios de la Legación colombiana, al presidente de la Junta de la Beneficencia Pública de la ciudad de México solicitándole que le concedan a Barba Jacob el ingreso en el "departamento de distinción" del pabellón de tuberculosos del Hospital General, "mediante la cuota mínima posible" pues "el gran poeta carece de los elementos pecuniarios para cubrir la pensión que allí se exige". (¿Elementos pecuniarios? ¡Dinero, gran pendejo!) El mismo día el secretario de la Beneficencia, doctor Alfonso Priani, le contesta al diplomático colombiano que por acuerdo del señor presidente de la Junta se le concede al poeta un descuento del cincuenta por ciento. Pero Barba Jacob mejoró y no hubo necesidad de internarlo, ni de la limosna. Pero en octubre empeoró y volvieron al cuento. Del trece de este mes peligroso en que Libra la equilibrada pierde el sentido y se trueca en el desequilibrado Escorpión, es otra carta del susodicho Corredor Latorre, quien de Encargado de Negocios ha ascendido a "Enviado Extraordinario y Ministro Plenipotenciario", ahora a Barba Jacob, interno ya en el Hospital General. Diciéndole que: "Hoy he mandado cubrir diez pesos en ese hospital por concepto de siete días de alojamiento de usted. No ha sido posible llevar a término la subscripción de que usted me habló por falta de tiempo mío, pues es asunto del que tengo que ocuparme personalmente. En el curso de la semana con gusto me ocuparé del caso. Ayer recibí de El Porvenir de Monterrey un giro postal por ciento diez pesos, cantidad destinada a usted y que procederé a cobrar en la oficina de Correos para ponerla a su disposición. Por lo pronto, y a cuenta de esa suma, me complazco en remitirle diez pesos. En calidad de consejo de amigo me permito decirle que convendría destinar buena parte de esa remesa a cubrir la pensión de usted en el Hospital. En todo caso, sírvase decirme si la conservo en mi poder, a título de cajero de usted, para entregar las cantidades que sucesivamente me pida, o se la remito íntegra". Íntegra debió de habérsela remitido, como era de esperar tratándose de Barba Jacob y como lo confirma otra carta del diplomático, del dieciocho, al director de El Porvenir (periódico que fundó Arenales), don Jesús Cantú Leal, quien de Monterrey enviaba el giro, "para manifestarle que la cantidad de ciento diez pesos le fue entregada al estimable amigo don Porfirio Barba Jacob, para quien venía destinada y quien se encuentra actualmente en el Hospital General de esta ciudad". El veintiuno Corredor Latorre reanudaba sus cartas a la Beneficencia Pública solicitando que subsistiera el descuento del cincuenta por ciento concedido al poeta en febrero pasado, cuando no se internó en el hospital "por haber mejorado, pero habiéndose enfermado nuevamente se le trasladó allí, y actualmente se encuentra en el pabellón número 11, mediante la cuota de uno con cincuenta diarios". Ante la nueva solicitud, y como una deferencia hacia la Legación colombiana, la junta de la Beneficencia determinó que no se le cobrara cuota alguna al poeta. Pero se la siguieron cobrando a juzgar por otra carta, del treinta de noviembre, ahora del cónsul de Colombia Carlos Casabianca al señor Roberto Pesqueira, vocal de la Beneficencia: "Me informan de la Legación que probablemente por una equivocación la dirección del Hospital General se ha dirigido varias veces al Ministro solicitando el pago de la pensión del poeta Arenales; así pues, ruego a usted muy atentamente se sirva poner en conocimiento de la citada Dirección, la gentil disposición acordada por esa honorable Junta de Beneficencia, la cual ha sido dignamente apreciada por la Legación de mi país y por el suscrito". Al día siguiente el cónsul le escribía al ministro enviándole copia de la carta anterior, escrita "en cumplimiento de sus instrucciones", y el seis el ministro le escribía al cónsul pidiéndole que insistiera, porque "hasta la fecha no ha llegado la orden de exención de pago al administrador del hospital". Las cartas cruzadas entre los diplomáticos mendicantes iban y venían de la avenida Uruguay 35 a la calle Liverpool 17, sedes respectivas del consulado y de la embajada. El diez de diciembre, por fin, el cónsul le transcribía al ministro otra carta, de Patricio F. Hearly, de la Beneficencia, quien le daba la seguridad de que la situación ya había sido arreglada y en consecuencia el señor Ministro de Colombia no volvería a ser molestado con el cobro del dinero.

Hay tres cartas más en la Embajada colombiana sobre el caso de Barba Jacob a finales de año, que ilustran muy bien dos cosas: una, qué plaga son los poetas; dos, lo lamentable que es Colombia. De las tres cartas dos son del cónsul y la otra del ministro. El tema ya no es la cuota del hospital, asunto solucionado, sino la repatriación del poeta, que no se sabe quién promovió. Y así el quince de diciembre Carlos Casabianca, cónsul colombiano en México, le escribe a Germán Olano, cónsul colombiano en Nueva York: "Señor cónsul: En respuesta a su telegrama de fecha primero de los corrientes en el cual me indica que puedo girar por ciento cincuenta y dos pesos con treinta centavos para la repatriación del señor Miguel Ángel Osorio, me permito significarle a usted lo siguiente: Creo que el señor Miguel Ángel Osorio a quien usted se refiere debe ser el poeta colombiano que tiene además de este nombre el de Ricardo Arenales, y hoy por hoy Porfirio Barba Jacob. Si efectivamente es el mismo, se encuentra actualmente recluido y muy gravemente enfermo en el Hospital General de esta ciudad, en donde se ha podido conseguir por deferencia a la Legación y al suscrito que se le atienda en la categoría de distinción sin cobrar la correspondiente cuota. En mi concepto es imposible que pueda emprender viaje al país y creo que al recibir yo el dinero de su repatriación, el señor Osorio insistiría en que éste le fuere entregado para atender a otros gastos que no fuesen los indicados en su cable. De todas maneras ruego a usted muy atentamente se sirva darme nuevas instrucciones después de haber recibido esta información. Del Señor Cónsul General atento y seguro servidor" y la firma. La carta lleva la indicación en el archivo de "correspondencia confidencial".

A Carlos Casabianca, y esto me lo ha contado Rafael Delgado, Barba Jacob lo tuvo siempre por un amigo. No era tal, era un burócrata. Lo que a Carlos Casabianca le preocupaba terriblemente era que el giro destinado a la repatriación no fuera a desviarse en gastos de hospitales, así su paisano, por la vía gratis, se repatriara al otro mundo. Cuatro días después de la citada carta el cónsul Casabianca le daba cuenta del asunto del cable al ministro, quien el veintisiete, devolviéndole la pelota, le contestaba: "En relación a este asunto comunico a usted que el señor Porfirio Barba Jacob me ha expresado sus deseos de que ese Consulado le entregue la cantidad a que se refiere el cable citado, pero no con el objeto de repatriarse, sino con el de atender a su salud, muy quebrantada como usted sabe. He dicho al mencionado compatriota que ya se dirigió usted al Consulado en Nueva York sobre el particular y que espera respuesta de un día a otro. Me permito suplicar a usted que estando este asunto en manos de ese Consulado General a su digno cargo, se digne entenderse directamente con nuestro compatriota para los efectos a que haya lugar".

Nueve años anduvieron con el cuento de la repatriación hasta que por fin la lograron: lo repatriaron en una urna, vuelto cenizas. Para más fue Leopoldo que les aventó el dinero que le daban para la suya en la cara porque sólo cubría el pasaje de ida, sin viáticos ni regreso. ¡Salirle con semejante miseria a él! A principios del treinta y tres, estrenándose el año nuevo, el ministro Corredor Latorre murió a causa de un ataque de angina de pecho en esa residencia de la calle de Liverpool, sede de la Legación, de la que salían y a la que llegaban tantas cartas. Descansó de poetas, de repatriaciones y de paisanos. Cuando él murió, había registrados en la Legación, como residentes en México, cincuenta colombianos. Más que suficientes. A él estaba dedicada en las "Canciones y Elegías" (que no alcanzó a ver impresas) ese viejo musical poema de la "Elegía de Septiembre" que Ricardo Arenales había compuesto tantos años atrás en La Habana y que empieza: "Cordero tranquilo, cordero que paces tu grama y ajustas tu ser a la eterna armonía: hundiendo en el lodo las plantas fugaces huí de mis campos feraces un día. Ruiseñor de la selva encantada que preludias el sol abrileño: a pesar de la fúnebre Muerte y la sombra y la nada, yo tuve el ensueño…"

Voy a cerrar este archivo de polvo y olvido y burocracias repitiéndome que los países son como las personas, incorregibles. Colombia —que tiene el porvenir en trámite, empantanado en papel sellado— ha expedido leyes y leyes y más leyes; leyes por millones y nunca ha conocido la Ley. El seis de octubre de 1941, con Congreso en pleno dio una destinando la suma de cinco mil pesos para la repatriación y asistencia médica "del altísimo poeta Porfirio Barba Jacob". ¿Cinco mil pesos? ¡De dónde! Si nu hay ni pa tapar los baches públicos… Barba Jacob se murió soñando con esos cinco mil pesos. A tres mil kilómetros de ese país pobretón, criminal, burócrata, envidioso, codicioso, loco. Lejos, lejos, lejos.

Unos nombres me llevan a otros nombres y todos al poeta. A Felipe Servín lo conocí por Abelardo Acosta; a Abelardo Acosta por Manuel Ayala Tejeda; a Manuel Ayala Tejeda por Marco Antonio Millán; a Marco Antonio Millán por María Duset; a María Duset por un amigo… María Dolores Duset Durán, "la señora Lolita" como la conocen en la Casa del Lago del Bosque de Chapultepec, vino a México en el treinta y siete, de treinta y dos años: el treinta de septiembre de 1937 exactamente. Cómo olvidar la fecha si parte su vida en dos, su vida que antes transcurrió en España y después en México… Vino con Jesús Sansón Flores, el poeta, y aquí se fue quedando, quedando, con él, después sin él, meses, años, décadas, sin saber muy bien por qué. Tal vez porque ya no tenía a qué volver a España… Sopló un viento de irrealidad que agitó las hojas de los árboles y pensé en mí mismo y comprendí que México, país marciano, era una trampa de la existencia: en el lapso de un instante lo comprendí, como si un relámpago me lo revelara en la noche cerrada con su súbita luz. Era sin embargo pleno día, brillando el sol.

María Duset es una mujer dulce, sola, vieja. De cuando la conocí han pasado ya diez años y dudo de que viva aún. Ochenta y cuatro, sacando cuentas, son un albur. Si ya murió mi amigo que me sugirió ir a verla, a los treinta y tantos… "Ve a verla —me dijo— porque le he oído hablar muchas veces de ese poeta tuyo que estás buscando, ¿cómo se llama?" "Barba Jacob". "Sí, Barba Jacob: dice que con él fue a Morelia".

El viaje a Morelia fue una alucinación. Se fueron los tres, los cuatro, a poner un restaurante: Barba Jacob y Rafael; Sansón Flores y María. A Sansón Flores, Barba Jacob lo conocía de tiempo atrás, por lo menos desde el treinta y tres cuando en diciembre hicieron un primer viaje a Michoacán: ellos y un grupo de amigos entre los cuales el bromista de Santiago de la Vega quien en el viaje, tras de pasar por varios pueblos michoacanos de nombres esdrújulos, hizo anunciar en una parada del tren, por el empleado que iba gritando las paradas, la estación de Acuarimántima. Con sobresalto Barba Jacob oyó el nombre de la ciudad ideal de su poema, que no existe. El "chino" Flores, como le decían, era de Michoacán, paisano y amigo del gobernador del Estado y próximo presidente de México general Lázaro Cárdenas. Y muy amigo acabó siendo del poeta, y el único entre los jóvenes que lo rodeaban que tuvo el privilegio de tutearlo. Acaso porque además del vicio de los versos compartían el de la marihuana. Y los vicios unen. A Rafael Delgado le contó Sansón Flores que en ese primer viaje a Michoacán, a Morelia, fue con Barba Jacob y su grupo a visitar al general a su mansión y con él allí estuvieron fumando marihuana. De ser así, sería el único rasgo humano que le conozco a ese marciano, paradigma de los defectos más oscuros de su raza. Unos días después de esa visita, en el mes de enero, el general inició en la ciudad de Morelia su campaña a la presidencia, campaña tan superflua como tener madre pero muerta, pues al que aquí ungen candidato oficial del partido oficial virtualmente es presidente: entra en acción la trituradora electorera que montó Calles para lo eterno, y lo que no ganan se lo roban. Después dan un manotazo aquí, otro allá, expropian cualquier cosa y dizque pasan a la Historia.

Subido Cárdenas, al "chino" Flores lo nombraron Primer Secretario de la Embajada en España. Quinientos dólares le mandó desde allí a Barba Jacob según me cuenta Rafael Delgado, ¡y cómo olvidarlos! Pero la representación diplomática mexicana ante la España gobiernista fue cesada en masa por expedir y vender pasaportes falsos, y Sansón Flores hubo de regresar a México, acompañado de María. Barba Jacob acababa de pasarse una temporadita en el Hospital Ferrocarrileros (sin ser ferrocarrilero), y vivía ahora con Rafael y la mujer de éste, Concepción Varela, en una casa de la calle de Naranjo, colonia Santa María de la Ribera. Allí le llevó Sansón Flores a María Duset a presentársela.

Con el dinerito que traían de España, el matrimonio recién llegado se instaló en un lujoso apartamento a disfrutar. Acabádose el dinero y el empleo en Relaciones Exteriores con que le reemplazaron a Sansón Flores su secretaría de embajada, y encaminándose el gobierno de su paisano Cárdenas a su fin, quedó el chino tan en la pobreza como Barba Jacob el poeta. Entonces los dos en un arranque de alucinación decidieron irse a montar un restaurante a Morelia. Con eso de que Barba Jacob era gastrónomo… Y tan buen cocinero… A mí Elías Nandino me ha contado, tomando café en un Sanborn's, que le prestó a Barba Jacob doscientos pesos "para el puesto de chiles rellenos que proyectaba poner en el mercado de Morelia", pero en la finalidad del préstamo se equivoca: no era para un puesto de chiles ni en el mercado: era para un lujoso restaurante en el centro.

Vendiendo sus dos máquinas de escribir, sus libros y algunos trajes viejos reunieron hasta mil pesos, y con el "hijo adoptivo" del uno y la mujer del otro y en camión, y llevando Barba Jacob en el camión una silla mecedora amén de sus cartapacios de versos, partieron los muy ilusos rumbo a la antigua Guayangareo o Valladolid alias Morelia, capital del muy ilustre Estado de Michoacán de Ocampo (en este país estados y ciudades por igual andan casados). Morelia está camino de Guadalajara y no a la inversa: pues se fueron a la inversa, rodeando por Guadalajara, tal vez para evitar el camino común, trillado. Un par de días alucinados se quedaron en Guadalajara en casa de Baudelio López, el hermano de Jesús, difunto amante del poeta, y al llegar a Morelia se alojaron en un hospedaje de la Calle Mayor; luego rentaron una casa de dos plantas en la callecita en pendiente de Tagle. La casa, me cuenta María Duset, empezó a llenarse de visitantes y la terraza de macetas de marihuana. Cuando ella se enteró de qué eran las macetas que con tanto esmero cuidaban los dos poéticos botánicos y se las destruyó, no oyó sin embargo de parte de ellos ningún reproche. Pasó luego a descubrir colillas de marihuana bajo los muebles, entre los libros, entre los versos, por los rincones, por todas partes. Ubicuas pues. Instalado en su mecedora frente a una ventana de la segunda planta que miraba hacia la cúpula de una iglesia, Barba Jacob pulía y repulía con paciencia infinita sus versos, que tenía distribuidos en varias carpetas. Hombre de carácter fuerte, de bastón, caminaba algo encorvado. Muy respetuoso siempre con ella. ¿Y Rafael? Muy inútil, muy simpático. Y entre tanto visitante, ¿no llegaban a buscar a Barba Jacob muchachos? Pensándolo bien sí, ahora no descarta la idea. Pero lo dicho, muy respetuoso siempre con ella. A Rafael, cosa que a ella le extrañaba, lo trataba de usted: nada había entre los dos y si algo hubo fue en el pasado.

Tal la versión de viva voz de María Duset. He aquí la versión escrita de su difunto esposo. Escribe Sansón Flores que reunidos los mil pesos en México, Barba Jacob, dizque "porque su socio para asuntos de dinero era más tarambana que él", se adjudicó el derecho a administrarlos. Los tres primeros días en Morelia trabajaron con el mejor empeño: consiguieron casa para vivir y local para el negocio, y el poeta le encomendó a Sansón Flores que comprara diez portaviandas "para las comidas a domicilio". El relato de Sansón Flores de lo que sigue es de un cinismo digno de un poeta: "Pero así como el Señor en la creación de los mundos descansó al séptimo día, nosotros en la del restaurante descansamos al cuarto". Con cerca de seiscientos pesos en el bolsillo Barba Jacob le dijo: "Hermano, justo es que echemos hoy una canita al aire", lo cual, muy del agrado del otro, hizo que se lanzaran "contra una noche de Morelia plena de luceros". Fueron a dar a la cantina del Hotel Morelos cuyo propietario, don Germán Figueredo, admirador de la poesía de Barba Jacob, emocionado destapó de su bodega la mejor botella de cognac. Liquidada la botella Barba Jacob, "que jamás admitía dádivas sin corresponder a ellas", al oído le pidió a su socio el consentimiento para tumbarle al capital el valor de otra botella, a fin de "revirar". La barra se fue llenando de intelectuales y bohemios y poetas, y las invitaciones y las "reviradas" se sucedieron en una saturnal que duró hasta el amanecer. Al salir de la cantina a la cruda luz del día, del capital no les quedaba nada. Solos los dos, afuera, con la inmensidad del remordimiento y del delito, Barba Jacob le dijo al joven Sansón Flores, triste pero tranquilamente: "Hermano, hay días más azules que otros. Ve a vender los portaviandas para poder comer".

Para poder comer, Rafael salía con el bastón de Barba Jacob a las canteras de las afueras a cazar conejos. Nadie aparte de él y el poeta sabía que ese bastón ocultaba el cañón de un fusil y que accionado por el mango disparaba un tiro. Habilitado el bastón como medio de subsistencia y Rafael el inútil como cazador utilísimo, pudo Barba Jacob por fin entregarse a pulir sus versos: ponía uno aquí, quitaba otro allá, cambiaba de lugar una palabra para acabar restituyéndola al primer sitio, como un niño empecinado en un mecano inextricable y eterno. Obsesivamente. Y si obsesivamente remontando las turbias aguas del Tiempo volviera a Morelia, y bajando a 1940 subiera a la segunda planta de esa casa de la callecita en pendiente de Tagle donde él, al vaivén de su mecedora, mira por la ventana la cúpula de la iglesia y pasar las nubes, tan indecisas como sus versos, y le llamara, ¿me respondería? ¿O se esfumaría en el espejismo? Me dice Antonio Mayés Navarro que se lo encontró en Morelia acompañado de Jesús Sansón Flores y el diputado David Arizmendi. Que supo que se hizo amigo del poeta de Jipilpa Ramón Martínez Ocaranza. Que anduvo por pueblos de Michoacán atizando su leyenda…

El restaurante de Morelia no llegó ni a lo que Elías Nandino imaginaba, ni a puesto de chiles en el mercado. Dieron un recital en el Teatro Ocampo y fue un fracaso. Un giro de doscientos dólares que le envió el presidente Santos de Colombia, providencial, decidió el regreso a México. Clara Inés de Zawadsky, esposa del embajador de entonces Jorge Zawadsky, le cuenta a José Gers en un reportaje que cuando le anunciaron a Barba Jacob la llegada del giro a Morelia, regresó a la capital "en el término de la distancia". Compareció en la Legación colombiana con las manos en alto, "la actitud profética que tanto lo caracterizaba", diciendo: "¡Ministro, vengo por mi dinero!" Pese a la advertencia presidencial de que el dinero se lo fueran dando poco a poco para evitar sus dispendios, el embajador hubo de entregarle la suma entera. Y sigue recordando la señora de Zawadsky el gesto conturbador, como de anatema, de las manos alzadas a la altura del rostro, una más baja que la otra, con los dedos hacia atrás formando casi un ángulo, y que luego hablaba fijando los ojos afiebrados como en un objeto invisible. Eran "sus momentos estelares", sus grandes momentos que venían después de apurar media botella de cognac.

De Julio Corredor Latorre, el viejo diplomático colombiano en México muerto de angina de pecho, heredaron los Zawadsky la Embajada, y con la Embajada a Leopoldo de la Rosa y a Porfirio Barba Jacob. Para un diplomático colombiano que podría vivir tan en paz en el extranjero, colombiano en el extranjero es una amenaza a su paz: se emborrachan y van a dar a la cárcel de donde hay que ir a sacarlos; piden prestado y no pagan, y como hay que servirles de fiador, pagar cuando no pagan. De no mediar esta animadversión mía por los burócratas, a cónsules y embajadores hasta les tendría compasión. Pero no. Privado o público el colombiano es una plaga.

Llegaron los Zawadsky a México en mayo del treinta y nueve y Barba Jacob se apresuró a saludarlos con uno de sus "perifonemas" de Últimas Noticias de Excélsior. A él ya lo conocía; a ella la conoció aquí en México. Lo conocía a él desde Colombia, desde Cali donde el inocente editaba un prestigioso diario, El Relator, que Barba Jacob puso a tambalear por nueve días con su periodiquito improvisado La Vanguardia. Nueve días pues al décimo, enloquecidos por el triunfo, él y su socio impresor se bebieron el triunfo en una gran borrachera. Y con el triunfo el porvenir: los obreros indignados por no recibir su pago les destrozaron la pequeña imprenta. De La Vanguardia, por supuesto, no queda ni una huella; qué va a quedar si ni queda de El Espectador de Monterrey que se editó treinta años... Apenas si perdura La Vanguardia en el recuerdo de Rafael Delgado, y en un relato de Simón Henao Rodas, cómplice en esa fugaz empresa de Barba Jacob. Dice Simón Henao que La Vanguardia sólo duró lo dicho, nueve días, "porque nos aplastaron los oligarcas". Y que Barba Jacob se fue de Cali sin anunciárselo a nadie, sin despedirse de nadie, y llevándosele sus libros. Le dejó una nota que decía: "Adiós. Me

llevo estos libros porque usted no los entiende. Y no olvide que vale más el oro del sonido que el sonido del oro".
Llegó a Bogotá diciendo que Cali "era un garaje con obispo"…

Y volviendo a Clara Inés, la esposa del embajador
Zawadsky, esta bella y joven mujer habría de meter en tremendo lío a su marido, quien por ella mató a no sé quién.
O algo así. Fue escándalo público que salió en los periódicos. Pero esto es posterior a Barba Jacob y no interesa, volvamos a él, a ella: "¿Qué impresión le dio a usted entonces
el poeta, cuando lo conoció?", le pregunta José Gers en su
reportaje, y Clara Inés le contesta: "Creo que la figura de
Barba fue siempre impresionante, pero en aquellos días
creí que la vida del ilustre colombiano se aproximaba a su
fin. El color cetrino, como terroso; la voz honda; la ende-
blez casi trágica; los ojos hundidos, y sobre todo las manos
sarmentosas, de largos dedos móviles. En fin, su estampa
toda de tuberculoso en último grado, me dio la sensación
de que fallecería dentro de uno o dos meses. Eso me produjo cierta emoción dolorosa…" Pero erraba en su optimismo la señora de Zawadsky: vivió tres años, casi tres, que
lo tuvieron que soportar. En fin, no le quitemos la palabra
a una dama: "Ya que no es posible desvincular al poeta de
su propia personalidad humana, el Barba que yo conocí no
era el Barba de los fecundos años poéticos, sino un hombre vencido, amargado y maldiciente. La poesía en aquel
momento estaba muy lejos de su ánimo y sólo quedaba la
descarnada realidad de la vida".

Conocí a la señora de Zawadsky en Roma, de muchacho, cuando aún no buscaba a Barba Jacob e ignoraba que
se hubieran cruzado sus existencias. Y vaya si se cruzaron.
Saliendo los Zawadsky del apartamento de la calle de López en que Barba Jacob agonizaba, y despuesito de ellos

Pellicer, entró por él la muerte. Pellicer venía de Bellas Artes; los Zawadsky iban para una fiesta. De vuelta a la Embajada de la fiesta, un telefonazo de Rafael les dio la noticia, y regresaron al apartamento de López para encontrarse con el féretro: son ellos los que aparecen acompañándolo, con Rafael y Conchita la mujer de éste, y una enfermera, cabizbajos, en esa foto que les tomó un reportero de El Universal Gráfico en la fría madrugada y que se publicó al día siguiente.

Más de veinte años después de mi estancia en Roma supe en México que allí seguía la señora de Zawadsky, y de cónsul colombiana como la conocí. Le escribí de inmediato preguntándole por los últimos tiempos del poeta. Al cabo de los meses me contestó: que ya sabía yo lo insoportable que era el verano en Roma, y que para qué hablar de miserias. Miserias las que le contó a José Gers en Colombia, en su reportaje. Volvámosle a dar la palabra: "Tenía ratos de tregua. En uno de ellos pronunció: 'Díganle a Clara Inés que quiero comer pandeyuca colombiano'. El deseo fue cumplido. Cuando me acerqué a ofrecérselo, me dio las gracias con aquellos ojos inolvidables. Se comió tres, ávidamente. Y éste fue su último aleteo goloso de la vida... Sin embargo, y como episodio curioso y desconcertante, le voy a contar algo que nos dejó perplejos: ocho días antes de expirar y cuando aún podía articular palabras y frases en sus momentos de calma, hizo comparecer al pie de su lecho a un cronista de Novedades, periódico de las derechas, que circula mucho. Al día siguiente apareció en el periódico a grandes títulos la noticia: 'El gran poeta colombiano Barba Jacob perece en la miseria abandonado de su patria'. El director del periódico, René Capistrán Garza, por cierto muy buen amigo nuestro, excusó su responsabilidad alegando que no había visto la información, y que al leerla la creyó cierta por tratarse de un cronista serio. El embajador prefirió, con delicadeza, eludir la correspondiente rectificación, que hubiera exhibido en forma desairada, de falsedad, al inmenso poeta que agonizaba". Yo, sin embargo, he recogido numerosos testimonios del abandono en que tuvo la Embajada colombiana a Barba Jacob. Pero ¿qué obligación tenían? Ninguna. Mucho cuento eran las visitas del embajador Zawadsky con su mujer y el cónsul Casabianca a verlo morir y los tres pandeyucas. En cuanto a la lejana Colombia, ¿no dio pues una ley para repatriarlo? Otra cosa es que no hubiera con qué hacerla cumplir. Los países pobres no tienen obligación con sus pobres poetas. Lo que haya es para pagar burócratas. Además, ¿no había escrito él mismo, Barba Jacob, en sus "perifonemas", clarividentes palabras cuando murió Villaespesa, en condiciones ruinosas y después de haber vivido sus últimos años de la caridad pública? "El Estado tiene demasiadas cosas para ocuparse de un poeta. Tal vez, ahora, cuando no lo necesita para nada, se le tributen honores. Francisco Villaespesa, por lo demás, no es sino otro en la triste lista de los bardos que mueren en la indigencia después de haber derramado el oro de su inspiración". Entonces ¿de qué quejarse? La misma señora de Zawadsky con claridad lo ha dicho: "Padeció angustias económicas, como todo el que no es rico y tiene que vivir de su trabajo. Pero estuvieron atenuadas por las consideraciones que siempre le tuvieron sus patrones mexicanos. Desde el principio Jorge se dio cuenta de las condiciones en que se hallaba Barba Jacob, y en la medida de sus posibilidades estuvo siempre a disposición del poeta. Iba frecuentemente a la Embajada y tanto Jorge como yo (mucho más él que yo) hicimos lo que pudimos para hacer menos duro el camino erizado de dolor que el poeta recorrió en los últimos tiempos. Dolor físico, pues su enfermedad era cruel e irremediable. Tal vez algún

día me decida a contar minucias y detalles, el contraste que
existía entre lo que él pregonaba como el abandono de Colombia ante su situación y la desnuda verdad, que era bien
otra". Nunca lo hizo, porque en esas mismas declaraciones
lo estaba haciendo. No le quedó minucia ni detalle por contar. Por lo demás, de Zawadsky, según Marco Antonio Millán me ha dicho, Barba Jacob hablaba horrores, "pero sin
embargo logró sacarle algún dinero"… Y en carta a Juan
Bautista Jaramillo Meza, tras de informarle que el presidente Santos le mandó doscientos dólares, se refería al ministro Zawadsky quien le había ayudado "con toda su corta largueza". "He vendido —le dice— mi biblioteca, mi
máquina de escribir, mis trajes, cuanto tenía…" ¡Cuál biblioteca! ¡Cuál máquina de escribir! ¡Cuáles trajes! ¡Y qué
tenía! A mí me ha contado Abelardo Acosta, que le servía
de mensajero y amante en sus últimos años, que cuando
conoció a Barba Jacob, pese a lo bien que le pagaban en
Últimas Noticias sólo tenía un traje; uno solo, negro, ce-
remonioso, que le daba la impresión de un enterrador, y
que para mandarlo a la tintorería lo obligaba a quedarse en
ropas menores en la cama. Y lo que los golfos y "boleritos"
se le llevaban (los que él metía al Hotel Sevilla, su casa) era
cualquier cosa: una pluma estilográfica por ejemplo. El muchacho ese de Zacatecas que tuvo viviendo con él dos semanas, también se marchó robándole. Pero esos robos le
caían muy en gracia; tan en gracia como los ataques indignados de El Popular y Futuro acusándolo de homosexual
y degenerado, leña seca para la hoguera de su desvergüenza. Lo que pasa señora de Zawadsky, con su perdón, es que
usted no entendió nada de nada. Usted vivió en el radio
exacto de la seguridad administrativa, a la sombra del presupuesto, tan cierta como el salir del sol; él fuera de órbi-
ta, al azar de la vida.

Derrotados regresaron de Morelia al Hotel Aída, de donde Barba Jacob se había marchado. "Hermano Porfirio —le preguntó Sansón Flores—, ¿te gustó mi tierra?" Y él dulcemente le contestó: "Hermosa ciudad. ¡Esos crepúsculos, esas noches encendidas que la bañan! ¡Lástima de Morelia con tánto moreliano!" A ese hotelucho de la calle de Aranda que ya han derruido, antes o después del viaje a Morelia lo fueron a visitar algunos: Abelardo Acosta, Felipe Servín, Raúl E. Puga, Manuel Gutiérrez Balcázar. Este último a mí me ha contado que fue a visitarlo a su cuarto oscuro y frío del segundo o tercer piso y que Barba Jacob lo recibió diciéndole: "Pase a mi palacio de invierno", con clara alusión a Verlaine y su destino. Y Raúl E. Puga ha escrito recordando su visita al mismo hotel: la palidez sucia y mortal del poeta, su debilidad extrema, los ojos hundidos, la barba crecida, la desnudez del cuarto, su profundo abandono. Cuando entró Barba Jacob se incorporó ligeramente sobre las revueltas ropas de la cama. No quería que lo vieran, como si tuviera el pudor de su enfermedad y su miseria. El visitante lo tranquilizó, lo acomodó en las almohadas y le humedeció con agua los labios. Él entonces empezó a hablar, a transfigurarse. Habló de la vida, de la muerte, de su poesía, y la sórdida habitación se iluminaba al conjuro de su palabra. El visitante lo vio circundado por un aura luminosa durante el tiempo que duró el portento. Luego el poeta se abatió, se apagaron las luces irreales y volvieron a reinar la oscuridad y su miseria.

¿Es la visita de Raúl E. Puga anterior o posterior al viaje a Morelia? Imposible determinarlo. Desde que Abelardo Acosta lo conoció, en el año treinta y seis, Barba Jacob siempre estuvo enfermo; siempre echó sangre por la boca; siempre bebió alcohol y tequila; siempre fumó marihuana… Del Hotel Aída Barba Jacob se mudó, con Sansón

Flores y María, al Sevilla, en el que también ya había estado. Rafael volvió con su mujer, Concepción Varela, que vivía entonces en una vecindad de la calle de Luis Moya, en las inmediaciones de ambos hoteles.

Acomodando y desacomodando testimonios como él sus versos, he llegado a establecer que Barba Jacob vivió en el Hotel Sevilla en dos ocasiones, dos largas ocasiones: una en los años treinta y cinco y treinta y seis; otra en el cuarenta y el cuarenta y uno. De sus incontables alojamientos, en ninguno se quedó tanto como allí: cuatro años en total, o casi, interrumpidos por breves ausencias a La Piedad, a Jalapa, a Tenancingo, a algún hospital… El dos de enero de 1942, doce días antes de la definitiva transfiguración, Barba Jacob fue trasladado del Hotel Sevilla a un apartamento sin muebles de las inmediaciones, en la calle de López, a recibir la muerte.

Ocupaba en el Sevilla un amplio cuarto del segundo piso, sin baño pero ordenado y limpio, y con dos ventanas, las dos de la derecha entre las cinco que daban a la calle. O que dan, mejor dicho, pues el hotel sigue, como sigo yo: de tercera pasando a cuarta y de cuarta a quinta, bajando con la vejez de categoría, ineluctablemente. Es el destino de muchos y de los hoteles, venirse a menos. Algún hotel se escapa y se vuelve "de tradición", como ciertas familias aristocráticas, de zánganos, con las que no barre el tiempo. En fin, éste no es un tratado de hotelería: es la búsqueda de la quintaesencia del poeta. Don Ramón, el dueño del Sevilla, un español franquista al que Barba Jacob le abonaba de tanto en tanto algo de su larga y atrasada cuenta, le reservaba siempre ese cuarto, y sin atreverse a cobrarle a lo sumo le enviaba tímidos recados con alguno de sus visitantes. ¡Pero cuándo se ha visto en este mundo que pague un poeta! Uno de verdad, quiero decir… Al estallar la guerra civil española Barba Jacob escribió alguno de sus "perifonemas" en favor de Franco, y con él dio por finiquitada la deuda con don Ramón: para lo presente, para lo pasado y lo porvenir.

En un comienzo el cuarto tenía dos camas: una grande del poeta y una pequeña de Rafael, y una chaise-longue para los huéspedes ocasionales. Y ni una silla. Margarita Besserer me ha contado que en el treinta y cinco o en el treinta y seis (siendo ella una joven de veinte años recién casada), cuando iba con su esposo el periodista Jorge Grotewold Samayoa a visitar a Barba Jacob, éste salía a algún cuarto vecino a pedir dos sillas prestadas. Y dos pesos prestados le pedía luego, invariablemente, a Jorge cuando se marchaban. Después la habitación tuvo una sola cama. José Martínez Sotomayor recuerda entre el mobiliario del hotel pobre esa cama única, una mesita de noche y sobre la mesita una escupidera, y un ropero. Para entonces ya debía de haber sillas, pues era la época en que llegaban a reunirse hasta diez personas en la habitación. Había además un reverbero de alcohol en que Barba Jacob cocinaba: en el que preparaba un magnífico sancocho y el agua de panela caliente que, a falta de algo mejor, mezclada con el alcohol del reverbero formaba un coctel infame. Pero estoy hablando de la segunda estancia, tras el regreso de Morelia.

David Guerra, un joven estudiante de medicina que hacía versos, amigo de Shafick, por mediación de éste conoció a Barba Jacob la noche que fueron al Sevilla a verlo. Me dice el doctor Guerra, en el Club Suizo, recordando esta visita, que como no había qué tomar, ni en qué, Shafick bajó a la calle a comprar una botella de licor y unos vasos, mientras Barba Jacob (que vestía completamente de negro, hasta con los calcetines negros) salía del cuarto a vaciar una bacinica. Meses después, otra noche, en una cantina del centro el joven Guerra se tomaba unas copas con Gabriel Guerrero y una bella muchachita de origen italiano, compañeros suyos en la Escuela de Medicina, y hablaban de poesía, y de improviso decidieron ir a visitar al poeta. Recuerda el doctor Guerra que a la muchachita Barba Jacob la recibió diciéndole "Querubín de oro y azul". Su estado era tan lamentable entonces que las copas y el entusiasmo de los visitantes se apagaron. En el curso de este encuentro Barba Jacob les dijo una frase sobre la cual, años después, el doctor Guerra escribió un artículo en una revista mexicano-libanesa: "Yo cambio toda mi obra poética por una cama de hospital". Una tercera visita le hizo David Guerra al poeta: con Anuar Mehry, otro amigo de Shafick y de familia libanesa, y con Fedro Palavicini. Barba Jacob les dio a fumar marihuana, que ninguno de los tres conocía, y Anuar empezó a saltar enloquecido por sobre los muebles. En ese mismo Hotel Sevilla también le dio a fumar marihuana a Luis Echeverría, jovencito infatuado y futuro hombre público, según me contó Fedro Guillén y como ya dije, y a los jóvenes de la revista Barandal, según me contó Emilio González Tavera: a Roberto Guzmán Araujo, Efrén Hernández, Rafael Vega Córdova, y un poetilla envidioso de nombre insulso, Octavio Paz.

Paz salió anoche en la televisión pontificando. Sentado en su ortofónico culo, permeado de electrones, diciendo, afirmando, manoteando. Me fui al baño acometido de ese malestar metafísico, cósmico, que mi viejo conocido Sartre llamó la náusea, el vértigo de la vomitiva existencia, a vomitar. Cuando regresé ahí seguía, y un año después, y dos y tres… Solemne, adusto, triste, arrugado, cuarteado, descuaragilombeado, viejo, con voz de vieja, sin que la Muerte se decida a acogerlo en su asilo de silencio y cerrarle el pico. Parece que le pagan. Arbiter elegantiae, maestro del ars petandi, Octavio Paz (pseudónimo de Cayetano Cagat) publica desde hace décadas una revista de altas letras para ocuparse de él. "Yo no aspiro a jerarquía de ninguna clase —dijo Barba Jacob cuando aún se llamaba Ricardo Arenales—: las jerarquías las da la posteridad después de que han pasado tres o cuatro modas sobre el nombre de uno".

Volviendo a la marihuana que ensancha el alma (a "la escala de Barba Jacob" como la llamaban, para complacencia suya, con bíblica denominación), la sembraba según Abelardo Acosta en macetas, que sacaba a sus balcones de Ayuntamiento a tomar el sol. Ayuntamiento, la calle del Sevilla... Aunque según Rafael Delgado no: no era cierto que la sembrara en macetas como afirman muchos: la guardaba seca bajo el colchón. Según Felipe Servín iba a conseguirla a la plaza de Garibaldi; según Abelardo Acosta lo enviaba a él a comprarla, advirtiéndole que si llegaban a pescarlo dijera que Barba Jacob lo mandaba. Y el día se llegó en que de tanto ir el cántaro al agua se quebró y pescaron a Abelardo, en un pueblito de las afueras de México, La Piedad (no La Piedad, Michoacán, donde Barba Jacob también estuvo). Cuando el joven se disculpó diciendo lo que Barba Jacob le había indicado, el agente de la policía secreta que lo detenía le respondió: "Llévesela a ese cabrón que ya lo conozco, y usted váyase a la chingada". Muchos de los agentes, me dice Abelardo, conocían "al maestro" de las cantinas. Pontífice Máximo de la inefable yerba en este país de agaves y terregales donde crece impúdica con reverdecido vigor, sin cuidarse de nadie ni preocuparse por nada (¿y por qué se habría de cuidar y preocupar con esa presencia suya que se imponía a todo el mundo?), fumaba la marihuana tranquilamente por las calles. Me dice Jorge Villaseñor que Barba Jacob fue la primer persona que él vio fumar marihuana en público; y con devoción enternecedora, en privado, Marco Antonio Millán me confiesa que el poeta se la enseñó a fumar, siendo él, Millán, un muchacho: de diecinueve tiernos años en el año treinta y cuatro, sin sospechar que llegaría al setenta y ocho con sesenta y tres bien cumplidos fumándola, día a día, como "perifonema", en memoria del gran poeta que los inventó. Porque ha de saber usted que los "perifonemas" de Últimas Noticias los inició Barba Jacob, y que han seguido saliendo sin falta hasta el sol de hoy. No todo pues es humo. Algo queda de lo que se va. Y ahogando la tos de la tuberculosis en humo, Barba Jacob fumó marihuana hasta el final, y a Millán le aconsejaba que cuando estuviera completamente borracho y creyera imposible tomarse una copa más, que se tomara dos porque en esos momentos empezaba el viaje maravilloso. Me dice Millán que hoy que es un hombre mayor de lo que era Barba Jacob cuando se conocieron, en el año treinta y cuatro, comprende por fin tantas cosas del poeta que su juventud de entonces le impedía entender. Así es, amigo Millán, así pasa, nos pasamos la vida entera sin entender y cuando empezamos a entender ¿ya para qué? "Yo no sabía que el azul mañana es vago espectro del brumoso ayer…" ¿Sí recuerda la "Lamentación de Octubre"? Y el ritornelo que va diciendo, cambiando: "Pero la vida está llamando" (o "pasando" o "acabando") "y ya no es hora de aprender". La vida cabe entera en un poema.

Entre asiduos y ocasionales, los visitantes de Barba Jacob en el Sevilla son incontables: poetas, pintores, escritores, periodistas, limpiabotas, choferes, papelerillos, borrachos, marihuanos… Y una infinidad de amigos michoacanos: estudiantes, senadores, diputados… Toda la fauna humana pasando por ese cuarto. Hasta diez reunidos en una noche. Allí se podía encontrar usted —tomando, fumando, delirando— a un golfo como Abelardo Acosta;

a un borrachín perdido como Felipe Servín; a un prófugo del seminario como Manuel Ayala Tejeda; a un señor muy compuesto como Alejandro Reyes, o a un prosista excelso como su hermano Alfonso. A Rómulo Rozo, escultor colombiano; a Rubén Bernaldo, poeta cubano; a Joel Rocha, millonario de Monterrey; a Rubén de Montesgil, pianista; a Carlos de Negri, periodista. Al santo de Shafick. Al novelista mexicano José Revueltas, a la poetisa colombiana Emilia Yarza, al poeta republicano español Pedro Garfias. Al nicaragüense Paco Zamora, al costarricense. Alfredo Cardona Peña, al hondureño Rafael Heliodoro Valle... A ese Adolfo López Mateos que dirigía los Talleres Gráficos por esos años y que merece párrafo aparte porque con el correr del tiempo ascendió al tope de la infamia, la presidencia de México. Como Luisito Echeverría pues... Médicos pasaban por allí como el doctor Baltazar Izaguirre, o como el médico-poeta o poeta-médico Elías Nandino, veneriólogo, que se pasó la mitad de su larga vida entre dos aguas: del soneto al consultorio y del consultorio al soneto, rimando en consonante y curando sífilis con salvarsán. Y pasaba por allí Lopitos, viejecito borrachito paisano de Barba Jacob, "que contribuía siempre para el alcohol", según Abelardo Acosta; y Avalitos, un jovencito andrajoso que hacía versos, se acostaba con el poeta y acabó volviéndose loco: seis puñetas se hacía en público "al hilo", según Felipe Servín. Y Jorge de Godoy, de la edad de Barba Jacob y como Barba Jacob borracho: borracho en grado tal que, según le contaron a Ayala Tejeda, para hacer en vivo el poema de su amigo "La Dama de los Cabellos Ardientes" le prendió fuego a su mujer y le quemó la cabeza. Y Jesús Sansón Flores y Jesús Arellano y Julito Barrios y Alicia de Moya y Luis Palencia y Fedro Guillén y Jorge Villaseñor... Pero a qué decir más nombres si usted ni los habrá oído mencionar. Ni a Alfonso

Reyes apuesto... Así es este negocio, la vida es así: uno, que un día fue todo un joven, todo un hombre, todo un viejo, enfundado en su saco y pantalón y con figura humana sobre el esqueleto, acaba descorporizado, sin edad, sin rasgos, en un nombre vacío: después del hueco en un nombre hueco. Pero éstas son filosofías de borracho, amigo Millán, tomémonos otra. Tomemos y fumemos y olvidemos. Lejos de la prosaica realidad, caldeado por el humo de la marihuana, el cuarto del Sevilla perdía peso y empezaba a flotar, como globo aerostático.

Alejandro Reyes le presentó a Millán en el año treinta y cuatro. A mí no me lo presentó nadie: fui a buscarlo, cuarenta y tantos años después, cuando supe por María Duset que había estado ligado a la vida del poeta. En unas oficinas desmanteladas me recibió, con amabilidad, diría que hasta con afecto (los fantasmas unen). De algo más de sesenta años, el tiempo no parecía pasar por él con su atropellada prisa; acaso porque fuera de Michoacán y algo tuviera de sangre indígena, y los indios envejecen lento, con su lentitud desidiosa. Aparte de esta vaga impresión de intemporalidad, a más de diez años nada recuerdo de él, su cara se me esfuma en el fondo del recuerdo. Recuerdo en cambio cuanto me contó de Barba Jacob, palabra por palabra. Y lo que importa más, lo que Barba Jacob le contó de sí mismo y de su niñez. Lo que voy a pasar ahora al papel son pues recuerdos de recuerdos de recuerdos. Haga de cuenta usted esas cajitas chinas que van saliendo unas de otras, en serie, burleteras. ¿Y en la última qué habrá? ¡Qué va a haber! El polvaderón del Tiempo.

Por la callejuela polvosa de su pueblo (un pueblo cuyo nombre Millán ignora), va el niño mientras en sentido contrario al suyo viene un hombre huyendo, herido de una cuchillada de muerte. El hombre tropieza con el niño y lo derriba y le cae encima. El niño es Miguel Ángel y tendrá tres o cuatro años, y el pueblo, cuyo nombre Millán en México no tiene por qué saber ni recordar, es Angostura, el pueblo de la infancia del poeta y de sus abuelos. Según Millán en tal suceso, que era su primer encuentro con la muerte y su más lejano recuerdo, creía Barba Jacob encontrar la clave del origen de su homosexualismo. Yo no lo creo, no creo al poeta tan tonto. Ésos son cuentos de psiquiatra; de los psiquiatras que le llevaban por esos tiempos al Hospital de los Ferrocarrileros a conocerlo como a un ave rara: al Hospital de los Ferrocarrileros en el que se internó por los buenos oficios de Millán justamente. ¿No me contó pues Felipe Servín que a ese hospital le llevó a Barba Jacob, con su consentimiento, al doctor Alfonso Millán (otro Millán) que se moría por conocerlo? Alfonso Millán Maldonado, de Sinaloa, recién llegado de París con título de psiquiatra. A éste, es presencia de Servín, Barba Jacob le contó que desde hacía largos años no tenía relaciones sexuales con mujeres. Cándidamente el doctor lo interrogó entonces sobre su comportamiento homosexual, y considerándolo un caso interesantísimo para la psiquiatría y la ciencia, le ofreció que se fuera a vivir a su casa. Barba Jacob, muy interesado, en un principio aceptó, pero acabó declinando la invitación apenas supo que la casa del doctor era el manicomio, diciendo que no se atrevía a sumarle a su fama de degenerado y toxicómano la de loco… Volviendo al otro Millán, a Marco Antonio y sus recuerdos, yo francamente no veo la relación del episodio de Angostura con perversión sexual ninguna. Perversiones sexuales no las hay, ni existe el Diablo. Veo en cambio en ese terrible recuerdo la vocación criminal de Colombia, de Antioquia, en su prístino horror. Que el más lejano recuerdo de Barba Jacob fuera un hombre acuchillado cayéndole encima, con todo el peso de la muerte… Años llevo preguntándome por qué el pueblo de Colombia será tan asesino, y he llegado a la conclusión de que no es por el aguardiente, sino por el anís que le echan.

Otro recuerdo de Barba Jacob referido a Millán tiene que ver con su padre: Antonio María Osorio, el ex seminarista irresponsable y borrachín a quien apenas conoció. Lo nombraron alcalde o personero de su pueblo, y el señor para celebrar se entregó a una gran juerga; al salir de una cantina una mujerzuela lo empujó, mandándolo al caño de los desagües: el pueblo lo vio caer y levantarse bañado en la inmundicia. Esa misma noche Antonio María, sin haber tomado posesión del cargo, se marchó para siempre dejándole al niño en la memoria ese recuerdo imborrable.

Y otro recuerdo tiene que ver con la madre: Pastora Benítez, esa mujer austera tocada de santidad o locura, que lo abandonó de niño con los abuelos paternos, y a quien Miguel Ángel nunca quiso. De vuelta al pueblo un día la señora va a la escuela a visitar al pequeño (al que sus compañeros llaman "Miguel perra"), llevándole unos dulces que reparte entre los demás niños. Éstos, al marcharse la señora, le inventan un verso infame que el poeta nunca olvidó: "Vino la madre de Miguel perra, Pastora Benítez: alza la pata y orina confites". ¿Confites? En la palabra está la prueba de la veracidad del recuerdo. Millán es mexicano y no tiene por qué saberla: en México no se dice confites, se dice dulces. Confites se dice en Antioquia, y con los confites han soñado siempre los niños antioqueños. Millán, que recuerda el dístico afrentoso, no sabe de las resonancias de ensueño de la palabra confites. Yo sí las sé y Barba Jacob también las sabía. La palabra, que se había vaciado de sentido al pasar del suyo a otro recuerdo, vuelve a adquirirlo al volver al mío.

Y un recuerdo más de Barba Jacob, de Millán, tiene que ver con los abuelos: don Emigdio Osorio y doña Benedicta Parra a quien Miguel Ángel, libre del lugar común del santo amor a la madre, quiso más que a nadie en este mundo. Diez años menor que su marido, al que no eligió ni amaba ni comprendía, doña Benedicta le fue fiel sin embargo hasta la muerte. Él no; a los cuatro meses de muerta ella, y siendo él un viejo de ochenta y tres años, volvió a casarse, con Jesusita Arboleda, otra vieja. Medio siglo había vivido con doña Benedicta y levantado con ella una numerosa familia de nueve hijos e infinidad de nietos. Y he aquí el recuerdo, en las palabras de Millán: que el abuelo enojado con la abuela trató de golpearla, y que ella, que estaba partiendo leña, levantó el machete para parar el golpe y le voló dedo y medio. "¡Oh madre mía abuela Benedicta —escribió Miguel Ángel cuando ya era Ricardo Arenales—, Benedicta Parra de Osorio, hija de Antoñito Parra y Eugenia Giraldo, y muerta en la gracia de Dios el dos de diciembre de 1905! ¡Qué lágrima te daría yo que encerrara todo cuanto queda de puro en mí! ¡Qué libro te compondría yo que me reintegrara en la pureza de mi corazón, sin los pasados extravíos! ¡Qué canción en cuyas estrofas no vibrara el rugido de Satanás! ¡Qué verso fraguado con otras palabras, las palabras con que tú despertaste en mí el amor a la vaga poesía del mundo!" Después de esa fecha, que fue sábado, sábado en que la casa se llenó de mendigos que impedían el paso al velorio, Miguel Ángel quedaba libre para marcharse: de Angostura, de Antioquia, de Colombia, de sí mismo, y no volver. Y no volvió. Volvió por él, en su lugar, veintidós años después, Barba Jacob: otro. A constatar que el yo y la patria son espejismos, que todo cambia, que todo pasa, y que es imposible el regreso. No regresa el que se fue ni regresa a lo que dejó.

En 1944, dos años después de la muerte de Barba Jacob, Juan Bautista Jaramillo Meza, su amigo de unos días en La Habana y otros en Manizales, escribió su biografía. O mejor dicho la intentó, en un librito tan devoto como apurado por salir del paso con suposiciones e inventos. Sin embargo entonces aún vivía buena parte de la familia del poeta; vivía su hermana Mercedes, vivía su tía Rosario. Bastaría con haberles preguntado... Pero Juan Bautista, el biógrafo, no se tomó el trabajo, y hoy todos —el poeta, el biógrafo, los familiares— yacen bajo la misma tierra con sus recuerdos. ¡Qué le vamos a hacer! Nadie tiene obligación de estas cosas. En Cuba sin embargo, y en Nicaragua y en México, algo queda de Miguel Ángel y su Antioquia en unos recuerdos extranjeros.

En Cuba, medio siglo después de que Barba Jacob se la contara, me ha repetido Tallet la historia de las astromelias que el niño y la abuela trajeron de Sopetrán adonde habían ido a visitar un pariente. La abuela las sembró en el patio y nunca florecían. Una noche, por fin, alguno de la familia descubrió que habían empezado a brotar las flores y se apresuró a darles a los demás la noticia. Y en medio de un gran regocijo corrieron todos a ver el prodigio. Pero en Cuba no hay astromelias, ni nadie en Cuba tiene por qué saber de ese pueblito de Sopetrán perdido en las montañas de Antioquia donde florecen. Que a medio siglo de distancia y en una isla remota Tallet supiera, ése para mí es el prodigio.

Cuando Ricardo Arenales andaba por San Antonio de Texas compuso un poema donde están la abuela, las flores y el pueblo: "La abuela había podado el huerto, brotaban flores las astromelias de Sopetrán. Yo tremulante, de tiernos años, entre mis ángeles y mis sollozos, oía el tiempo, de las campanas en el din-dán: suena una hora y anda un caballo, traque que traque, como aquel día en que volvieron de Sopetrán. Cuando tú crezcas harás un viaje al

Cauca hondo, duérmete niño batagulungo, al Cauca hondo, con los botines en el hatillo o en el zurrón. Navegaremos en un barquito ¡batagulungo! Y traeremos al abuelito en el caballo del Tipitón…" ¡Claro, batagulungo! La palabra está al final de esa carta que le escribió a su tía Rosario desde Nueva York a Angostura: "Señora doña Rosario: ya sabes que se prohíbe morirse sin volver a ver al sobrino a quien le ponías la bata 'gulunga'. ¿Te acuerdas? Tu viejo que ya está viejo y triste, Miguel Ángel Osorio". Y en Nicaragua Rafael Delgado me ha contado otro episodio oído de labios del poeta: Que corre de niño con una bata azul por los corredores de su casa y que la tía Rosario le dice al verlo que se parece al cungo, un pájaro de cola azul como el quetzal. Como quien sólo puede entender ese poema de Verlaine que empieza: "Le ciel est par dessus le toit si bleu, si calme" sabiendo que Verlaine está detrás de unas rejas, preso, así yo alcanzo a ver, tras los versos de Barba Jacob, la escena: por el vasto corredor de la casa de Angostura, amplio, inmenso, flotando la bata azul corre el niño batagulungo: corre, corre, corre y corriendo emprende el vuelo y se va: como el pájaro cungo que tiene cola de quetzal. Volviendo atrás por los cauces del Tiempo, yo también de niño fui a conocer el mismo río al mismo pueblo: el Cauca hondo que pasa cerca de Sopetrán y que tiene una "u" en medio… Fue mi primer viaje. Mío y de mis hermanos. Recuerdo que nos despertaron al amanecer. Pero qué digo despertaron, si esperando la partida ni habíamos dormido… Diez años han pasado de mi viaje a Cuba en que conocí a Tallet, quien sin duda ya no vive; y un siglo de ese otro viaje que hicieron ellos. Un siglo y en Sopetrán, como en los versos del poeta, aún hoy florecen las astromelias: "En mi llanto las casas y el pueblo se han hundido… Tal vez las astromelias florecerán mañana… En un árbol que canta un mirlo forma el nido... Va un príncipe a buscarlo, el mirlo ya se ha ido... Y mi madre me arrulla y estoy adormecido..." Pero ésos son versos de otro poema, compuesto en Guatemala.

La sífilis, me dice Servín, se le había convertido en cerebral, y durante un mes que vivió con él en el Sevilla le oía en las noches delirar, recitando obsesivamente: "Quién, quién, quién, y quién conmigo no. La mujer de la capul en el camino llegó". ¿La mujer de la capul? ¿En qué camino y en qué lugar del camino le esperaba la muerte? Viviendo en el Hotel Sevilla según ha escrito Villenave, o en el Hotel Aída según me ha dicho Servín, tiene lugar una insólita escena que el propio Barba Jacob, en un artículo póstumo publicado por Excélsior pocos días después de su muerte, ha contado: Ha dejado su habitación y bajado a la calle a comprar un paquete de cigarrillos en el puesto de la esquina. Son las siete de la noche y empieza a encenderse el alumbrado público. "¿De cuáles quiere, señor licenciado?", le pregunta la joven rubia que con una pequeñuela en brazos atiende el puesto. "Rusos con boquilla de algodón. Y ya te he dicho que no me llames así; yo no soy abogado: soy artista". En ese momento "se adelanta una mano varonil, ancha y fuerte, y toma otra caja de cigarros rusos con boquilla de algodón. Veo el antebrazo: es requemado y lo constelan, como hilillos de bronce fundido en la luz ambigua, vellos castaños. Alzo los ojos. Veo un sweater guinda, una estatura vigorosa, un cuello atlético, un rostro juvenil de óvalo perfecto, una boca de labios pulposos de exquisita modelación; y alumbrándolo todo una mirada verde, adormecida, falaz". El poeta palidece, tiembla y se apoya en el poste inmediato: es Rafael Ángel, su hermano, muerto a comienzos del siglo en la guerra civil. "Tiene su color moreno, sus facciones, su cabello en ondas doradas, su ritmo, su aura..." Sin poder reprimir la emoción lo interroga: "¿Cómo se llama usted, joven?" "Rafael Ángel", responde, "con el propio acento, con la misma tónica con que hablaba él, y que ninguna voz humana y ningún instrumento musical hubiera hecho resonar jamás, en los milenios; la tónica y el acento que no oía yo desde que se apagaron en una tumba, en mi país lejano, hace treinta y cinco años". La imagen ilusoria queda atrás cuando empieza a caer la llovizna y el poeta regresa a su habitación "flotando los recuerdos como jirones". El artículo, aparecido en la columna "La fimbria del caos" que sólo salió ese día, se titula "Predestinación", pero el título debe ser "Alucinación", salvo que los muertos vuelvan. Desde el fondo de la muerte, en todo caso, empezaban a jalarlo los fantasmas.

Un día, de improviso, se presentó en Angostura su hermano Rafael Ángel, el mayor, a quien no conocía, con el designio de llevárselo de vuelta a sus padres a la lejana Bogotá. Engañados por las optimistas noticias del muchacho de una ilusoria prosperidad de Antonio María el borrachín, los abuelos consintieron, y Miguel Ángel, a los trece años, emprendió con su hermano ese largo viaje de días y días por caminos fragosos vadeando ríos y subiendo y bajando montañas a la capital, que entonces era una hazaña. Lo anterior Rafael Delgado, en Nicaragua, me lo ha contado, y que al término del viaje, al llegar los dos hermanos a la casa paterna sucios y empolvados (a la casa paterna que por lo demás Antonio María ya había abandonado), se desarrollaba allí una de las usuales tertulias literarias de doña Pastora. Ésta entonces conoció al hijo que había dejado de pocos meses con los abuelos, y para su asombro y de los presentes Miguel Ángel recitó un poema compuesto por él. Pero Rafael por un lado está confundiendo, y por el otro está fabulando: ya Miguel Ángel conocía a su madre, y en prueba el recuerdo de Millán: desde la visita de ella a la escuela de Angostura cuando ella todavía vivía en Antioquia, aunque en otro pueblo. En cuanto a la escena de la tertulia y el poema, la ha debido de haber tomado Rafael de alguna de esas biografías de Darío, que son biblias en Nicaragua, o de cualquier otra vida de santo. Las que no pongo en cambio en duda son las palabras de Miguel Ángel a su prima y compañera de la infancia Ana Rita Osorio al marcharse él esta primera vez de Antioquia, recordadas por ella a los noventa y dos años y poco antes de morir, en una entrevista que le hizo J. Emilio Duque en Medellín. Con ese viejo lenguaje antioqueño que hablaron don Emigdio y doña Benedicta, y mis abuelos, en los felices tiempos en que no se estilaba el género, el género necio de andar medio mundo entrevistando al otro medio, le cuenta Ana Rita al periodista que le preparó a Miguel Ángel el fiambre para el camino, y que él "fue saliendo" sin despedirse de ella y que después "se devolvió" y le dijo: "No nos dimos el abrazo de despedida… Pero es mejor así. ¿Para qué nos abrazamos? Para llorar… Y para llorar, primita, vamos a tener mucho tiempo".

Rafael Ángel Osorio murió en Cundinamarca durante la guerra civil a causa de una fiebre maligna, y cuando había alcanzado un grado militar "más bien alto"; algo antes el padre España, un cura que habría de precederlo en la muerte por pocos días en el curso de un combate, se había quitado su escapulario para ponérselo al joven. Otro Rafael Ángel, Rafael Ángel Monsalve Osorio, su sobrino, y del poeta, me lo cuenta, haciendo eco sin duda de una tradición familiar pues cuando ocurren los sucesos, hacia 1900, él aún no había nacido. Algo similar le contesta Barba Jacob en su relato de Excélsior al joven del puesto de cigarros cuando éste, al decirle su nombre, a su vez lo interroga: "¿Por qué me lo pregunta?" Y Barba Jacob le responde: "Se parece usted de modo extraordinario a un hermano mío que me amó y a quien amé con amor profundo, y que murió cuando yo era un adolescente. También se nombraba Rafael Ángel, como usted… Tenía veintidós años, es decir, siete más que yo. Era coronel del ejército, músico y matemático. Cuando lo llamaba el gobierno a la capital de la República para conferirle el grado de general por mérito extraordinario de valor en campaña, le dio una fiebre maligna y sucumbió a ella… Pero, perdóneme usted, joven, la indiscreción… Hasta otra vista". En la cuenta de las edades hay dos años o más perdidos. Y es que si Rafael Ángel tenía siete más que el poeta y murió de veintidós, nació en 1876 y murió en 1898. Pero en 1898 aún no había estallado la guerra: la sublevación del partido liberal contra el gobierno de los conservadores que se convirtió en la guerra "de los mil días" se inició a fines de 1899.

Rafael Ángel Monsalve Osorio recuerda haber conocido de niño a su abuela doña Pastora, quien murió por 1907 "en olor a santidad" según se decía en la familia (aunque otros parientes me han dicho que "tocadita del cerebro", lo cual por lo demás no viene a hacer mucha diferencia). Frente a la casa donde murió, la de su hija María, madre del señor Monsalve, pasaba un río… Menos borroso que ese recuerdo de su abuela que se lleva el río es una foto que el señor Monsalve conserva en el álbum familiar, casi un daguerrotipo, de un muchacho de fin de siglo, de labios gruesos y bozo incipiente: Miguel Ángel o su hermano Rafael Ángel, no se sabe, y ya no queda a quién preguntarle que nos saque de la confusión.

Una segunda foto conserva el señor Monsalve relacionada con esta historia, y es de alguien a quien yo, ganándole por lo menos esta partida a la muerte, habré de conocer, andando el tiempo, en Nicaragua: Rafael Delgado. Esta foto, me dicen el señor Monsalve y su esposa Maruja, fue tomada en Bogotá, el diez de abril de 1928 durante su boda, a la cual Barba Jacob no pudo asistir por hallarse enfermo, "si bien envió en su representación a su hijo Rafael". Que estaba enfermo ya lo sé sabiendo la fecha: en el Hospital de San José donde se había internado hacía un mes escaso. En cuanto a que enviaba a Rafael en su representación, si bien era la primera vez no habría de ser la última: ¿no lo mandó pues a esa otra boda en Anorí, Antioquia, la de su sobrino Leonel, al que Rafaelito casi le vuela la novia? En la foto de esta otra boda aparece rodeado de muchachas, con el pelo engominado y de patillas largas al uso de la época. Se diría que como la foto misma hasta su belleza de entonces la ha acabado amarilleando el tiempo. Diez días después de la boda el señor Monsalve y su esposa se marcharon al departamento de Santander y nunca más volvieron a ver al poeta.

Reclutado por el gobierno conservador en esa guerra en que murió su hermano, Miguel Ángel fue asignado a los generales del gran Estado Mayor de una columna de mil quinientos hombres "que llevaban el bigote oliendo a gallina frita" según él mismo escribió. Y "de llanos a montes, de montes a montículos" anduvo en campaña cabalgando en una mula cargada de cacerolas y bultos que le ganó el apodo de "teniente Líchigos": líchigos que en Colombia antaño significaba bultos y que hoy ya no significa nada. Esa guerra, que llamaron "de los mil días", fue una guerrita de pacotilla; de marchas interminables sin ver al enemigo y de pequeñas refriegas. Los ejércitos se perdían en la vastedad de Colombia. Cuando se aproximaban, los generales contrarios se mandaban recados: que cómo habían pasado la noche, que qué noticias tenían de la mujer y los niños. Dizque era una guerra cristiana. Algún tiro ateo daba en el blanco. Barba Jacob le contó a Millán, y Millán a mí, que andando en su mula con los arneses llenos de ollas y cacerolas en busca de avituallamiento para la tropa, conoció al azar de los caminos a un viejo que tenía una tiendecita de víveres en lo alto de un cerro. Al aparecer un cliente el viejo palmeaba con las manos y al instante venía un niño a atenderlo. En una refriega mataron al niño y el viejo, que era la pulcritud y la corrección mismas, al enterarse enloqueció, y a la sombra de un vivac en la noche se dio a bailar y a romperse las ropas gritando: "¡Me cago en la dignidad humana!" Cuarenta años habían transcurrido y la imagen y la frase perduraban, insidiosas, en la memoria del poeta. Como perduró esta otra estampa de la guerra, consignada en un recuento autobiográfico por Ricardo Arenales cuando le soplaba el viento del misterio en el Palacio de la Nunciatura: "En el ambiente hay un olor de guanábanas. Estamos a orillas del bajo Combeima, y soldados de Cundinamarca se bañan desnudos. Reverbera el sol en las aguas quietas, tersas, blandas, claras, límpidas". Serán límpidas las aguas pero algo enturbia el recuerdo. Un cuarto de siglo después, a su regreso a Colombia con Rafael, camino de Ibagué y de la casa de su hermana, Barba Jacob habría de volver a cruzar ese mismo río del Combeima. De 1901 a 1927, ¡cuánta agua de años no había arrastrado el río!

En México, y al término de su vida, Barba Jacob empezó a escribir un libro sobre su infancia en Antioquia —su doblemente lejana Antioquia, lejana en el tiempo y en el espacio— con el título de "Niñez" y en unos pliegos largos de hojas rayadas amarillas, de que me han hablado muchos. A Manuel Gutiérrez Balcázar, devoto visitante suyo en los hotelitos de paso de sus últimos años, le leyó algunas páginas. Una imagen, una sola, recuerda Manuel vívidamente del relato: el abuelo, el padre-abuelo como lo llama el poeta, escondiendo durante la guerra civil una olla de monedas de oro en el interior de un muro. Los largos pliegos rayados amarillos se han perdido, pero la imagen queda. Como queda un episodio más de esa guerra en la memoria de Tallet: el joven Miguel Ángel que termina montado en un caballo distinto al suyo tras un susto, sin encontrarle explicación posible al suceso.

Qué brumosa, qué remota vista desde aquí, desde este México del presente, esa guerra civil colombiana de los tiempos felices fragmentada en recuerdos, en unos cuantos pobres, ajenos, desdibujados recuerdos. Qué remoto también y qué brumoso el hombre que la vivió, que la contó. Y sin embargo a él, como a nadie, no le quedaba otra forma de perdurar que contándose. El hombre, el yo, son sus recuerdos. Y en la medida en que se conserven (en el papel o en la memoria ajena), menos definitiva es su muerte. Barba Jacob lo sabía. Por eso su prodigarse aquí y allá en anécdotas e historias de su vida. ¿O es que acaso al contarse evitaba la dispersión manifiesta en sus múltiples nombres? Bach decía que era muy fácil tocar el clavecín: que bastaba pulsar la nota justa en el momento justo con la intensidad justa. Yo también tengo la fórmula para recuperar a Barba Jacob: sumando, recobrando la totalidad de sus recuerdos.

Todo cuanto dejó al morir cabía en una valija. Una valija vieja a la que alude Hugo Cerezo en un artículo de periódico consagrado a recordar su visita a Barba Jacob al Sevilla el trece de octubre de 1941: en la habitación semioscura y pobremente amueblada vio la valija, y Barba Jacob le dijo que guardaba en ella poemas inéditos y correcciones a los ya publicados, tras de lo cual le expresó su anhelo "de un poco más de tiempo" para revisar todo aquello, sintiendo ya la proximidad de la muerte. De esa valija cree Rafael Delgado que el embajador colombiano Zalamea, el que sucedió a Zawadsky, le sustrajera tiempo después de la muerte de Barba Jacob algo valioso e inédito. Asimismo sospecha que cuando fumigaba después del entierro el apartamento de la calle de López donde el poeta había muerto de tuberculosis, y ordenaba sus libros y escritos desplegados en el piso, Felipe Servín se llevara el relato autobiográfico "Niñez", que era muy extenso, de cincuenta o cien pliegos, para venderlo. Según Servín los pliegos eran unos cuantos y Rafael, que a la muerte de Barba Jacob vendía sus libretas y papeles, se los dio al poeta Enrique González Martínez por una bicoca. Ayala Tejeda cree lo mismo: que se los diera a González Martínez o a Rafael Heliodoro Valle. Pero el hijo de González Martínez, el doctor Héctor González Rojo, me asegura que su padre sólo conservaba de Barba Jacob las cartas que le escribió, que él a su vez ha conservado. En cuanto a Rafael Heliodoro, su inmenso archivo y biblioteca fueron a dar a su muerte a la Biblioteca Nacional de México, donde treinta años después yacen celosamente enterrados en cajas, bajo la custodia burocrática de sus sucesivos directores. Y yo, con toda mi fe en el hombre y mi optimismo, confieso sinceramente que veo más fácil sacar a Lázaro del fondo de la muerte que los papeles de Rafael Heliodoro de esas cajas. La burocracia mexicana pesa más que una lápida.

Buscando a ciegas en el inmenso basurero de vanidades y olvido de las hemerotecas encontré en Guatemala, en la Hora Dominical del cinco de febrero de 1967, un artículo reproducido de Novedades de México en que Guillermo Ochoa da cuenta del hallazgo de una libreta "del hombre que se suicidó tres veces", Barba Jacob: una libreta de tapas rojas atiborrada de apuntes y de borrones que tenía cerca cuando su muerte, veinticinco años atrás. Entre direcciones, posibles títulos de libros y de revistas, frases dispersas, cuentas de un día cualquiera (lotería dos pesos, tequila veinte centavos, doctor cincuenta centavos, comida veinticinco centavos), hay en la libreta un breve poema inédito: "El hijo de mi amor, mi único hijo, lo engendré sin mujer y es hijo mío; me escribe a la distancia: estoy tan triste, me faltas tú. Te miro en el esfuerzo por mí, por ti, por el retorno del polluelo a la sombra familiar; no tengo un pan ni un lecho que me cubra; hoy habito los muros de la mar". Ana Rita Osorio, en la entrevista esa que le hicieron al término de su matusalénica vejez, recordaba una historia relacionada con este mismo tema del hijo, y una estrofa. La historia es que ella y Miguel Ángel recogieron de niños a un niño recién nacido cuya madre, de nombre Pastora, murió al darlo a luz; fueron sus padrinos de bautizo y lo tomaron a su cargo hasta los ocho meses en que el niño murió. Miguel Ángel entonces le compuso un poema diciendo que su alma, como una palomita, volaba al cielo. Y Ana Rita recordaba esta estrofa: "Como paloma blanca que vuela sin mancilla, de la desierta orilla al tibio palomar, cual copo de neblina que sube en las mañanas allá de las lejanas orillas de la mar". Tan confusa y complicada esta indagación como la vida misma del poeta, que tampoco iba hacia ninguna parte, no puedo dejar de advertir sobre las coincidencias exteriores (la madre del niño abandonado que se llama Pastora, como la de Miguel Ángel, abandonado también), la profunda unicidad del yo en la persistencia del recuerdo: que la primer estrofa conocida de Miguel Ángel termine como la última conocida de Barba Jacob… Con la rima rotunda de la mar. El mar ambiguo de "Acuarimántima", masculino y femenino.

Dos frases, en fin, de la libreta reproducía el cronista de Novedades: una dedicada a Joe Louis: "¡Sé hombre, hijo mío!" Otra dedicada, según el cronista, tal vez a alguno de aquellos jovencitos que formaban la corte de quien decía que le gustaba la carne de cerdo para la cena y la de hombre para el amor: "Tú eres la acción, el rapto, la energía, y yo soy la molicie delicada". Alí Chumacero, quien no conoció a Barba Jacob pero sí a Rafael, me ha contado que éste le permitió el acceso a los papeles del poeta, "que a su muerte habían quedado guardados en una valija". Supongo que de esa valija provenga la libreta que describió Novedades. Y las varias libretas, perdidas, de que me ha hablado Ayala Tejeda, en una de las cuales recuerda haber leído esta frase: "Se lo llevaron preso sus palabras".

Preso se lo llevaron a él también, a la cárcel del Carmen, la noche en que coincidió con él Ricardo Toraya en una cantina del centro. A Ricardo Toraya lo he ido a buscar al periódico El Día cuando me dicen que conoció al poeta: lo conoció, en efecto, en el año treinta y cuatro siendo Toraya un muchacho de dieciséis años que acababa de entrar a El Universal, donde Barba Jacob tenía numerosos amigos. Años después, una noche, se lo vuelve a encontrar en la cantina del centro: en una mesa vecina tomando tequila con un joven oficial del ejército por el que brinda repetidamente como si éste fuera Marte, el dios de la guerra. Horas más tarde, en El Universal, Toraya se entera de una llamada telefónica hecha desde una comisaría: llaman de parte de Barba Jacob que está detenido y busca a su amigo Santiago de la Vega. En su ausencia, del periódico envían a otro de sus amigos, a Julio Barrios, el hermano de Roberto el poeta. Cuando Julio llega a la comisaría se encuentra con que Barba Jacob, detenido, por ningún motivo se deja requisar alegando "que es pederasta pero honrado", con esa voz suya de trueno que se impone a todo el mundo. A Julio Barrios Barba Jacob le cuenta entonces que cruzando la Alameda, o una callejuela vecina, no ha podido contenerse ante

la belleza del dios de la guerra y le ha hecho alguna propuesta a la que el miserable, considerándola indecorosa, ha
respondido con un escándalo. Y ahí lo tienen, en la delegación. Lo anterior, según Toraya, ocurre cuando Barba
Jacob acaba de salir de un hospital. ¡Claro, del Hospital de
los Ferrocarrileros del que se mudó al Hotel Jardín, calle
de Pensador Mexicano número 1, inmediaciones del actual
Teatro Blanquita! Hacia el hotel se dirigían; por eso venían
cruzando la Alameda: venían del otro lado, de una cantina
de Ayuntamiento o Dolores. Al Hotel Jardín Ayala Tejeda
recuerda haber ido acompañado de un profesor de apellido Zavala que tenía gran interés en conocer al poeta y le
llevaba una botella de tequila de regalo: lo encontraron con
Millán fumando marihuana. "Oiga, Ayalita —le dijo Barba
Jacob cuando se marchó el profesor, con el que no simpa-
tizó—, no me traiga ejemplares tan raros que no estamos
en Michoacán".

De que Barba Jacob estuvo detenido en una delegación Rafael Delgado dice no saber nada, y me lo explico porque en los tiempos del Hotel Jardín vivían separa-
dos. Pero Alicia de Moya recuerda haber oído contar que
lo llevaron a una delegación por borracho, piadoso eufemismo de las malas lenguas: lo metieron según Servín a la
cárcel del Carmen por homosexualismo, "y allí lo encue-
raron, lo bañaron y se lo cogieron", aunque estuvo muy
feliz según él mismo contaba, anotando de pasada que los
presos al verlo comentaban: "¡Ahí viene Drácula!" Según
Ayala Tejeda Barba Jacob dejó entre sus papeles a su muerte un artículo o ensayo consagrado al sistema carcelario y
la criminalidad en México, "La fimbria del caos", lo cual
le hace pensar que se hubiera hecho encerrar en la cárcel
del Carmen deliberadamente para escribir sobre el tema.
Nada de eso, el carcelazo no fue deliberado: fue, según mis

cálculos, en diciembre de 1937, y ya en enero del treinta y cinco, en un reportaje sobre los escritores y artistas de México y sus proyectos para el nuevo año, Próspero Mirador daba cuenta de que Barba Jacob tenía casi terminado el manuscrito de algo que aún no sabía si iba a ser relato, novela, o reportazgo periodístico, el libro "La fimbria del caos", respecto al cual el poeta le comentaba: "Ahora lo que falta es un editor que se atreva a publicarlo. Lo único que le puedo prometer es que se hará rico". El relato, novela o reportazgo periodístico de "La fimbria del caos" se perdió. Armando Araujo, el periodista de Excélsior cuya esposa atendía a Barba Jacob en sus últimos días, debió de haberse quedado con él según Ayala Tejeda. Pero cuando llegué a la casa de vecindad en las inmediaciones del mercado de La Merced donde me enteré, después de meses de buscarlo, de que Araujo vivía, hacía una semana había muerto. La comadre que me atendió (y que lo cuidó al final según me dijo creyendo que yo era un empleado de Excélsior que venía a darle en pago algún dinero), a mi pregunta sobre si el señor Araujo había dejado algo, algunos papeles, un escrito de Barba Jacob titulado "La fimbria del caos" u otro titulado "Niñez" en unos pliegos así y asá, largos, rayados, amarillos, me contestó: "Él no dejó nada". Eché un vistazo por el cuarto semioscuro de muebles desvencijados, raídos, y en efecto nada había, un rayito apenas de sol espejeando en la muerte polvosa. En fin, la confirmación de que Barba Jacob hubiera estado en la cárcel del Carmen (remitido de la delegación), la he encontrado por escrito en la revista Futuro, ese pasquín de la prensa cardenista que en enero de 1939 (cuando su polémica con Excélsior y demás diarios de la calle de Bucareli) llamaba a Barba Jacob "el editorialista invertido de Últimas Noticias", y en febrero acusaba a este periódico de reclutar a sus redactores y editorialistas en los garitos, en las tabernas, en las cantinas, "y hasta en la galera de homosexuales de la cárcel del Carmen": ¡quién más si no Barba Jacob el de los "perifonemas" de Últimas Noticias de Excélsior, la columna más leída de México y la mejor prosa que aquí se haya escrito! Cuando Excélsior publicó póstumamente el artículo "Predestinación" en que Barba Jacob refiere su encuentro con su hermano muerto, ese título aparece bajo "La fimbria del caos", como si éste fuera el nombre de la columna. Pero la columna sólo salió ese día. Había pues una confusión. "La fimbria del caos" debió de ser simplemente otro de los títulos proyectados para ese mismo relato o novela de "El prófugo de Cayena" que Barba Jacob escribía en sus últimos años y del que me ha hablado Millán, en el cual, según Millán recuerda, el protagonista en algún momento recita: "¡Oh quién yacer pudiera, con el uno, con el dos o con quien fuera!" Periódicos de hemeroteca que se me deshacen en las manos, recuerdos empolvados... En una de esas míseras pulquerías en que habrá de terminar sus días, Felipe Servín me ha dicho los títulos y comienzos de algunos de los últimos poemas de Barba Jacob, alucinantes, inéditos, perdidos: uno titulado "La bestia", que empieza: "¡Ah cómo corren desatentados los garañones tras de las yeguas por la montaña!... ¡Viva la bestia! ¡Viva la bestia! ¡Viva la bestia!" Otro titulado "Los monstruos", que empieza: "Dáme oh Noche tus alas de murciélago para volar al cielo de los monstruos..." Otro, en fin, de título olvidado que empieza: "En busca del tiempo perdido me voy..." Pero según Millán lo último que compuso Barba Jacob fue esa estrofa con que sus piadosos y póstumos editores cerraron sus "Poemas Intemporales": "¡Oh viento desmelenado que rompiste la arboleda: ya que nada, si viví, he fundado ni ha durado, llévate aún lo que queda: llévame a mí!"

Como en vida "Rosas Negras", las "Canciones y Elegías" y "La Canción de la Vida Profunda y otros poemas", los "Poemas Intemporales" los editó la devoción de sus amigos: póstumamente esta vez evitándole al autor la contrariedad de las erratas, que en aquellas anteriores ocasiones, aunadas a la sífilis y a la tuberculosis, casi apresuran su tan temido viaje a la tumba. Don Tomás Mier regaló el papel; Millán y el licenciado José Martínez Sotomayor dieron o reunieron el dinero; y en los Talleres Gráficos de La Nación, a los que había entrado a trabajar de tiempo atrás por recomendación del poeta, Manuel Ayala Tejeda los imprimió, basándose fundamentalmente en los papeles que Rafael le facilitó, sacados de la maleta. Tan, tan bruto sería Rafael me dicen, y tan ignorante, que sin saber distinguir nada de aquello pensaba, por ejemplo, que fueran de Barba Jacob unos versos escatológicos de Sansón Flores que el poeta guardaba con los propios...

De los "Poemas Intemporales" hablo con Ayala Tejeda en una primera ocasión solos, en su cuarto de vecindad de la calle de Artículo donde vive. Aunque "vive" es un decir, motivado por hablar en presente: hoy es ayer, hace diez años, y dudo de que Ayala Tejeda aún viva: cuando lo fui a conocer, después de meses de buscarlo por la ciudad de México como a Armando Araujo, estaba ciego: por su mísero cuarto andaba a tientas, a punto de tropezarse a cada paso con la roñosa muerte. Ese pobre cuarto de Artículo, en las inmediaciones de Ayuntamiento y Dolores, "los rumbos del poeta", me ha recordado el otro, miserable, del Sevilla, donde vivió sus últimos años Barba Jacob. Pero Barba Jacob por lo menos murió rodeado de consideraciones y lamentaciones, y una infinidad de artículos periodísticos de todo el continente lloró su muerte. Y cuando una comisión de poetas y escritores colombianos vino a México a repatriar sus restos, en la Rotonda de los Hombres Ilustres dos secretarios de Estado los entregaron, y con discurso. La muerte en cambio con que se va a tropezar Ayala Tejeda es la muerte de las muertes, la muerte anónima.

Que Ayala Tejeda hubiera editado los "Poemas Intemporales" me bastaba para buscarlo. Un motivo más tenía, sin embargo, y de más peso: que se me había convertido en la última posibilidad de encontrar a Rafael Delgado. Según María Duset, antes de marcharse Rafael de México, a Nicaragua, para no volver, compartía con Ayala Tejeda el cuarto en que vivía con su mujer, "en una privada por el rumbo del Parque España". En 1948 se marchó, y estábamos en 1976: casi tres décadas y el terremoto que destruyó a Managua. "Y nunca más volvimos a saber de él", me dijo María Duset, y en ese plural en que se incluía ella, fui incluyendo a Ayala Tejeda, a Felipe Servín, a Abelardo Acosta, quienes de más cerca conocieron a Rafael o fueron sus amigos. Me quedaba por incluir a su mujer, Concepción Varela, a la que dejó abandonada aquí en México. Sólo que Concepción Varela, de vivir, pasaría de los ochenta años, y ya sé que la muerte impaciente no acostumbra esperar tanto.

A fines de 1937, estando Barba Jacob en el Hospital de los Ferrocarrileros, Rafael había conocido a Concepción Varela, "Conchita", quien le llevaba varios años y a quien hizo su amante; en la florería de la hermana de ella en Ayuntamiento, la calle del Sevilla, la conoció. Y Barba Jacob, pensando que una mujer les serviría para ordenarles un poco la existencia, tuvo la idea de que vivieran los tres juntos, y tras el hospital y el Hotel Jardín que le siguió tomaron una casa de dos plantas en la calle de Naranjo de la colonia Santa María de la Ribera; en la calle de Naranjo justamente, en la que diecinueve años atrás ya había vivido Ricardo Arenales. En adelante Concepción Varela habrá de estar ligada a la vida del poeta, y lo que es más, a su muerte: es ella quien está a su lado en su último instante. Ella sola, cuando el poema "Futuro" se hizo presente: "Decid cuando yo muera, y el día esté lejano…" Y horas después, en la foto que tomaron del Universal Gráfico, aparece ella con Rafael y los embajadores Zawadsky velando el féretro. Esa fría madrugada…

La última vez que María Duset vio a Conchita, todavía vivía en la privada del Parque España. "¿Cuándo?" "Hará veinte años". Entonces, en mi optimismo desesperado, le propuse a María Duset que fuéramos a buscar la privada. Y fuimos y no la encontramos. Una "privada" en México es una callejuela ciega, cerrada, de pequeñas viviendas algo menos miserables que las de una vecindad. La del Parque España no aparecía, y no porque la hubieran derruido pues el vecindario estaba intacto; se diría que se esfumó. Meses pasaron, y el reloj ineluctable que seguía descontándole arenita al tiempo… Un día, por fin, localicé a Ayala Tejeda, y sus indicaciones de dónde estaba la privada me llevaron a insistir y a volver a buscarla y a encontrarla: en las inmediaciones del Parque España efectivamente, en las calles de los cadetes por donde varias veces, sin verla, María Duset y yo habíamos pasado. Tan gris sería que se nos borraba ante los ojos teniéndola enfrente.

Una vecina me atendió. Le pregunté por Concepción Varela y me contestó: "Se está muriendo, se la llevaron". Me dio un vuelco el corazón. Hubiera preferido que me dijera "No la conozco", o "Se fue hace mucho" o "Murió hace tiempos". Si con alguien no quiero apostar carreras es con la muerte. Así pues que todavía vivía, y vivía allí… Después de veinte años de que la vio María Duset, después de treinta de que la dejó Rafael… "¿Y adónde se la llevaron?", le pregunté a la vecina. Y sabía al preguntárselo que no me

El mensajero

iba a contestar. ¿Por qué informarle nada a un entrometido, a un intruso? Y pensé en Felisa la viuda de Shafick y en su negativa a facilitarme los papeles que dejó su marido, y presentí que nunca encontraría a Concepción Varela, ni a Rafael Delgado, ni a Barba Jacob. Iba a dar media vuelta para marcharme cuando la vecina me respondió: que se la habían llevado a casa de su sobrina, Ingreed Matheson de Hernández, y me dio su número de teléfono. Ingreed Matheson de Hernández, conque era ella, su sobrina... El nombre figuraba entre los asistentes al entierro de Barba Jacob que enumeró Excélsior, pero no en la guía telefónica. ¡Y cómo pensar que con ese apellido inglés fuera sobrina de Conchita! Ya en mi casa marqué el número de su teléfono. Ingreed me contestó. Le expliqué lo que tenía que explicarle y aceptó en el acto que fuera a visitarlas. Me dio su dirección: en el parque México. Los cuartos posteriores de mi apartamento, que está en la avenida Amsterdam, dan al parque México, que veo desde mi ventana: a través de las copas de los árboles alcanzo a divisar el edificio de Ingreed. Y pensar que busqué por años a Concepción Varela en la inmensa ciudad de México, y que me bastaba ahora para encontrarla cruzar un parque... Crucé el parque, subí la escalera, llamé a la puerta; Ingreed me recibió: en un viejo sofá de la sala, arropada en unas frazadas estaba Conchita. Me dijo que había estado a punto de morir de una pulmonía y que empezaba a recuperarse. Mientras le oía, trataba de ver en esa mujer de más de ochenta años los rasgos de aquella otra que había aparecido en la foto del Universal Gráfico en compañía de Rafael, de una enfermera y de los Zawadsky, acompañando un féretro, cabizbajos, y sólo constataba los estragos del tiempo. Nos pusimos a hablar de Barba Jacob, de Rafael, de infinidad de cosas. Una en especial me conmovió: oír en sus sencillas palabras los últimos mo-

243

mentos del poeta. Sólo estaba ella a su lado; ni estaba la enfermera, ni estaba Rafael que había bajado por algo a su casa de Artículo y Luis Moya, la casa de vecindad de dos pisos donde vivían ellos, a un paso del apartamento de la calle de López en que agonizaba el poeta. "¿Qué hace Rafael que no viene?", preguntaba insistentemente Barba Jacob, y ella le contestaba que había ido a su casa y que estaba por regresar. "Ya, por favor, ya", repetía diciéndoselo al crucifijo que tenía enfrente, y cerró los ojos. Murió con toda su lucidez, sin asfixia, muy tranquilo, sin estar utilizando el oxígeno. Estaba acostado en el sentido contrario de la cama, mirando hacia la cabecera de suerte que la pared y el crucifijo le quedaban enfrente. Así murió Barba Jacob, no estando presentes ni Rafael ni nadie más aparte de ella, que le acompañaba sentada a alguna distancia. Muy poco después llegó Rafael y ella le dijo: "¡Por qué te vas! ¡Mira, el señor ya se murió!…" Dice que Rafael se puso a dar gritos y a llorar. "Cállate —le decía ella—, que los vecinos te oyen". "¡Ah, no me importa que me oigan los vecinos!", le contestaba Rafael llorando como un niño. Concepción Varela tenía entonces cuarenta y cuatro años, y conocía al poeta desde hacía cuatro. El recuerdo que de él le queda es el de un hombre muy noble y muy bueno. En cuanto a Rafael… En 1948 el embajador colombiano Jorge Zalamea le dio parte del dinero que había aprobado el Congreso de Colombia en auxilio de Barba Jacob: cuatrocientos o quinientos pesos, una bicoca, y con ellos, un mes después, se marchó a Nicaragua. Se marchó prometiéndole a Conchita llevársela a su país para la fecha de su santo, promesa que no cumplió: la abandonó definitivamente, con enorme ingratitud, después de haber vivido con ella por once años. Ni siquiera le escribió una carta. Años después un hermano medio de Rafael que vivía en Chicago, Edmundo Delgado, pasó por México pero ninguna noticia le pudo dar de aquél. Conchita no se casó con Rafael temiendo que, puesto que él era más joven que ella, un día la abandonara, como de hecho ocurrió. El matrimonio, por lo demás, habría sido bien visto por Barba Jacob. Ahora una cosa me pedía Concepción Varela: que si Rafael aún vivía y llegaba a verlo en Nicaragua no me tomara el trabajo de mencionársela. Le respondí que en ese país asolado por los Somoza y los terremotos era improbable que viviera, y que de vivir era improbable que lo encontrara. Una pasajera alusión de Conchita al lugar natal de Rafael Delgado en Nicaragua me permitió, sin embargo, encontrarlo. Había nacido en La Paz Centro, me dijo ella, y no en Niquinohomo como le había contado él a Ernesto Mejía Sánchez, presumiéndole que era de la tierra de Sandino. Rafael Delgado Ocampo no figuraba en la guía telefónica de las ciudades de Nicaragua, pero entre los diez teléfonos del pueblito de La Paz Centro uno correspondía a alguien de apellido Ocampo: el alcalde, su primo, quien me dijo cuando le llamé de México que Rafael, "el mexicano", aún vivía, en la ciudad de León.

Avanzaba el carrito por un paisaje tórrido de algodonales hacia León, Nicaragua "la tierra de Rubén Darío" como anunciaban al país en el radio. Puro cuento, no era tal, era la tierra de los Somozas, unos granujas asesinos, a quienes años después habrían de reemplazar otros granujas asesinos que la empezaron a anunciar como "la tierra de Sandino". Así es el trópico. De la resequedad de la tierra brotan frondosas las tiranías. Pero ésta no es la historia de Nicaragua, tan mezquina y asesina como Colombia o casi casi. Tampoco la de Rubén Darío, que escribió Edelberto Torres y que está enterrado en la catedral de León, donde el tiempo se detuvo. Es la historia del mensajero. Por el paisaje tórrido avanzaba el carrito veloz, ligero, levantando copos de algodón, haciendo brisa, dejando atrás unas pobres, lentas carretas tiradas por bueyes y la muerte estúpida. Esta vez voy a llegar primero y a encontrar a Rafael Delgado esperándome, sonriente, rozagante, burlándose de ella.

Lo primero que supe de Rafael Delgado lo supe en México: que a la muerte de Barba Jacob andaba por los cafés del centro vendiendo sus papeles y luego los "Poemas Intemporales" como si se tratara de una edición de tiraje muy limitado, que no era cierto. Me lo dijo Ernesto Mejía Sánchez, nicaragüense, y que aunque Rafael pretendía ser de Niquinohomo, la tierra de Sandino, a lo mejor ni era de Nicaragua: era un mitómano. Muchos otros después me hablaron de Rafael Delgado, en Colombia, en Cuba, en México, y paso a paso fui reconstruyendo su figura, como un niño arma un rompecabezas juntando fichas. En opinión de Alfredo Kawage —que lo conoció en la casa de la calle de Naranjo donde vivía con su mujer y el poeta, quien llamaba a ésta Solveig, la heroína del "Peer Gynt"— no valía un centavo. Se le perdía a Barba Jacob por temporadas y volvía cuando se enteraba de que tenía algún dinero. Según Kawage fue el amor de su vida. Y Rafael, el haragán, el pobre diablo, pensaba en consecuencia que los demás jóvenes que rodeaban a Barba Jacob eran amantes transitorios sin que le diera la cabeza para comprender que esos jóvenes le buscaban llevados por la admiración al artista y no en razón de sus vicios. Alí Chumacero me describe a Rafael como una buena persona, analfabeta, vendiendo lápices y refiriéndose a Barba Jacob cariñosamente como "al viejo". Carlos Pellicer lo recuerda como un hombre agradable aunque (o "porque") sin mayor cultura. Cuando Pellicer lo conoció ya había engordado, pero daba la impresión de haber sido un hombre bello en otra época. Debió de haber abandonado el país tras la muerte de Barba Jacob… En opinión de Manuel Gutiérrez Balcázar, Barba Jacob quería en verdad a su hijo adoptivo: de él se expresaba con gran ternura y hablaba de su empeño en que se casara con Conchita, pensando que necesitaba una mujer responsable que lo sacara adelante, si no es que lo mantuviera. Conchita era morena, nada bonita, mayor que Rafael y de modesta presencia. Especialista en asuntos de belleza, por lo que, según Manuel tiene entendido, Rafael y ella proyectaban establecer un salón "de esas cosas"... En el concepto de Millán, Rafael era un don nadie. Debió de ser el amante del poeta en un comienzo, pero en los últimos tiempos era Abelardo Acosta, a quien Rafael no quería, y quien hoy en día anda en pulquerías y cantinas, por si lo quería buscar... Pero según Ayala Tejeda el sentimiento era mutuo: Rafael y Abelardo no se llevaban muy bien; ambos servían al poeta llevándole el traje a la tintorería o sus artículos al periódico, o prestándole pequeños servicios de esa índole. Rafael llamaba a Barba Jacob "padre", y el poeta por su parte lo trataba de "Rafaelito", "y lo reñía cuando fumaba marihuana". El dinero aprobado por el Congreso de Colombia para la repatriación de Barba Jacob le tocó a Rafael, quien con ese dinero se marchó a Nicaragua. Al final, cosa que ya sabía por María Duset, Ayala Tejeda vivía con él y Conchita en la privada cercana al Parque España. En cuanto a Conchita, me dice Ayala Tejeda que de ella Barba Jacob le había comentado "que parecía un barril con patas", aunque ese mismo comentario se lo hizo a Abelardo Acosta de una muchacha con quien éste se hizo tomar una foto en algún pueblo de México, el día que Abelardo le mostró la foto. Cuando le pregunté a Conchita por Abelardo Acosta me dijo que Rafael no lo quería, y que lo corría de la casa del poeta si se lo encontraba allí, de lo cual Barba Jacob "no decía una sola palabra". Aunque lo usual era que el otro se marchara por su propia iniciativa tan pronto como aparecía Rafael. Que Rafael, en fin, me dice Conchita, quería mucho al poeta… Y Felipe Servín me dice que Abelardo Acosta vivió seis años con Barba Jacob, a quien le quitaba dinero. De Huetamo, Michoacán, Abelardo tendría veinticuatro años por 1936, cuando empezó a andar con el poeta, y su relación con él fue sola y tristemente de explotación. Hoy es jugador de dado.

Cuando (anticipando los sucesos de esta historia) conocí a Rafael Delgado en Nicaragua y le mencioné a Abelardo Acosta me dijo que era un hombre vulgar que tenía relaciones sexuales con el poeta sin sospechar que éste estaba enfermo de sífilis. Que Barba Jacob lo tuvo de amante al final y por él tuvo un disgusto con Rafael Heliodoro Valle. Era un muchacho cualquiera del pueblo que iba con el poeta tan sólo por su dinero. Y en la gravedad final de Barba Jacob desapareció. Y ni asistió a su entierro… Y el reverso de la medalla: en opinión de Abelardo Rafael era un vago, un pobre diablo que vivía a la sombra de Barba Jacob con la pretensión de someterlo a una vida tranquila y honesta, mientras se pasaba la suya jugando billar. "¿Y tú crees —le decía Barba Jacob a Abelardo— que este pendejo va a cambiar mi manera de ser? Sería como detener un río desbordado". Y corría al gran tonto cuando le estorbaba para sus cosas sexuales…

En el mísero cuarto de Ayala Tejeda y a mi pedido y por su mediación conocí a Abelardo Acosta en una de mis visitas. "Perdóneme que no me quite el sombrero", me dijo Abelardo al levantarse de la silla desvencijada y mugrosa para estrecharme la mano. Calculé que si en 1936 tenía veinticuatro años, ahora se acercaba a los setenta. Un amigo común michoacano, me dijo, le había presentado a Barba Jacob en una cantina de Ayuntamiento; entonces el poeta

ya vivía en el Hotel Sevilla y empezaba a escribir sus "perifonemas" en Últimas Noticias de Excélsior. Luego se disculpó por no haber asistido al entierro de Barba Jacob y me
anticipó que sólo había sido un "office boy" suyo, un mandadero que le llevaba sus artículos a los periódicos y el traje
a la tintorería, pese a lo cual él le pidió que lo llamara "taita" y no "don Porfirio" como le llamaban todos. Pero, ¿por
qué se disculpaba conmigo? ¿Si cuando murió Barba Jacob
yo ni había nacido? Hablando de él, recordándolo, evocán-
dolo, nos tomamos esa noche la botella de brandy que yo
le llevaba a Ayala Tejeda de regalo. Algo vago, indefinible
me conmovía entonces hallándome reunido con ellos. Después pude precisar la razón del sentimiento: que al cabo de
cuarenta años siguieran siendo amigos, y que hubieran llegado a serlo a través de Barba Jacob. Volvimos a hablar del
Sevilla, de las fondas de San Juan de Letrán, de los cafés de
chinos a los que iban a comer con el poeta. Hablamos de la
casa de Naranjo, del apartamento de San Cosme, de Servín, de Rafael, de Concha... Nada tuvo que ver Servín con
la edición de los "Poemas Intemporales", me dicen ambos.
Ayala Tejeda fue el único editor, sin la ayuda de nadie, y menos de Servín que con indelicadeza andaba pidiéndoles dinero a quienes habían sido amigos del poeta con el cuento
de que trataba de financiar la edición. Servín, según recuerda Abelardo, logró sacarle hasta quinientos pesos a un señor
importante con uno solo de los ejemplares que le regaló. Sólo Rafael colaboró facilitando los papeles que Barba Jacob
dejó al morir, de los que no sabía distinguir nada: pensaba,
por ejemplo, que fueran de Barba Jacob unos versos porno-
gráficos de Sansón Flores porque el poeta los guardaba con
los propios. Cuando semanas después pude conocerlo, Servín me aseguró que había ayudado en la edición de los poemas, y que fue Ayala Tejeda quien no cumplió la promesa

que le había hecho de darle trescientos ejemplares. Y un día, al amanecer, me llamó por teléfono para decirme que se iba a no sé dónde y que necesitaba dinero: que me dejaba un ejemplar de los "Poemas Intemporales" en pago. En cuanto a Rafael Heliodoro Valle, según Abelardo Barba Jacob lo llamaba "la señora recatada". Vivía en una casona de San Pedro de los Pinos, barrio de Tacubaya, sepultado entre libros y más libros y más libros y periódicos y papeles y revistas y cartas y fotos y más cartas y más fotos y más papeles y más periódicos y más revistas, de todo el mundo, basura. Un día en que Barba Jacob envió a Abelardo a que le pidiera de su parte dinero, Rafael Heliodoro le puso al joven la aburrida tarea de abrirles con un cortapapel las hojas de sus libros nuevos. ¿Sería a raíz de esta visita el disgusto de Barba Jacob con su viejo amigo hondureño de que después me habló Rafael Delgado? En un momento de la conversación Ayala Tejeda se levantó y a tientas salió al patio a vaciar una bacinica. Regresó y seguimos tomando. Entonces se hizo el prodigio: en ese mísero cuarto de muebles sucios y desvencijados en que me hallaba con un pobre hombre viejo y ciego y ese otro pobre hombre acabado que con vanidoso pudor "no se quitaba el sombrero", evocando dolorosamente a Barba Jacob sentí que yo era él y que el mísero cuarto del presente, el del Sevilla, empezaba a flotar, a flotar, alucinante, expandido por el humo de la marihuana, sin lastre, soltadas las amarras. Tripulantes de una frágil navecilla perdida en la bruma del tiempo nos íbamos al cielo de los monstruos...

La casa, de piso de tierra, había sido improvisada. La levantaron de prisa, en unos cuantos días, al mudarse a León tras el terremoto que destruyó a Managua. Sobre el piso había, alineados, numerosos frascos y cajas de cosméticos, esmaltes para las uñas y lápices labiales. "Es lo que vende

Rafael", me dijo su mujer, una humilde mujer del pueblo. Después fueron llegando los hijos, Salomón entre ellos, un muchachillo moreno de unos diecisiete años. Después llegó Rafael. Era 1976 y tenía setenta y un años: le vi llegar abrumado por la vida. De rasgos nobles en que se había trocado su antigua apostura, irradiaba una sensación ambigua, mezcla de mansedumbre y bondad. "Yo sabía —me dijo— que algún día alguien habría de venir hasta mí a preguntarme por Barba Jacob". Décadas habían pasado y el día y yo habíamos llegado. En 1948, con un pequeño auxilio del embajador colombiano Jorge Zalamea, y tras de que el secretario de Gobernación mexicano Héctor Pérez Martínez (quien había sido cercano amigo de Barba Jacob) le hubiera arreglado sus papeles migratorios y la situación irregular en que vivía desde su entrada al país en 1931, abandonando a Conchita y cortando con todo su pasado Rafael se marchó de México a Nicaragua, a intentar una nueva vida desde cero. En su humilde pueblo de La Paz Centro se casó y empezó a formar una familia. A uno de sus hijos le llamó Salomón, en recuerdo del poeta nicaragüense Salomón de la Selva, y a otro le llamó Miguel Ángel, con el nombre desconocido de cierto conocido y escandaloso poeta. En un principio subsistió por la caza y por la pesca, actividades que siempre le gustaron (los conejos que cazaba en Morelia...); luego se trasladó con su familia a Managua, la capital, donde vivieron hasta la noche del terremoto, en que en medio del terror y el caos abandonaron la ciudad y la casa en ruinas. Trescientas fueron las víctimas en su calle y sólo en su casa no las hubo porque los hijos estaban fuera, y a él y a su mujer los protegió la plancha de la segunda planta, que se derrumbó inclinada. Allí, bajo los escombros, quedaron las fotos, las cartas, los poemas, los papeles que aún guardaba de Barba Jacob. A su hermano medio Edmundo (el que pasó por México viniendo de Chicago según Conchita me contara) lo asesinaron esa noche unos desconocidos para robarle. Y él, dejando atrás los incendios, el pánico y el saqueo de la ciudad arrasada, esa noche de horror se trasladó con su mujer y sus hijos a la ciudad de León, adonde yo he ido a buscarlo. Su vecina, la caritativa señora que les diera el terreno para levantar, improvisar la nueva casa, coincidencialmente había muerto la víspera de mi llegada. Y en la risueña mañana en que conocí a Rafael Delgado se disponían a enterrarla. Yo asistí a ese entierro: mientras seguíamos paso a paso el cortejo, hablando en voz baja entre los rezos, íbamos Rafael y yo compartiendo recuerdos de Barba Jacob. "Tú, Rafael, estuviste en tal sitio, en tal boda, en tal casa, en tal año —le decía—, y conociste a tales y tales personas en México, en Honduras, en el Perú, en Colombia, en Cuba…" ¿Cómo podía un extraño saber tanto, y tan oculto, de su vida? Su ingenuo asombro asentía y mis palabras le provocaban una avalancha de recuerdos.

Nunca, ya lo dije, he presenciado otra derrota más esplendorosa del olvido que su memoria. Todo cuanto vivió con Barba Jacob lo recordaba. Las casas, los muelles, los barcos, los puertos, los amigos, los enemigos, los hoteles, los hospitales, los recitales. Todo, todo. Desde el día de fines de noviembre de 1924 en que se conocieron, en la calle, a tres cuadras del Parque Central y a unos pasos del Hotel Esfinge donde Barba Jacob se alojaba, en esta ciudad de León adonde nos ha vuelto a remitir el tiempo. Barba Jacob estaba en la acera, y Rafael al pasar, intrigado por su aspecto extraño, "se le quedó mirando". Entonces Barba Jacob le llamó y le pidió un favor absurdo: que fuera a comprarle unas aspirinas, para lo cual le dio un billete grande si bien valían unos centavos. Y cuando el muchacho regresó trayéndoselas no le recibió el cambio alegando que nun-

ca lo hacía. Esa noche Rafael tuvo extraños sueños, premo-
niciones de un cambio que iba a ocurrir en su existencia.
Soñó con un militar que venía a matarlo con un yatagán...
Soñó con las torres de una catedral de una ciudad desconocida... Soñó con su padre y que discutía con él por un
desconocido que a su vez era su padre... Bueno, éste es el
sueño que él me cuenta pero para mí que son inventos, in-
genuas interpretaciones suyas retroactivas, salvo que en
Nicaragua la gente sueñe a posteriori. Según Rafael, el desconocido era Barba Jacob, que iba a ser su nuevo padre. En
cuanto al fisiológico, el señor Delgado, era lo que por estos
lados se llama un reverendo cabrón: abandonó a su mujer
en La Paz Centro (una aldea que ni llegaba a pueblo) con
tres niños, uno de los cuales Rafael; y a aquélla, cuando éste
apenas si había cumplido el año, se le ocurrió morirse, pasando el pobre niño al cuidado de unas tías. Cuando Rafael vino por primera vez a León tenía diez años, y León
alumbrado público de gas inyectado con mecha: una cua-
drilla de hombres públicos (pagados por el municipio quiero decir) subían y bajaban las lámparas con cables. Tal el
prodigio. Y el otro prodigio era Rubén Darío a quien Rafael también vio: lo vio entrando a su casa vestido de gala,
con librea de embajador. Días después, de vuelta a La Paz
Centro, oye el insistente tañir de las campanas y alguien le
cuenta que acaba de morir el gran poeta de su patria. Y vuelta de nuevo a León a andar descalzo por las calles. La familia Cortés lo recogió como criado en su casa, de la cual pasó
a la de Eloy Sánchez, un ricachón que se interesaba en la
literatura. De esa época queda una fotografía suya con sombrero, corbata y traje de rayas, a los dieciséis años. Dos después, o sea a los dieciocho (y no a los doce como le contó
a Conchita) irrumpió Barba Jacob en León y en su vida, y
tras el referido encuentro en la calle se lo vuelve a encon-

trar en la casa de Eloy Sánchez, a la que el poeta fue de visita. Allí Barba Jacob le prometió llevárselo a recorrer el mundo. Que como dizque el dinero que traía de El Salvador se le había acabado y el periodismo leonense no le ofrecía ninguna perspectiva, había decidido marcharse a la capital, de donde habría de escribirle al muchacho enviándole con qué fuera a reunírsele. Barba Jacob, que ha permanecido en León cinco días, bebiendo, se marcha, y Rafael se queda esperando la carta que nunca llega. Entonces decide abandonar la casa del millonario y se dirige a la desconocida capital en busca del extraño personaje. Me dice Rafael que cuando se presentó en el Hotel Primavera donde se alojaba Barba Jacob, se lo encontró rodeado de un grupo de intelectuales fumando marihuana. Marihuana, como habría de saber luego. A las siete de la noche, cuando se retiraron los visitantes y se quedaron solos se decidió a hablarle: "Señor, esperé su carta en León pero nunca llegó". Sólo en ese momento Barba Jacob recordó al muchacho y su promesa. "¡Qué barbaridad! —exclamó—. ¡Cómo se le ha ocurrido venirse! Mañana le consigo el pasaje de regreso". El muchacho pasó la noche en el cuarto del poeta, quien a la mañana siguiente le preguntó al despertarse: "¿Qué va a comer el elefante del río Eufrates?" Y Rafael salió a la calle y en la esquina le consiguió pan y pinol, una bebida de Nicaragua. Dice Rafael que a Barba Jacob le complacía su buena voluntad, y la compañía se fue prolongando día a día, en la trampa mutua. Lo que sigue es una historia de la picaresca, un ir y venir por este mundo sabliando a todo el mundo. Instalado apaciblemente en su Hotel Primavera fumando marihuana, quien añitos después habrá de ganarse en Bogotá el honroso apodo de "el terror de los hoteles" entrena ahora al muchacho de mensajero y le enseña el difícil arte del sable, del que era experto: y a sabliar amigos y conocidos empezando por los de Managua, para practicar. A diferencia de León donde no lo conocía nadie, en Managua por lo menos conocían a Barba Jacob de nombre: Juan Ramón Avilés, director de La Noticia, fue a buscarlo, le dedicó una página entera y le dio algún dinero por unas cuantas colaboraciones o poemas. Pero La Noticia no podía darse el lujo de pagarle un trabajo estable al poeta, y llegó el momento en que éste no tuvo con qué liquidar su cuenta en el hotel y la dueña los echó a la calle. Al salir con su valija del Primavera Barba Jacob recordó que en León Norberto Salinas, que se hallaba ahora en Managua, había prometido ayudarle; se hallaba hospedado en el Hotel Lupone y hacia allí se dirigieron, a pedirle comida y dormida. En el hotel les dicen que el señor Salinas no ha llegado y ellos se quedan esperándolo afuera. Al cabo de las horas sin que aparezca el huésped alguien les hace saber que ha entrado desde hace mucho por la puerta posterior para no encontrárselos. Le estaban, como quien dice, aplicando una fórmula que habría de hacer muy suya con los taxistas de Medellín luego: se bajaba frente a algún edificio del centro de doble puerta y los dejaba esperando: que iba a hablar con el gerente, que ya volvía. ¿Volvía? Entraba por una puerta y salía por la otra. Y como dicen en Antioquia, "hasta el sol de hoy".

Obligados por las tristes circunstancias pasaron la noche tristes en una banca del parque Rubén Darío, hasta cuyos muros llegaba el lago. Rafael llenó una botella de agua, se sentó al lado del poeta, y sintiendo la brisa que venía del lago se quedaron dormidos. Dice que se recostó al poeta y que le pasó un brazo por sobre los hombros, "abrazándolo sin darse cuenta". Estamos en febrero de 1925 y la noche del abandono en el parque puede ser la del día veintidós. Barba Jacob y Rafael han vivido casi tres meses juntos, y juntos, sin otra compañía, han pasado la navidad del año anterior en el Hotel Primavera. En Managua ya le han hecho el vacío al poeta so pretexto de sus vicios, y Barba Jacob está tan solo como el muchacho. Dice Rafael que esa noche de desamparo consolida el cariño mutuo y que el poeta decidió unir su destino al suyo. Cuando amanece, Barba Jacob le promete que no habrán de pasar nunca más otra noche tan miserable (no sabe que les espera Colombia) y va en busca del doctor Medrano, el único que, según Rafael, les ayuda cuando en la ciudad todo el mundo les ha vuelto la espalda.

Al mismo doctor Medrano, Antonio, y al Hotel Primavera, alude Agenor Argüello en su artículo necrológico sobre Rivas Dávila y Barba Jacob. Que en uno de sus viajes de León a la capital fue a ese hotel de la barriada a visitar al poeta. Lo encontró en una situación exasperante: enfermo y maldiciente, sucia la cama, negándole la patrona los alimentos ante lo grande de la cuenta y lo pequeño de las esperanzas de pago. Barba Jacob le habló de sus deseos de abandonar el país y regresar a Colombia porque lo rondaba la muerte. Entonces Agenor Argüello acudió a un amigo común, el doctor Medrano, y le expuso la triste situación. "Ya la conozco —le contestó el doctor—, pero sólo él tiene la culpa. Le hemos ayudado de todas las maneras en el afán de levantarlo, pero su bohemia incurable lo arrastra a lo peor". Le prometió, sin embargo, ir una vez más en su auxilio, "con la precisa condición de que abandonara el país", y entre los intelectuales de Managua le reunió doscientos dólares.

Medio siglo después de estos sucesos, volviendo al León de ahora, Rafael me lleva a visitar a un hijo del doctor Medrano. A su casa de baldosines rojos y amplios patios por los que sopla la brisa vamos a preguntarle por la relación de su padre con Barba Jacob, pero de la misma no sabía nada. Sabía, por supuesto, qué gran poeta había sido Barba Jacob, y le causó enorme asombro que ese pobre paisano suyo tan humilde como desconocido de Rafael Delgado supiera tanto del poeta colombiano, de cuya vida hablaba como puede hablar uno de la propia. Nicaragua es la tierra de Rubén Darío, y de los incontables biógrafos e investigadores de Darío. Otros países hay que los llena la figura de un pintor, de un músico, de un novelista, de un filósofo. Nicaragua se agota en un poeta. El paso de otro gran poeta, Barba Jacob, por el país, no podía por lo tanto ser ignorado. Nadie, sin embargo, sabía en Nicaragua de la estrecha relación que existió entre el tormentoso y diabólico Porfirio Barba Jacob y el humilde y bondadoso señor Delgado. A nadie Rafael le habló de ello. Ni a su mujer ni a sus hijos. Y cuando me presenté en su casa me vieron llegar con asombro, vieron llegar con asombro a ese señor extranjero que venía desde tan lejos a buscar a su padre por un motivo ignorado. El cortejo había llegado paso a paso, ineluctable, al cementerio.

Cuando bajaron el ataúd a la fosa nos apartamos, y caminando sobre la maleza de unas tumbas, yendo y viniendo, Rafael me contó la historia de la Lotería del Tolima, la del fraude continuado de Salvador Castro y Mercedes Osorio al ingenuo público que pone sus esperanzas en Dios y el premio mayor, y compra billetes de lotería y enciende velas. ¡Conque ése era el asunto! Ésa la fuente de las sesenta casas de Ibagué y la casona inmensa de seis patios y la finca ganadera. Claro que la madre Alcira, que aquí en la tierra en el perdido barrio Domingo Savio de Medellín como en el cielo es una santa, no me iba a contar la verdad de la historia. ¡Quién dice que papi y mami son rateros! Según ella, la caída de don Salvador vino por razones de política, porque don Salvador era conservador y triunfaron los liberales, por los cambios de los tiempos. ¡Qué cambios ni qué tiempos! Por lo dicho: porque se apropiaban de los premios que caían fuera de Ibagué anunciando números falsos y cobrándolos, y el telegrafista de Ibagué les descubrió el fraude y los denunció. Y cuando la ruina se les venía encima, Barba Jacob hubo de ir a Sogamoso (donde nadie los conocía, lejos del Tolima) por encargo de su hermana, y allí, fingiéndose enfermo de muerte y haciéndose pasar por don Salvador Castro, le traspasó los bienes de éste a Mercedes ante un notario. En pago del servicio Mercedes les dio con qué se fueran de Colombia. De ahí el recuerdo de las Castro Osorio de Barba Jacob y Rafael marchándose un amanecer con el pesar de los niños, rumbo a Cali, Buenaventura y el ancho mar para no volver. Por donde habían venido se iban: por Cali, que Barba Jacob despreciaba y llamaba "un garaje con obispo", y por Buenaventura, la ciudad de negros con un muelle largo de madera. Habían llegado el doce de abril de 1927 en el Santa Cruz de la Grace Line con una maleta llena de versos, y se iban el seis de mayo de 1930 en el Cali, con la misma maleta de versos más una máquina de escribir y ropa de Salvador el chico que según me contaron las Castro Osorio se llevaron de la casa de Mercedes, lo cual por cierto a todos les hizo mucha gracia... Y también por cierto (pero ahora no son las Castro Osorio quienes hablan sino Rafael Delgado) que la última navidad que pasaron en Colombia, algo antes del "mandado" de Barba Jacob a Sogamoso, la pasaron en Bogotá en la calle, en la fría calle, sin qué comer ni dónde dormir, yendo y viniendo para no congelarse mientras Mercedes, que se hallaba en Bogotá, celebraba esa noche en el elegante Hotel Savoy una gran fiesta aristocrática sin importarle un higo la suerte de su hermano. Esta mujer orgullosa y ostentosa cuando venía a Bogotá se alojaba en los mejores hoteles y pagaba en

los periódicos capitalinos gacetillas que anunciaran su llegada. Deambulando desamparados por la Carrera Séptima y
otras calles del centro, Barba Jacob y Rafael van a dar al barrio bajo de San Victorino donde una mesera (eufemismo esta vez por prostituta) de nombre Olivia, que está enamorada
de Rafael, les da cinco pesos para pagar un hotelucho donde amanecen. Al día siguiente Barba Jacob recibe quinientos o seiscientos pesos de El Espectador y en agradecimiento
le envía cien a la muchacha con una tarjeta de navidad. A
esa navidad miserable alude Barba Jacob la navidad siguiente en una carta dirigida a Rafael desde Monterrey a La Habana (donde lo había dejado de rehén en un hotel), carta
que otro Rafael, Rafael Heliodoro Valle, conservó y publicó: "Le digo que hice muchas evocaciones; me acordé muy
claramente del triste amanecer que tuvimos hoy hace un
año, en Bogotá, mientras mi hermana Mercedes gozaba entre los últimos esplendores de su riqueza de lotería. La vida
es así, una sucesión de cambios; particularmente la nuestra, que parece dirigida por un prestidigitador, según las
sorpresas que nos depara. Confío en Dios que ahora sí vamos a serenarnos, es decir, a quedarnos quietos en alguna
parte, para ver si echamos raíces, por lo menos mientras mi
hijito aprende a trabajar que es mi gran preocupación..."
Ni se serenaron nunca, ni nunca se quedaron quietos, ni
echaron raíces en ninguna parte, ni Rafael su "hijito" aprendió a trabajar. Lo que Barba Jacob estaba formulando en la
carta era ni más ni menos que su deseo de lo imposible: de
no ser él.

Pero no nos atranquemos en miserias de noches frías.
Ya íbamos navegando en ese barquito del Cali rumbo a Colón, Panamá, alejándonos en la noche oscura de la mezquina Colombia, cuando un pasajero se suicidó tirándose al
mar por la borda. Dieron aviso telegráfico a Colombia, y al

enterarse Teresita Cadavid Osorio, temió que el pasajero fuera Rafael, de quien se había enamorado. Y tanto que había arrastrado a su familia a Bogotá en pos de él. Prima hermana del poeta y un año menor que Rafael, Teresita era hija de Rosario (la querida tía Rosario de la infancia del poeta), y hermana de Jaime y Leonel y otros diez. Su amor debió de haber nacido cuando Barba Jacob y el muchacho vivieron con ellos en una casa de la calle de Bolivia, en Medellín. Dice Rafael que el amor era recíproco. ¡Pero él tuvo tántos! Que a punto de marcharse a Bogotá Barba Jacob le había dicho que se quedara y se casara con ella, pero él, renunciando una vez más a sus sentimientos, prefirió seguirlo. Y dice y decimos "una vez más" porque ¿no se había querido casar pues con él una muchacha riquísima en Lima que le habría podido hasta financiar un periódico al poeta? ¿Y no se enamoró también de él una hija de un expresidente de Colombia, tal vez Pedro Nel Ospina, viajando en tren a Cartago, huyendo él de Manizales y el finquero al que le sedujo la mujer? Y he aquí que ahora Teresita se les aparecía en Bogotá con la tía Rosario y Leonel y respectiva esposa (los de la boda de Anorí, la boda en que la novia se enamoró de Rafael a punto de darle al otro el "sí" y lo hizo salir huyendo), y se iban a vivir los cuatro con Barba Jacob y su hijo en una casita de Chapinero, en despoblado, donde terminaba la ciudad y empezaba la sabana. Pero si la pasión de Teresita por Rafael seguía encendida, la de la novia de la boda de Anorí se había apagado. El tiempo cura la locura. Luego se hubieron de mudar a otra casa, en las inmediaciones de "La Morada del Altísimo" (donde el par de destrampados ya habían vivido, en una buhardilla) y Teresita puso un taller de costura. Después se apareció Mercedes por Bogotá, buscando a Barba Jacob enloquecida por el escándalo de la Lotería del Tolima. Después Barba Jacob fue a Sogamoso a traspasarle ante el notario los bienes de su marido. Después, un día, sin despedirse de la tía ni de Teresita ni de nadie, Barba Jacob y Rafael se fueron de Bogotá, a Ibagué, Cali, Buenaventura, para marcharse definitivamente de Colombia. Y a propósito de pasiones encendidas o apagadas: cuando dejábamos el cementerio Rafael recordó que le había dado un beso a Alcira, entonces una chiquilla. "Conque Alcira hoy es hermanita de la caridad...", comentó. Y leí en los ojos del pobre viejo lo que estaba pensando: que un risueño día de medio siglo atrás, en una casona inmensa de seis patios, abusando de la hospitalidad de la casa un granuja había besado a una niña, futura esposa del Señor.

Era Managua (ya no lo es porque la destruyó el terremoto) una ciudad de calles no pavimentadas, caliente, polvosa, chismosa, mezquina. Salía en las noches (Barba Jacob lo ha escrito) un loco que gritaba de esquina en esquina, con voz estentórea, obsesiva: "¡Cállate gritón, que no dejas dormir!" A pie, con la valija en la mano, bajo el sol ardiente de la mezquindad calcinando la ciudad infame, Barba Jacob y Rafael tomaron al fin un día la Avenida del Porvenir, así llamada acaso porque conducía a la estación ferroviaria, a la salida. En el andén, a punto de tomar el tren a Corinto, se presenta el padre de Rafael, el abnegado señor Delgado a quien el muchacho apenas si conocía, y llamándolo aparte le advierte: "Nosotros los Delgado podemos ser bebedores y mujeriegos y todo lo que se quiera: menos maricones". La fama negra de Barba Jacob se había extendido a toda Managua... Tras del encuentro enojoso aparecieron los guardias. Atemorizado, a lo único a que acierta Barba Jacob es a entregarle a Rafael su valija y decirle que se escape. Se llevan preso a Barba Jacob, y Rafael, temeroso por lo que le ha dicho su padre y lo sucedido, se marcha a

Corinto con la idea de embarcarse sin Barba Jacob y con su equipaje.

Pero a Barba Jacob no lo detenían por lo que sospechaba, porque andaba con el muchacho: lo detenían porque el Jefe de la estación ferroviaria, sobrino de la dueña del Primavera, había dado aviso a la policia de que el poeta se marchaba de la ciudad sin pagarle a su tía la deuda del hotel. El Embajador de Colombia doctor Manuel Esguerra, un anciano que en alguna ocasión le había enviado dinero a Barba Jacob con Rafael, indignado por la humillación que le inferían al poeta se apresura a intervenir ante las autoridades nicaragüenses y cancela la deuda. Puesto en libertad Barba Jacob se dirigió de inmediato a Corinto. Al saber de su llegada al puerto, Rafael, que no ha conseguido tomar un barco, busca escapársele, pero en un lugar tan pequeño por fuerza se encuentran. "¿Qué pasa con usted? ¿Qué le he hecho? ¿Por qué me huye?", le reprocha Barba Jacob. El muchacho le repite lo que se dice de él, lo que él mismo dice en su poesía. "Si mi poesía dice eso la rompo y usted se viene conmigo". "No hay necesidad, de todos modos nos vamos". Tal el diálogo según lo recuerda Rafael, patético e inverosímil. Yo que conozco a Barba Jacob más que él, más que nadie, me río cuando me lo cuenta. "Mi vaso lleno —el vino del Anáhuac— mi esfuerzo vano —estéril mi pasión— soy un perdido —soy un marihuano— a beber, a danzar al son de mi canción…" ¿Serían ésos los versos a que aludía el ingenuo? Dudo de que por un muchacho Barba Jacob fuera a quitarle una coma a un verso…

Lo que sigue es la ruta del destino: Amapala, San Lorenzo, Sabanagrande, Tegucigalpa, Zambrano, Comayagua, Siguatepeque, Jicaral, Potrerillos, San Pedro Sula… Puertecitos, rancherías, poblachos, cerros calcinados por el sol, brechas sepultadas en el polvo, camiones desvencijados, va-

porcitos, trenes, esteros, bahías, lagos… Navegando a Jicaral en una lancha se los quiso tragar el lago de Yojoa, de
oleaje turbulento. En Zambrano se habían alojado, por invitación de su hijo, en la casa del futuro dictador de Honduras
Tiburcio Carías. Y en Tegucigalpa, la capital, "el afamado
poeta colombiano" dictó una conferencia en el local de las
sociedades obreras, una de esas inefables conferencias suyas sobre lo inefable: "El desinterés y la voluntad de sacrificio como base de la educación", la cual, por desocupación
y falta de noticias, reseñó, y con comentario elogioso, El
Cronista de Paulino Valladares, gratuito blanco antaño de
los ataques de Arenales. Y quien en San Salvador era capaz
de escribirse, tecleando con dos dedos en la máquina, de
corrido, sin parar, un editorial sobre el cultivo del plátano,
proyectaba una segunda conferencia hondureña, en el Teatro Manuel Bonilla, con el tema de "El amor, las mujeres
y la vida". Los estudiantes de derecho se la estaban organizando, como acto de homenaje al gran poeta a la vez, e iba
a contar el acto "con la participación de numerosas seño-
ritas y caballeros de la alta sociedad de Tegucigalpa" según
anunciaba El Cronista, más discurso solemne de Augusto
Coello, el autor del himno nacional de Honduras. Iba, pues
una de las muchachas que debía bailar un número del programa se dislocó un pie, y los estudiantes decidieron posponer la velada. "Y a quién van a agasajar —les preguntó
Barba Jacob furioso—: ¿al poeta, o a las muchachas?", "y
los mandó al carajo". Según Miguel Antonio Alvarado oyó
contar, Barba Jacob dejó la ciudad enfurecido, bajo un gran
aguacero, diciendo que en Tegucigalpa en vez de agua debería llover albardas para amarrar a tanta bestia. Pero según Rafael lo oyó, y con sus propios oídos, lo que dijo fue
que "debería llover mierda".

Ya en la Costa Norte, en las bananeras, el transfigu-
rador se transmutó en cura, y su hijo en acólito, y pagado

en dólares por el gran ingenio La Lima, de cerca al río Chamelecón, el reverendo padre Manuel Santoveña y su monaguillo anduvieron de campamento en campamento y de plantación en plantación ensotanados predicando entre los cultivadores de caña, unos salvajes asesinos, el precepto bíblico "¡No matarás!"

En la zona del río Chamelecón se encuentra un poblado, Santa Rosa de Copán, en cuyas inmediaciones están unas famosas ruinas mayas. Hay un poema de Barba Jacob, la "Elegía del Marino Ilusorio", que lleva por subtítulo "Fragmento del Delirio de la Noche en Culpan". Culpan no existe. ¿Es Copán acaso? Dedicado en las "Canciones y Elegías" a Rosario Sansores, una poetisa loca que conoció en La Habana y lo cuidó en una de sus agonías, del poema nada más se sabe. Termina así: "y la ilusión, de soles diademada, y el vigor… y el amor… fue nada, nada? ¡Dame tu miel, oh niño de boca perfumada!" Ya con mil dólares en los bolsillos, el ex cura y su ex acólito se embarcaron en Puerto Cortés rumbo a Cuba vía Nueva Orleans.

A fines de 1948 Abel Arturo Valladares publicó en El Día de Tegucigalpa un artículo escrito en San José de Costa Rica en que refiere que siendo Guardia Marítimo y Subcomandante local en Oak Ridge, en tiempos del presidente Paz Baraona, entre los pasajeros de una gasovela proveniente de La Ceiba y de Roatán desembarcó un hombre algo avejentado, erguido en su modo de caminar, que portaba una valija, vestía un traje arrugado y daba la impresión de un agente viajero. A diferencia de los restantes pasajeros era un extraño en el puerto, donde no conocía a nadie. Movido por sentimientos humanitarios y como única autoridad del lugar, Valladares se puso a las órdenes del desconocido, y éste le dio explicaciones de dónde venía, del rumbo que llevaba y del estado en que se encontraba: sin un centavo para pagar un pasaje, una comida o un alojamiento. Se hallaba en La Ceiba cuando el gobierno del presidente Paz Baraona le había ordenado que abandonara el país. "Aquí no perecerá, haré lo que me sea posible por usted", le dijo Valladares y lo invitó a que lo acompañara a casa de una familia amiga donde le daría alimentos, y a otra donde le proporcionarían un cuarto. Durante los ocho días que permaneció el desconocido en Oak Ridge sólo salió de ese cuarto a tomar sus alimentos, y el resto del tiempo permaneció a puerta cerrada. Un día Valladares le anunció que había embarcación rumbo a Guanaja y le entregó diez dólares y una carta de recomendación para un capitán de barco que en esos días hacía un viaje a México, pidiéndole que llevara al portador sin cobrarle un centavo. Al despedirse, el desconocido le dio a Valladares una hoja de papel en que estaba escrito un poema. "Es con lo único con que puedo pagar sus favores", le dijo. En 1942, comentando Valladares con el hijo de Augusto Coello, que se encontraba en Costa Rica, sobre autores literarios, mencionaron a Barba Jacob, quien acababa de morir. Dice Valladares que entonces descubrió que el desconocido de Oak Ridge era el gran poeta colombiano. Pero se equivoca: no era Barba Jacob. Ése era otro fantasma. Barba Jacob nunca estuvo en las Islas de la Bahía. Nunca tampoco fue expulsado de Honduras, ni en tiempos del presidente Paz Baraona estuvo en La Ceiba, ni en 1925 se marchó de Honduras solo: se marchó con el joven nicaragüense con quien había llegado, con Rafael Delgado, embarcándose en Puerto Cortés en un buque de la United Fruit Company, el Igueras, con mil dólares, rumbo a Cuba por Nueva Orleans. Más aún: en Puerto Cortés les habían recibido los maestros. En uno de esos buques de "la flota blanca" que venían de La Habana cargados de barriles de ron Bacardí y que en la Costa Norte hondureña y guatemalteca recogían cargamentos de banano y unos cuantos pasajeros con destino final Nueva York, se marcharon pues de Honduras. Atrás se quedaban Honduras y Nicaragua, como se habrían de quedar luego Cuba, el Perú, Colombia, México, reverberando en el recuerdo.

Dos semanas permanecieron en Nueva Orleans, en el Hotel Saint Charles; luego se embarcaron hacia Cuba en el Atlántida. Ese barco, que se esperaba en La Habana para el lunes seis de julio según puede leerse en las "Noticias del Puerto" de El País habanero, sólo llegó hasta el lunes veinte, en que la misma columna anunció su arribo proveniente de Nueva Orleans. Ahí están las dos semanas del recuerdo de Rafael: ¿qué más tenían que hacer en Nueva Orleans sino esperar que zarpara un barco? La memoria de Rafael Delgado es un milagro: sus barcos llegan y se van en su recuerdo en las fechas exactas de las guías portuarias que he ido a consultar en periódicos de medio continente, a constatar en ellos la derrota del olvido. Temblando de emoción ¿no he visto llegar pues el Essequibo al puerto de El Callao en un periódico peruano, el miércoles siete de abril de 1926, el día exacto que recordaba Rafael? He visto zarpar el Essequibo, de la Pacific Steam Navigation Company, compañía holandesa, del muelle San Francisco de La Habana, y de periódico en periódico he seguido su ruta, su estela, borrándose en la espuma del mar: el viernes dos de abril pasó por el puerto de Colón, Panamá, cruzó el canal, y a mediodía dejó a Balboa rumbo al Sur. Tocó en los puertos de Esmeraldas, Paita, Chimbote y Salaverry, y el miércoles siete exactamente, en la fecha recordada, atracó en el puerto peruano de El Callao, con pasajeros de primera y de tercera, carga general y seiscientos sacos de correspondencia, a las seis de la tarde. Desde la cubierta del buque se divisaban, miserables, en el atardecer gris de El Callao, los inditos y las chozas del puerto. Viniendo de la gran capital que era La Habana el poeta y el muchacho no pudieron menos que exclamar: "¡Dios mío, a qué país llegamos!"

En La Habana, en una situación que se tornaba día a día más angustiosa y desesperante, soñando con irse a España pero temiendo que allí le fuera imposible conseguir trabajo, sin un centavo, Barba Jacob recibe un cable como llovido del cielo, providencial: de su paisano el periodista Guillermo Forero Franco (a quien debió de haber conocido en México por donde éste anduvo) ofreciéndole desde Lima situarle un dinero en La Habana y mil libras por hacerse cargo del periódico La Prensa, que él dirigía, durante el tiempo de un proyectado viaje suyo a Europa. Doscientos treinta dólares costaba el viaje Habana-Callao en el Essequibo en primera, y ochenta en tercera. En tercera se fueron, llevándose dos linotipistas de la isla, de apellidos Taupier y Rueda, cubano el uno y el otro colombiano. Al dueño del Hotel Crisol, como ya conté que me contó Tallet, Barba Jacob le firmó cien pagarés de a cinco pesos "para írselos pagando desde el extranjero", ¡y a la mar! Lo que ya no sé es por qué Tallet me decía que los dos linotipistas que se llevaba Barba Jacob al Perú (contrariando el sentir de sus amigos) eran unos rompehuelgas. ¿Acaso porque estuviera en huelga La Prensa limeña? ¿El órgano del gobierno de Leguía? ¡Qué iba a permitir huelguistas el dictador! En fin, ahí estaban en el puerto de El Callao Forero Franco y unos enviados de Chocano, el poeta, recibiéndolos. Un corto viaje en tranvía y llegamos a la capital. Entonces Rafael vio realizarse, en Lima, su sueño de León: imponentes, entre nubes, en penumbra, venían a su encuentro las torres de la catedral soñada.

Cree Rafael que Barba Jacob apenas conoció a Chocano en Lima pero se equivoca: ya se habían encontrado años atrás en Tegucigalpa, y juntos y con Leopoldo de la Rosa habían viajado a Amapala. Miguel Antonio Alvarado me lo contó, y que él, en Amapala, recibió a los tres poetas y los alojó "en el hotel de mama Chepa", y que al día siguiente se separaron. Lo que pasa es que Rafael, que también estuvo en Tegucigalpa y Amapala, estuvo en 1925 con Porfirio Barba Jacob, no en 1917 con Ricardo Arenales. Rafael no conoció a Arenales. Alvarado sí, y yo a Alvarado, en una casa de esas de tablones de madera de Tegucigalpa, que tenía los cuartos atestados de libros. Y calculo incluso que antes de Tegucigalpa ya hubiera coincidido Arenales con Chocano en La Ceiba pues anunciaba su llegada al puertecito en sus Ideas y Noticias, y antes de Honduras en México, en el periódico El Imparcial de que era editorialista Arenales y al que Chocano le concedió una entrevista: "Yo no podría ser amigo de ningún imbécil", decía en ella deshaciéndose en elogios al déspota de Guatemala Manuel Estrada Cabrera. Luego pasaba a presumir de sus negocios de minas y demás transacciones comerciales que había llevado a cabo en sus doce años vividos en ese país a la sombra del tirano: "Yo también sirvo, con ser poeta, para lo que sirven los demás hombres. Sólo que mis esfuerzos como negociante no se limitan a obtener utilidades de cien pesos al mes, sino que pongo mi potencia intelectual en los negocios para ver de obtener millones". Y con su tono infatuado, tratando de la evolución de su obra poética: "En mi arte caben todas las escuelas". Con razón el joven poeta norteamericano George Sylvester Viereck decía por esa época que "la noble tarea de hacer versos produce locura, infatuación e ignorancia y es madre de muchos vicios". En México, en esa ocasión, Chocano estuvo a punto de ser expulsado por el propio presidente Madero por andar agitando a los estudiantes en contra de los Estados Unidos. Lo expulsó al año siguiente Huerta, pero regresó y dijo de Pancho Villa una frase que embriagó al bandolero: "En el general Villa existe la materia prima de un grande hombre", y a partir de aquel día vivió a la sombra del bandido. En Europa había sido defensor con sueldo fijo de Estrada Cabrera: si un periódico de cualquier parte señalaba un crimen del tirano, ahí estaba el poeta presuroso a encontrar siempre un eufemismo para justificarlo. En Madrid estafó al Banco de España y se vio obligado a huir de la península a la medianoche, disfrazado de cura. En México estuvo involucrado en una venta de cañones y ametralladoras a don Venustiano Carranza, quien se acababa de alzar en armas en el estado de Coahuila. Pese a la intervención del gran orador Jesús Urueta y de los miembros del Ateneo ante Huerta, hubo de salir expulsado hacia Cuba. Dejó los periódicos del país inundados de versos... ¿Pero tiene importancia que se hayan conocido o no Barba Jacob y Chocano? ¡Claro! Es la coincidencia, interferencia en el tiempo y el espacio de dos astros, un eclipse.

Formidable este José Santos Chocano, cantor de América, adulador de tiranos, villano, que no se privó de nada, ni de poner su granito de arena incluso en el control demográfico, tan necesario en estos tiempos que corren posteriores al salvarsán, y el treinta y uno de diciembre de 1925 (vale decir cuatro meses antes de la llegada al Perú de Barba Jacob, a quien le tocaron las cosas fresquecitas), en el hall de El Comercio, de un tiro a quemarropa, mandó al otro mundo a descansar al periodista Edwin Elmore por grosero. ¡Se había atrevido el atrevido a darle una bofetada en el rostro a un poeta!

Dice Rafael que a Chocano lo tenían preso en Lima en un palacio, al que fue acompañando a Barba Jacob en dos ocasiones a visitarlo: allí estaba el gran Chocano entre criados de librea, guardias de smoking, esposa guatemalteca, alfombras de ensueño… ¡Qué va! Magnificaciones del recuerdo. La prisión-palacio del recuerdo de Rafael se convierte en la biografía de Chocano que escribió Luis Alberto Sánchez en un hospital-prisión: el Hospital Militar de San Bartalomé donde el poeta disponía de dos habitaciones con baño privado, que la tolerancia de Leguía le había otorgado pese a no ser militar ni estar enfermo. El que sí vivía en un palacio era Leguía, Augusto, y desde 1919 en que derrocó al presidente Pardo, ya expirando su mandato. Desde entonces gobernaba al Perú con mano férrea. Toda garantía y libertad individual o colectiva, todo atisbo de vida democrática, toda oposición militar o política habían sido reprimidas por la fuerza. Con un Congreso incondicional a su servicio y sin tolerar otra prensa que la sumisa, Augusto Leguía detentaba el poder sin límites. Sesenta y dos años tenía cuando lo conoció Barba Jacob, al mes de su llegada, al marcharse Forero Franco a Europa dejándole a su cargo La Prensa. Su visita fue el seis de mayo, la víspera de tomar bajo su dirección el periódico. Dicen que Leguía tenía en su sala de audiencias dos sillas: una alta y suntuosa para él, y otra baja e incómoda para sus visitantes, a los que les hablaba desde lo alto. A Barba Jacob en cambio lo recibió con especial deferencia: con el más fino whisky y una bandeja de marihuana. Charlaron cordialmente el dictador y el poeta, y al día siguiente éste entraba a La Prensa dándose una entrevista en primera plana: "El Perú en 1926 juzgado por un periodista extranjero", en la que expresaba sus propósitos de radicarse en el país de manera definitiva, y hablando de lo que le parecían Lima y el Perú del presente vaticinaba para el futuro maravillas (que no se cumplieron, hoy el Perú es una ruina). Fumaba un cigarro "Inca" peruano, y citó esta frase de Margall que le obsesionó muchos años: "Sólo el espíritu vive y resplandece y todo lo demás es sombra". El entrevistador le acompañó hasta su apartamento, y allí le dejó entre mapas e historias del Perú, rimeros de libros y cuadernos, memorias de los distintos ministerios, informes técnicos sobre aguas, minas, bosques, caminos, obras de irrigación... "embebido en la realidad nacional que quiere conocer". El estilo del reportaje sin embargo me hace pensar que el entrevistador y el entrevistado fueran uno solo, que se entrevistó a sí mismo.

Nunca más se vuelve a mencionar el nombre de Barba Jacob en La Prensa, pero durante las semanas que siguieron encuentro por todas partes su huella: la página "Realidad y Fantasía" (la misma que Ricardo Arenales había publicado en los periódicos de México), que apareció un par de veces; el "Suplemento para las damas", y artículos de Torres Bodet, Froylán Turcios, Rafael Heliodoro Valle, Rafael Cardona, sus amigos de México y Centroamérica, artículos que sin duda traía en la maleta. En la biblioteca pública de Lima voy hojeando el periódico, temblando ante la presencia del fantasma.

Vocero del gobierno de Leguía, La Prensa era un periodiquito de estilo anticuado, tan anticuado como los restantes periódicos peruanos. Barba Jacob llegó a él con infinidad de proyectos: hablando de introducir nuevas secciones, de crear una página editorial que no existía y otra de amenidades e informaciones literarias y científicas; de ampliar el material gráfico y transcribir las opiniones de los diarios extranjeros referentes al Perú... Proyectos, sueños, que intentó por unos días y que su natural inconstancia dejó en el aire. La misma historia de siempre, la de su Porvenir de Monterrey, de su Churubusco de México, de sus Ideas y Noticias de La Ceiba, de su Imparcial de Guatemala, de la Universidad Popular de Guatemala, de la Universidad Popular de Guadalajara... Universidades, periódicos, todo igual, empezado, abandonado, inconcluso. De ahí ese viento desmelenado con que terminan los "Poemas Intemporales" y se los lleva ("ya que nada, si viví, he fundado ni ha durado"), de ahí su proyectada "Historia de las Nubes y de los Sueños", que por supuesto nunca escribió porque de hacerlo habría contradicho el título…

Mes y medio escaso permaneció en La Prensa. El veintinueve de mayo apareció su editorial sobre Leguía, firmado con el pseudónimo "Junius": "Incansable y eficaz organizador, le ha dado al Perú la mejor administración que ha conocido desde la conquista hasta nuestros días, y eso que para ello fue necesario alterar la armazón misma del Estado. Como otros hombres de su clase, como Mussolini y como Hindenburg, Leguía no es vehemente; sólo se exalta, si acaso, en los trances mínimos. En las grandes crisis, en las horas de prueba decisiva, de inminente y grave peligro, o frente a complicaciones inesperadas, su serenidad y sangre fría podrán tener iguales pero no superiores". ¿Se había convertido el poeta en adulador de dictadores, en émulo de Chocano? Para el veintidós del mes siguiente, cuando Chocano es condenado tras un proceso que ha conmovido al país y que en sus últimos días ha tenido un gran despliegue periodístico, Barba Jacob ya ha abandonado La Prensa; el periódico vuelve a su anterior concepción, a su estilo anticuado y desaparecen la página editorial y demás innovaciones del poeta, y del fantasma todo rastro. Me dice Rafael que el tiro de La Prensa había subido en pocos días de quince mil a treinta y ocho mil ejemplares, y que Leguía, encantado con Barba Jacob y el triunfo de su periódico, lo había recibido varias veces en palacio. Entonces ¿qué ocurrió? Lo primero, que regresó Forero Franco de Europa como estaba previsto. Lo segundo, ahora o un poco más adelante, que Barba Jacob cayó en desgracia con el dictador.

El mensajero

Al llegar Barba Jacob y Rafael a Lima se habían alojado en un hotel cercano a la catedral, el San Francis, con un carro a su disposición y ganando el poeta cuatrocientas libras peruanas; del hotel se trasladaron a una suntuosa residencia del barrio de Chorrillos en la que vivieron seis meses maravillosos, los días más espléndidos que hubiera de ofrecerles la vida. Según Rafael el sueño y la prosperidad terminaron cuando al dictador se le metió en la cabeza que el poeta escribiera su biografía, y a través de Forero Franco (que ya estaba de regreso de Europa) se lo comunicó dándole cita una noche en palacio. Barba Jacob acude a la cita y Leguía lo recibe tan cordial como siempre. Le felicita por los éxitos obtenidos y le suplica que escriba su biografía, pero indicándole que lo haga como si se tratara de la de Bolívar, "para darle una idea". Sigue lo que ya conté, la respuesta de Barba Jacob y la reacción del tirano: el bloqueo absoluto a quien se había atrevido a contrariar a su imperial persona. Supongo que la biografía la empezó a escribir y que el rompimiento vino luego; si no ¿cómo se explican los seis meses maravillosos en la mansión de Chorrillos? ¿No había empezado también la de Carranza en México? Otra cosa es que fueran biografías aduladoras. También uno puede escribir la biografía de un granuja, de un asesino, de un tránsfuga. En el género biográfico cabemos todos, como en el arte de Chocano todas las escuelas.

Caídos pues de la gracia del dictador, el poeta y su hijo fueron de tugurio en tugurio sin que nadie en Lima osara acercárseles ni ayudarlos. Por excepción, un muchacho que vendía enlatados por las calles les llevaba furtivamente refrescos y galletas para que no perecieran de hambre. Con uno de esos enlatados, una caja de sardinas, Barba Jacob se intoxicó y hubieron de llevarlo de urgencia al Hospital San Juan de Dios los de la Cruz Roja. Dice Rafael que iba musitando en el trayecto los versos de su poema "La Hora Suprema": "Mas al rodar al tenebroso abismo, aún clamaré con mi última energía, firme en mi ley, seguro de mí mismo: Mi hora no ha llegado todavía…" Finalmente el embajador colombiano Fabio Lozano Torrijos consiguió repatriarlos. Y al año y dos días de haber llegado, en el mismo puerto de El Callao se embarcaron, en el Santa Cruz de la Grace Line, rumbo al país de los conservadores y los liberales, de los doctores, ladrones e hijueputas.

Fantásticos estos barquitos de Rafael Delgado que llegan y se van en su memoria puntuales como las estaciones. Qué me importa que los papeles de Barba Jacob se hayan perdido una noche bajo los escombros de un terremoto. Qué me importa que las bellezas envejezcan y desaparezcan y se vuelvan polvo. Son reemplazables. Otras vendrán. Barba Jacob no. Tal vez por eso no soporto que la memoria se vuelva olvido. Ése es la muerte. Y Rafael me va recitando barcos, pueblos y ciudades con la seguridad con que un cura desgrana jaculatorias. Barba Jacob el hombre irrepetible palpita en su recuerdo.

Varios días me quedé en León con Rafael recordando. Salíamos en un carrito que manejaba Salomón su hijo, el muchachito, a los pueblos de los alrededores a vender cosméticos. Creía Rafael que el gobierno de Colombia me pagaba por ir de terregal en terregal buscando los papeles de Barba Jacob, y quería que Salomón se viniera conmigo a México, tal vez para que se repitiera conmigo, en otro mundo, en otro tiempo, su irrepetible, enloquecida historia con Barba Jacob. De lo que me contó en esos días ya di cuenta detallada en otro libro que titulé como éste. O al revés, éste lo titulo como aquél. Como prefieran.

En adelante todas mis partidas con la muerte se las gané. Pero no voy a envanecerme ni a ponerme a presumir;

la verdad es que seguí sintiendo siempre, en cada nuevo encuentro con cada nuevo conocido que en mayor o menor grado, por un motivo u otro, hubiera tenido que ver con Barba Jacob, la misma vieja incómoda sensación de lo imposible, de que vivieran los muertos. Ni más ni menos lo que sentí cuando me fue dado conocer a los eminentes doctores Fernando Rébora y Donato G. Alarcón, neumólogos, tan repetidamente mencionados en las últimas —pobres, tristes, desconsoladas— cartas de Barba Jacob, y que en los treintas y cuarentas y cincuentas, en el oscuro cielo de las dolencias humanas, eran estrellas. Entonces los cirujanos del pulmón eran lo que hoy en día son los cardiólogos, los taumaturgos de turno, las grandes eminencias milagreras. A los neumólogos empero la quimioterapia y los antibióticos los destronaron, los jubilaron, y no volvieron a operar, y charlatán que no asusta y cirujano que no opera haga de cuenta usted que se murió. Pero el doctor Donato G. Alarcón vivía y el saberlo, el tropezarme con una carta pública suya en el "Foro" de Excélsior (la vieja "Voz del Agora" de los tiempos de Barba Jacob), así, de sopetón, hojeando ese pasquín que antaño fuera un gran periódico y hoy un periodicucho lambiscón, arrodillado al gobierno y mamando de sus corruptelas, me cayó como un balde de agua fría. Me palpé repetidas veces el cuerpo y me sentí fantasmal, un espectro en la noche de los muertos vivos. Conque el ilustre doctor Alarcón vivía, el que dirigía el hospital de tuberculosos de Huipulco en los últimos años del poeta... Yo lo daba por muerto desde hacía veinte o treinta y en consecuencia no me había tomado el trabajo de buscarlo. Ahora se quejaba amargamente del servicio postal mexicano que le cobraba, sólo porque llevaba dedicatoria manuscrita, como correspondencia de primera (más cara) lo que en su concepto era de tercera (más barata): el envío de un libro de que era autor, un tratado de neumología, a una universidad de Barcelona. ¡Qué forma era ésa de apoyar la ciencia y el intercambio de las ideas! Su dirección y teléfono aparecían en la carta pública bajo la firma: Félix Berenguer 126, Virreyes, Lomas de Chapultepec, y cinco cuarenta veintisiete veintinueve. Le hablé en el acto. Y le pregunté por Barba Jacob. Sí, vagamente lo recordaba… Yo en cambio a él, al doctor Alarcón, sí que lo recordaba, y muy pero muy bien: su negativa obstinada a recibir al poeta en el Hospital de Huipulco alegando que no era mexicano, que estaba muy viejo y que era incurable. Que no era mexicano acepto, Barba Jacob fue en todas partes extranjero. Pero que estaba muy viejo un hombre de cincuenta y tantos años, dicho entonces por quien ahora le calculo que pase de los cien, me ha hecho sonreír y pensar que la enfermedad más incurable y más cabrona de esta vida es la vejez.

Discípulo del doctor Alarcón en la Escuela de Medicina era David Guerra, a quien conocí en el Club Suizo por insinuación de Alfredo Kawage, y quien conoció a Barba Jacob por mediación de Shafick. Ya hablé de sus tres visitas al poeta. A raíz de la segunda, cuando fue con su compañero Gabriel Guerrero y Barba Jacob les dijo que "cambiaba toda su obra poética por una cama de hospital", los dos jóvenes, estudiantes del cuarto o quinto año de la carrera, intervinieron ante su maestro el doctor Alarcón rogándole que aceptara al poeta en su Hospital de Huipulco; y el doctor les contestó que estaba al tanto del caso y que según la ley mexicana no era posible recibir en los hospitales a los enfermos desahuciados. Como en los bancos pues, que sólo les prestan a los ricos que no necesitan, en los hospitales mexicanos sólo se recibe a los sanos. Que salgan enfermos y moribundos ése ya es otro cantar… "Es claro —le decía la señora de Zawadsky hablándole de Barba Jacob a

José Gers— que sus circunstancias de tuberculoso lo colocaban en una situación embarazosa. No se resignaba a ir al Hospital de Incurables que funciona en México y en un sanatorio era dificultosa su admisión, precisamente por su carácter de incurable. Quedaba entonces la cuestión de su alojamiento, porque al más lerdo de los arrendatarios no se le podía ocultar la gravedad de su cliente. En realidad, ésta fue la parte más difícil de la vida de Porfirio, su tragedia". No es que no se resignara a ir al "Hospital de Incurables": era que no lo recibían. En una de las varias cartas que le escribió Barba Jacob a Jaramillo Meza, ya al final de su vida, le dice: "La curación de mi enfermedad, que parece no ser imposible, se ha hecho difícil por haber carecido de la atención que requiere un 'caso' como el mío; no tengo familia ni servidumbre y moro en el corazón de esta metrópoli, en un cuarto de hotel estrecho y mal ventilado. Todos los médicos me dicen: 'hospitalícese'; pero México, el vasto y opulento México, no cuenta por ahora sino con un sanatorio oficial donde admiten tuberculosos —que es el de Huipulco— y con uno particular, el de la colonia yanqui, donde la cuota de admisión es muy alta. Si logro verme con algún dinero, no vacilaré en recluirme en ese establecimiento. El ministro Zawadsky hizo un esfuerzo por ver si le era posible que se me internara en algún sanatorio u hospital dependiente del gobierno y al efecto habló con alguno de los secretarios de Estado pero no logró sino vanas promesas. Yo luché también por ingresar a Huipulco, pero su director, el eminente doctor Alarcón, no obstante que había sido mi médico particular, me dio una negativa rotunda, fundándose en estos tres hechos: que soy extranjero, que tengo más de cincuenta años, y que mi enfermedad es de evolución lenta…" A la señora de Zawadsky, tan jovencita, ya empezaba a fallarle pues la memoria cuando le concedió su reportaje a José Gers, y ya empezaba a embrollar las cosas. Su propio esposo intervino para que recibieran a Barba Jacob en Huipulco, como David Guerra y su amigo: infructuosamente.

La carta en cuestión a Jaramillo Meza empieza: "Dicto esta carta desde mi cama de enfermo, en la cual estoy postrado hace siete meses víctima de terrible dolencia contraída durante mi viaje a Medellín y que ha hecho de mi vida un verdadero martirio a lo largo de los últimos diez años. Ante todo, te daré algunos detalles acerca de esto. Mi enfermedad (complicada con otra no menos funesta) es una tuberculosis pulmonar que empezó por ser de carácter fibroso, pero que ha evolucionado peligrosamente. Estoy afectado de modo más alarmante en la parte superior del pulmón derecho. Me han tratado los más eminentes especialistas de esta metrópoli, entre ellos el famoso doctor Alarcón, director del hospital de Huipulco. Este médico declaró hace año y medio que mi mal no era curable ya por ningún recurso terapéutico y que lo único que podía salvarme era la operación llamada 'apicolisis'; pero yo tuve informes fidedignos de que tal operación es tremenda y de que obliga al paciente a permanecer en el lecho a veces hasta un año, inmóvil, boca arriba y sin almohada, pues el menor movimiento causa insoportables dolores". Le leo lo anterior al doctor Alarcón para refrescarle la memoria y me comenta: "Imaginación de poeta". Entonces recuerda que sólo vio una vez a Barba Jacob en su consultorio, y que luego éste no entró a Huipulco por no tener que dejar de tomar y fumar. Que la apicolisis no era tan terrible como escribía y que en una semana sus pacientes sometidos a ella estaban fuera de problemas.

La carta continúa: "Otro especialista, el doctor Fernando Rébora, menos pesimista o más animoso, ensayó el pneumotórax con mal éxito, pues hay adherencias pleurales que lo hacen inútil. Rébora quiere ahora hacerme la frenisectomía, operación no dolorosa ni peligrosa y de técnica muy sencilla". ¿El doctor Fernando Rébora? Otro vivo que siempre dí por muerto. ¡Qué iba a pensar que era un hombre joven cuando trató a Barba Jacob! Siempre lo imaginé como un viejo… Y ahora que el doctor Alarcón me sacaba de mi error, iba a visitarlo a su casa de la calle Gabriel Mancera, colonia de Coyoacán.

La calle, convertida en eje vial, le ha partido en dos el jardín y se le ha llevado la mitad. El alegre jardín donde me recibe y hablamos de Porfirio Barba Jacob, su paciente… Recuerda su figura de dar lástima, el aliento alcohólico, los vómitos de sangre, la impresión que le dio desde un principio de que tenía pocas esperanzas de vida. Por año y medio o dos años le atendió —sin saber de su importancia ni de la alta consideración que se le tenía en México— en su consultorio de la calle de Gante al que solía presentarse acompañado de un muchacho que, según entiende, le fue fiel hasta su muerte. Hombre refunfuñón y malgeniado poco se sujetaba a las disciplinas del tratamiento, y contra la prohibición expresa del médico que venía a ver, en su propia antesala, delante de su secretaria, fumaba cigarros. Ella debió de haber tenido ocasión de conversar más ampliamente con él, ya que el doctor Rébora sólo le trató en plan profesional. Antes le había tratado por breve tiempo el doctor Alarcón, director del Hospital de Huipulco, pero como a paciente particular pues en Huipulco sólo se recibía a los enfermos curables, no a los muy avanzados que incluso debían ser operados en otros hospitales. Tal la razón de que el poeta no entrara a Huipulco, y no por ser extranjero. Como lo anterior me lo dice el doctor Rébora sin que yo se lo pregunte, deduzco que el tema de que Barba Jacob además de incurable fuera extranjero sí se discutió en el hospital cuando se consideró, y rechazó, su ingreso. Como el doctor Cat por quien le pregunto (pues Barba Jacob lo menciona en sus cartas), el doctor Rébora era entonces médico en el Hospital de Huipulco. Aún sigue siéndolo, y entre 1948 y 1952 fue su director. De aquí que el tema de Barba Jacob y el reglamento siguiera tan presente en su memoria... En algún momento Barba Jacob llegó a mejorar algo, y al final el doctor Rébora acabó perdiéndolo de vista. Tal vez el doctor Hermógenes Fernández le tratara luego... Cuando murió, de la Embajada colombiana le llamaron para pedirle que cobrara sus consultas, que el poeta no debió de haberle pagado dada su miseria; sólo entonces el doctor se enteró de quién era en realidad su paciente. Tiempo después el muchacho que solía acompañarlo le regaló una recopilación de su obra, los "Poemas Intemporales", que el doctor aún conserva.

Por un instante el doctor Rébora se ausentó y me dejó solo. Cuando regresó traía el ejemplar de los "Poemas Intemporales" que le había regalado Rafael. Entonces le pregunté si Barba Jacob no le había dicho que lo que fumaba, y muy en especial, era marihuana. Jamás se lo dijo, hasta ese momento se enteraba. Sabía que se entregaba a la bebida y que fumaba tabaco, pero no marihuana "Bueno —dije—, ya lo sabe, pero qué le vamos a hacer, ya no hay nada qué hacer", y me reí. En cuanto a la sífilis, a petición del propio Barba Jacob se le hicieron las reacciones serológicas que detectaban la enfermedad y siempre resultaron negativas. Si la había tenido antes, me dice el doctor, ya para entonces se la habían curado: a la manera antigua, con neosalvarsán, con arsénico o bismuto, inyecciones de bismuto que se ponían tres veces a la semana, y que si no mataban a las espiroquetas daban cuenta por lo menos, rapidito, del paciente.

Barba Jacob tenía una tuberculosis pulmonar muy avanzada que en sus tiempos se combatía con medicinas como las sales de oro, de las que hoy se sabe a ciencia cierta que de nada sirven, o con el colapso o compresión del pulmón por el pneumotórax, que por el contrario era eficaz. Como esto era lo único bueno de lo conocido entonces, el doctor Rébora se lo aplicó en el lado derecho del pulmón con la esperanza de cerrar sus excavaciones para actuar sobre el izquierdo. En el Sanatorio Rangel (de la calle Concepción Béistegui, colonia del Valle) le hizo además una pleurolísis o sección de adherencias, pese a lo cual las lesiones del lado izquierdo continuaron.

Se que después de esas intervenciones de que me ha hablado el doctor Rébora Barba Jacob se fue a Perote y poco después regresó para someterse a la frenisectomía. Lo operaron en una clínica de maternidad de la avenida Chapultepec, adonde fueron Ayala Tejeda y Felipe Servín a visitarlo. Y al asombrarse, me cuentan, de que el poeta hubiera venido a dar a tan impropio lugar y al cuarto 41, de malicioso sentido en México, Barba Jacob les contestó: "Misterios de la predestinación". Según Manuel Gutiérrez Balcázar hubo de ser operado allí porque en otros hospitales no lo aceptaron por causa de su tuberculosis. Dos semanas permaneció en la clínica, y según Concepción Varela la dejó por su impaciencia. Se fue al Hotel Sevilla, y del hotel, convaleciente, con Gutiérrez Balcázar a Tenancingo, pueblito del Estado de México a ciento cincuenta kilómetros de la capital, en busca de un clima más propicio para su enfermedad.

Operación hoy proscrita, la frenisectomía consistía en una incisión de dos o tres centímetros en el cuello, tras de la cual se cortaba el nervio frénico con el fin de que inmovilizara el diafragma impidiéndole ascender. Ahora bien, el doctor Rébora me asegura que nunca le practicó esa operación a Barba Jacob, ni nunca lo operó en el Hospital de Maternidad de Chapultepec (que por lo demás, según él, contaba con los medios quirúrgicos necesarios), y de las estancias del poeta en Perote y Tenancingo a continuación de las operaciones a que fuera sometido nada sabe. Supone que le hubieran recomendado un lugar más bajo que la ciudad de México, pues era una recomendación usual para las insuficiencias respiratorias muy severas… Y sin embargo el doctor Rébora sí operó a Barba Jacob de la frenisectomía. Anunciada la operación en la carta a Jaramillo Meza, en otra carta al mismo destinatario Barba Jacob le confirma que se la realizaron: "De mi situación te doy los siguientes detalles: El tres de octubre me fue practicada la operación de la frenisectomía por el doctor Rébora y el doctor Cat. A pesar de lo que me habían anunciado, la tal operación duró hora y media, me causó indecibles dolores y una enorme pérdida de sangre. En fin, salí de ella, permanecí algunos días en el hotel mientras cicatrizaba la herida, y luego me marché a una ciudad campesina del Estado de México llamada Tenancingo…" Y más adelante, en la misma carta: "El médico, aunque me dice palabras optimistas, no cree mucho en que pueda evitarse un desenlace fúnebre a causa de este mal. Lo creo así porque me dijo que cuando me repusiera un poco más, sería necesario hacerme otra operación; sólo que no estoy dispuesto a permitirla, pues prefiero morir poco a poco. Así como así ESO ha de ocurrir al fin y al cabo…"

No sé cuál ni sé dónde, pero esta nueva operación pienso que se la hicieron, medio año después de la carta: Rafael me contó que el doctor Rébora le había dicho, después de operar una vez más a Barba Jacob, que con esa operación le regalaba ocho meses de vida al poeta, predicción que se cumplió. Aunque Barba Jacob no menciona la nueva operación en sus cartas, ni el doctor Rébora hoy la recuerda ni haber hecho el pronóstico, es demasiado especial el recuerdo de Rafael para que no sea exacto. ¡Cómo olvidar un pronóstico de tal naturaleza que se cumple! Tampoco el doctor Rébora recuerda haberle hecho la frenisectomía a Barba Jacob, y sin embargo Barba Jacob la menciona expresamente en sus cartas. Y si el doctor Rébora me ha dicho que al final perdió de vista a Barba Jacob, todavía el veintisiete de octubre de 1941, fecha de una de las últimas cartas de Barba Jacob, escrita a dos meses y medio de su muerte y dirigida a Antonio J. Cano, seguía tratándolo: "Mi salud ha seguido de mal en peor. Después de la complicación del hígado, se me presentó, el domingo doce de este mes, un ataque de hemoptisis que me duró hasta el domingo diecinueve y que por poco acaba conmigo. Sólo merced a infinitos esfuerzos de los médicos fue posible contener la hemorragia. Ahora me encuentro débil y en la imposibilidad absoluta de moverme y hablar. El doctor Rébora cree que con dos meses de reposo y superalimentación podré recuperar lo perdido en esa semana fatal. Piensa sujetarme después a un tratamiento nuevo ensayado con muy buen éxito en el Hospital de Huipulco. A esta ficha estoy jugando toda mi esperanza". El "tratamiento nuevo", cualquiera que hubiera sido, ya sí no alcanzaron a ensayarlo con él. Lo puedo asegurar porque los dos meses y medio que siguen son los que he podido reconstruir con mayor precisión. Y es natural: son los que preceden a la muerte, cuando todo el mundo recuerda "la última vez que lo vio", o conserva todavía su última carta. Cuando abundan, vívidos, los testimonios.

Hay en el archivo supersecreto de la Embajada colombiana en México, que mi constancia o impertinencia ha

logrado consultar, tres cartas más referentes a Barba Jacob
que no he citado, y que tienen que ver ya no con su internación en el Hospital General del año treinta y dos, que se
logró, sino con la del Hospital de Huipulco del año cuarenta, que se volvió un imposible. De fines de marzo y principios de abril de este año, son ligeramente posteriores al
regreso del poeta de Morelia, y anteriores en unos meses a
sus viajes a Perote y Tenancingo. La primera, del veintinueve de marzo, se la dirige el "doctor y general" José Siurob,
de la Embajada, al Secretario mexicano de Asistencia Pública doctor Jesús Díaz B., para recordarle una reciente solicitud del Ministro Plenipotenciario de Colombia Jorge
Zawadsky en el sentido de que ordenara la internación de
Barba Jacob en el Sanatorio Antituberculoso de Huipulco.
La segunda, del dos de abril, es del propio ministro Zawadsky al licenciado Miguel Vargas Solórzano, de la Asistencia
Pública, agradeciéndole que hubiera atendido a Germán
Pardo García, de la Legación colombiana, quien había ido
a tratar con él el asunto de Barba Jacob. "Tomo nota —le
dice— de que usted se servirá enviar hoy mismo, de ser ello
posible, un médico dependiente de esa Secretaría, a practi-
carle un examen minucioso al señor Barba Jacob, cuyo domicilio, según le indicó a usted el señor Pardo García, es en
las calles de Artículo 123, número 158, interior 5, examen,
según usted tuvo la bondad de hacérmelo saber, del cual
depende la inmediata hospitalización del poeta". Una ano-
tación manuscrita sobre la copia de la carta dice: "Hasta el
sábado seis no había ido el médico a examinar al paciente".
Y el mismo dos de abril el mismo Zawadsky le escribía al
Ministro de Relaciones Exteriores de su país, Luis López
de Mesa, dándole cuenta de la razón por la que en el caso
de Barba Jacob había tenido que intervenir la Embajada:
porque los encargados del Hospital de Huipulco se nega-

ban a recibirlo considerándolo incurable. Y nada más de
qué hablar: Barba Jacob no entró a Huipulco, y aunque murió rezando y confesado, dudo de que tampoco hubiera entrado al cielo.

Se fue a Perote por recomendación de su viejo amigo
el doctor Margáin, en busca de su clima frío y seco y menor
altura que la ciudad de México, que entonces lo hacían considerar como un lugar ideal para construir un hospital de
tuberculosos. En ese poblacho triste y semidesértico del Estado de Veracruz, donde sopla un vientecillo que remueve el polvo de los años, de los cientos de años en que en él
no pasa nada, estaba el dieciocho de agosto de ese año cuarenta según noticia de El Nacional en sus "Columnas del
Periquillo", y allí se lo encontró Rogelio Cantú viniendo de
Veracruz y le dio algún dinero. A Rogelio Cantú lo he ido
a conocer a Monterrey, a El Porvenir, que le heredó su padre y que fundó Arenales. Fundó y dejó a los tres meses, en
pleno éxito, entregándoselo al padre de Rogelio, don Jesús
Cantú Leal, en cuya pequeña imprenta de tipos móviles lo
editaba. Rogelio, que entonces era un niño, recuerda a Arenales en el quicio de su casa, donde funcionaba la imprenta, lanzándoles una lluvia de monedas a los papelerillos que
vendían el periódico. Y el mismo recuerdo lo tiene el historiador de Monterrey Jesús P. Saldaña, a quien he conocido en su ciudad y que en los tiempos de Arenales, siendo
un muchacho y vecino de la casa de los Cantú, vio también
en el quicio de esa casa a Tlaloc manirroto lloviendo dinero del cielo. ¡Claro que tenía que quebrar! A los licenciados
Santiago Roel y Galino P. Quintanilla, y al doctor Agustín
González Garza y a don Nicéforo Zambrano, que habían
aportado el capital de veinticinco mil pesos para fundar el
periódico, les dejó el encargo de entregárselo a su impresor en pago de la gran suma de dinero que le adeudaban.

Las generosidades excéntricas de Arenales habían dado al
traste con las finanzas del periódico, y una segunda vez se
tenía que marchar de Monterrey como llegó, sin un centavo, y haciendo de su Porvenir pasado. Se marchó, según
Rogelio, hacia el Golfo o hacia Tampico con unos trova-
dores colombianos cuyos nombres ha olvidado: Justiniano
Rosales y Jorge Áñez pienso yo, pues Franco y Marín ya
hacía tiempo que se habían separado. En El Porvenir de
Monterrey, presidiéndolo, hoy queda la foto de su fundador, con esos enormes bigotes arenalescos que Barba Jacob
nunca usó, de traje oscuro y camisa con cuello de pajarita.
Y en sus archivos la huella traviesa de su paso: fundado el
treinta y uno de enero de 1919, El Porvenir empieza en el
número mil uno por ocurrencia de su fundador, para darle
tradición. El Porvenir que hoy subsiste está pues adelantado en mil números. Como El Imparcial de Guatemala, que
está adelantado también en otros mil, por la misma ocurrencia del mismo señor. Pero han pasado tántos, tántos años
por los dos periódicos, que como a viejas actrices del cine
mudo ya mil números ni les quitan ni les ponen. José Navarro, escribiendo sobre Arenales y su Porvenir dice que el
primer ejemplar lo vendió Manuel Garza Arteche, pero lo
que cuentan en Monterrey es que Ricardo Arenales salió a
la calle con los periódicos recién impresos, congregó a la
multitud, y les lanzó una lluvia de monedas para que con
ellas los compraran, en lugar de repartirlos como publicidad. Ahora, pasando por Perote rumbo a la capital, Rogelio volvía a encontrarse al fundador de su periódico, hecho
una ruina, vencido por la mano inexorable de Cronos, y le
daba una limosna.

En cuanto al viaje a Tenancingo, lo hizo por sugerencia de su amigo de Últimas Noticias Armando Araujo, quien
tenía en ese pueblo del Estado de México unos familiares

dueños de un hotelito. Manuel Gutiérrez Balcázar, que lo
acompañó en ese viaje, me ha referido las circunstancias en
que lo realizaron. Temprano en la mañana, en la terminal de
camiones del mercado de La Merced intentaron tomar uno
que salió atestado de pasajeros y de animales. Barba Jacob
estaba resignado a viajar en él dada su extrema pobreza, pero Manuel, previo regateo, logró contratar un taxi por setenta pesos, y partieron sin tener el chofer ni ellos la menor
idea del viaje que les esperaba: ciento cincuenta kilómetros
de los cuales más de la mitad, a partir de Toluca, eran de carretera no asfaltada, un terraplén polvoso de piedras filudas,
en pésimas condiciones. Salieron a las diez de la mañana y
llegaron a las tres de la tarde. Sólo una noche permaneció
Manuel en Tenancingo acompañando a Barba Jacob, y tras
dejarlo instalado en el hotelito del pueblo regresó al día siguiente a México. ¿Era el hotelito el de los familiares de
Araujo? Conchita me ha contado que Rafael y ella se le reunieron posteriormente a Barba Jacob en Tenancingo, y que
por cerca de un mes vivieron con él "en la casa de huéspedes de don Naciano". Rafael me dice que el embajador
Zawadsky fue a visitar a Barba Jacob a Tenancingo, y la esposa de Zawadsky, Clara Inés, le cuenta por su parte a José
Gers en su reportaje que en el curso de una excursión a ese
pueblo y alrededores en compañía de un grupo de diplomáticos, exiliados españoles y amigos mexicanos se hospeda-
ron en la posada de don Chano, "famosa por sus platillos
regionales". Don Chano, o sea don Naciano… "Don Chano servía él mismo la mesa a sus huéspedes y escuchaba su
conversación. Así se enteró de que entre el grupo había una
colombiana. '¡Ay Dios —exclamó— a poco la señora es pai-
sana del señor Barba Jacob! Con lo que le gusta a él pasarse
sus temporaditas por acá'. Los comensales enmudecieron
ante la idea de cuál sería, de entre nosotros, el ocupante del

cuarto donde había habitado Barba, con su avanzada tuberculosis. Don Chano comprendió su indiscreción y se apresuró a rectificar: 'Ni modo que vayan ustedes a tener ahora reparo; el pobre es recuidadoso, viaja con su cuchillería y sus platos, y yo le tengo destinado ese cuartito chiquito (y señaló uno en el fondo) que no lo alquilo a nadie sino a él'. Y se deshizo en elogios de lo rebonitos que eran los versos de don Porfirio…" "Temporaditas", en plural, es mucho: Barba Jacob sólo estuvo una vez en Tenancingo. En cuanto a su cuchillería y sus platos… ¡Qué iba a tener! Pero lo que en verdad me asombra en el recuerdo de la señora de Zawadsky son los mexicanismos del habla de don Chano. La señora era toda una embajadora; tan poco tiempo que pasó en México y salió hablando y recordando en mexicano: "a poco", "ni modo", "recuidadoso", "cuartito", "rebonitos"… Mi única objeción es que don Chano no habría dicho "lo alquilo" sino "lo rento"… Después el periodista le preguntó: "Ustedes que llevaron varias veces al poeta a comer a su casa, ¿no sintieron escrúpulos?" Y la señora de Zawadsky le respondió: "Ni por parte mía ni por la de Jorge hubo el menor reparo porque tomábamos las elementales precauciones higiénicas. En cambio, mis hijas —entonces muy niñas— sentían siempre ante el poeta cierta inquietud temerosa".

A la señora de Zawadsky, ya lo dije, la conocí en Roma, acabando ella de llegar de cónsul y siendo yo un muchacho. Hasta hace poco conservaba un pasaporte que me expidió, que un invierno mandó a la chimenea. Recuerdo el trazo de su firma, las letras grandes, levantadas, seguras, ocupando espacio. ¡Qué iba a imaginar en Roma que ella había pasado por la vida del poeta, y que el poeta acabaría apoderándose de la mía! En fin, en los papeles de Shafick encontré una carta de Barba Jacob enviada a éste desde Tenancingo por conducto de Rafael, reprochándole que lo hubiera olvidado. En sus Memorias sobre el poeta Shafick aduce que acababa de casarse y su vida se le había enredado en complicaciones. (Se casó, ya lo sé, con Felisa, ¡a quien le dejó las Memorias!) Y conozco además, escrita en Tenancingo, una breve misiva de Barba Jacob a Manuel Gutiérrez Balcázar, de la que éste nunca me habló pero que encontré luego reproducida en un periódico viejo: agradeciéndole el envío de unos libros. "Mi hijito Rafael le dará más noticias acerca de mí", le dice en ella.

La fisonomía de Gutiérrez Balcázar se me ha borrado; no así el reconocido afecto que me inspiró esa tarde en que fui a visitarlo a su casa de la colonia de los periodistas, a preguntarle por Barba Jacob a raíz de que su nombre figuraba en la lista de los asistentes al entierro del poeta que dio Excélsior. Un sentimiento de gratitud me embargaba oyéndole hablar del poeta y sus historias, las que Barba Jacob le contara en las repetidas, devotas visitas de Manuel a sus hotelitos de paso y alojamientos de sus últimos años: el Aída, el Sevilla, la casa de vecindad de Artículo y Luis Moya donde vivían Rafael y Concha, el apartamento, en fin, sin muebles de la calle de López al que se mudó del Sevilla a recibir la muerte.

Una tarde, en el Sevilla, Gutiérrez Balcázar lo encontró en compañía de Alejandro Reyes, el hermano de Alfonso el gran escritor mexicano, iracundo, demudado. De clavel rojo en el ojal y trajes bien cortados, sombrero de fieltro en el invierno o de paja en el verano, de bastón o paraguas, este Alejandro era la viva imagen de la bonanza, por contraposición a Barba Jacob que vivía enfermo y moría en la más lamentable penuria... Manuel presenció entonces una curiosa escena: cómo Barba Jacob, frenético, echaba con malas palabras al otro de su cuarto. "Estás muy alterado,

Ricardo —comentaba el doctor Reyes llamándole como le llamaban sus más antiguos amigos—. Más bien me marcho". "Véte —le contestó Barba Jacob— y no vuelvas". Cuando salió Bernardo Reyes Manuel creyó también del caso marcharse, pero Barba Jacob lo detuvo con el mejor humor del mundo, como si cuanto acababa de presenciar el joven no fuera más que una comedia y él un actor cínico. Haciéndole que se quedara le dijo que el otro sólo venía a pasear ante él su prosperidad y su bonanza, mientras su tacañería de buena gente de Monterrey se olvidaba siempre de traerle algo en alivio de su pobreza.

En una nueva visita otra tarde Manuel le encontró de mal aspecto, de un color amarilloso en el rostro, con el pelo revuelto y en el mayor desarreglo. Tenía puesto un sweater rojo de lana y cuello de tortuga, y leía un libro de poemas que continuó leyendo en voz alta para el visitante, transfigurándose: era de su amigo antioqueño León de Greiff, a quien había conocido años atrás, a su regreso a Medellín. Esa tarde le narró a Gutiérrez Balcázar lo que tantas veces y en tantas ciudades y países les había narrado a otros: los mágicos sucesos del Palacio de la Nunciatura, de cuya verdad le había acabado por convencer el tiempo.

El sweater lo han mencionado otros: Fedro Guillén, en una entrevista que le hizo a Barba Jacob para El Imparcial de Guatemala el veintinueve de agosto de 1941, en el Sevilla. Cuando Fedro preguntó por él a la entrada una comadre que lavaba ropa dijo en voz alta: "¡Buscan al taita!" Un pasadizo lleno de macetas con flores le condujo hasta su cuarto, a cuya puerta vigilaba un perro soñoliento. De sweater gris, lanzando volutas de humo azulino en la penumbra, Barba Jacob le tendió la mano animoso. Hablaron de El Imparcial, de Arévalo, de los amigos comunes, de Guatemala. Las líneas de su cara aparecían y desaparecían en la semioscuridad cada vez que avivaba el fuego del cigarro con frenéticas chupadas. Hablaba con voz lenta y ademanes nerviosos, y todo en el ambiente parecía haberse detenido por virtud de su palabra. Fedro le recordó los tiempos en que visitaba la finca de su padre, Flavio Guillén, en el campo guatemalteco, donde gustaba de morder guayabas tiernas que cortaba como un chiquillo fugado de la escuela, y la alarma que causaba en el comedor de la casa con sus extrañas mezclas de café y mantequilla por ejemplo, o repartiendo antes de marcharse esos cigarrillos embadurnados de cierta substancia que hacía echar chispas al que los fumaba...

Semanas después de la visita de Fedro, el trece de octubre, a las once de la mañana, fue al Sevilla Hugo Cerezo acompañando a Bernardo Casanueva a visitarlo. Rememorando en un artículo necrológico la visita, Hugo Cerezo menciona asimismo el sweater. Los visitantes cruzaron el patio, subieron la escalera y avanzaron por el corredor de las macetas florecidas. En éste una mujer llamó a gritos: "¡Taita!", y la palabra que trajo Barba Jacob de Colombia a México y que ya Fedro Guillén había oído antes volvió a resonar en la casona antigua de corredores con barandales y numerosos cuartos a tal hora desiertos: "¡Taita!" Los recibió Rafael. Algunos momentos transcurrieron antes de que los visitantes empezaran a distinguir las formas en la semioscuridad del cuarto. Entonces Hugo Cerezo vio por primera vez al poeta: "materialmente perdido en la ropa de la cama". Vestía un sweater rojo, desteñido, y el cuerpo casi no ocupaba espacio en la cama angosta. Una gran tristeza invadió al nuevo visitante. Después llegaron otros. Había en la habitación frascos amontonados y una valija en la que, según Barba Jacob les dijo, guardaba poemas inéditos y correcciones a los ya publicados. Les expresó el anhelo "de un poco más de tiempo" para revisar aquello, y les agradeció la visita...

El sweater, según Rafael, era de cuello alto y de color amarillo. Lo tenía puesto la noche de navidad de ese año cuarenta y uno, su última navidad, en el Sevilla, a dos semanas de la muerte. Me dice Rafael que le acompañaban él, Conchita y Margarita de Araujo, y que tomaban chocolate caliente. A Barba Jacob, por su debilidad, se le cayó la taza y el líquido se le derramó encima, pero el grueso sweater de lana lo protegió de quemarse.

En cuanto al libro de León de Greiff, Gutiérrez Balcázar me ha dicho que Barba Jacob se lo prestó, "con cierta reticencia por tenerlo en gran estima". Llevaba el libro una dedicatoria del autor: "Para Porfirio Barba Jacob, poeta colombiano, con mi cariño paisa". Felipe Servín por su parte me ha hablado del mismo libro, las "Variaciones alrededor de nada", que a la muerte de Barba Jacob Rafael le regaló, y que él a su vez regaló a la Biblioteca Pública de la ciudad de Mérida, cuya dedicatoria a Barba Jacob terminaba diciendo "con mi cariño paisa". Paisa, que en Colombia significa antioqueño. Las palabras de una dedicatoria, el incierto color de un sweater, indecisos entre el recuerdo y el olvido…

Muerto Barba Jacob, León de Greiff quedó brillando solo como el último gran poeta de Colombia. Después de él nada, nadie: poetillas por nubarrones como la plaga de la langosta, enfilando verticalmente frases cortadas, sus dizque versos, a las que nunca nadie jamás les hará el homenaje de la memoria… En la comisión de periodistas y escritores que envió Antioquia a México a repatriar las cenizas de Barba Jacob venía León de Greiff. Él y Emilio Jaramillo, también de la comisión, presenciaron en el Panteón Español la exhumación de los restos. Era el año cuarenta y seis, el nueve o diez de enero. Años después, muchos, León de Greiff le contó a Javier Gutiérrez Villegas en una entrevista el suceso: "Llegamos a la fosa señalada con una pequeña lápida de mármol que decía Miguel Ángel Osorio. Mientras dos hombres sacaban tierra, todos se retiraron menos Emilio Jaramillo y yo. La caja se encontró como a cinco metros de profundidad y luego de traerla y de abrirla mostró un puñado de huesos carcomidos y de trapos deshechos. Todo pasó al horno crematorio por orden de las autoridades de higiene y a los minutos de un calor como de fragua retiraron unos puñados de una materia como maíz tostado. La echaron en una hermosa copa de plata y uno de mis compañeros le agregó un poco de tierra que había recogido de la sepultura…" Y no dejó de aludir León de Greiff en su entrevista al escándalo por derroche que se había suscitado entonces en la generosa Antioquia porque venían cinco a traer de vuelta lo que podía cargar uno.

A León de Greiff lo conocí en Bogotá: lo vi pasar por una calle del centro con su boina, su barba, su larga pipa, comiendo bizcochos viejos que se sacaba del bolsillo del saco. Entonces frecuentaba el Café El Automático, que tenía a la entrada, encallada, la proa de un buque. Dicen que pasó sus últimos años encerrado en un cuarto, poniendo en un tocadiscos música clásica a un volumen atronador para que no llegaran hasta él los ecos de la estupidez humana. Cuando murió yo estaba en Cuba en mi segunda visita a la isla. Esta vez, burlando a los esbirros de Castro, pude consultar en la Biblioteca José Martí de La Habana los viejos periódicos y revistas del año ocho, del quince, del veinticinco, del treinta, donde quedaban huellas de Barba Jacob: les dije a los "compañeros" que estaba escribiendo la biografía de Julio Antonio Mella, el mulato loco precursor de esta revolución de infamia que dizque es "eterna", como Dios. En fin, al diablo Cuba y su negra suerte: eso quisieron, eso tuvieron. El pueblo imbécil.

El diez de enero del mencionado año cuarenta y seis, a las once de la mañana, y a pocos pasos de las tumbas de Díaz Mirón y de Nervo en la Rotonda de los Hombres Ilustres, los secretarios de Educación y Relaciones Exteriores de México Jaime Torres Bodet y Francisco Castillo Nájera le entregaron a la comisión colombiana la urna con las cenizas de Barba Jacob, la urna de plata. González Martínez, que con Alfonso Reyes había hablado años atrás en el entierro de Barba Jacob, volvió a tomar la palabra para evocar a su amigo. Luego se dirigió a los concurrentes el periodista antioqueño José Mejía y Mejía de la comisión colombiana y de La Defensa de Medellín, un periódico en el que por entonces trabajaba mi padre. Luego el joven poeta mexicano Jorge González Durán leyó dos poemas de Barba Jacob, y luego el secretario de Relaciones Castillo Nájera dio término a la ceremonia: "México entrega los restos amados, con el pesar de un desprendimiento que lastima el alma. El poeta fue suyo, también, íntegramente. Nuestras ciudades, la metrópoli más a menudo, le vieron combatir, en el curso de una existencia múltiple, contradictoria y dramática, intentando la conquista de un ideal poético…" Se hallaban presentes el nuevo embajador colombiano Jorge Zalamea, Carlos Pellicer y una veintena de diplomáticos y hombres de letras. También Rafael Delgado y Julio Barrios, proyectando según Rafael me contó en Nicaragua robarse las cenizas de Barba Jacob para dispersarlas en la tierra mexicana y que no volvieran a la mezquina Colombia. Pero no se atrevieron y el fantasma vuelto cenizas regresó en la copa de plata. El trece de enero, en el "campo de aviación" de Medellín donde años atrás se mató Gardel y al que tantas veces yo habría de ir de niño con mi tío Ovidio a ver incendiarse aviones, aterrizó el avioncito con la comisión y su encargo. Pellicer venía con ellos por designación del secretario Torres Bodet. Tanto el uno como el otro habían sido amigos, en los lejanos tiempos de Cronos, del tempestuoso Ricardo Arenales... Cuando se detuvieron los motores del avioncito se vieron correr entonces por los campos adyacentes, hacia el pequeño aeropuerto, hombres humildes del pueblo y mujeres cargadas de niños que venían a recibir al poeta. Fue su único viaje en avión: muerto, si bien lo quiso hacer vivo. Daniel Samper Ortega, que pasó por México en los primeros días de agosto del año cuarenta y uno y encontró a Barba Jacob al borde de la muerte, con un pulmón completamente perdido y respirando dificultosamente con el otro, reunió a su regreso a Colombia, entre los amigos del poeta de Medellín y Bogotá (como Antonio J. Cano, Gabriel Cano y Fabio Restrepo) y su primo Luis Felipe Osorio, seiscientos pesos para repatriarlo por avión, por Avianca; pero enterada la compañía, por una noticia de El Espectador tomada de un periódico de Manizales, de que el pasajero se hallaba en el último grado de la tuberculosis, le hizo saber al señor Samper Ortega que no vendería el pasaje a menos que se le presentara el certificado de un médico de México declarando que Barba Jacob no padecía ninguna enfermedad contagiosa: que entonces la Panamerican de aquella ciudad le expediría el boleto. Enterado Barba Jacob de estas gestiones, en carta del veintiséis de septiembre le decía a Antonio J. Cano, de Medellín, que había estado dispuesto a tomar el avión, pero que se alegraba de que Avianca no hubiera querido venderle el pasaje pues estando como estaba, respirando con un solo pulmón, congestionado, el viaje habría sido según los médicos funesto. Imposibilitado pues de volver por avión, y mucho menos por barco, que le mandaran el dinero... Entonces al Congreso de Colombia, tan generoso, tan oportuno, se le ocurrió la peregrina idea de dictar una ley destinando cinco mil pesos para la repatriación y asistencia médica "del altísimo poeta Porfirio Barba Jacob", cuyo cumplimiento, por los tortuosos y pantanosos caminos de la burocracia y el papeleo, habría tomado, según mis cálculos e íntimo conocimiento, padecimiento, del país, hasta no menos del año dos mil, y Barba Jacob murió tres mesecitos después de la ley, en enero del cuarenta y dos: sin la colecta de sus amigos pues se hizo innecesaria al ocuparse de todo la ley, y sin la ley pues en Colombia la Ley no existe: es pura palabrería. Allá la Ley siempre hace el mal, hasta cuando quiere hacer el bien. Es como Cristo o Nazarín: bien o mal intencionada donde mete su entintado hocico todo se lo caga. Por lo demás el leguleyo Congreso de Colombia, roñoso y vil, se ha venido superando en su indignidad con los años, y hoy en día es una banda bicolor, azul y roja, de forajidos analfabetos y venales. Todo lo que se diga de su infamia es poco. E inútil. Así que volvamos a Barba Jacob y su viaje en avión: volvió en cenizas, menos que muerto.

En enero del veintiocho, cuando era Jefe de Redacción de El Espectador de Bogotá, había escrito con intuición luminosa, a raíz de la llegada a Barranquilla, Colombia, de los aviadores Costes y Le Brix, el artículo "La epopeya del aire (Divagación incoherente a propósito de un vuelo)", de proféticas palabras sobre la aviación: "La llegada de los jóvenes capitanes nos da una suerte de universalidad con que acaso no habíamos contado. Un día las estupendas proezas de la aviación vienen a probarnos que el milagro es ya un hecho cotidiano y a sugerirnos que las rutas del aire pueden llegar a ser mucho menos peligrosas que las rutas del suelo. La aviación consuma apenas sus primeras victorias definitivas, pero nos deja entrever mil admirables posibilidades cercanas. Ella prestará matemática seguridad a sus naves; sabrá ponerlas a cubierto de las mutaciones de la meteorología; les dará ensanche acorde con las exigencias del turismo, de la industria, del comercio. Se hará tal vez más rápida, de suerte que llegue a reducir las distancias. ¿Será así? Algo se resiste en nosotros a la admisión de una realidad que tiene tan vivas trazas de cercanía en el curso de los años…" Tal el comienzo. Y he aquí las palabras finales: "Pero aun en las magníficas epopeyas del aire, cruzando los océanos y los continentes a una velocidad que suscita el vértigo, en medio del orgullo de su nueva dominación, el hombre no se habrá redimido de su vieja inquietud, de la tristeza que se esconde en la oscuridad de sus orígenes y de sus destinos. En este canto magnífico vuelve a torturarnos el dolor, el irreductible dolor humano. Y es que la certidumbre de nuestra limitación, de estar eternamente presos en este saco que es nuestra piel, reaparece y se aviva por el contraste de la miseria propia con esa visión de gloria imposible, de vuelo ilimitado, de júbilo que ningún dios pudo sentir jamás". Pero ya años antes había alzado el vuelo en un poema compuesto en Guatemala: "No hay nada del hombre antiguo en mí. Mi aeroplano veloz, triunfal, sonoro, con motor de diamante, con hélice de oro…" Es el poema "Imágenes", que empieza: "Algo queda del hombre antiguo que hubo en mí, tan lejano, tan cercano…" Ya el avioncito había dejado atrás a Guatemala, sus "cielos vagos y vuelos de quetzales", sus volcanes y sus lagos, y el poeta ahora, desandando los pasos, regresaba por la última y definitiva vez a Antioquia. El cortejo se dirigió por entre la multitud del aeropuerto a la Universidad, al centro de la ciudad, y en la mañana del catorce, cuarto aniversario de aquella oscura madrugada fría de México, la urna de plata fue llevada de la Universidad a la Catedral Metropolitana, y de la catedral al Cementerio Universal. Allí quedó, a la sombra de sus altos pinos, protegida bajo la tierra por varias losas de mármol y placas con

Fernando Vallejo

inscripciones del departamento de Antioquia y del municipio de Angostura, el pueblito de su infancia. Pero si los restos del poeta habían regresado en la urna de plata, su intrincada vida vivida en tantos países se sustraía a la curiosidad de sus paisanos antioqueños. Entonces surgió su leyenda. Fedro Guillén escribió en México un artículo recordando a Barba Jacob en el primer aniversario de su muerte. Y otros escribió en el quinto, en el décimo, en el vigésimo. Jamás lo olvidó. Un día pudo conocer a Colombia y vino a Medellín, a visitar en el Cementerio Universal la tumba de quien había sido amigo de su padre en Guatemala y su amigo, ya al final de su vida, en la ciudad de México, y la encontró invadida por la hierba y la maleza. La leyenda se había apagado en el olvido…

Crucé el patio, subí la escalera y tomé por el corredor de las macetas florecidas. Una comadre que lavaba ropa abajo gritó hacia lo alto: "¡Buscan al taita!", y su voz resonó en la vasta casona del Hotel Sevilla, por sus corredores de barandales y sus numerosos cuartos a esas horas desiertos. Un perro soñoliento parecía vigilar echado a unos pasos de su puerta. La puerta estaba entreabierta y pasé. Un haz de luz polvosa se filtraba por una hendidura de la ventana que daba a la calle. Fueron precisos unos momentos para que se me acostumbraran los ojos a la oscuridad reinante. Vi la vieja valija de los versos en el piso; vi su cama amplia; vi la cama angosta de Rafael y la chaise-longue de los visitantes; vi el reverbero de alcohol en una mesa; vi el ropero y la mesita de noche, y sobre la mesita de noche muchos frascos de remedios y una escupidera. Entonces, entonces le vi: de espaldas, fumando, balanceándose, en la mecedora que llevó a Morelia. Un leve chirrido pautaba el balanceo y las volutas de humo azuloso del cigarro se deshacían en la penumbra de la estancia. ¿Cómo llamarlo? Na-

die había llegado a saber tánto de él como yo, y no sabía
cómo llamarlo. "¿Don Porfirio?" aventuré, y mi voz sonó
tumbal y hueca. Entonces se volvió y en la tenue luz azulina pude distinguir su rostro adusto, volteriano. Iba a decirme algo, iba a hablar, iba yo a escuchar por fin su voz
imponderable cuando otra voz, una voz de español cerril
resonó a mis espaldas: "¿Es el cuarto que va a tomar?", preguntó el gallego. Y en ese instante el hechizo se rompió.
Desapareció el poeta, desapareció la silla, desapareció el
reverbero, desapareció la cama angosta y la cama ancha y
la chaise-longue y el ropero y la mesita de noche con la escupidera y los remedios. Afuera, abajo, en Ayuntamiento
empezó a sonar un estrépito de claxons y la luz vulgar del
día inundó el cuarto: un simple cuarto de hotel de prostitutas y de rufianes. Bajando la escalera encontré el hotel
cambiado: la escalera la habían mudado de lugar y ya no
estaban las macetas florecidas, ni el perro soñoliento, ni el
lavadero, ni la comadre, y don Ramón, el hombre bondadoso y comprensivo que me había recibido hacía un instante,
se había trocado en un español cerril, grosero administrador de un hotel de paso. Don Ramón, me dicen, murió en
estos últimos años, antes de que yo alcanzara a saber de su
existencia. Cuando dejé el hotel ya el tranvía no arrastraba afuera su fatigado estrépito de hierros viejos y su tintineo de campanas: no había tranvía. Y los pregones de los
vendedores de periódicos en la calle de Dolores anunciando noticias de la segunda guerra se habían silenciado. Grandes titulares infames daban cuenta en cambio de grandes
fraudes infames... El México de los López Portillo y los
Echeverrías...

Y sin embargo en la calle de Dolores aún existen los
cafés de chinos adonde solía ir a comer el poeta, y en Últimas Noticias siguen saliendo los "perifonemas". ¡Cuántos

los habrán escrito en el curso de estas cuatro décadas largas que hace que los dejara! México es una extraña mezcla de persistencia y olvido. Aquí el tiempo a la vez que corre se detiene. Las canciones pasan de moda… y se siguen oyendo. En una emisora de esas que transmiten desde el otro tope del túnel del tiempo ¿no he oído el fox-trot de Rubén de Montesgil "Quédate pensando"? En 1940, cuando su autor solía visitar al poeta, era un disco de éxito. Rubén de Montesgil, joven pianista al que Barba Jacob conocía desde Monterrey y uno de sus visitantes del Sevilla, marihuano, y de quien nada más sé, ni cuándo se murió.

De los que sí se cuándo murieron es del licenciado Francisco Ramírez Villarreal y don Jesús Romero Flores, antepenúltimo y último de los constituyentes de México, quiero decir sobrevivientes de los doscientos dieciocho diputados del Congreso Constituyente de Querétaro que el cinco de febrero de 1917 firmaron la Carta Magna que hoy rige a este país, la Constitución vaya, más o menos cotidianamente burlada. Muerto el licenciado Ramírez Villarreal y el penúltimo de la lista que ya no recuerdo, a don Jesús le tocó, más de sesenta años después de la fecha memorable, la botella de champaña que don Venustiano Carranza ofreció en tal día para el último que los sobreviviera. Homenajeados en sus últimos años por todos, por todos recordados y admirados dada su persistencia en el vivir, el licenciado y don Jesús murieron paradójicamente envueltos en la nube de su propio olvido: no sabían ya ni quiénes eran ni cómo se llamaban. Entes fisiológicos desconectados de la engorrosa máquina de la memoria, modelos de mi más soñado ideal… Pero vamos por partes, por orden cronológico siguiendo paso a paso la vendimia de la muerte, su matazón. Coordinado con ella conocí primero al antepenúltimo, después al último.

Al licenciado Francisco Ramírez Villarreal me fue dado conocerlo por amable mediación de Fedro Guillén, su amigo de viejos tiempos, una risueña mañana de domingo en que fui con éste y su mujer a Cuernavaca, a la caza de los fantasmas. Vivía el licenciado en el barrio de Acapantzingo, afueras de la ciudad, con una criadita sensual, Imelda, e infinidad de gatas y gatos lujuriosos, en un conjunto de casonas viejas, desmanteladas, fantasmagóricas, circundadas por un inmenso jardín de ciruelos, zapotes, guayabos, mameyes, manglares… Todo ahogándose ante el avance del descuido, la suciedad, la reproducción y la maleza. Instalados nosotros, los visitantes, bajo los altos árboles y ante una mesa metálica, corroída, del jardín, en tanto Imelda va a llamar, a despertar al licenciado en su buhardilla, he aquí una sucinta presentación del santo: Nacido en 1890 en Saltillo, Coahuila, y compañero de escuela del ilustre Alfonso Reyes, Francisco Ramírez Villarreal se unió de joven al movimiento constitucionalista de don Venustiano Carranza, fue miembro del Estado Mayor del general Diéguez, gobernador de Colima, gobernador de Nayarit, director de periódicos, diputado constituyente, anticlerical furibundo, subsecretario de Gobernación. Sus gatos dormitan ahora bajo el sol borracho de Cuernavaca, y él en su buhardilla de cuento de brujas. La criadita no lo logra despertar, así que va Fedro por él. Y hélos aquí descendiendo, paso a paso, lentamente, cautamente por la escalerita metálica, de la buhardilla al jardín. Él es un hombre bajito, regordete, lujurioso, que babea, como personaje de Crommelynck. Un viejito verde. Le hemos traído una botella barata de ron de Chiapas para avivarle los recuerdos, y al sentarse a la mesa le preguntamos por Ricardo Arenales. El licenciado escupe, maldice, llama a gritos a Imelda y se toma la primera copa. Parece que Arenales vivió allí, en una de esas casonas, con el licenciado y su madre. O bien en una casa de Puebla, no queda claro. "Hijo —le dijo un día la madre al licenciado—, ¿qué vamos a hacer con el señor Arenales que no se marcha?" "Pues envenénelo", le contestó él. Y eso es todo. A nada más de cuanto le preguntamos en adelante sobre el poeta nos puede dar respuesta el licenciado. Mis palabras resonaban en su cerebro vacío como el eco del viento en una calabaza hueca. El licenciado se toma otra copa y otra y otra y va diciendo: "Alfonso Reyes, muy amigo mío, ya murió, hace veinte o treinta años. Ricardo Arenales, también amigo mío, ya murió, hace más de treinta años. Y el licenciado Fernando Ancira, también murió, hace una infinidad de años. Y Manuel José Othón y Manuel Múzquiz Blanco y Max Henríquez Ureña… ¡Todos muertos!" Se detuvo un instante, pensativo, y levantándose tambaleante nos preguntó: "¿Y el licenciado Francisco Ramírez Villarreal, está vivo o está muerto?" Y el licenciado Francisco Ramírez Villarreal era él…

Abrumado por el peso invencible de su olvido el licenciado volvió a sentarse, y en tanto decidía si pertenecía al mundo de los vivos o al mundo de los espectros se sirvió otra copa. Tiempo después, cuando el licenciado Ramírez Villarreal también había muerto, encontré en la Biblioteca Nacional de México, en un paquete de recortes de periódicos sobre Barba Jacob, un viejo artículo de Raúl Leiva sin fecha, pero escrito sin duda veinte o más años atrás, dando cuenta de una visita al licenciado Ramírez Villarreal a esa misma casa de Cuernavaca. A juzgar por la lista de ilustres visitantes que el cronista menciona, el licenciado aún vivía una época de esplendor. "Sin embargo este luminoso domingo de marzo estamos solos con el licenciado Ramírez Villarreal y lo aprovechamos para recordar a Porfirio Barba Jacob, el poeta colombiano a quien nuestro amigo trató en su juventud, en Monterrey. La alerta memoria de Pancho se hunde en el pasado (más de medio siglo, primera década del XX) y nos retrotrae la imagen viva del en ese entonces Ricardo Arenales, ya brillando como un astro en el opaco panorama de la provincia mexicana". ¡La alerta memoria de Pancho! ¡Quién dijera! Entonces el licenciado le contó a Raúl Leiva de cuando, siendo un jovencito, conoció al poeta en Monterrey: "Con Ricardo Arenales —le dijo— disfruté de una amista cordial. Aprendí con él a concederle más valor a las cosas del espíritu que a las materiales; él despertó en mí el amor a la poesía y al arte. Yo tenía entonces quince años. El era un hombre sereno, controlado, agnóstico. Una vez me dijo Ricardo: 'La poesía es la religión de los pueblos cultos. Si en lugar de adorar a Jesús amáramos a Homero, la humanidad no sufriría tanto'". Y a la pregunta de Raúl Leiva por los amigos del poeta el licenciado recordó a Alfonso Reyes, a Fernando Ancira, a Max Henríquez Ureña, a Manuel José Othón, a Manuel Múzquiz Blanco. "El poeta colombiano siempre fue el centro, el más popular, el que lograba reunirlos. En ese entonces era un bohemio que bebía mezcal y fumaba cigarrillos de hoja. Se mantenía lúcido y sereno, sin permitir que el alcohol llegara a dominarlo. Era un hombre modesto, sin exigencias, sin mayores necesidades. Se contentaba con poco: tener dónde vivir y cómo alimentarse. Vivía en la calle de Zaragoza". Luego le contó de cuando le encarcelaron "acusado de injurias a las autoridades por los ataques que había publicado en El Espectador contra los malos manejos de la Compañía de Agua y Drenaje", y aludiendo a El Porvenir recordó que escribía en una máquina Oliver "de aquellos tiempos", y que no le gustaba hacerlo a mano porque, según decía, "su pensamiento trabajaba más aprisa que la pluma". "Ricardo Arenales —dijo el licenciado al final de su reportaje— jamás sonreía. Era un hombre noble y misterioso, un gran poeta lleno de ternura para con sus semejantes".

Ricardo Arenales… En Antioquia no conocimos a Ricardo Arenales: quien se marchó era Miguel Ángel Osorio, quien regresó Porfirio Barba Jacob y así le hemos designado en adelante. Fue a don Jorge Flores en México a quien por primera vez oí llamar al poeta Arenales, y una sensación de extrañeza entonces me invadió, sentí que se refería a un personaje extraño, distinto a quien yo buscaba. Otros luego, como don Jorge, habrían de hablarme asimismo de Arenales pues así le conocieron: en México, en Honduras, en El Salvador, en Costa Rica, y con todos mi sensación de extrañeza persistió. Sólo al cabo de los años de tratar de recobrar al poeta entendí un día, de improviso, como una revelación, que por sobre la aparente extravagancia su empeño en cambiarse de nombre ocultaba una profunda realidad: él había intuido la falacia del lenguaje que es designar en igual forma al niño, al joven, al hombre y al anciano, y que en el correr de la vida el nombre sólo da una ilusoria continuidad. Tiempo antes de su confesión con el padre Méndez Plancarte de que me han hablado tantos, del final, y cuando aún no se traicionaba a sí mismo, estuvo tentado a cambiarse por la postrera vez el nombre y llamarse Juan Pedro Pablo, suprema lucidez, suprema burla, para jugarle una broma a la muerte anticipándosele, hundiéndose en la vaguedad anodina del nadie. Al final, empero, mientras se disponía a cruzar el umbral de la última puerta, creyó haber vivido equivocado, que era verdad la falacia y que por sobre la diversidad aparente él había sido siempre uno mismo: Miguel Ángel Osorio, como le bautizaron en la iglesita de Santa Rosa de Osos. Era entonces cuando se equivocaba: Miguel Ángel Osorio no era más que un fantasma entre muchos de un remoto y ajeno pasado.

Pero por andar teorizando sobre Ricardo Arenales me
he desviado de los ilustres constituyentes, sobrevivientes.
Volvamos a don Jesús Romero Flores que nos falta. Lo conocí por casualidad en un banco; le vi llegar a un escritorio
a tratar algo referente a su cuenta bancaria, y me produjo
la sensación de que había vivido tantos años que ya no sabía ni en qué mundo andaba. Cuando a la empleada que le
preguntaba sus datos le dio su nombre y su teléfono los anoté, convencido de que su vida se había cruzado con la de
Barba Jacob. Le llamé por teléfono en la noche a su casa y
me dijo que efectivamente había conocido al poeta. Concer-
tamos una cita y al día siguiente fui a visitarlo a la Biblioteca
del Senado de México que él dirige. Una mujer impertinente, su secretaria, que está hablando de infinidad de vacuida-
des, le pregunta entre otras cosas a don Jesús por los padres
de uno de sus nietos, y como él no recuerda ella se extraña, a lo que el viejo le replica: "Todo se olvida, niña, todo
se olvida". Por ejemplo que yo estoy ahí. Luego recordó
que el nieto por el que le preguntaban era hijo de Manuel,
su primogénito, el primero de los muchos hijos que tuvo
en sus dos matrimonios y a quienes en la actualidad vagamente recuerda. Advirtiendo entonces mi presencia, mi ol-
vidada presencia, se levantó y se dirigió a las estanterías de
la biblioteca por un libro, los "Poemas Intemporales", pero
volviéndome a olvidar en el camino de regreso y que por
mí había ido a traerlos, se da a leérselos a su secretaria. Llega luego un mensajero a recoger unos libros que, según dice, don Jesús debe enviarle a un profesor amigo, entre los
cuales uno que don Jesús acaba de editar y que escribió en
el año cincuenta y cinco a raíz de un viaje a Rusia. Don Jesús va a ponerle una dedicatoria pero olvida el nombre de
su amigo. Se marcha el joven de los libros y entra sin dar tregua una muchacha que está haciendo su tesis sobre la pros-

titución en México. La secretaria comenta otra sarta de ne-
cedades sobre el tema, y don Jesús le dice a la estudiante
que nada sabe al respecto: que recuerda vagamente haber
visto unas putas "por ahí"… Se va por fin la muchacha, la
secretaria pide permiso para ir a cobrar el sueldo y entonces me quedo solo con don Jesús. Entonces me habló de su
ocasional encuentro con Barba Jacob en La Piedad Caba-
das, Michoacán, su pueblo, y también el pueblo como bien
lo sé de Ayala Tejeda y de Servín. A mi pregunta por sus paisanos don Jesús, que nació en 1885 y tiene noventa y cinco
años cuando mi entrevista, se extraña de que Felipe Servín,
que anda por los setenta y cinco, aún viva. En cuanto a Ayala Tejeda no lo recuerda. ¡Ah, sí, sí lo recuerda! Alguna vez
viene a esa oficina de la Biblioteca del Senado a visitarlo:
era hijo del fotógrafo de La Piedad y también solía tomar
fotografías. Y he ahí la clave de una fotografía de Barba Jacob tomada en ese pueblo, que Rafael conservó y me mostró en Nicaragua. Barba Jacob, de traje y corbata oscura de
rayas claras oblicuas y con un cigarrillo en la mano, aparece en el centro de la foto flanqueado por Rafael y Felipe Servín, Apolonio Guízar y alguien más no identificado, pero
sin Ayala Tejeda, que también tenía que estar y no está. ¡No
está porque él tomó la foto! Sobre la misma, con tinta negra y una bella caligrafía que bien podría ser la del poeta, alguien ha escrito: "Porfirio Barba Jacob en La Piedad, Mich.
1-2-3 y 4 de junio de 1935". En 1935, vive Dios, no pulula-
ba aún por este mundo la plaga de los turistas con cámara
prodigando fotos, ociosas fotos, muertas fotos de gentes y
ciudades. Lo que había entonces era fotógrafos profesiona-
les, estáticos fotógrafos de oficio, herederos del daguerrotipo.

Pocos episodios de la vida del poeta he podido reconstruir con mayor precisión que su alegre viaje a La Pie-

dad. Quedan las fechas, quedan los testimonios, queda la foto. El viaje según Felipe Servín se organizó cuando él y su hermano Rafael se encontraron con Barba Jacob y Rafael lo invitó a su pueblo y le dio el dinero del pasaje. Como Barba Jacob se negaba a ir sin Felipe y éste tenía que viajar con su mujer y sus niños, hubieron de comprar pasajes de segunda para todos. Dice Ayala Tejeda que conoció a Barba Jacob antes del viaje a La Piedad, aquí en la ciudad de México. Dice Servín que a Ayala Tejeda lo conoció Barba Jacob en La Piedad, donde aquél trabajaba en la mercería de Apolonio Guízar "el pollito". No tiene importancia. Tampoco que el recital-conferencia que le organizó Ayala Tejeda y en el que lo presentó Servín no tuviera ningún éxito. ¡Cuántos recitales sin éxito no había dado por los terregales de este mundo! Pese al fracaso del recital (si es que uno puede fracasar en La Piedad, Michoacán) Barba Jacob se quedó, según Ayala Tejeda, cinco días felices en el pueblo, hospedado en el Hotel Central de don Porfirio Álvarez, "puto como él" (o sea como Barba Jacob), quien lo albergó como a un rey y al final le cobró muy poco. Don Luis Guzmán, agente del Ministerio Público, fue con Ayala Tejeda a ese hotel a conocer al poeta llevándole, pues lo precisaba para el recital, un ejemplar de sus "Canciones y Elegías", y de paso una botella de coñac y dos kilos de marihuana. Dice Ayala Tejeda que a Barba Jacob le fue tan bien en su pueblo que hasta un muchacho le consiguieron, y que empezó a escribir un poema, el "Soliloquio en La Piedad", que nunca terminó. De don Luis Guzmán, el procurador alcahueta, me ha contado por lo demás don Jesús Romero Flores, en nuestra inefable entrevista, que era "un muchacho riquito que tenía un rancho cerca al pueblo, El Guayabito de Pedroza"; que se dedicaba a la literatura, que fue suplente suyo en el Senado y que en la ciudad de México le presentó a Barba Jacob, a quien don Jesús en La Piedad tan sólo había visto pasar.

Tres semanas según Servín se quedó Barba Jacob en La Piedad haciendo estragos. Servín regresó a México obligado por su trabajo, y el poeta se quedó instalado muy a gusto en el pueblo, en el hotel de ese Porfirio Álvarez con quien coincidía en el nombre y en el homosexualismo. Después le contaron a Servín que el poeta se pasaba interminablemente las horas en el jardín central haciéndose lustrar los zapatos "para meterle mano a los boleros": a los limpiabotas pues. Hasta que Rafael Servín y demás amigos le reunieron con dificultad cien pesos más el pasaje para que se marchara. De los cien pesos Barba Jacob se guardó diez para una botella de tequila, y el resto lo repartió entre los mozos del hotel. Algo después de su regreso apareció Ayala Tejeda por la capital, y con una recomendación del poeta consiguió trabajo en los Talleres Gráficos: allí seguía tras la muerte de Barba Jacob y allí editó, póstumamente, los "Poemas Intemporales".

Tres semanas o cuatro días o lo que se hubiera quedado, para el quince de junio ya estaba de regreso de La Piedad en la ciudad de México: en esa fecha Shafick lo vio saliendo, pasada la media noche, de una cantina de la calle Dieciséis de Septiembre cayéndose de ebrio. "Daba asco verlo" escribe en sus Memorias, en esas memorias suyas sobre el poeta que nunca terminó. Alejándose de la "escena repulsiva" Shafick le rehuyó esa noche, pero para volverlo a ver el treinta de junio después de haber recibido una llamada telefónica suya. Comieron juntos, y de la borrachera de esa noche Barba Jacob le contó que le había llovido algún dinero y que se lo había gastado todo en ella. Le estuvo hablando de La Piedad, de los muchachos que allí se consiguió, de lo mucho que bebió obsequiado por el pueblo, de la mucha marihuana que fumó, y de la conferencia que dio, según él la mejor de su vida. Le mostró una serie de fotografías en que aparecía con sus amigos de La Piedad: en algunas sentado "perdido de ebrio", en otras de pie fumando, en otras comiendo y bebiendo, en otras al lado de sus amigos, "surgiendo cual un fantasma de un segundo término oscuro". Y pensar que una de esas fotografías que vio Shafick la vi yo en Nicaragua, cuarenta años después, cuando Shafick ya había muerto... Al final de la comida se presentó Rafael para anunciarle a Barba Jacob la muerte de Jesús López. Llorando Barba Jacob contó entonces que lo había conocido en México en 1911, cuando Jesús tenía dieciséis años: era un bello muchacho que estaba enfermo de sífilis, la cual él consiguió que le curaran; lo tomó a su cargo durante ocho años y lo quiso como quería a Rafael. Jesús terminó convirtiéndose en un alcohólico empedernido y al morir dejaba a su familia en la miseria. "Jesús alcohólico y Rafael mujeriego, raro destino de los que se educan conmigo", se dolía Barba Jacob entre su llanto. Jesús murió de una congestión aguda el veintiocho de junio, día de su santo. "Se lo llevó su santo", comentó Barba Jacob, y al advertirle Shafick, a propósito de la coincidencia, que se cuidara del veintinueve de julio, el poeta le respondió: "Yo vivo conservado en alcohol y desde hace muchos años llevo una perica sobre el hombro: mi compañera la muerte". Recordó luego que una de las hermanas de Jesús, Matilde, había sido su novia...

Pero si en los papeles de Shafick se dice que el poeta conoció a Jesús López en 1911 en México, a mí Rafael me ha contado que lo conoció en Guadalajara, de donde se lo trajo a la capital: una década por lo tanto después del año indicado. Vaya Dios a saber. Ni Shafick ni Rafael existían entonces en la vida del poeta. Lo que sí está claro es que en la lista de los asistentes al entierro de Barba Jacob que dio Excélsior figuran María Antonieta V. viuda de López, que no puede ser otra que la viuda de Jesús, y el hermano de éste, Baudelio, quien en Guadalajara en 1921 era un niño, y quien a fines de 1931 en México, cuando Barba Jacob enfermó en el Edificio Muriel, lo cuidaba según Rafael abnegadamente. En ese edificio de las calles de Pino Suárez y República del Salvador donde se rentaban cuartos, vivieron Barba Jacob y Rafael sin pagar, varios meses, gracias a que pertenecía a una fundación administrada por Enrique González Martínez. Allí iba Shafick a visitar a Barba Jacob en las mañanas. "Se pasaba la mayor parte del tiempo en la cama —escribe en sus Memorias—, y sus amistades le huían, se le escondían para evitarse la pena de negarle dinero". ¡Claro! Barba Jacob se había convertido en otro Leopoldo de la Rosa: sablazo fijo. ¡Pobre poeta! Shafick lo acompañaba adonde un viejo amigo, el doctor Margáin, que lo atendía gratis, o adonde el doctor Baltazar Izaguirre. Por justicia burlona de arriba o paradojas de esta vida, ambos médicos habrían de morir antes que su desahuciado paciente, probando así que la muerte no respeta médico y que es muy capaz, como en este extraño país ha ocurrido, de llevarse de cáncer al mismísimo Director de Oncología.

Mas no nos dispersemos en médicos ni en sus sombríos pronósticos, volvamos a Shafick y sus Memorias, sus inconclusas e inéditas Memorias. Recuerda en ellas, entre sus incontables encuentros de entonces con Barba Jacob, una noche concreta, la del cuatro de septiembre de 1931, en casa del maestro Escobar, para cuyos jóvenes discípulos Barba Jacob estuvo declamando poemas. Al día siguiente y "en su hotelucho de la Fundación" (o sea en el Edificio Muriel), Barba Jacob le confesó a Shafick que esa visita le había dejado más enfermo que antes, enfermo del alma.

"Poeta —replicaba el joven para confortarlo—, usted tiene su poesía que vale más que todo". "No, Shafick —respondía Barba Jacob—, vale más, infinitamente más el amor. ¿Por qué nadie me ha amado?" ¿El amor, dice usted, poeta? Signo evidente de confusión mental o decrepitud. Usted el más original, el más lúcido, ¿hablando con semejantes lugares comunes? ¿O es que Shafick el bobo tergiversó sus palabras? El amor es un necio espejismo. Cree ver, quiere ver quien lo padece en su sed un charco de agua... Escribe Shafick que el poeta guardó un momento de silencio y que luego escondió su rostro entre las manos y permaneció quieto, pensativo, conteniéndose para no llorar. Por fin le dijo: "Shafick querido, váyase que necesito estar solo. No quiero lastimarlo ni causarle el menor daño. Váyase y perdone a este viejo loco". ¿Viejo un hombre de cuarenta y ocho años? Loco tal vez... Escribe Shafick que Rafael había salido antes, "a casa de Jesús López donde les lavaban la ropa".

A la casita de Jesús López "donde les lavaban la ropa" (en las calles de Aldaco y La Esperanza, cerca al convento de las Vizcaínas) había llegado Rafael de Cuba siguiendo instrucciones del poeta, que se hallaba en Monterrey. En Cuba, por una de esas coincidencias del destino que enredando y desenredando los hilos traza a veces extravagantes historias en el tapiz, Rafael había conocido a Shafick, a quien semanas después le habrían de presentar en México a Barba Jacob: en casa del maestro Escobar, acaso la noche misma de un recital que dio el poeta en el Teatro de la Secretaría de Educación Pública. ¿Hablarían los nuevos amigos de Cuba y de Rafael? No lo creo. Había demasiados hermosos jóvenes esa noche en esa casa de ese maestro, y Barba Jacob se hallaba demasiado ocupado deslumbrándolos a todos con sus poemas y sus historias. No hacía mucho

Shafick había regresado de sus vacaciones en la isla, y en la isla seguía Rafael, de rehén en el Hotel Crespo, "en prueba —y son sus palabras— de que el poeta volvería a pagar la cuenta". Meses pasaron hasta que Barba Jacob pudo enviarle, desde Monterrey, con qué huyera de las deudas y se viniera a México: desembarcó en Veracruz, y llegando llegando a la capital recordó que en La Habana Shafick se había ofrecido a servirle cuando estuviera en su país, así que sin tardanzas acudió a la casa de su amigo. No estaba, estaba ausente. Pero a la madre de Shafick que lo recibió Rafael le informó del ofrecimiento de su hijo en el extranjero y le pidió dinero prestado. "¿Cuánto?" preguntó la señora. Por la cabeza del desvergonzado joven cruzó la desvergonzada idea de que pedirle unos cuantos pesos era un insulto al decoro de su hijo: ¿Cómo Shafick tan rico iba a tener amigos en semejante miseria? Y por respeto al amigo ausente le pidió una gran suma, que la señora le dio en el acto. ¿Y los consejos del poeta? ¿Los cariñosos consejos que le daba en esas cartas que yo conozco, escritas a La Habana desde Monterrey? "No olvide mi hijito querido —le decía el cínico— que tendrá que trabajar, y que todo trabajo, por blando que sea, tiene durezas…" Mas como el poeta predicaba con la palabra y se desdecía con el ejemplo… Orgulloso se habría sentido de su discípulo de presenciar la escena. El aprendiz de sablista de los tórridos tiempos de Managua, su asistente, ya era un maestro.

Y mientras el haragán de Rafael Delgado cortejaba mujeres en La Habana y se rascaba la panza, ¿qué hacía su padre adoptivo, su poético padre en Monterrey? Vivía con toda su alma el fracaso de su último sueño: Atalaya. Atalaya se iba a llamar lo que primero iba a ser una revista y después un diario, y lo que a la postre acabó siendo nada. Una serie de cartas: a Enrique González Martínez (que me enseñó su hijo), a Rafael Arévalo Martínez (que me enseñó su hija), a Rafael Heliodoro Valle (que me facilitó una caritativa bibliotecaria) y a Alex Mayorga Rivas (que publicó el Diario del Salvador) atestiguan ese sueño y su fracaso. "El gran semanario de la Frontera, Director-Gerente: Porfirio Barba-Jacob, Subgerente apoderado: Rodolfo Treviño" dice el membrete del papel de Atalaya en que están escritas las cartas. Rodolfo Treviño, su compadre, quien había sido el administrador de su efímero y granuja Churubusco, y a quien debió de haber conocido según mis cálculos desde su llegada a Monterrey, añísimos años atrás…

De esa serie de cartas obsesionadas por el sueño de Atalaya que se irá trocando de una en otra, paso a paso en fracaso, las dirigidas a Rafael Heliodoro Valle, ocho en total, están llenas además del nombre de Shafick: "Shafick adorable", "Shafick ardiente", "Shafick encantador", "Shafick maravilloso", "Shafick mío"… La distancia lo había puesto a delirar, así pasa. Pero la primera de las cartas a Rafael Heliodoro empieza con una frase que me ha hecho dar un vuelco al corazón: "Nada he vuelto a saber de ti, como no sea que vives, que irradias desde las páginas de Excélsior, y que continúas tu letal empeño de hurgar bibliotecas y archivos para captar fugaces e inseguros detalles de las gentes y las cosas que fueron". Diez años me he pasado hurgando bibliotecas y archivos para captar fugaces e inseguros detalles de las gentes y las cosas que fueron: de él. De él, Barba Jacob, que tenía adivinaciones asombrosas: que previó desde El Espectador de Bogotá el asesinato de Sandino, y desde sus perifonemas de Últimas Noticias el de Trotsky; que anticipó desde esta misma columna, con lucidez portentosa, lo que iba a ser por décadas el destino de Cuba y Nicaragua, sus sucesivas tiranías… Como augur antiguo penetraba las brumas del porvenir.

Tampoco Rafael Heliodoro lo hacía mal de adivino: en sus respuestas a Barba Jacob (de las que su ociosidad conservó copias en su archivo) le va diciendo, advirtiendo: "He comenzado a desbaratar la mala fama que tienes como fundador de revistas y de diarios. Sobre todo, ayúdame a desbaratarla publicando cuanto antes Atalaya. Va más de un mes y no sale, y aquí todos muy inquietos. ¿Qué pasa en Monterrey? ¿Es que se acabó la tinta?… El amigo Shafick muy cortés. Los asuntos de Barba Jacob son para él cosas del más allá. Su hermanito es alumno mío de Historia de México en la Preparatoria. Estuve a cenar el otro día con el señor Escobar y le dejé mi tesoro: es decir tus poemas recogidos de todos los rumbos… Hablemos de tu Atalaya, que me parece no echa alas en firme. Lo deploraríamos todos. Estás jugando tu última carta como hombre de acción. Nada más eso te digo". Y no había nada más qué decir. La advertencia de Rafael Heliodoro habría de revelarse profética: en la primera mitad de 1931, en Monterrey, Barba Jacob se estaba jugando con su ilusoria revista la última carta de su última partida. Y la perdió. Otra cosa es que sobreviviera diez años a la muerte de su sueño, arrastrando su mísera vida. De la penúltima carta de esta serie que lleva el membrete de Atalaya, dirigida a Rafael Arévalo Martínez, a Guatemala, voy a copiar unas palabras reveladoras: "Confío en la victoria aunque tengo la seguridad de que la victoria es una cosa perfectamente inútil, una majadería". Bonita frase para ponérsela de epígrafe a una biografía de Churchill, pero quien la escribió ya era un derrotado. La carta a Arévalo es del quince de mayo; las cartas a Rafael Heliodoro son del veintiuno de enero, el doce y el dieciséis de febrero, el cuatro y el veinticinco de marzo, el seis de abril, el seis de mayo, y el doce de junio en fin de 1931, año en gracia del Señor. Y consigno aquí las fechas a sabiendas de que a nadie le importan porque me importan a mí. ¡Atalaya! Que según le explicaba a Rafael Heliodoro en sus cartas iba a estar dirigida a "Su Alteza Pendejísima y Vulgarísima la Muchedumbre", cortada a su sucio gusto y sobre medida.

Dejando por un momento los fracasos permítaseme echar a rodar un poco hacia atrás la rueda del tiempo para vivir un instante, uno solo aunque sea, de esplendor. Es el jueves cuatro de diciembre de 1930 y ya ha anochecido. En la estación ferroviaria de Monterrey un tren se detiene y entre los fatigados viajeros desciende el poeta: el que se fue llamándose Ricardo Arenales en pleno vigor de la vida y regresa, más viejo pero transfigurado, como Porfirio Barba Jacob. La multitud que se ha congregado desde tempranas horas en los andenes para esperarlo le da la bienvenida. Hay allí representantes de las sociedades culturales, mutualistas y obreras, comisiones de la Sociedad Recreativa Acero de Monterrey, de los Factores Mutuos del Comercio, de la Sociedad Mutualista de Tranvías y Luz, del Círculo Mercantil Mutualista, de la Unión de Comerciantes al Menudeo y Pequeños Industriales de Monterrey, de la Alianza de Ferrocarriles Mexicanos y de las Escuelas Normales… Las principales instituciones de la ciudad allí están representadas. Y allí, confundidos entre obreros y maestros están sus viejos amigos y compañeros, testigos de las hazañas de sus días de juventud. Allí está Rodolfo Treviño que fuera el administrador de su Churubusco; los profesores Joel Rocha y Fortunato Lozano que escribieron en su Revista Contemporánea; Jesús Cantú Leal y Federico Gómez que recibieron de sus manos El Porvenir; Miguel Ángel Tinoco a quien estarán dedicadas las "Iluminaciones" de sus "Canciones y Elegías"… Todos acudían a abrazarlo y a estrechar su mano… ¿Qué estaba ocurriendo? ¿A qué venían tales demostraciones de afecto y simpatía? Simplemente Monterrey recordaba su obra social y de cultura: su revista literaria, sus periódicos, su campaña en pro de las sociedades mutualistas y de la mexicanización de los ferrocarriles, su labor caritativa en los días aciagos de la inundación del río Santa Catarina, y acudía a darle la bienvenida. Nunca antes ni después fue el poeta objeto de muestra tan efusiva de afecto y de cariño como la de aquella noche. Al fin y al cabo, y por extraño que parezca, en la Monterrey laboriosa el poeta respondía a la imagen de un hombre de trabajo y de bien… En la oscuridad del cuarto, revisando en la pantalla las tiras del microfilm (el microfilm al que han pasado los viejos ejemplares de El Porvenir antes de mandar su amarillento papel al fuego), avanzando y retrocediendo a mi capricho el tiempo me he tropezado con el número del cinco de diciembre de 1930 que da cuenta, en primera plana, de lo referido, la espontánea recepción que Monterrey le había dispensado el día anterior al poeta. En las Memorias de Shafick me había despedido de Barba Jacob en México: en los archivos de El Porvenir lo recibo ahora en Monterrey. "El ilustre poeta no disimuló su emoción al pisar Monterrey. Abrazó a todos y a todos recordó, como si no hubieran pasado largos años de ausencia. Para todos tuvo una sonrisa y un significativo apretón de manos, como si a quienes le rodeaban en aquellos instantes hubiera dejado de verlos el día anterior. El Porvenir, que guarda hacia su ilustre fundador la devoción a que él es acreedor y la grata memoria de su espíritu sutil que pasó por las iniciales ediciones de este diario, le envía un cordialísimo saludo de bienvenida con el entusiasmo, la estimación y el afecto de los que trabajamos en esta casa, y asimismo expresa la cabal satisfacción de contar como huésped de la ciudad al hombre de positivo valer mental que para la lírica hispana y el pensamiento contemporáneo significa la personalidad de Porfirio Barba

Jacob". Conmovido, agradecido, en la penumbra, he ido copiando de la pantalla en un cuaderno las líneas luminosas. Luego informaba El Porvenir que Barba Jacob, acompañado de sus amigos, se dirigió de la estación al Hotel Iturbide, donde se alojó. Desde ese hotel escribió las dos cartas a Rafael Delgado, a La Habana, que Rafael Heliodoro Valle conservó y publicó. La segunda termina así: "Adiós mi hijito, hasta mi próxima carta. Manéjese muy bien, cuídese mucho, defienda su moral y su salud, no pierda todo el tiempo, lea cuanto pueda y confíe en que, a principios de enero, le mandaré con qué venga a juntarse a su padre adoptivo, a quien tanta falta le hace. Entre tanto, no deje de escribirme; si diariamente me manda aunque sea una tarjetica, mucho mejor. Mi dirección, siempre, Hotel Iturbide. Lo bendice y lo abraza Porfirio Barba-Jacob". ¿Defienda su moral? ¿No pierda "todo" el tiempo? ¿Lea? ¿Su padre adoptivo? ¿Lo bendice? Bueno, si el señor cura lo decía, lo escribía… Desde ese Hotel Iturbide…

En sus fallidas, inconclusas, inéditas Memorias Shafick me ha conservado una carta del administrador del Hotel Iturbide, del veintidós de octubre de 1932, dirigida desde Monterrey a México, a Barba Jacob: "Muy estimado y fino amigo: El señor Miguel A. Tinoco nos ha entregado su grata carta de fecha 5 de septiembre próximo pasado, en la que autoriza a dicho señor a tratar con nosotros lo relativo a su adeudo con nosotros y recoger su equipaje. Como usted recordará, su cuenta en este hotel ascendía a la suma de $797.45, pero habiéndome enterado por el mismo señor Tinoco y por la prensa de que usted se encuentra desde hace tiempo enfermo, lo cual lamentamos sinceramente, y deseosos de servir al ilustre amigo dentro de nuestras posibilidades, decidimos arreglar con el señor Tinoco de que únicamente nos diera, para saldar su cuenta, la cantidad de cien pesos, de los cuales incluimos a usted cuarenta pesos en giro 135070 de este Banco de Nuevo León a su favor y contra el Banco Nacional de México de esa capital. Hoy mismo hemos tenido el gusto de entregar al señor Tinoco sus libros y efectos personales y deseando vivamente que recupere usted pronto la salud y con la satisfacción de haberle podido servir según sus deseos, nos es grato repetirnos de usted afectísimos atentos amigos y seguros servidores, Hotel Iturbide, Alfredo Garza Nieto, Administrador".

¿Del veintidós de octubre de 1932 es la carta? Entonces le retuvieron el equipaje por lo bajito año y medio, porque Barba Jacob ya había regresado a la capital a mediados del treinta y uno, y a lo mejor desde mucho antes de su regreso ya había abandonado el Hotel Iturbide… ¡Setecientos noventa y siete pesos con cuarenta y cinco centavos! Esos cuarenta y cinco centavos, tan perdidos como los pesos, me ponen a delirar. Pero no, no tan perdidos los pesos: sesenta pesos, sacando cuentas, recuperó el Hotel Iturbide gracias a la generosidad del señor Tinoco, a quien ya vimos entre los de la estación del ferrocarril, y a quien habría de dedicarle Barba Jacob, como ya dije, las "Iluminaciones" de sus "Canciones y Elegías", que por las fechas de la carta estaban en trámite de edición.

Soy partidario de que el biógrafo se limite a citar sin interpretar, a un humilde abrir y cerrar comillas de partidas de bautismo, cartas, memorias, partidas de defunción. Y que el lector saque cuentas e interprete, y que arme paso a paso, ficha a ficha el rompecabezas hasta que se le vaya configurando, como un milagro, el santo. Así que a propósito de cartas y cuentas les voy a citar otra, otra joya, ahora de Barba Jacob. Es del dieciséis de marzo de 1939 y se la dirige al licenciado José López Alcar, abogado de los Ferrocarriles de México, en cuyo Hospital de Colonia había estado dos meses dos años atrás. La escribe en respuesta a dos reclamaciones recientes del Departamento Legal de los susodichos recordándole a Barba Jacob (o a Excélsior) el adeudo, por la atención médica e internacion en el suso-dicho, de mil ciento setenta y un pesos con cincuenta centavos. ¡Otros cincuenta candorosos centavos! "La culpa —responde a las reclamaciones con excelso cinismo el excelso poeta— de que yo no hubiera pagado mi asistencia en el Hospital de los Ferrocarriles Nacionales se debe exclusivamente a la mala dirección, el desorden y la negligencia que había en ese establecimiento cuando yo estuve allá. Creo oportuno relatar a usted aunque sea muy sucintamente, las circunstancias en que entré al hospital y en que hube de abandonarlo. Al terminar el mes de abril de 1937 pedí al señor gerente de Excélsior, don Gilberto Figueroa, una carta de recomendación para el ingeniero Madrazo con el fin de ver si era posible que se me admitiera en el hospital pagando una cuota compatible con mis modestos recursos o a cambio de publicidad, para la cual el periódico me había ofrecido toda clase de facilidades. El ingeniero Madrazo encargó a su secretario el señor Farías que hiciese sobre el particular lo que fuera pertinente, y dicho señor Farías me recomendó a las atenciones del doctor Gutiérrez Mejía, que figuraba como director del Hospital. El doctor Gutiérrez Mejía me trató con excesiva amabilidad, me dijo que como él había sido siempre muy amigo de los periodistas haría que por ser yo de la empresa Excélsior se me diera un precio especial, y me prometió que tan pronto como me hospitalizara iría a visitarme. En vano esperé la visita de Gutiérrez Mejía durante algunas semanas, pues ni fue ni dio ninguna orden con respecto a lo que yo debería de pagar ni la forma de hacerlo. Entonces me dirigí a él por escrito, y en una larga carta en la que le daba las gracias por lo que habían hecho por mí en el Hospital le pedí definiera mi situación, insinuándole que ordenara se me dieran los datos que yo pidiese para escribir unos artículos sobre el hospital y publicarlos en Excélsior. Como no recibí contestación ni verbal ni escrita, me dirigí nuevamente al doctor Gutiérrez Mejía en carta fechada el 7 de junio, cuya copia acompaño a usted, suplicándole tenga la bondad de devolvérmela. Como usted comprenderá, no soy responsable de no haber llegado a un arreglo oportuno satisfactorio y decoroso. En la actualidad ese arreglo es punto menos que imposible por mi enfermedad, que ha disminuido en un noventa por ciento mis capacidades de trabajo y que probablemente me obligue a sujetarme en estos días a una delicada operación quirúrgica. Si llego a restablecerme, me será muy grato tratar con usted este asunto y liquidar mi deuda, sobre la base de una cuota reducida y de que se me acepten a cuenta los trabajos de publicidad que ofrecí desde el principio. El hospital bien vale la pena de que se le dé a conocer en todo lo que es y en lo que significa como esfuerzo del gremio ferrocarrilero y como justa causa de orgullo para México". ¡Qué cantidad de mentiras! Él, todo, México, esta vida. En las citadas líneas los estoy viendo a él y a este país en su prístina figura, pintaditos tales cuales son… Otra diferencia entre la biografía y la novela: que la novela es mentira, pero la biografía está abrumada de nombres y fechas, y eso le exige al perezoso lector que recuerde nombres, ate cabos, saque cuentas, y así la mentirosa novela se ha convertido en el gran género literario de hoy. ¡Qué le vamos a hacer! El hombre en su gran mentira quiere que le inventen. ¿De dónde saqué la carta de Barba Jacob? Ya ni lo sé.

En honor a la verdad y a la memoria del poeta debo anotar aquí que en sus últimos días en Monterrey (a la que tan bien recibido llegó y con tan buenos propósitos) con el fracaso de Atalaya volvió a ser él mismo, el mismo irresponsable de siempre. Y tomo la palabra de las últimas líneas de su última carta de Monterrey, a Rafael Heliodoro Valle: "Shafick me ha escrito cartas deliciosas. En una de ellas me cuenta tu visita con un joven poeta yanqui a la casa del maestro Escobar y el rato que pasaron. Yo también me divierto. He logrado reconquistar mi antigua salud, y, sobre todo, un poco de mi antigua irresponsabilidad, de mi antigua libertad: he vuelto a entregarme al deleite todo por entero, sin tristeza, sin remordimiento, en plenitud de alegría, y sin que la visión de Señora Muerte me perturbe. Señora Muerte ya no es mi enemiga. Ahora mismo estoy dictando esta carta desde mi ancha cama, en mi ancho cuarto, que tiene siete puertas, frente a mis espejos queridos, en un rincón que si supiera hablar de lo que en él he soñado y he gozado…" Esa cama de ese cuarto de espejos y siete puertas ¿estaría en el Hotel Iturbide? "Tengo versos nuevos. Van rezumando como gotitas de la pena, cristalinos, simples, musicales, sin resabios ni de ayer ni de hoy. Te saluda cariñosamente, Porfirio Barba-Jacob".

A Rafael pudo haberle enviado con qué se viniera a México gracias a unas conferencias radiofónicas que dio "por la difusora del ingeniero Cámara", a propósito de las cuales, en un artículo, José Navarro recordaba "una bella página dedicada a las madres" y "la original controversia con el escritor Eutiquio Aragonés". ¿Y si el loco Asúnsulo que vive en Cuernavaca y que anda rastreando, en su maquinita para recobrar las voces del pasado, la voz de Cristo en el Sermón de la Montaña, se contentara con algo de menos envergadura pero con menos interferencias y más reciente, y me permitiera oír esas transmisiones de esa emisora del ingeniero Cámara? En un teatro de México y durante el Primer Festival del Bambuco, oí con escalofríos el primer bambuco grabado sobre esta tierra: "El enterrador". Lo grabaron Franco y Marín, el dueto colombiano que anduvo con Ricardo Arenales por Cuba y México. Y lo grabaron cuando andaban con él. En el viejo disco sus voces ni se entendían de lo lejanas, de lo rayadas, lejanas como ultratumba y rayadas por tanto girar del tiempo. Espero que cuando vaya a Cuernavaca a pedirle el favor al señor Asúnsulo, su maquinita suene más clara y nítida, o al menos menos fantasmal.

Con la misma ingenua esperanza con que habré de ir algún día a Cuernavaca a buscar al señor Asúnsulo en pos de Barba Jacob, me presenté la noche del veintinueve de julio, aniversario del nacimiento del poeta, en casa de Madame Hortense Donadieu, digna sucesora de la Blavatsky, de Mesmer, Miss Cook, Allan Kardec y demás cazadores de fantasmas, a cuyo círculo de espiritistas había logrado asomarme gracias a las influencias de un amigo de un amigo de un amigo mío político (ladrón). Médium polidotada: escribiente, transferente, moviente, percutiente, subyugada, obsesa, y capaz de generar, como esos grandes médiums que florecieron a fines de la pasada centuria, espíritus ectoplásmicos que le surgían de la boca o del oído, esta vieja dama temblorina que entraba en trance de convulsiones y babas y hablaba con las eres líquidas francesas acentuándolo todo en agudo a lo De Gaulle, quizá para curarse en salud y no contrariar a los astros, había elegido la noche del natalicio del poeta para convocarlo. Astrológicamente la noche estuvo bien elegida, pero meteorológicamente resultó un error: fue una de esas noches relampagueantes de tormenta horrísona en que el viento rabioso bate puertas y ventanas e infla los cortinajes blancos como en película de Julio Bracho. Empezó con una lloviznita o chipichipi bajo la cual llegué, con paraguas pero sin dogmatismos ni ideas preconcebidas, a las siete en punto, la hora señalada, a la casona sombría de la vieja colonia de Coyoacán, ciudad de México, casa de habitación de Madame Donadieu. Abrió Madame en persona y ya habían llegado varios. Allí estaban, en el amplio salón frío y lúgubre de piso negro de mármol e iluminación de velas, el doctor Morones, de ascendencia francesa; Stephan Marcato y su mujer Ruth; Guillermina Higaredo de Martino, Margarita López P. (Páez), el arquitecto Luis Barragán, el doctor Papanicolau, un filósofo republicano español en el exilio cuyo nombre siempre olvido, Alfonsina Frías y alguien más. Los faltantes, los impuntuales que nunca faltan, en el curso de la media hora siguiente fueron llegando: un viejo director de orquesta con mal de Parkinson, cierto joven feminoide de cara pálida… Hasta ajustar trece. Trece a la mesa. Y sentados los trece a la gran mesa redonda y negra, negra como la noche de afuera, uniendo nuestras frías manos en cadena concentramos toda nuestra energía psíquica para hacerla mover. "Hoy vamos a convocar a… a… a…" empezó diciendo Madame olvidando el nombre del poeta. "Ah, sí, a Porfirio Barba Yacob". Así dijo, "Yacob", incapaz de pronunciar la jota española, la larga jota árabe que baja por Andalucía soleada y se infla con plenitud sonora hasta la judería de los barrios proscritos de Toledo. Un relámpago tras los vidrios de las ventanas rajó la noche negra, y por un momento sentí que por fin iba a recuperar al poeta. Colándose por las rendijas de las ventanas las ráfagas del viento rabioso volcaron un candelabro, incendiaron una carpeta y se fueron a rugir al patio. Entonces, en la oscuridad repentina, sin esfuerzos, de sopetón, Madame Donadieu entró en trance y tendió su puente al Más Allá: el blandi-blú del periespíritu abandonando su cuerpo arrugado de vieja (aunque siempre unido a él por un cable coaxial o cordón de plata que le surgía del ombligo) se alargaba, se alargaba, se alargaba, e ignorando el techo de la habitación ascendía hasta extremos inconcebibles. Una figura barrigona, regordeta, entonces se insinuó, se medio corporizó en el ectoplasma. ¿Quién? ¿Quién será? "Sono il duce", informó por la voz de Madame Donadieu vuelta de eunuco, por interpósita persona. "Il duce?" repitió Madame con la suya propia, automáticamente. "Certo: Benito Mussolini", agregó el espectro. "¡Mierda!" exclamé, y levanté las manos rompiendo la cadena. Y el frágil puente al Más Allá se disipó. Y mientras Madame salía de su trance mediúmnico y entraba en un verdadero estado de convulsiones y babas, yo, atropelladamente, le explicaba a la concurrencia atónita, disculpándome, lo que no lograban entender: que el veintinueve de julio de 1883, el mismo día y a la misma hora de la misma noche, simultáneamente nacieron Benito Mussolini y Miguel Ángel Osorio, o sea Porfirio Barba Jacob. Para estos momentos afuera la llovizna se había hecho lluvia, la lluvia aguacero y el aguacero franca y declarada tempestad.

Les dispenso la descripción nerviosa de las tensas horas que siguieron y la lenta recuperación de Madame Donadieu. Cuando volvió plenamente en sí, en su cuerpo excéntrico de francesa vieja, pidió con voz cascada una tacita de café: pero café del bueno, del que ella tomaba, "café de la Colombie". Hacia las once, amainando cortésmente la tempestad, reanudamos la sesión. "Barba Yacob, Barba Yacob, Barba Yacob", repetía en voz alta Madame invocando, tratando de autoinducir por el mecanismo reiterativo el trance mediúmnico. Pero lo que la vez anterior, con un mero relámpago, se le dio tan fácil, esta vez no se le daba. Y Madame estaba tan lejos de la bilocación o desdoblamiento astral como yo de China. Quizá por el alto número de participantes, quizá por las interferencias eléctricas en el cielo cargado de afuera, quizá por el exabrupto de mi malhadada interrupción con esa palabra "mierda" tan francesa, reinaba en el ambiente un franco estado de dispersión psíquica, y la materialización tan esperada no se lograba, no lograba Madame Donadieu sintonizar a Barba Jacob. "Pruebe con Miguel Ángel Osorio", le sugerí. "O con Ricardo Arenales". Probó, inútilmente. Ni con el uno ni con el otro el espontáneo milagro de Mussolini se repitió. Barba Jacob se había perdido en el campo astral. Dando las doce, sonando el reloj de Coyoacán las doce campanadas, Madame, muy amable, me preguntó si para aprovechar la noche no quería hablar con Bolívar, o con Napoleón, o con León Trece, que por lo visto eran sus caballitos de batalla. "No —le contesté muy grosero—. Yo no acostumbro hablar con bellacos". Y me levanté. Y salí. Caminando por la acera encharcada me iba repitiendo, con obsesión de borracho: "Me queda la uija, me queda la uija".

Ni la sustancia luminosa y etérea que segregan los médiums, el inefable ectoplasma; ni las mesas que se agitan en la oscuridad de sus sesiones espiritistas llamando a los muertos; ni el loco azar de la uija que gira como una ruleta me lo devolverán. Su voz, su ademán, su rostro, su duro rostro volteriano en el que Arévalo creyó ver al caballo… Su presencia suprema…

Y sin embargo podría enumerar los barcos que tomó, las cantinas que frecuentó, los hoteles en que vivió. El Hotel Esfinge de León, el Nuevo Mundo de San Salvador, el Primavera de Managua, el Pekín de Tegucigalpa, el Austin de San Antonio, el Magdalena de Puerto Berrío, el Lacayo de Poneloya, el Rivera de Tampico, el Iturbide de Monterrey, el Central de La Piedad, el Central de Cali, el de los Griegos de La Ceiba, el San Victorino y el Savoy de Bogotá, el España y el Iberia de Guatemala, el San Francis y el del Comercio de Lima, el Crisol y el Roosevelt y el Crespo y Mi Chalet de La Habana. Y los de México: el Gual, el Gillow, el Jardín, el Colón, el Aída, el Sevilla, el Bucareli, el Pánuco, el Nacional, el Independencia, el Washington… Y los de nombre olvidado: ese hotelito de Veracruz al que llegaste, pisando tierra mexicana, y cuyo dueño, un gachupín, te retenía el baúl de la ropa; y el hotelucho de la calle San Blas de Barranquilla, cuando te volviste a encontrar, por enésima vez, con Leopoldo de la Rosa que te quería quitar un muchacho. Y ese hotel de la calle en pendiente al que te fue a visitar Alfonso Sánchez de Huelva, acabando de llegar tú por tercera vez a La Habana. Y el hotel del que venías, de Nueva Orleans, donde esperaste con Rafael el barco, el Atlántida, en Saint Charles Street, "una calle que desembocaba a un canal". Y la pensión cercana al convento de San Hipólito de esta ciudad de México donde te conoció Rafael Heliodoro Valle, y ese día le dedicaste un ejemplar de tu "Campaña Florida", el único que hoy queda, enterrado por desidia en la Biblioteca Nacional. Y la casa de huéspedes en Donato Guerra y Bucareli a la que Jorge Flores fue a llevarte un folleto una mañana en que tembló, y le dijiste al muchacho que "nada te podía aterrorizar más que los temblores", sin sospechar que te esperaba el terremoto de San Salvador. Y la pensión que ha recordado Porfirio Hernández "Fígaro", de la que te mudaste al Palacio de la Nunciatura, del que te mudaste al Hotel Nacional… Y esa zahúrda en que te conoció Juan Bautista Jaramillo Meza en tu segunda estadía en La Habana, y de la que dice que te llevó a vivir al Martínez House del elegante Paseo Martí; allí, según él, te pasabas las horas añorando a Colombia y México; allí, según tú (según le contaste a Alfredo Cardona Peña en la Avenida Bucareli entre el estrépito de las bocinas de los tranvías y los carros muy cerquita de la muerte), compusiste tu "Canción de la Vida Profunda" mientras en la habitación contigua tu amigo del exilio Manuel M. Ponce tocaba el piano. ¿Qué tocaba? ¿ "Estrellita" acaso era lo que tocaba? Y la posada La Losa subiendo al alto de La Línea, y la casa de huéspedes de doña Julia Dee en San José, Costa Rica; y la pensión de "mama Chepa" en Amapala, y la de la mujer de Clemente Marroquín Rojas en Guatemala... Y tus barcos, tus barcos fugaces borrándose como la espuma del mar: el Igueras, el Cali, el Venezuela, el Santa Cruz, el Aconcagua, el Atlántida, el Essequibo, el Reventazón... Y esa frágil lanchita en que cruzaste el turbulento lago de Yojoa; y el barquito de rueda en el que bajaste por el Magdalena que todavía tenía caimanes... Y ese navío de la Baccaro Bross y Cía. del que Miguel Antonio Alvarado te vio desembarcar en La Ceiba; y el vapor que te trajo a Puerto Morazán, Nicaragua; y el que te sacó por Corinto de Nicaragua; y la gasolinera en que cruzaste el golfo de Fonseca de Amapala a La Unión... Hotelitos hoy tan venidos a menos como yo si no es que los han tirado, navecitas de las que logro salvar apenas el nombre, a lo sumo, del gran naufragio del olvido...

De un navío de la Baccaro Bross y Cía., compañía bananera, lo vio Miguel Antonio Alvarado desembarcar en La Ceiba. El joven Alvarado —que se encargaba de recibir y despachar los barcos, si bien su real interés era la poesía— reconoció a Arenales al verlo bajar al muelle porque había leído su nombre en la lista de pasajeros, y porque había visto su retrato en El Fígaro de La Habana. Las listas de pasajeros se las presentaba siempre al general Monterroso, comandante del puerto, quien autorizaba o negaba los desembarcos. Tan sólo traía el viajero un maletín en la mano (en el que guardaba, según supo después el joven, versos y recortes de periódico), y no tenía más traje que el que llevaba puesto. Alvarado se acercó al poeta y le ofreció sus servicios, y éste le pidió que le recomendara un hotel o casa de huéspedes dónde alojarse. Muy honrado de poder servirle, el joven le llevó al "hotel de los griegos". Eran las once de la mañana cuando le dejó allí descansando.——

Las once de la mañana de un día del mes de abril de 1916 en que Ricardo Arenales llegó a Honduras de Nueva York, donde había pasado el invierno. De su estancia en Nueva York nadie, jamás, sabrá nada. Dice Jaramillo Meza que vivió en el cuarto número 5 del tercer piso de la Casa Cabanagh (¿y cómo lo supo?, ¿desde allí le escribiría?) y algo me permiten conjeturar unas cartas. Tres cartas, delirantes, de Arenales, escrita una desde el propio Nueva York en febrero, y dos en junio desde La Ceiba, y llegadas a sus destinatarios por mar y tierra y milagro, y a mí, después de seis décadas, por la inconcebible devoción de quienes las conservaron, amén de la de este su servidor que se las fue a pedir. La de Nueva York es a la tía Rosario, María del Rosario Osorio de Cadavid, a Angostura, Antioquia; las de La Ceiba a Alfonso Mora Naranjo al mismo pueblo, y a Rafael Arévalo Martínez a Tegucigalpa. Supongo que a Alfonso Mora Naranjo, de quien aquí he hablado, ya ni lo recordarán. Tampoco él lo recordaba: "No sé con precisión su edad —le dice empezando la carta—; por mis recuerdos y por su retrato, infiero que Ud. andará por los veintiún años, o poco más". Pero lo mismo podría decirle a cualquiera de sus discípulos de antaño, los niños que en su larga ausencia ya se habían hecho hombres… Le escribía de noche, a la luz de un candil de petróleo, en una máquina de la United Fruit Company a la que le faltaban las eñes, y en respuesta a una carta del joven en que sin duda venía incluido el retrato. No sé por qué se me ocurre pensar que afuera, en la cálida noche hondureña, cantaban las cigarras. Tal vez porque cantaban la noche en que fui a visitar a Miguel Antonio Alvarado, a una vieja casa de Tegucigalpa atestada de libros. La casa no estoy seguro de si era propia o de si era ajena y simplemente rentaba en ella unos cuartos, pero los libros eran suyos: cientos, miles, apilados, empolvados. Allí entre esa infinidad de libros viejos nos pusimos a desempolvar recuerdos, a rememorar a Ricardo Arenales y sus hazañas en La Ceiba.

La Ceiba, que había surgido a principios del siglo con el gran emporio de la United Fruit Company y demás compañías bananeras en la Costa Norte hondureña, era el centro de una vasta zona de plantaciones de banano en que trabajaban catorce mil o más peones, que supongo supieran leer puesto que cuando llegó Arenales allí existían tres periódicos, y varias casas comerciales prósperas e influyentes que les pagaban bien los anuncios. En uno de esos periódicos colaboraba Alvarado: en el que editaba el poeta hondureño José Sánchez Borja en la imprenta del general Monterroso. Alvarado regresó en la tarde al hotel de los griegos en busca de su nuevo amigo para orientarlo, y lo llevó con Abraham Noé, secretario de la Comandancia y poeta (otro más, otro más, otro más en esta vida, en este libro, en este mundo), quien sabía del colombiano por las revistas literarias de Tegucigalpa y La Habana, y quien se sintió muy complacido de conocerlo en persona. Fue Abraham Noé el que convenció al general Monterroso de que le quitara su imprenta a José Sánchez Borja y se la entregara a Arenales. Y en ella comenzó a editar el intruso su propio periódico, Ideas y Noticias, no sin antes invitar a colaborar en él, en un arranque de generoso cinismo, a su desplazado predecesor. José Sánchez Borja, como es fácil de comprender, no aceptó, e indignado se marchó de Honduras para no volver jamás. Entonces Arenales nombró a Alvarado Jefe de Redacción y

Administrador de su periódico: "Procure pagar mis gastos —le dijo—, que en verdad son impagables, y disponga de todo lo demás". Me dice el señor Alvarado que administró el nuevo diario a su antojo, y que el poeta sólo se tomaba el trabajo de escribir los editoriales. Ideas y Noticias empezó a publicarse el jueves seis de julio de 1916, cuando El Cronista de Tegucigalpa, en una información errónea, lo da por muerto al nacer.

Qué muerto ni qué muerto, vivito y coleando, atacando, para armar polémica que le diera circulación en toda Honduras, a cuanto periódico hondureño hubiera, empezando por el prestigioso diario de la capital, y siguiendo con los de La Ceiba: el del procurador judicial don Juan Fernández Valenzuela, y el Pabellón Latino del profesor Abel García Cálix, ex maestro de Alvarado en Juticalpa. El profesor, pensando que los inmotivados ataques de Ideas y Noticias provenían de la pluma de su antiguo discípulo, se resintió con él. Injusto error: provenían de Arenales, el que le puso, en uno de sus artículos de contraataque a su inocente colega, este epígrafe: "Nadie puede impedir que un perro callejero se orine en el monumento más glorioso", significando que el monumento glorioso era él, el autor de la "Canción de la Vida Profunda" que el general Monterroso se sabía de memoria, y el perro callejero García Cálix.

Pues bien, revisando en la hemeroteca de México periódicos viejos (los únicos que leo porque no aguanto la infamia contemporánea, la soberbia ladrona de López el perro y paniaguados y compinchados y toda la parentela), en El Heraldo del trece de julio de 1919, en la reseña de un recital poético-musical del día anterior a cargo de Enrique González Martínez y Manuel M. Ponce, en la lista de asistentes distinguidos "entre el numeroso público", ¿a quiénes cree que me encuentro? ¡A Ricardo Arenales y al profesor Abel

García Cálix, al mismísimo! Que Arenales estuviera allí, en esa sala, en México, lo entiendo: México simplemente lo había vuelto a padecer, y González Martínez y Manuel M. Ponce, sus amigos, y Rafael Loera y Chávez, Santiago de la Vega y Ramón López Velarde que también menciona la crónica. ¿Pero el profesor García Cálix? ¿Allí? ¿Qué hacía en México lejos de su querida Honduras? No lo sé. Ni tampoco lo que pensaría al descubrir, "entre el numeroso público", al que lo trató en Honduras, en su periodicucho de La Ceiba, de "perro que se orina en el monumento más glorioso", al bellaco Arenales. ¿Sí lo vería? ¿Sí lo recordaría?

Dice Alvarado que el ocho de septiembre de ese año dieciséis viajó Arenales a Belice, en la Honduras británica; que allí le buscaron, porque era el único que sabía leer y escribir, para que redactara una comunicación de agradecimiento al rey de Inglaterra por el carro que le había enviado en obsequio al gobernador de la Colonia; que pocos días después estaba de regreso a sus labores periodísticas en La Ceiba. Cree que la misión de su viaje hubiera sido llevar correspondencia secreta del general Monterroso para Estrada Cabrera. "Poeta —le dice el general—, conviene que vaya preparándose el discurso oficial para el Día del Árbol". "Pero señor general —contesta Arenales— ¿cómo es posible que aquí donde el bosque está metido en la ciudad pensemos celebrar el Día del Árbol? Lo que hay que celebrar es el Día del Hacha". El diálogo anterior lo ha referido Rafael Heliodoro Valle y se lo creo: porque Rafael Heliodoro era hondureño y Ricardo Arenales antioqueño. Por algo el himno antioqueño dice: "El hacha que mis mayores me dejaron por herencia…" Con esa hacha tumbaron todos los árboles de todos los bosques de toda Antioquia. Cuando nació Miguel Ángel Osorio en predios de Santa Rosa de Osos, la comarca era tierra arrasada. Es que el antioqueño, que es incapaz de sembrar un árbol, goza tumbándolo. En cuanto al general Monterroso, según Rafael Heliodoro Valle le permitió a Arenales que lo comparara en letras de molde con Napoleón. Vaya el diablo a saber. Lo que sí recordaba Arenales en El Pueblo y en El Porvenir, después, en México, era a ese general centroamericano "en quien había dos parodias: una de Bonaparte y otra de don Juan Tenorio", y quien le decía una vez que "Los seres más bellos que hay en el mundo son una mujer y un caballo". Lo cual es una idiotez: también habría podido decir que un hombre y una yegua.

Cabe pensar que en su viaje a Belice Arenales continuara hasta el territorio mexicano de Quintana Roo pues años después en El Imparcial de Guatemala, a raíz de su reciente expulsión de México, en una enumeración de méritos decía de sí mismo: "... quien dejó su empresita de La Ceiba por ir a presentársele como soldado raso al General Vidal en Payo Obispo, cuando el choque entre americanos y mexicanos, provocado por los sucesos de Columbus..." Los sucesos de Columbus fue el asalto de Villa al frente de cuatrocientos bandoleros a ese pueblito norteamericano de Nuevo México, acto de simple bandidaje que desató la expedición punitiva del general Pershing, autorizada luego por el propio presidente Carranza. Pero, ¿qué tenía que ver Arenales con el asunto? ¿Acaso era villista? Si andaba por esos poblachos de La Ceiba, de Belice y Payo Obispo, en pangas y entre caimanes, era precisamente porque había tenido que huir de la gran ciudad de México cuando marchaban hacia ella Zapata y Villa, que no sabían de sutilezas ni se iban a parar a entender con quién estaba o no estaba el editor de Churubusco antes de fusilarlo. En cuanto al general Vidal no era general, era coronel: Carlos A. Vidal, gobernador en los últimos meses de 1916 del territorio de Quintana Roo, desde la nueva capital de Payo Obispo, recién fundada (tras la destrucción por los indígenas de Santa Cruz de Bravo), con cuatro mil habitantes entre blancos y mestizos pero sin ni siquiera palacio de gobierno. De La Ceiba a Belice y de Belice a Payo Obispo el pobre Arenales iba avanzando en el espacio y retrocediendo en el tiempo: iba de la colonia a la conquista y de la conquista al descubrimiento rumbo a la edad de piedra.

De regreso a La Ceiba, en octubre, le conoció José C. Sologaistoa, quien en 1956, años después de muerto el poeta, escribió un artículo para México al Día rememorándolo. Sus recuerdos escritos coinciden con los que le he oído de viva voz a Alvarado: Sologaistoa también habla del general Monterroso que se sabía la "Canción de la Vida Profunda" de memoria, que le llenó los bolsillos de pesos al poeta y le dio prestada una imprenta, La América Central, para que hiciera un periódico: Ideas y Noticias, "de cuidadosa presentación y magníficos editoriales", en que Arenales publicó una serie de episodios de una guerra imaginaria entre los Estados Unidos y la América Latina, lucha gigantesca en que los ejércitos latinoamericanos, tras de sufrir muchos reveses, arrojaban de su territorio a los invasores. Sologaistoa, que editaba la revista Actualidades, tuvo entonces el privilegio de tratar a Arenales, de escuchar de sus labios, "botella de coñac de por medio, en gratísimas veladas", las anécdotas de su vida de arriero en Colombia, cuando sintió que en su alma "nacían las alas del numen", sus aventuras por el Caribe y sus desconcertantes teorías literarias...

Aunque lo verdaderamente notable no es este artículo de Sologaistoa sobre Arenales y La Ceiba: es otro, de José Sánchez Borja, sobre el mismo pueblo y el mismo señor, el que le quitó la imprenta y lo hizo ir de Honduras. "El quince de septiembre de 1916 —transcribo con agradecido asombro— celebrábamos los latinoamericanos residentes la independencia nacional de Honduras en la floreciente ciudad porteña de La Ceiba de Atlántida. Porfirio Barba Jacob —entonces Ricardo Arenales— recién arribado de Nueva York, compartía nuestro entusiasmo cívico, y era un huésped raro que causaba asombro por todo cuanto hacía y hablaba; y que, por sus vínculos con la cultura continental, constituía el punto clave del puerto bullente, en aquella época del oro verde en el mundo. Procurábamos agasajarlo para hacerle llevadera su permanencia en la ciudad". Y sigue contando que al anochecer de ese día, "en franca bancarrota la economía común", Ricardo Arenales, sin un centavo, los invita al mejor restaurante y bar del puerto, del italiano Vitanza. Y ante el numeroso grupo allí reunido el poeta declama en italiano versos de "La Vita Nuova" de Dante, e improvisa una arenga sobre la Italia de Cavour y Garibaldi. Conmovidos al borde de las lágrimas, los italianos allí presentes y los magnates del banano empezaron a destapar botellas de coñac y de champaña, y se improvisó un baile "con las muchachas amigas que paseaban por el parque. Al filo de la madrugada terminó la fiesta, originada en el milagro de la poética palabra de Ricardo Arenales". Y en prueba de la veracidad de estos recuerdos (estos generosos recuerdos consignados años después de la muerte del poeta y décadas después de los sucesos), en los "Poemas Intemporales" "Acuarimántima" trae por epígrafe una estrofa del Canto IX del "Infierno" de Dante: "O voi che avete gl'inteletti sani, mirate la dottrina che s'asconde sotto il velame degli versi strani". Claro que Arenales estuvo recitando a Dante: sus versos resonaron, acaso por la primera vez, desde el medioevo, como negación del tiempo, en la tórrida noche hondureña. Y una prueba más: El Cronista de Tegucigalpa, en las breves informaciones de su sección Noticias Departamentales extractadas de los diarios de la provincia, reproduce seis, espaciadas a lo largo de mes y medio, del periodiquito de Arenales, de las cuales ya he transcrito, páginas atrás de este desorden, las dos primeras, y a continuación transcribo las dos últimas: "La Ceiba, lunes 11 de diciembre: Sábese aquí que la esposa de Chocano está grave, el poeta regresa el miércoles a Guatemala. El señor Raúl Peccorini ha sido nombrado administrador de este periódico. Ideas y Noticias". "La Ceiba, miércoles 13 de diciembre: la gran edición extraordinaria de Pabellón Latino saldrá esta semana. Club Ceiba dará hoy un baile en honor de la señorita Otilia Pizzati. Tiempo magnífico. Ideas y Noticias". Esos dos apellidos de Peccorini y Pizzati vienen a sumarse al de Vitanza para decirnos que en La Ceiba, en 1916, había una colonia de italianos, que se podían conmover "al borde de las lágrimas" oyendo recitar a Dante y hablar de Garibaldi y Cavour.

Me dice el señor Alvarado que él se marchó de La Ceiba en diciembre, con el designio de establecerse en Guatemala. Será asombroso que setentaitantos años después recuerde el mes pero yo no lo he inventado, la memoria de los viejos es así, exacta cuando quieren y caprichosa. Y bien, si el joven Alvarado se fue en diciembre, nada más explicable que se nombrara en diciembre un nuevo administrador de Ideas y Noticias, Raúl Peccorini, quien, según se infiere de un pasaje del escrito autobiográfico de Arenales "La Divina Tragedia", y para seguir con las intromisiones de la muerte, murió poco después: "En La Ceiba padecí, amé, prosperé, deliré… Compuse mi primera canción ligera. Vi morir a Raúl Peccorini, ebrio de juventud y de vida en el seno de su raza; le vi doblar la cabeza algo loca y entrar en el jardín de los pálidos asfodelos, temblándole en los ojos ya inmóviles la última lágrima, que él dedicó a la mujer con

quien iba a contraer nupcias". Las fichas encajan perfectamente en el rompecabezas, y si se me permite delirando un
poco, sin venir a cuento, voy a pensar en los arqueólogos
del futuro encontrando, tras la destrucción de la tierra, en
un pantano, el bolígrafo con que estoy escribiendo estas líneas.

Y nada más se sabe del pequeño periódico de Arenales pues de los meses posteriores a diciembre de 1916 no se
han conservado ejemplares de El Cronista de Tegucigalpa,
el que paradójicamente ha quedado, en la hemeroteca de
Honduras, para dar testimonio, en esas breves informaciones extractadas, de la existencia de su enemigo. Y que no vaya a decir nadie, algún día, que Ideas y Noticias fue el mero
invento de la memoria de unos viejos. "La Ceiba, lunes 4 de
diciembre: Fundóse aquí revista filosofía, ciencias, bellas
artes. Edición mensual un peso, con páginas numerosas, materiales exclusivamente inéditos, órgano Escuela Trascen-
dentalista. Dirigida Ricardo Arenales, denominaráse 'La
Vida Profunda'. Ideas y Noticias". "La Ceiba, martes 5 de
diciembre: Prepárase magnífica velada en honor del insigne Chocano. Ideas y Noticias".

Con el insigne Chocano y el ubicuo Leopoldo de la
Rosa lo vio llegar Alvarado a Amapala, medio año después.
Venía de Tegucigalpa y de La Ceiba de donde salió en secreto, huyendo, burlando las asechanzas de sus "viles acreedores" según ha escrito Sologaistoa. "Yo huí de La Ceiba
—nos confirma el poeta en su escrito autobiográfico—. Me
acompañaba el joven que despierta en mi pensamiento las
ideas más puras, la visión más noble del espíritu en la obra
de la vida, y que evoca en un fértil haz las rosas de la confianza, de la ternura respetuosa, de la virilidad que llega
entre cendales de inocencia… En mi poesía responde al
nombre de Juan Rafael Agudelo. Ignoro lo que habrá sido

de él, en la muerte de la ausencia, en el absurdo lírico y sentimental de mi vida… Dondequiera que esté, él es un ciudadano que hace honor a la especie de los hombres. El es el tipo de la nueva raza de América, toda candidez, virginidad y potencias. Un rumor de selva y mar y viento nocturno empieza a desvanecerse en mi corazón". De regreso a la Costa Norte años después, Porfirio Barba Jacob le contaba a Rafael Delgado de ese otro Rafael, Juan Rafael Agudelo, su predecesor, un muchacho de La Ceiba que había muerto de la enfermedad de las aguas negras. Ahora sólo queda de Juan Rafael Agudelo el recuerdo de ese recuerdo, y el homenaje de las frases del poeta y de sus versos: "Juan Rafael Agudelo era fuerte. Su fuerza trascendía como trascienden los roncos ecos del monte a los pinos", etcétera, etcétera. En Tegucigalpa lo ha debido de dejar. Para siempre.

El hondureño Joaquín Soto, de Comayagua, publicó en Tegucigalpa, cuando apenas llegaba a los diecinueve años, "El Resplandor de la Aurora", un libro de versos compuestos en parte en la adolescencia. Con motivo de su aparición Arenales escribió un extenso ensayo elogioso que dio a conocer en sus Ideas y Noticias, y que la segunda edición del libro reprodujo como prólogo, ya muerto su joven autor: estudiante de medicina y poeta, cosas que no van, murió de una sobredosis de morfina. A mediados de 1917 era practicante interno en el Hospital Rosales de San Salvador. Pues bien, en la trama de coincidencias del libro del destino estaba escrito que allí y entonces conociera al gran poeta colombiano, el día mismo de la llegada de éste a San Salvador, el siete de junio, jueves de Corpus, el día del terremoto. Venía Arenales de Amapala acompañado de Alvarado, de quien se hizo llevar, no bien pisó la ciudad, al hospital a internarse, a alojarse. Alvarado los presentó, y por mediación del joven

Soto se arregló el ingreso. A las siete de la noche, hallándose el enfermo-huésped en la sala del pensionado del primer piso con unos cadetes (¿qué hacían allí unos cadetes, y él con ellos?), se sintió el primero de una serie de movimientos sísmicos de una violencia alarmante. Después estalló el volcán. Después se inició el terremoto. Y en unos cuantos sacudidos y desconsiderados minutos la amable ciudad de San Salvador estaba en ruinas.

Del vívido relato de Arenales de los sucesos de aquella noche, "El Terremoto de San Salvador, Narración de un Sobreviviente" —folleto de sesenta y cuatro páginas que le dictó a Alvarado y que imprimió en las prensas semiderruidas del Diario del Salvador— calculo yo que no queden, sobre esta movida tierra, más de tres o cuatro ejemplares. Uno solo queda de "El Combate de la Ciudadela", que Arenales había escrito años atrás y que se le parece, sobre otra incendiada tragedia: la decena trágica de 1913 en la ciudad de México. Ni uno queda de su folleto encomiástico sobre Pancho Villa, el bandolero, del que se vendieron en San Antonio Texas dos ediciones de veinte mil ejemplares. Y ni uno solo, en fin, de su panfleto "Por el honor de México, el verdadero Bulnes", contra don Francisco Bulnes y para refutar su famoso artículo "El pueblo mexicano hambriento, miserable, enclenque por ley de la Naturaleza". Un solo párrafo se ha salvado del panfleto de Arenales, que alguien citó en un artículo: "Poco a poco, del caos de ese pueblo sin refulgencia y casi sin historia, se va desprendiendo la porción susceptible de elevarse más rápidamente, y se va elevando, y va recibiendo sobre sus hombros el peso de graves deberes. Séame permitido citar un hecho. Cuando yo vine a México, en 1907, me sorprendió dolorosamente saber que en los ferrocarriles nacionales me era preciso hablar en inglés para que un simple garrotero de pullman me pudiera entender. Fui iniciador, pocos meses más tarde, de una campaña periodística por la nacionalización del personal ferrocarrilero; batallé insistentemente, hasta padecer ultrajes y cárcel bajo el látigo de los capataces porfiristas. Se me decía con frecuencia: 'Es inútil: si los ferrocarriles caen en poder de los mexicanos, los ferrocarriles se arruinarán. Nuestros indios y mestizos no están preparados, no tienen aptitud…' Dos o tres años después de mi encarcelamiento, los ferrocarriles cayeron en poder de los mexicanos. ¿Qué sucedió? Que el tráfico no fue interrumpido, que no ocurrieron catástrofes… Por fortuna para México, para el Continente, para la raza, mientras el señor Bulnes llora sobre las rotas murallas del porfirismo como un estéril profeta de infortunios, el país ama, piensa, cree y batalla…" Los ferrocarriles mexicanos, por supuesto, hoy día están arruinados. Siete décadas han transcurrido desde el piadoso folleto de Arenales, siete décadas que parecen seguir dándole la razón a aquel contra quien iba dirigido, el tremendo don Francisco Bulnes, demoledor de ídolos y mentiras patrioteras: por atávica imposición de la naturaleza, el pueblo mexicano ha sido, es y será irremediablemente irresponsable. El espléndido don Francisco Bulnes, con lucidez desencantada, escribió libros contra todo: uno se titula "Las grandes mentiras de nuestra historia: la nación y el ejército en las guerras extranjeras"; otro, "El verdadero Juárez y la verdad sobre la intervención y el imperio"; otro, "El porvenir de las naciones hispanoamericanas ante las conquistas recientes de Europa y los Estados Unidos". Mucho antes del folleto de Arenales, mucho antes incluso de su llegada a México, tres abogados liberales yucatecos se le habían adelantado en la polémica contra Bulnes con otro folleto, "El falso Bulnes", que publicaron en 1904 en Mérida. Cuando en plena revolución Bulnes salió de México al destierro dijo que no volvería hasta que se hubieran muerto de hambre cinco o seis millones de demócratas. En cuanto al pobre Arenales, patriota en patria ajena, al defender lo que defendía estaba agarrando por su cola de humo a una quimera.

Total, para el trabajo que le costaba cambiar de opinión… Poquito después del folleto contra Bulnes estaba sosteniendo sus mismas tesis en un editorial de Cronos titulado "Dictaduras libertarias y democracias tiránicas", título que lo dice todo. Barba Jacob o Miguel Ángel Osorio o Ricardo Arenales o como lo quieran llamar, en cuestión de opiniones era "como las leves briznas al viento y al azar", para decirlo con un verso suyo de su más famoso poema. A unas distinguidas damas de Medellín, accediendo en una carta a darles una conferencia pública sobre México en beneficio de los jóvenes de la Casa del Estudiante, ¿no les anticipaba que iba a bosquejar en ella "lo que llegó a ser la dictadura de don Porfirio Díaz, que me tocó padecer en sus postreras manifestaciones", y a trazar "las siluetas de los hombres públicos de mayor relieve y más influjo en los últimos tiempos, desde el glorioso apóstol don Francisco I. Madero hasta el general Obregón"? ¿Ah sí, la dictadura y el glorioso apóstol? ¿No se había puesto acaso en su pseudónimo el nombre del dictador? ¿No había escrito en su alabanza infinitos editoriales y artículos en El Imparcial, en El Independiente, en Churubusco, en Cronos, y párrafos y párrafos en su folleto sobre el combate de la Ciudadela? ¿No había de considerarlo luego, ya al final de su vida, en sus perifonemas, como un paradigma del honor y la honradez nacional? Si para Ricardo Arenales o Porfirio Barba Jacob algún gran gobernante hubo, en México y en cualquier otro país de América, ése fue don Porfirio. Frente a él la revolución mexicana era una cabalgata de pícaros y ladrones, y el "glorioso apóstol" un demagogo y un gobernante inepto con quien empezaba la ruina de la república. "El general Díaz gozó de un poder omnímodo que, según su criterio y el de muchos de sus contemporáneos, empleó en el servicio de la Patria. Innegable es que con escaso ejército, la opinión —la clase de 'opinión' que ha habido siempre en México— le sostuvo y le aplaudió en su larga gestión presidencial (dictatorial, dicen los 'puritanos' contemporáneos). El prestigio mundial de México y de su gobernante —también por lo que se quiera— fue indiscutible. Pero, nota que importa como nunca recordar: el poderosísimo jefe, si se creyó solidarizado de por vida con la grandeza de la Patria, nunca puso el menor conato en labrarse una fortuna. A la hora del exilio, París no le vio, como a otros exprohombres latinoamericanos, luciendo impúdicamente mal adquiridas riquezas. Modesto y austero fue aquí cuando era un sol; modesto y austero murió en la ciudad Luz. Su honorable familia es viviente pero honroso paradigma de las mudanzas de Cronos. ¡De cuántos de los sucesores de Porfirio Díaz y de sus familias se podrá decir otro tánto!" Lo anterior es de noviembre de 1936, de sus perifonemas. Y oigan esto de veintitrés años atrás, de "El Combate de la Ciudadela": "Cuando don Porfirio se fue, México gozaba de estimación y de confianza en el extranjero. En las arcas había sesenta millones de reservas. Pues bien, esa estimación, ese crédito están por los suelos; las reservas se han agotado en unos cuantos meses. ¡Pero no es de extrañar! Con un presidente que tiene la impudicia de nombrar ministro de hacienda a su propio hermano…" O sea don Francisco nombrando a don Ernesto, los Madero. Pues bien, hoy, aquí, en este México, acabándose este milenio, al último año del período presidencial o sexenio (palabra de ignominia) lo llaman "el año de Hidalgo: chingue a su madre el que deje algo". ¡Claro que Barba Jacob es luminoso! Para cuando el comunismo se desplome con su abnegación mentirosa, oigan estas frases suyas de sus perifonemas, música de las palabras: "La secuela de la revolución comunista, encabezada y dirigida por un hombre de tan extraordinario talento como Lenin, fue, a pesar de esto, algo sin precedentes en la historia de los pueblos que se abrogan el derecho de llamarse civilizados, siquiera a medias; fue la superación del terror francés con nuevas y no imaginables modalidades. Y si no, que lo diga el camarada Trotsky, hoy pacífico y profuso burgués en su retiro de Coyoacán… Pero tales monstruosidades, toda esa cruel ejecución con el socorrido pretexto de la época revolucionaria, de la lucha por el logro del poder para la implantación de un nuevo sistema social y político. Mas, ¿con qué pretexto pueden disculparse las monstruosidades que en Rusia se cometen ahora, en plena paz, después de dos décadas de implantación del comunismo, y cuando las mil trompas de la publicidad nos han dicho hasta el cansancio que el régimen soviético está cimentado sobre la roca de la voluntad popular, de la satisfacción de las masas, de la fuerza moral y militar del Gobierno revolucionario?", perifonema "Una visión paradisíaca", del primero de septiembre de 1938, escrito a propósito del asesinato por el régimen stalinista de todos los almirantes y peritos navales, y continuación de este otro, "Más allá de la ignominia", de meses atrás: "Rykoff, Bujarin, Rakovsky, todos los enjuiciados y asesinados, pertenecen a las falanges que fundaron el bolcheviquismo. Son, pues, los próceres de la Revolución Mundial, que iba a transformar la tierra en un paraíso de justicia, de honor y de bondad. Un régimen donde tales cosas (asesinatos) suceden en época de paz, se halla fuera de la civilización y aun de la humanidad; sus prohombres pertenecen a la teratología, y no puede subsistir largo tiempo. Ni es tampoco, valga el suave eufemismo, precisamente el régimen que debe ponerse como modelo del ideal revolucionario a las jóvenes naciones de América. Independientemente de las teorías filosóficas, sociales y políticas en que se funde, sus procedimientos son execrables y sería preferible —por el honor de la especie— borrarlos de la historia universal". La izquierda mexicana, los aduladores y aprovechadores del granuja de Cárdenas, lo tachaban de reaccionario. Pues cuando el heredero de los Cárdenas y los Madero, el PRI, el dizque Partido de la Revolución caiga, recuerden su retrato: "La revolución, semejante a una encubadora, lo produjo todo al vapor: estadistas, sociólogos, financieros, diplomáticos... Como si el viento, jugando con la hojarasca, le hubiese ido dando forma, y, junto con la figura, el espíritu, iban surgiendo —para reemplazar al personal administrativo de la dictadura de Tuxtepec— hombres que a sí mismos se decían ungidos por un óleo milagroso, el de la revolución, y poseedores de la ciencia infusa que confiere aptitudes para todas las cosas. Cándido Aguilar, oloroso aún a recental, porque, como decía una remilgada, su primer oficio era expender el blando jugo extraído a las glándulas de la consorte del toro, asciende a Secretario de Relaciones Exteriores... Incuria y sangre. He ahí las dos características del México actual" (editorial de julio de 1922, de Cronos).

En una máquina de escribir destartalada, tecleando con dos dedos, sin parar, y en esa prosa extraordinaria que dominaba, por don del cielo, desde su llegada a México en 1908, en su juventud, escribía sus perifonemas de Últimas Noticias, la edición vespertina de Excélsior. Muy temprano en la mañana, hacia las seis, se levantaba a comprar los periódicos matutinos en busca de un tema para sus artículos. A esas horas empezaba a tomar té de limón con alcohol y a fumar marihuana, lo cual, sin embargo, no le perturbaba la mente "pues jamás perdió el hilo de su tema", palabras de Abelardo Acosta, su amante, su mandadero, que le llevaba sus cuartillas a Ordorica, el director de Últimas Noticias, el sordo. Con gritos de sordo para que todos los redactores del periódico le pudieran oír, en la sala de redacción, invariablemente, Ordorica elogiaba lo que había escrito Barba Jacob. Y he aquí las reacciones de la prensa gobiernista, cardenista, la arrodillada, la aprovechada, la aduladora, la lambiscona: "Barba Jacob —escribe El Nacional— o Ricardo Arenales o Fernando Osorio, o como se llame, es —según el criterio bárbaro del derechismo— un extranjero. Y para nosotros es, simplemente, un pirata. Es colombiano, aunque Colombia, con justa razón, lo niega. Y en los días de Victoriano Huerta dirigió aquí un periódico que se llamó Churubusco —brutal sacrilegio— para ensalzar los crímenes del huertismo, el movimiento más cruel y más injusto que se ha producido contra el pueblo mexicano. Y años después, en El Heraldo de México —periódico revolucionario— escribió artículos revolucionarios. Y hoy, en Últimas Noticias, escribe artículos redondamente reaccionarios y en los que ataca, a pesar de su calidad legal de extranjero, al gobierno y al pueblo mexicanos. He aquí la prueba: 'Un pueblo —dice Barba Jacob, refiriéndose al pueblo mexicano— ineducado, chapucero, capaz de la abyección y que si reacciona contra ella es con la revuelta, con cualquier ley electoral hará y tolerará chapuzas, martingalas y farsas democráticas'". ¿Con que eso dijo Barba Jacob? ¿En 1937? Me sonó como si fuera ayer… Pero oigan las preciosidades de Futuro, la revistica de Lombardo Toledano: "¿Quién escribe los famosos perifonemas de Últimas Noticias? ¿Quién es esa personalidad tan alisada que todos los días ejerce el ministerio del orden, de la moral y de la cultura, desde las páginas del mencionado periódico, honra y dechado de virtudes? Los perifonemas son siempre muestrario de razones atildadas, de propósitos sagrados, de principios puritanos, de cualidades cívicas y patrióticas. Maín Jiménez o Porfirio Barba Jacob es respetado en el mundo de las letras americanas como un gran poeta, al cual la poesía del continente debe momentos de inolvidable emoción. Pero he aquí que Ricardo Arenales ha tenido una existencia dolorosa y terrible. La vida profunda fue haciendo de este hombre, paulatina e irremisiblemente, un pobre diablo. En Cuba se guarda un recuerdo alegre de las múltiples funciones de colecta y despedida que obligara a sus amigos a organizarle. Y si se lee unos versos suyos, que dicen: 'Mi esfuerzo vano, estéril mi pasión, soy un perdido, soy un mariguano', habrá un motivo más para compadecerlo. Otros poemas suyos, hermosos también, pueden dar el secreto de sus desventuras, como aquel de los desposados de la muerte, diamantina elegía a los galanes perdidos. ¡Pobre Porfirio Barba Jacob! ¡La vida lo dio a luz enfermo, atormentado, para que quedara como ejemplo de la pena y la derrota de muchas inteligencias brillantes de América!" La página, que se titula "Un héroe de nuestro tiempo", trae como epígrafe esta "anécdota de la vida real": "—Amigo Barba Jacob: me siento tan perdido, que si volviera a nacer, y naciese mujer, me gustarían las mujeres. —Pues yo me siento más definitivamente perdido, porque si volviera a nacer, y naciese mujer, me seguirían gustando los hombres". Otro es el diálogo que recuerda Kawage: alguien le pregunta a Ricardo Arenales cómo piensa ir a cierto baile de disfraces y el poeta responde: "Como estoy: disfrazado de hombre". ¿Qué respondía Barba Jacob a los ataques de El Nacional y de Vicente Lombardo Toledano? Nada, se reía. Y seguía riéndose cuando El Popular, órgano de la Confederación de Trabajadores de México recién fundado, se sumó a la prensa cardenista y se dio a tratarlo de "extranjero pernicioso", "hombre conocido por su

venalidad en hospitales, cantinas, y nóminas de periódicos".
Exacto. Y cárceles, como la del Carmen.

Me ha contado Avilés, y en el prólogo a su antología
de poemas de Barba Jacob lo ha escrito, que cuando el poeta entró a Últimas Noticias, recién fundada como periódico
de derecha recalcitrante, y de morirse de hambre se convirtió en un periodista "virulento y aun mal intencionado pero bien pagado", a sus reproches le dijo: "Muy señor mío,
no puedo morirme de hambre. En Cuba serví al antimacha-
dismo y nada me dieron a cambio. ¿Que la reacción mexicana me paga espléndidamente? Pues a servirla, a escribir
para ella. Después de todo no está de más combatir a tanto
sinvergüenza como medra al amparo de la revolución". Y
más concisamente, a Jorge Regueros Peralta le contestó:
"Tuve que venderme a las derechas porque las izquierdas
no quisieron comprarme". Y así es, en efecto: Gustavo Ortiz Hernán, joven amigo de su último viaje a Monterrey y
jefe de redacción luego de El Nacional, me ha contado que
Barba Jacob se presentó a este periódico, órgano del PNR o
partido de la revolución (el antecesor del PRI), enviado por
el secretario particular del presidente Cárdenas, Luis Rodríguez, a pedir trabajo. Aunque a Ortiz Hernán le entusias-
maba la idea de tenerlo en el periódico, no así a su director
Froylán C. Majarrés, quien conocía sus antecedentes de periodista de derecha. El sueldo que le ofrecieron, por lo demás, era tan bajo que Barba Jacob no aceptó y no entró a
trabajar con ellos. Años después, enfermo por enésima vez
en uno de sus hoteles de paso, Barba Jacob le contaba a
Manuel Gutiérrez Balcázar una tarde, de otra tarde en que
había llegado a su cuarto Miguel Ordorica a ofrecerle trabajo en el periódico vespertino que se iba a fundar bajo su
dirección, y el sueldo más alto que se hubiera pagado en el
periodismo mexicano. Barba Jacob se rehusaba alegando

que estaba enfermo pero acabó aceptando. Me dice Manuel que durante la conversación con él Barba Jacob sacó de debajo de la almohada una cajetilla de cigarrillos Delicados, y le ofreció uno al joven, quien lo aceptó a sabiendas de que el poeta estaba tuberculoso. Y me comenta que tal gesto no debió de haberle pasado inadvertido.

Yo, francamente, no entiendo estas simplificaciones maniqueas de "reaccionario" y "revolucionario", "de derecha" o "de izquierda". Son burda jerga de marxista, quienes se irán al último círculo de lo más profundo del infierno por toda la eternidad del catecismo, y no por sus almitas negras de burócratas ladrones y aprovechadores públicos (que también abundan en el partido conservador), sino por sus atropellos al idioma. En fin, ya Barba Jacob había trabajado con Ordorica, poco antes de Últimas Noticias, en la revista de éste, Información. Y lo debió de haber conocido, según mis cálculos, desde 1913, en México, en los días del "perfume de gloria" de Victoriano Huerta: Miguel Ordorica, de Jalisco, un año menor que el poeta, sordo. Luego, en 1915, coincidieron en el exilio cubano, que Ordorica prolongó por años: allí, en La Habana, fundó el Almanaque de El Mundo y dirigió El Heraldo. Cree Rafael recordarlo entre los asistentes al recital de Barba Jacob en el Teatro de la Comedia habanero, en 1930, entre el selecto público vestido de blanco. Y también cree recordar, en la sala colmada, a un gran escritor español. ¿Unamuno? ¿Valle-Inclán? Quizá Valle-Inclán de quien Barba Jacob contaba "que dormía sobre alfombras de marihuana". A lo mejor…

A su regreso a México Ordorica dirigió La Prensa y fundó otro Almanaque, el de Excélsior. Alfredo Kawage me ha contado que a Barba Jacob lo corrió de su revista por fumar marihuana en los baños. Lo cual es inexacto, a juzgar por los recuerdos de Shafick, más precisos. Recuerda Sha-

fick en sus Memorias que el sábado catorce de septiembre
de 1935 se encontró a Barba Jacob recargado contra un poste, frente al edificio donde funcionaba la revista de Ordorica. Con la alegría inesperada de verlo, Barba Jacob arrojó
el cigarro y abrazó paternalmente al joven. Subieron al edificio a ver sus oficinas, cómodas y espaciosas, "y en menos
de un cuarto de hora ya andaban a la caza de cantinas". Tras
de algunos tequilas en La Fama Italiana, donde se les unió
Kawage, fueron a comer al Centro Vasco. Allí Barba Jacob
les contó cómo había entrado a trabajar en la revista reac-
cionaria de Ordorica. Ganaba cien pesos semanales, que se
le iban en parrandas, y no firmaba lo que escribía. Tras la
comida regresaron a la revista, y entonces Barba Jacob les
presentó a Ordorica: "Les presento a mi jefe, el señor Sor-
dorica", dijo con burla aludiendo a la sordera de éste. Luego, en su oficina, les contó en privado: "Hace cuatro días
me metí al baño a fumar marihuana y estaba en eso cuando entró el señor Ordorica; yo traté de purificar un poco el
ambiente abriendo una ventana. Hoy volví al baño a lo mismo pero la mala suerte quiso que volviera a entrar Ordorica: salió furioso gritando: '¿Quién hijos de tal por cual anda
fumando marihuana?' Mandó a reunir a todo el personal,
pero antes de que el alboroto adquiriera proporciones alar-
mantes, me puse enfrente de él y le dije: 'Soy yo quien fuma
marihuana'. En el acto aquel señor energúmeno reprimió
su cólera, se mostró muy sorprendido, y con el rostro demudado y la boca abierta dijo: '¡Aaaah!', y se sentó. Tuve
un momento de decisión intuitiva, un acto que me salvó de
grandes líos, pues ustedes han de saber que Ordorica es un
trabajador incansable, un puritano, un cuáquero a toda prueba, severo, exigente, de vida seria y ordenada. Con él he durado porque he sabido impresionarlo como si yo fuera el
mejor periodista de América. Poco después el señor Ordo-

rica me preguntó: 'Barba Jacob, ¿no le hace daño la marihuana?' No le contesté, pero estuve a punto de decirle que me hacía el mismo daño que le hacían a él sus dieciocho horas de trabajo, afectándole el estómago; pero comprendí que no era el momento propicio para las bromas, y más con un señor que usa audífono conectado a unas pilas de bolsillo. Me contuve y con sorpresa suya empecé a charlar con los compañeros de oficina aparentando la mayor serenidad, demostrando que lo anormal es en mí precisamente lo normal en las demás personas. A usted, Shafick, cuando vino a buscarme, lo hice subir a la oficina para que él nos viera charlar y se convenciera de que yo seguía perfectamente; sin embargo volvió a preguntarme si eso no me hacía daño. Y ahora que charlamos acabará por tranquilizar lo que yo desde hace mucho tiempo llevo tranquilo: la conciencia. Pronto le entregaré material para dos números de su revista y entonces se enterará de que ni él ni la marihuana agotan mis facultades". Después hablaron del "Ulises criollo" de Vasconcelos. Después les contó una historia suya de Colombia, del pueblo de Girardot: "Ahí un día en que yo andaba en celo, me interné en cierto barrio y me gustó el portero de un teatro. Estuve rondando el lugar, cuando de pronto me llama una persona, a la cual no acudí y la cual, inmediatamente, me envió a dos policías que me llevaron ante su comandante. Éste reprendió mi desobediencia y no aceptó mis disculpas. Me apresaron en calidad de persona sospechosa. Quisieron saber de mí y no creyeron que fuera quien soy intelectualmente, pero un telegrama de Bogotá me acreditó ante ellos; mientras tanto pasé dos noches en muy malas condiciones. El telegrama le fue dirigido a Luis Eduardo Nieto Caballero, quien además, a instancias mías, me envió cincuenta dólares. Me dieron de alta y armamos una borrachera en la mejor cantina. De ahí me llevé el mejor ejemplar de la cantina, y nos fuimos a dormir juntos. Después de la aventura un amigo travieso me sugirió que escribiera 'La balada de la cárcel de Girardot'. Vean ahora cómo sigue el señor Ordorica de empeñoso escarbando revistas y preparando material…" Demasiado larga la historia para que sean exactas las palabras, pero lo que sí ha conservado el recuerdo de Shafick es la desvergüenza del poeta. Bueno, "desvergüenza" digo yo, según los cánones que dizque aún hoy rigen.

Ese pueblo de Girardot es un poblacho caluroso a orillas de un ancho río, y el portero en cuestión no es de un teatro sino de un cine, a los que llaman teatros en ese país donde no hay teatro. En cuanto a Luis Eduardo Nieto Caballero ya lo mencioné y ustedes ya lo habrán olvidado, y Colombia también aunque en su tiempo fue más bien famoso: "persona conocida" como dicen allá, o sea que se puede recomendar. Él recomendó a Barba Jacob en el Hospital San José de Bogotá, donde el enfermizo poeta se internó y le diagnosticaron una respetable "tuberculosis de la piel", que resultó ser una vulgar sífilis. Acababa entonces Barba Jacob de dejar su empleo de El Espectador de jefe de redacción y editorialista que desempeñó cinco meses, del dos de octubre de 1927 hasta fines de febrero del año siguiente. Aunque "desempeñó" no es la palabra propia en tratándose no de un burócrata sino de todo un señor poeta como Barba Jacob que se "parrandeó" día a día cinco meses El Espectador, el más viejo y serio y prestigioso diario de Colombia, el de los Cano, Luis y Gabriel, los hijos del fundador: el uno celoso guardián del prestigio del periódico ganado por su padre, el otro un ingenuo. El veinte de octubre, esto es poco después de haber entrado Barba Jacob a trabajar con ellos, empiezan a aparecer en primera plana una serie de reportajes insólitos sobre un duende que visitaba a una niña en una casa embrujada del barrio de San Diego. El duende aparecía en medio de tenues luces azulosas y de una menuda lluvia de piedras ígneas que alumbraba con claridad rojiza la habitación de la niña aterrorizada. Juan Sin Miedo firmaba las crónicas… En Colombia en el año veintisiete no existía prensa amarillista. El Espectador además era un periódico veraz y honesto, digno de toda fe, y nadie sospechó el engaño: Juan Sin Miedo era Barba Jacob, que con la aprobación de don Gabriel el ingenuo, y en ausencia de don Luis el celoso, daba su gran golpe periodístico. La vieja historia de "los fenómenos espíritas del Palacio de la Nunciatura" que ya conté, con que Ricardo Arenales había mantenido intrigada por varios días, desde El Demócrata, en el año veinte, a la capital de México. La fórmula estaba probada, y ahora se le aplicaba a la capital de Colombia. El éxito de Juan Sin Miedo y sus crónicas sobre el duende de San Diego fue formidable: El Espectador empezó a superar en tiraje a los demás diarios bogotanos juntos. Aunque circulaba en la tarde, la ciudad esperaba su aparición impaciente desde tempranas horas de la mañana, ansiosa de conocer nuevos detalles sobre la niña víctima de ese galán misterioso y apuesto que la amaba y celaba con ardor y con furia. Masas compactas de curiosos comenzaron a desplazarse hacia San Diego en busca del duende enamorado, a indagar por fondas y tenduchos, a husmear en el interior de las casas. Nada, nadie sabía nada. Entonces Barba Jacob, para burlar la curiosidad pública, trasladó su fantasma al barrio de San Cristóbal, en el otro extremo de Bogotá. Y en prueba de su existencia, en el prestigioso diario de los Cano que fundara don Fidel el patriarca, estampó en primera plana su mano, la mano del fantasma, con la leyenda de que el duende se la había enviado a Juan Sin Miedo en una hoja de papel.

Esa mano, que ustedes pueden ver impresa, en tinta negra, con sus huellas, en el ejemplar del veinticinco de ese mes de ese año de ese diario, que la Biblioteca Nacional de Bogotá ha conservado, es el testimonio más tangible que me queda de Barba Jacob, de su espíritu burlón, humo de marihuana, y el que más aprecio, más que las firmas de sus cartas, más que sus retratos: el que no me dieron, vaya, pues, Madame Hortense y los espiritistas de México, cuando intentábamos capturar, en parafina derretida, entre truenos y relámpagos, la huella probatoria de su mano, su presencia ectoplásmica.

El veintisiete, acabándose de esfumar el duende a causa del regreso indignado de don Luis a la ciudad, Barba Jacob dio un recital en la Casa del Estudiante. Ante el escaso público que concurrió a oírlo pese al mal tiempo reinante, comentó esa noche la evolución de su obra poética y declamó sus poesías. Al día siguiente, en su columna "Día a Día", no firmada, reseñaba el acto con el más entusiasta autoelogio: se llamaba poeta profundo y original que venía a renovar la lírica colombiana. Y ni duda me cabe de que la reseña la escribió él: su estilo inigualable lo delata.

Tampoco estaban firmados los perifonemas de Últimas Noticias de Excélsior. Cuando a la muerte de Barba Jacob Alfonso Mora Naranjo, su lejano, lejanísimo discípulo de la escuelita de Angostura, quiso publicar en la revista de la Universidad de Antioquia alguno de sus artículos mexicanos tan desconocidos en su tierra, y se dirigió al embajador de Colombia en México Jorge Zawadsky, éste le respondió: "La mayoría de los escritos políticos de Porfirio fueron publicados sin su firma. Durante los últimos años de su vida, hasta cuatro meses antes de su muerte, escribió magníficas notas en el diario vespertino Últimas Noticias, en la sección intitulada 'Perifonemas'. Pero ninguno de estos artículos fue firmado. En el dicho cotidiano no saben dar cuenta de cuáles pertenecieron a Porfirio y cuáles a otros columnistas, pues alternaban varios al servicio de la mencionada sección". Nada tan sencillo sin embargo como separar sus perifonemas de los de Aldo Baroni y demás periodistas con quienes compartió la columna. ¡Qué más firma que su estilo! Nadie en el periodismo mexicano escribía como él. En una prosa deslumbrante va desfilando día a día por esos perifonemas suyos el México del tequila y la pistola, de los zafarranchos en el seno de los sindicatos y los gremios, del machismo irracional, de los diputados homicidas, el México abyecto de la lambisconería que se deshace en alabanzas y zalemas ante sus gobernantes corruptos cuando están en el poder y pueden repartir privilegios, prebendas y riquezas, y que pasa de la alabanza ruin a la reprobación y al ultraje cuando caen. Allí está en esa columna suya la corrupción apoderándose de todas las clases sociales, de todas las esferas de la política; las debilidades morales de un pueblo que la "revolución" ha fomentado hasta niveles de descomposición nacional; el comercio con las curules en la Cámara de Diputados; los robos e inmoralidades de la administración pública que todo el mundo sospecha y que a la postre nunca se aclaran y se olvidan porque en México la verdad siempre se embrolla… Allí está el cese de una embajada en masa porque sus funcionarios expiden pasaportes falsos; el ansia de dinero que no reconoce inhibiciones ni límites en un país donde se trafica con todo y donde se ha llegado a institucionalizar la compra de los funcionarios y de las conciencias. El México de su tiempo, en fin, que ha resultado ser el nuestro.

Al principio solo y en forma regular, luego alternando con otros y cada vez más infrecuentemente, Barba Jacob escribió los perifonemas de Últimas Noticias durante cuatro años y medio. En los archivos del periódico y en la hemeroteca de México los he leído, los he seguido día a día, con asombro, y la sensación de que el tiempo no ha pasado por ellos, como si lo temporal que era su esencia se hubiera vuelto intemporal y Barba Jacob regresara del fondo de la muerte a probarme, con actualidad portentosa, que su día es mi día, que las naciones como las personas nunca cambian y que el correr del tiempo es un espejismo y el hombre siempre el mismo, el mismo perverso, dañino, irredento animal. El gran periodismo en lengua española que creó, a principios de la pasada centuria, Mariano José de Larra, en los perifonemas de Barba Jacob llega a la cima. Bueno, ésa es mi opinión, aunque no la suya: "Por lo que hace a mis trabajos en prosa —le decía a Jaramillo Meza en una carta—, nunca he compuesto en mi vida ni una sola página que parezca digna de ser conservada. Los trabajos de periódicos son cosa despreciable; llenan una necesidad momentánea y al día siguiente no tienen significado. A mí me sirven como instrumento para ganar el pan y nada más".

Preguntándoles a los vivos y a los hijos de los muertos he llegado a establecer que Barba Jacob compartió su columna de los perifonemas, que aún hoy sale, con Jorge Piñó Sandoval, Salvador Novo y Aldo Baroni. Pese a que en septiembre de 1941, ya fuera de Últimas Noticias y próximo a morir, en una de sus últimas cartas, a Gabriel Cano, de El Espectador, Barba Jacob le aseguraba desde México que por cuatro años consecutivos, de 1936 a 1940, había sido el único editorialista de aquel diario, su aseveración es inexacta: otros escribieron ocasionalmente los perifonemas antes de 1939, y a partir de entonces con regularidad mano a mano con él, y durante ciertos meses sin él. Así en febrero de este año Futuro, hablando de Novedades, comentaba que "Uno de estos días el perspicaz vespertino descubrirá seguramente que los editorialistas de su colega Últimas Noticias —el bello Salvador y el esbelto Porfirio— son los más perfectos ejemplares de la virilidad aria". Porfirio es Barba Jacob y Salvador Salvador Novo. Y en el número de marzo: "El viejo joven Salvador N. y el joven Jorgito P. quienes se dan abrazos ideológicos desde las columnas fraternalmente compartidas de Últimas Noticias…" Jorgito P. es Jorge Piñó Sandoval. No se menciona a Barba Jacob porque, según se informa páginas adelante: "Se encuentran recluidos en sus habitaciones los conocidos escribidores de los 'grandes' periódicos nacionales, José Elguero y Porfirio Barba Jacob (cuyo verdadero nombre es Miguel Ángel Osorio). Ambos sufren los estragos de los deslices de su juventud. ¡Ya ves Pepe cómo las 'hojas' llegan al hígado el día menos pensado! ¡Ya ves Miguel Ángel lo que te trajo tu Cintia!" Se hallaba enfermo desde febrero y así ningún perifonema de este mes se puede atribuir a su pluma. Cintia es un personaje de uno de sus poemas…

Aunque del joven Novo Barba Jacob se expresó siempre en los términos más fuertes y despectivos y son numerosos los testimonios de que no lo quería, las dos incidentales alusiones de Futuro a su nombre confirman lo que me han dicho algunos, que escribió los perifonemas cuando Barba Jacob aún no dejaba el periódico. Más aún: Shafick menciona una carta del diecinueve de mayo de 1939, de Ordorica a Barba Jacob, "negándole el pago de los perifonemas y de La Voz del Agora en forma seccionada", y aclarándole que los perifonemas ya habían sido escritos algunas veces por Salvador Novo, con lo cual le daba a entender al poeta en forma velada que si se hacía el remilgado ya no hacía falta su colaboración. Novo acabó por quedarse con la columna, que, según Pellicer, le produjo muchísimo dinero, y que según Kawage subcontrataba abusivamente con otros jóvenes escritores. Barba Jacob lo trataba de "joto" y lo apo-

dó "Nalgasobo" y de él decía: "Es un puto con bandera
arriada: yo soy un puto con bandera desplegada". Novo ya
ha muerto. Qué no daría porque viviera para irle a preguntar por Barba Jacob, para oírle decir cosas, con su afilada
lengua, del poeta que ya no está, para reírme en su nombre.
Lo vi una noche, de pasada, a la salida de un teatro: empolvado, enjoyado, empelucado, dándole la luz cambiante de
la marquesina vanidosa y policroma en la peluca, sacándole
reflejos tornasolados, visos. Se diría un Oscar Wilde en viejo y en más… En cuanto a Jorge Piñó Sandoval, de veintisiete años en el año treinta y nueve, hoy no recuerda haber
escrito los perifonemas mano a mano con Barba Jacob ni
que los escribiera Novo, de quien, me dice, el poeta estaba
distanciado por temperamento, pero que tomó la columna
cuando éste la abandonó. En cambio cree que con Barba
Jacob los escribiera Aldo Baroni, que ya ha muerto. Un hijo
de Aldo Baroni, Fulvio, comparte esta opinión: su padre empezó a escribir los perifonemas en 1939, alternativamente
con Barba Jacob, tres días a la semana cada uno (Últimas
Noticias no circulaba los domingos), y me sugiere que hable con Roque Armando Sosa Ferreiro, quien fue amigo de
Ordorica y colaboró con Excélsior. Cuando le llamo Roque
Armando Sosa Ferreiro me asegura que los perifonemas
fueron escritos por Barba Jacob, Novo y Aldo Baroni, dos
días a la semana cada uno según la costumbre del periodismo mexicano. En opinión de su hijo, Aldo Baroni sólo tuvo
con Barba Jacob una relación meramente profesional pues
vivía alejado de toda bohemia, y debieron de conocerse a
raíz de esta colaboración y no antes. Hecho este último en
que sin duda se equivoca: a Aldo Baroni lo menciona Ricardo Arenales en una carta a Rafael López del año veinte,
y se hallaba en Cuba cuando la última estadía, al menos, del
poeta en la isla. Por lo demás, tanto Jorge Piñó Sandoval

como Fulvio Baroni coinciden en recordar esa cantina oscura y alargada de Bucareli, la Mundial, y la peluquería El Salón Rojo de la misma calle, donde solían reunirse entonces Barba Jacob, José Elguero, José Elizondo y otros escritores del grupo de Excélsior. La Mundial es la "taberna de frente al Caballito" de que habla Futuro en un artículo acusando a Últimas Noticias de reclutar en ella a sus redactores y editorialistas, además de otras cantinas, garitos y la galera de homosexuales de la cárcel del Carmen.

Cerca a donde estuvo esa cárcel, que ya no existe, en una iglesia adaptada funciona la hemeroteca de México. Es una vieja iglesia encalada de blanco que me gusta imaginar, durante los meses, años que la frecuento, en una playa del Caribe de arenas suaves, con galeón pirata meciéndose en el mar y meciendo el viento las palmeras. Pura ilusión: la hemeroteca se encuentra en una zona de mercados y puestos callejeros, bulliciosa, sucia, abarrotada. Entre el gentío y el carrerío y el vocerío, temprano en las mañanas llego pensando que voy a naufragar: lo que ya he vivido o que me espera en las bibliotecas y hemerotecas de Colombia, El Salvador, el Perú, Costa Rica, Panamá, Honduras, Guatemala, Cuba, un naufragio en un mar de papel impreso. ¿Y si explorando mares de naufragio sacara algún día algún mensaje de Barba Jacob, en una botella? Es un lejano sueño de mi niñez recibir en una botella verde el gran mensaje del mar.

La hemeroteca de México la frecuentan especialmente niños. Niños a quienes los maestros les ponen no sé qué complicada investigación de tarea. Colas y colas de niños investigadores afuera en las mañanas, dándole la vuelta a la esquina, esperando entrar. Y yo entre ellos, un investigador más, si bien no me gusta considerarme así: me siento más bien como un detective, y puesto que voy de país en país, un detective de la Interpol. ¿Pero un detective persi-

Fernando Vallejo

guiendo a un muerto? Mejor un parapsicólogo, un cazador de fantasmas. Eso, un iluso.

Ahora estoy esperando pacientemente —con adverbio en "mente" de esos que detesta Borges y paciencia renovada— a que me traigan los empleados de la hemeroteca, de delantal blanco como enfermeros, El Heraldo de México de octubre y noviembre de 1920: dos meses a lo sumo pero no tres a la vez, de dos en dos llenando fichas. Estos niños mexicanos consultando ejemplares únicos me causan estupor: encaramados en banquitos altos pasan las páginas y las páginas de los viejos diarios encuadernados en pesados volúmenes con seguridad de expertos. Este que tengo a mi lado, de ocho años, está investigando la muerte de Carranza. De Carranza el viejo, de burlona barba blanca, asesinado en Tlaxcalantongo: no "Tlaxcalaltongo" como decía Arenales, con una ele en vez de una ene: "el mártir de Tlaxcalaltongo" según le llamaba (después de haber escrito pestes contra él en otros lados), en una carta a Rafael López comentándole la tragedia en ese oscuro pueblito de la sierra de Puebla que nadie en México había oído mencionar, y donde acababan de asesinar al infortunado presidente. ¿Pero qué decía antes de desviarme en historias patrias? Que estos niños mexicanos investigadores me causan estupor porque me hacen acordar de Alfonso Duque Maya y Eutimio Prada Fonseca, colombianos, viejos, que para su edición de las poesías de Barba Jacob con notas y comentarios sacados de periódicos, por no tomarse el trabajo de copiar mutilaron, en la Biblioteca Nacional de Bogotá, Colombia, los ejemplares únicos de El Promotor, El Siglo, Rigoletto y La República, periódicos barranquilleros de 1906 y 1907 que daban noticias del poeta: por donde pasó Arenales pasaron ellos con una cuchilla de afeitar. Al Diablo le encargaría este par de vándalos para lo más hondo y caliente de sus infiernos si su devoción

358

por el poeta no me moviera a perdonar, a olvidar el crimen. A Alfonso Duque Maya además Barba Jacob le dejó autografiada la "Canción de la Vida Profunda" su última noche de Bogotá, en el Café Pensilvania, a punto de irse para Medellín en el tren del amanecer.

Pues en los Heraldos que he pedido y que me han traído me he encontrado, en el del diecisiete de noviembre de 1920, miércoles para mayor precisión, a Leopoldo de la Rosa dándose un tiro en el vientre, con revólver calibre 32: se lo llevaron los de la Cruz Roja al hospital: "Uno de los redactores de El Heraldo de México entrevistó la noche de ayer al señor doctor don Alfonso Priani, jefe de las ambulancias de la Cruz Roja, quien se sirvió manifestar a nuestro representante que el estado del señor de la Rosa era de sumo cuidado puesto que el proyectil había desgarrado los intestinos y pudiera acontecer un lamentable desenlace". No ocurrió, ¿pero Priani? Priani, Priani, Priani, me suena. Y pongo a funcionar esta computadora destartalada de mi cabeza, ¿y dónde creen que me lo encuentro, al susodicho señor doctor don? En los archivos supersecretos de la Embajada de Colombia en México, firmando carta de la Beneficencia Pública del veintitrés de febrero de 1932 al Encargado de Negocios de la Legación colombiana, comunicándole que siempre sí le concedían en el Hospital General el descuento del cincuenta por ciento a Barba Jacob. Y firma el doctor Alfonso Priani, Secretario del Presidente de la Junta de Beneficencia Pública de la capital. De Jefe de Ambulancias de la Cruz Roja a Secretario del Presidente de la susodicha en doce años, ¿ascendió?

Otra de las ociosidades de que está tramada esta historia, descubierta por la misma computadora: Cuando a principios de marzo de 1918 Ricardo Arenales entró a trabajar en El Pueblo, creó una columna de crónicas, ensayos y poesía titulada "La Vida Profunda", que firmaba con el pseudónimo de Almafuerte, uno que ya había usado años atrás en El Independiente, y que también usó, e hizo famoso, en otro país pero en esta misma dimensión y este mundo, el poeta argentino Pedro Palacios. Luego en lugar de esa columna Arenales publicó toda una página, "Realidad y Fantasía", especie de suplemento cultural y literario que redactó en compañía de Guillermo Prieto Yeme, y que se inició el tres de abril con un espléndido ensayo de crítica literaria, "La rehabilitación del gran Alejandro Dumas", sobre la vigencia de Dumas, que firmaba Juan Sin Tierra, un pseudónimo más de Arenales, que adoptó entonces y que volvería a utilizar algo después en sus reportajes amarillistas de El Demócrata. Tan asombrado estaba yo del sentido crítico del poeta y de su humildad oculta tras esa red de pseudónimos, que por poco se me escapa la verdad. No sé qué circuito se me encendió en la computadora que recordé que ya había leído el artículo sobre Dumas en El Imparcial. Consulto El Imparcial de los meses en que en él trabajó Arenales y encuentro el artículo: el veinte de diciembre de 1912, traducido del francés y firmado ese mismo mes en París por A. Brisson (Adolphe Brisson, crítico teatral y periodista francés). Arenales, que solía conservar sus poemas y artículos publicados en los periódicos (lo único que conservó en su vida), había guardado desde entonces el ensayo sobre Dumas y ahora con la mayor frescura lo reproducía en El Pueblo, adaptándolo con un mínimo esfuerzo a México y firmándolo con uno de sus pseudónimos: donde Brisson escribía "en los pasillos del Odeón", Arenales cambiaba: "en el restaurant del Principal" (un teatro de México); donde Brisson decía "entre los jóvenes parisienses de 1912", Arenales ponía "entre los jóvenes mexicanos". Y en algún lugar le agregó al texto: "Por eso he recomendado yo que las obras de Dumas se traigan como folletín a las páginas de El Pueblo, después de Verne, y creo que se me complacerá". Y según la misma fórmula y con la misma firma, publicó otro ensayo sobre la danza macabra en la Edad Media, que sin lugar a dudas tampoco era suyo. Estas cínicas apropiaciones del poeta estaban entonces al abrigo de toda comprobación. ¿Quién, por lo demás, hubiera podido acusar de plagio a Juan Sin Tierra, el pseudónimo de otro pseudónimo?

Perdido en las brumas de ese mundo de fantasmas y pseudónimos he conocido un día a Guillermo Prieto Yeme quien figuraba, al igual que algunos otros que hacen parte de esta historia, en la lista de los asistentes al entierro de Barba Jacob que dio Excélsior. Por cierto que con varios errores: allí estaban unos que no fueron y faltaban otros que sí. Y varios nombres están equivocados. Como el reportero que hizo la lista la debió de haber hecho en el apartamento de López, de donde partió el cortejo, anotó a Felipe Servín, Alicia de Moya y Concepción Varela que allí estaban pero que no fueron al cementerio. A Conchita la anotó como Concepción M. de Delgado: no es "M": es "V", de Varela. A Roberto Guzmán Araujo le puso "Roberto Araujo"; a Leonardo Shafick Kaím, "Leonardo Kaím". Y a Felipe Servín lo graduó dizque de licenciado, seguro porque él mismo se lo dijo. ¡Qué licenciado iba a ser ese borrachín! Y le faltaron Marco Antonio Millán y Salvador Toscano, cuando menos. En cuanto a Guillermo Prieto Yeme, oyendo mal el segundo apellido lo anotó como "Guillermo Prieto y M.", según descubrí buscándolo en la guía telefónica de la ciudad de México, el obituario: Guillermo Prieto Yeme (no "y M.") allí estaba. Le llamé, sin la más mínima ni remota esperanza. Pues para mi sorpresa él mismo me contestó. Que sí, que era él, el que yo buscaba, el que fue amigo de Barba Jacob, o mejor dicho de Ricardo Arenales. A los noventa y seis años, faltándole míseros cuatro para cantar el siglo en números redondos, me hablaba del otro lado de la línea pero eso sí, de la línea que separa a los vivos de los muertos. Noventa y seis años… Noventa y siete tendría el poeta si viviera, ¡pero hace tánto que murió! Con el señor Prieto llego aquí a mi máxima marca, que no me será posible en adelante superar; a nadie habré de conocer nacido antes que el poeta, vivo. Y como ustedes comprenderán, en estricta teología no es lo mismo que el Padre dé testimonio del Hijo que el Hijo del Padre, ni los viejos de los jóvenes que los jóvenes de los viejos, y así este libro adolecerá para lo eterno de ese defecto. No es culpa mía, es de la Muerte. Cuando me embarqué en esta empresa, a quienes eran mayores que Miguel Ángel Osorio ya la Muerte los había sacado a bailar en su danza.

No recuerdo nada del señor Prieto. Ni su voz, ni su cara, ni su casa, ni siquiera el rumbo de la ciudad donde estaba. En la computadora mal enchufada de mi memoria no sé por qué cortocircuito se me borró. He conservado, sí, en cambio, lo que el señor Prieto me contó del poeta porque lo anoté con papel y lápiz, a la antigua. Es a saber: Que lo conoció en 1914 en Guatemala, gobernando allá Estrada Cabrera y aquí nadie, aquí en plena desbandada los de Huerta y plena revolución: Federico Gamboa, Luis Rosado Vega, Manuel M. Ponce, Manuel Garza Aldape, José F. Elizondo, José María Lozano, Urbina, Arenales…, músicos, funcionarios, poetas, en mulas, trenes, barcos, desperdigándose en la estampida que siguió a la caída del dictador borracho, no fuera que Zapata y Villa los colgaran. El señor Prieto, periodista nombrado para un cargo diplomático en Berna por el tambaleante gobierno de Huerta, pensaba embarcarse para Europa en Veracruz cuando se vino la invasión norteamericana al puerto. Entonces don Federico Gamboa, que había sido embajador de México en Guatemala, le aconsejó este país para que se embarcara, en Puerto Barrios, y hacia allí se dirigió el señor Prieto. Un percance habría de cambiarle empero los planes: en Tapachula, en la frontera, le robaron el dinero. Y así, sin un quinto, a tropezones, empujado por el viento de la mala suerte, hubo de continuar el pobre diplomático en desgracia hacia la capital de Guatemala, a la que llegó un domingo. El lunes se estaba presentando en La República a pedir trabajo. El propietario, doctor Eduardo Aguirre Velázquez, lo atendió. Pues resulta que Ricardo Arenales, que por el mismo lado y las mismas razones también había llegado a Guatemala, se había presentado días antes en el mismo periódico con la misma intención. Allí lo conoció el señor Prieto. Lo lógico es que siendo periodistas huertistas, colegas y copartidarios, se hubieran conocido en México y no en Guatemala, pero la vida es caprichosa, no lógica. Y ahora se encontraban los dos hermanos en el exilio como rivales, pretendiendo la dirección del mismo periódico, la misma novia. Arenales, de entrada, le pidió dinero al propietario para modernizar el diario. Prieto en cambio le propuso planes más modestos que no requerían de nueva inversión: cobrar por ejemplo los anuncios y las suscripciones en dólares y no en pesos guatemaltecos que valían tres centavos, briznas de paja. Aguirre Velázquez aceptó sus ideas y Prieto se convirtió en el nuevo director de La República, y olvidándose de su viaje a Europa se quedó en Guatemala. Allí conoció a Chocano, a Arévalo Martínez y hasta Dios Padre, Estrada Cabrera y su lugarteniente el siniestro barón de Merck, "matamuertos", apodo que se ganó cuando la rebelión de los cadetes contra el dictador, porque a los que iban cayendo les daba el tiro de gracia. En cuanto a Arenales, sin trabajo y dilapidando el dinero que traía de México, el que le dio Churubusco, pasaba en tanto de los buenos vinos al aguardiente chapín, y de las suntuosas cenas a las comidas humildes en las fondas de arrabal. Así se le llegó el día en que se encontró solo y sin un centavo, pero con las dos alas mágicas de sus palabras "Me voy". Y se fue de la capital a Quezaltenango y de Quezaltenango a Cuba, tal vez por Honduras, por ese caminito de salida que en la ciudad de los altos era lo que más le gustaba, según su respuesta a una dama: "Ese caminito para irme a la chingada". ¿A cuál dama? Pero el pintor Carlos Mérida que me lo cuenta, de noventitantos años y de Quezaltenango, se pone en viejito discreto y obstinado, y empecinadamente se niega a revelarme el nombre de la dama. No sé por qué. Con su empecinamiento y su dama se fue a la tumba.

De Cuba se fue Arenales a Nueva York, de Nueva York a La Ceiba y de La Ceiba a San Salvador, de donde se acababa de marchar el señor Prieto. Poco después, como si Arenales le fuera siguiendo los pasos, se lo volvió a encontrar en México, en El Pueblo. "El hombre de la humildad rabiosa" le bautizó Arenales porque se molestaba cuando lo presentaba con los más subidos elogios, con la prosopopeya que se estilaba en su nativa y redicha tierra, Colombia, país de doctores que dizque saben latín… Al evocar para mí esos lejanos días de El Pueblo, el señor Prieto recuerda a Arenales llegando al periódico con gruesos libros bajo el brazo, "de los que leía el prólogo, el índice y algo más, de carrera, para utilizarlo en su página literaria". Curioso recuerdo que adquiere su pleno significado a la luz de lo que ya he contado, los plagios de Arenales, que no lo son.

Escarbando bibliotecas he encontrado un libro de Guillermo Prieto Yeme de la época de El Pueblo, de que no me habló: de versos, con un soneto, "Renunciación", dedicado "Al ilustre intelectual colombiano Ricardo Arenales". Ajá, conque el señor Prieto también nos resultó poeta, otro más… Otro más en este poético mundo superpoetizado. ¡Qué le vamos a hacer! ¿Alguien podrá escribir una biografía de Bolívar sin generales? Pero volviendo a los del cortejo, prosiguiendo, ya no recuerda el señor embajador de México en Colombia don Federico Barrera Fuentes que escribió un artículo necrológico sobre Barba Jacob y que asistió a su entierro. ¡Y claro que asistió! Su nombre lo leí en la lista y con los dos apellidos. Ahora, en 1980, en la embajada mexicana en Bogotá, Colombia, y estando quieta la tierra, yo prefiero pensar, con su perdón, si me disculpa, señor embajador, que le está fallando un poquito la memoria, a suponer que quienes acompañaban a Barba Jacob esa tarde luminosa y fría, ese miércoles catorce de enero, era un cortejo de fantasmas. Y oiga lo que cuenta en su artículo: que fue a visitar a Barba Jacob a su pensión de la calle de Luis Moya una tarde y se lo encontró leyendo un libro de Stefan Zweig. Que el poeta leía y releía un párrafo que hablaba del más allá, y que acabó anotando al margen: "Ya estoy maduro para la muerte". ¿Recuerda el año? Mil novecientos treinta y cuatro, que es cuando vivía en la pensión de Luis Moya. Al año siguiente se lo volvió a encontrar, en la calle, yendo usted con el periodista y escritor español Eugenio Noel, ¿sí recuerda? Eugenio Noel que fue tan famoso por sus crónicas sobre la guerra de Marruecos y su campaña antitaurina. Dice usted que el poeta y el español se pusieron a hablar interminablemente y que su "espléndida" conversación se prolongó por horas. Eugenio Noel habló de los innumerables libros que había escrito, de las innumerables conferencias que había dictado en toda América en favor de la República Española; Barba Jacob relató sucesos de su pasado. Que ambos pensaban que estaban llegando al final de la existencia. De hecho Eugenio Noel murió al año siguiente; Barba Jacob, seis después. Tras apurar un vaso de cerveza y cuando ya se retiraba Barba Jacob exclamó: "¡El sol ya no se pone en las bardas!"

Ya vivía entonces en el Sevilla, de Ayuntamiento 78, teléfono Eric 26715. El teléfono está en un recado suyo a Rafael Heliodoro Valle: "Rafael Heliodoro: Tengo urgencia de hablar contigo. Comunícate conmigo por teléfono al Hotel Sevilla-Eric, 26715 ojalá esta tarde o esta noche. No lo olvides: me urge". Y si desde esta realidad, desde esta dimensión prosaica y extraviada marcara ese número, ¿me contestarían? ¿Don Ramón, acaso, el dueño, el español? ¡Cuánto hace que en México desaparecieron los teléfonos con clave y número! Y sin embargo el Hotel Sevilla todavía existe, aunque se llama el Sevillano: el mismo hotelucho de entonces venido a menos: a menos de menos... Ya por él no se paran ni los fantasmas. Cuando salí de conocerlo, afuera en Ayuntamiento, en el barullo de la calle, anunciaban los periódicos vespertinos en grandes titulares grandes fraudes infames: los del sexenio de Echeverría vistos desde los de López el perro. No sé por qué se me vino a la cabeza 1927 y el informe de la primera embajadora rusa en México, Alejandra Kollontai, a su gobierno, el de los soviets, que le urgían que informara qué diablos eran por fin los hombres de la revolución mexicana: si de derecha, o de izquierda. Y la embajadora contestó: "Ni de derecha ni de izquierda: son rateros".

Al Sevilla fue mi amigo Luis Basurto una tarde acompañando a su maestro Rafael Heliodoro Valle a visitar al "enorme y terrible" poeta Porfirio Barba Jacob. Ya Basurto lo conocía; lo conoció siendo casi un niño una noche de cuatro o cinco años atrás en que escapado del colegio y de su casa había ido a dar a la plaza de Garibaldi. Sentado junto a él a una mesa del puesto en que vendía hojas de té de ca-

nela con alcohol Concha "la tacón dorado", Barba Jacob
escribía en una hoja mugrosa de papel al tiempo que daba
grandes tragos de una botella de tequila. Basurto lo obser-
vaba con curiosidad. Cuando Barba Jacob terminó le extendió el papel y le dijo, con su voz ronca y altiva: "Joven,
si me jura no publicarlos jamás le daré estos versos que ha
escrito para usted Porfirio Barba Jacob". Ahogado y trémulo por el asombro y la emoción y el miedo el muchacho sólo atinó a responder: "Se lo juro", y apretando el papel entre
las manos se escapó corriendo. Me dice Basurto que era un
breve poema lleno de luz y alegría, muy ajeno a la imagen
diabólica, tormentosa y angustiada que él tenía del poeta
y que volvió a tener más tarde en sus dos visitas al Hotel Sevilla. Cuando entró a la desordenada habitación con Rafael
Heliodoro Valle Barba Jacob no pareció recordar al muchacho. Entonces presenciaron una insólita escena: un joven
poeta furibundo irrumpió en la habitación reclamándole a
Barba Jacob por el fraude cometido con unos versos suyos
que mucho antes le había dejado para que le diera un concepto y que Barba Jacob se había apropiado publicándo-
los con su nombre. Se irguió Barba Jacob y con voz terrible le gritó: "¡Fuera de aquí, miserable! ¡A qué honor más
alto podría aspirar un poetastro como usted que al de ver
sus versos firmados por Porfirio Barba Jacob!" ("¡Que le
devuelvan su verso, que se lo lleve y nos deje en paz!" gritaba un día Voltaire contra su pobre amigo plagiado.) Y en
aquella misma habitación le volvió a ver Basurto destruyen-
do todos los libros que poseía, amargado y desesperado.

Otras ráfagas similares de abatimiento y de violencia
presenciaron sus amigos. Ayala Tejeda me contó que lo encontró una mañana en la cama, con un gorro rojo absurdo
en la cabeza, despotricando de todo y de todos; del tiempo, de la política, de los amigos y de sí mismo: empezó a

denigrarse y a reprocharse por haber dejado que lo arrastrara la vida hasta la miseria en que estaba. Se le veía entonces en las noches paseándose por la avenida de San Juan de
Letrán, buscando golfillos de la calle y fumando tranquilamente marihuana. A Edmundo Báez, que se lo encontró,
le mostró la foto de un muchacho desnudo con un órgano
sexual inmenso y le dijo que andaba buscando uno así para
esa noche. Y hablándome Elías Nandino de la gran habilidad de Barba Jacob para conseguirse muchachos, recuerda
en particular el día en que estando con él se hacía lustrar los
zapatos; cuando el bolerito, el limpiabotas, termina, Barba
Jacob se despide: "Adiós doctor", y se marcha llevándose
al muchachito con su caja y sus cepillos. A los limpiabotas,
me dice Elías Nandino, Barba Jacob debía de parecerles un
personaje inusual con su forma de hablar inusitada... Y me
cuenta Ricardo Toraya que de uno de los tantos hoteles donde vivió, el administrador le sacó del cuarto un papelerillo que ya tenía bañado para acostárselo. No sería el Sevilla
el hotel en cuestión, el Sevilla donde brillaba Barba Jacob
como un sol entre su heterogénea corte de admiradores y
donde, según Abelardo Acosta, metía a su cuarto a cuanto
bolero se le antojara. Otra cosa es que después le robaran...

En cuanto a la marihuana, según Rafael su hábito le
creaba un sentimiento de culpa. Pero cuántas cosas del poeta no entendió nunca Rafael... En fin, para terminar el rosario de sus vicios con el alcohol, acabemos con el alcohol.
Tras dormir religiosamente la siesta, que nadie pero nadie
le podía perturbar, a las siete de la noche estaba de nuevo en
pie en el Sevilla porque empezaban a llegar los visitantes:
a fumar con él más marihuana y a tomar los infames cocteles
de tequila o alcohol con ciruelas y agua de panela caliente.
De sus espléndidas borracheras queda en especial el recuerdo de una con Salomón de la Selva, el nicaragüense, otro

poeta más, a quien conocía desde Nueva York si bien no eran amigos. Para que llegaran a serlo Servín concertó una cita entre ellos, a la que Barba Jacob no presentó ningún inconveniente pero sí Salomón, "que no bebía": se tomaron en tres días de borrachera diez y seis botellas de ajenjo cada uno. Pero mientras más se iluminaba Barba Jacob más se apagaba el otro. "Salomón —le decía Barba Jacob— ¡por dónde se le escapa a usted el talento!" Millán me dice que de Salomón de la Selva nunca tuvo Barba Jacob un buen concepto, y Rafael que nada tuvo qué ver con él ni con sus hermanos; por el contrario, una noche pasó uno de ellos frente al poeta, que lo saludó amablemente, y aquél le contestó: "¡Adiós hijueputa!"

El dos de enero de 1942, en brazos de sus amigos porque solo no lo podía hacer, Barba Jacob fue bajado de su habitación del Hotel Sevilla y trasladado a un apartamento sin muebles de la vecina calle de López a recibir la muerte. La tan temida, tan esperada muerte que desde hacía tanto se anunciaba y que ya llegaba, envuelta en viento: ése de "El Són del Viento" que lleva este epígrafe del "Libro de los Gatos": "E a postremas, viene un grand viento que todo lo lieva". El mismo viento que cierra los "Poemas Intemporales", que se llevó a Payo Obispo y que barrerá con todos: el ineluctable olvido.

Nada he llegado a establecer con mayor precisión, y precisión creciente, que los últimos días de Barba Jacob; el final de su "tránsito por este mundo" como dirían los curas, como si hubiera otro. De su "existencia tormentosa". Día a día, hora a hora los detalles se me acrecientan y es lógico: todos recuerdan la última vez que nos vieron, o aún guardan nuestra última carta. Para decir que nos morimos sobran los testimonios… Pero vamos por partes, paso a paso, de atrás hacia adelante, como la ordenada muerte. En la primera mitad del año cuarenta y uno, sin que se pueda establecer la fecha, dio un recital en la Sala Ponce del Palacio de Bellas Artes, el último. Dicen que declamó su "Nueva Canción de la Vida Profunda" ("Te me vas, paloma rendida, juventud dulce, dulcemente desfallecida, te me vas…") y que ya estaba perdiendo la voz; que al término del recital José Martínez Sotomayor lo invitó, a él y a algunos de sus amigos, a cenar. Había estado escribiendo desde enero una página, los "Perfiles de la Semana", para el semanario Así recién fundado, a raíz de una ligera mejoría, la última. El dos de agosto aparecieron sus últimos "Perfiles de la Semana", escritos en memoria del lejano gobernador Vadillo con quien había hecho, años y años y años atrás, el viaje a Sayula. El nueve de noviembre escribió, o mejor dicho dictó, su última carta, al embajador Zawadsky. Shafick ha conservado una copia: "Después de que usted se fue anoche y hoy domingo todo el día he estado pensando en la conducta que nos conviene seguir con respecto al asunto principal que tenemos pendiente y he llegado a las siguientes conclusiones: No debemos insinuar al Gobierno de Bogotá nada que no sea la remisión total del dinero acordado por la Ley 49 de este año; entre otras razones porque es gratuito suponer que el tesoro nacional se vea en apuros y pujidos para pagar una suma tan pequeña que no llega a tres mil dólares. Ahora bien, si de Bogotá parte la idea de mandar el dinero en varias partidas, la aceptaremos sin discutirla". Ni en varias, ni en una, ni entonces, ni nunca. ¡Qué lo iban a mandar! El Congreso de Colombia es como el PRI de México, una roña. "Tampoco es conveniente suponer nada que indique la posibilidad de que el dinero no me sea entregado íntegro a mí personalmente para manejarlo como a mí me parezca, pues yo no soy menor de edad. Los propios términos, honrosos para mí, en que está concebida la ley, excluyen toda idea de que yo pudiera hacer mal uso del auxilio que me asignó el Congreso Nacional y faltar al deber moral que me corresponde en este caso y que, como usted comprenderá, he abarcado en todos sus detalles". Lo estoy oyendo: dictando con su voz moribunda, apagada: "Los propios términos, coma, honrosos para mí, coma, en que está concebida la ley, coma, excluyen toda idea de que yo pudiera hacer mal uso del auxilio que me asignó el Congreso Nacional..." Le faltó "honorable": el Honorable Congreso Nacional, con mayúsculas. Pero ¿a quién le dictaba? "... en todos sus detalles (punto). Esto no quiere decir que yo desee manejar arbitrariamente los fondos que se me envíen, pues no tengo ningún obstáculo en seguir los consejos que usted me dé y en limitarme a los gastos que usted y yo de común acuerdo discutamos, encaminados a lograr la restauración de mi salud y el regreso a mi patria. El espíritu de la ley es enteramente claro", etcétera, etcétera. ¿Pero espíritu de la ley? La ley no tiene espíritu, la ley es un adefesio. Empantanado en sus propios enredos Barba Jacob deliraba en la fiebre... El veintiocho de noviembre el Embajador (con mayúscula) recibía una carta de Daniel Samper Ortega que le decía: "Hablé con el Presidente quien me dijo que no había dinero por haberse liquidado el año con déficit, pero que a pesar de eso ordenaría al Ministro de Educación que girara de cualquier parte aun cuando fueran quinientos pesos..." En el entierro, antesitos de bajar el ataúd a la fosa, decía González Martínez en su oración fúnebre, que la reseña de un periódico reprodujo: "No es hora de hablar de su obra poética, orgullo de dos patrias..." ¡Dos patrias! Con el mismo cuento de las dos patrias volverían, tiempo después, los Secretarios de Estado: cuando "repatriaban" sus cenizas. Dos patrias sí, pero que no hacían ni una.

La última carta que recibió Barba Jacob se la enviaba desde Cali, el quince de diciembre, Antonio Llanos. Venía escrita en papel con membrete del Hotel Alférez Real: "Tal vez tú no lo sepas —le decía en ella—, y es bueno que ahora te lo diga. Desde que te conocí en el Relator hasta hoy, he sido fiel a tu amistad y a tu recuerdo. Desde entonces quedé hechizado por la insondable e inefable música de tu poesía. Ciertamente que me interpretaba en lo más íntimo y doloroso de mi ser, porque no hay poesía de gran apasionado que no me interprete. En la tuya y en la de San Juan de la Cruz, tan gemelas, a pesar de la aparente diferencia de su lenguaje, encontré la consonancia de la mía, la secreta voz que me nombra. Desde entonces hasta hoy he venido afirmando que tú y San Juan son los dos mayores líricos de la lengua castellana". Cuánto no daría yo por que fueran mías esas palabras, las más hermosas que he oído sobre Barba Jacob. El Relator, no sé si lo recuerden, era el periódico de Cali, de los Zawadsky. Justamente. El que Barba Jacob intentó desplazar con su efímera Vanguardia. Ahora, quince años después, en México, Zawadsky era el embajador. La vida se enreda sola en sus trampas.

El día de navidad le vio por última vez Clemente Marroquín Rojas. Ya no ocupaba la amplia habitación de ventanas que daban a la calle: lo habían trasladado a un pequeño cuarto interior, en el pasillo del lado derecho del segundo piso, un cuartito que ese día parecía risueño, casi alegre, con muchas flores que mezclaban sus intensos perfumes, y en la pared, sobre el lecho blanco, un crucifijo de plata. Con su amigo guatemalteco, en cuya pensión se había alojado muchos años atrás Ricardo Arenales, volvió a revivir por unos instantes la vida de Guatemala. Hablaron de todos y de todo. Volvió a recordar a Arévalo y el cielo muy azul de "la ciudad de las perpetuas rosas". Estaba infantil entonces. Cuando se despidieron, Clemente Marroquín Rojas supo que estrechaba su mano y escuchaba su voz por última vez. Y al repetirle su adiós en el umbral de la puerta le traicionaron las lágrimas.

Si el día de esa última navidad ha perdurado en un artículo de Clemente Marroquín Rojas, la noche perdura en el recuerdo de Rafael Delgado. Ya lo he contado: que estaban tomando chocolate caliente y que el líquido se le derramó a Barba Jacob encima cuando por su debilidad dejó caer la taza. Unos cuantos días después le entrevistó Neftalí Beltrán para Noticia de Colombia, una revista literaria que había empezado a editar poco antes en México Germán Pardo García. A Neftalí Beltrán le habló de su infancia feliz en Antioquia, de su primer viaje a Bogotá, de su primer poema, de su llegada a México "sin dinero y como un campesino asustado". "Recuerdo que me causó terror la metrópoli, un miedo extraño. Fui entonces a vivir a Monterrey y allí me hice periodista…" También le dijo que la poesía había sido para él la mayor recompensa. "Recompensa de haber nacido, de tener que morir, de sufrir y de encontrarme dentro del mundo". Con la entrevista apareció su última fotografía, tomada en el cuartito del Hotel Sevilla: está Barba Jacob sentado en el lecho blanco que recuerda Clemente Marroquín Rojas, recostado en una gran almohada blanca, la mano derecha sobre el pecho, el ceño adusto, la mirada oblicua, indescifrable; sobre la pared, de zócalo alto, se ve el crucifijo de que han hablado muchos.

El día de año nuevo Alicia de Moya, una jovencita colombiana que vivía en México, se presentó ante el poeta llevándole uno de esos platos regionales de natilla y buñuelos que se preparan en las fiestas de navidad en Antioquia, después de haberle oído decir días antes que era eso "lo que más deseaba entonces en la vida". Con la señora Alicia de Moya he hablado por teléfono y me ha contado lo anterior. Y que unos estudiantes colombianos amigos suyos la hacían desinfectar porque ella, con gran cariño, acariciaba al poeta, quien la trataba de "mijita" y de "niñita". Al día siguiente de la visita de Alicia de Moya, el dos de enero, trasladaron a Barba Jacob al apartamento de la calle de López. Lo bajaron, me dice Rafael, "en silla de brazos". En los brazos de dos amigos, el doctor Rébora y el periodista Armando Araujo según cree, pero el doctor no lo recuerda y Armando Araujo ya ha muerto. En su cuarto miserable del Sevilla Barba Jacob le había manifestado al licenciado José Martínez Sotomayor, quien me lo ha contado, su deseo de mudarse a un lugar más decente donde pudieran visitarlo los amigos y morir con decoro. Me dice el licenciado que para entonces Rafael se había convertido en el único apoyo del poeta. Que era quien le traía médicos y medicinas, y quien le consiguió el apartamento de López. Según Servín el licenciado Ezequiel Padilla, Secretario de Relaciones Exteriores y hombre riquísimo que hasta llegó a ser poco después presidenciable, pagó el apartamento. Y esta aseveración me la confirman, en cierto modo, Alejandro Gómez Maganda y Armando Araujo cuando mencionan ese nombre, además de los de Octavio Véjar y Manuel Gómez Morín como los últimos generosos protectores del poeta. Situado en López 82 en el segundo piso (tercero de Colombia donde se cuenta la planta baja), el apartamento constaba de dos habitaciones, sala-comedor, cocina y baño, y sólo tuvo por muebles, aparte de la cama en que murió Barba Jacob, unas cajas de madera. Si algún mueble más tuvo, con la cama lo vendió Rafael a la muerte del poeta. Me dice Conchita que se pagaron al tomarlo dos meses de renta, y Alicia de Moya que estaba en los altos de una pescadería. En ese apartamento, al día siguiente del traslado, el tres de enero, le visitó Germán

Pardo García. Dice éste que ya la sangre le circulaba con dificultad creciente por el cuerpo. O mejor dicho "escribe", porque nunca, y por más que se lo pidiera, quiso recibirme, pensando, pienso yo, que era una verdadera injusticia que alguien quisiera sacar a Barba Jacob, muerto, del olvido, en que él vive. Bueno, pues el cinco regresó y a su comentario de que al nuevo apartamento llegaba el soplo benigno de unas noches inquietamente azules Barba Jacob asintió: "Es verdad, dormir en esta alcoba es como descender al fondo de una perla".

La noche del cinco Sofita Treviño llamó por teléfono a Alfonso Junco y le dijo: "Ricardo Arenales está muy grave y quiere verte". Tanto él como ella conocían al poeta desde niños, desde su llegada a Monterrey en el año ocho: don Celedonio Junco de la Vega, el padre de Alfonso, fue entonces su compañero en El Espectador, que dirigía Ramón Treviño, el padre de Sofita. Con El Espectador, ni más ni menos, el más viejo periódico del Norte, se quedó Arenales, y en él publicó, partido a la mitad, en primera plana, el retrato del gobernador de Nuevo León general Mier, insolencia que aunada a otras de menor cuantía clausuró el periódico y lo mandó a la cárcel: seis meses, desde julio de 1910 hasta enero del año siguiente en que explotó la revolución, que lo sacó libre. Algo antes, en el mismo periódico y en la mismísima primera plana, Arenales había publicado un artículo sobre el niño Alfonso: "Hoy cumple catorce años un poeta". ¿Lo recordaría Alfonso Junco camino del apartamento de López, acudiendo al llamado del poeta moribundo? Por lo menos lo seguía recordando de viejo pues se lo contó a Ayala Tejeda, quien a mí me lo contó. Sin preámbulos Barba Jacob le hizo saber a su amigo que se quería confesar y le pidió que le sugiriera un sacerdote. Según Servín, ya la esposa del arquitecto Manuel Chacón le había llevado uno que

rechazó por bruto. Cuando entre varios nombres Alfonso
Junco mencionó al padre Gabriel Méndez Plancarte, Barba Jacob aceptó. Ya lo conocía. Justamente Alfonso Junco
se lo había presentado años atrás una noche, en la colonia
Santa María de la Ribera donde vivían todos. Caminando en la fría oscuridad, hablando de poesía, el padre acompañó a Barba Jacob esa noche hasta su casa de la calle de
Naranjo, hoy calle de Enrique González Martínez quien
también allí vivía. El padre Gabriel dirigía una revista literaria, Ábside, sobre la cual Barba Jacob escribió en adelante, repetidas veces y con elogios, en sus perifonemas. En
cuanto a Alfonso Junco, había dejado de verlo desde que
le negó, con infinitas disculpas, tres pesos que le había mandado a pedir prestados con Abelardo y Ayala Tejeda. Según
éstos, cuando Junco le envió meses después su libro "Alma, Estrella y Posesión" con dedicatoria para él, Barba Jacob lo relegó al rincón de la basura. "Mira Abelardito —le
dijo a Abelardo—, cómo puede este hijueputa tener el descaro de dedicarme un libro…" "Hijueputa" no se dice en
México y si lo recuerda Abelardo es porque le sonaría mal,
pero en Colombia suena menos. Semántica pues. "Puedo
dar testimonio —ha escrito Alfonso Junco— de que al correr de los lustros, en las no pocas veces que nuestros hilos
se cruzaron y coincidieron nuestras horas, nunca le vi actitud, ni pensamiento, ni palabra sin pulcritud. La divergen-
cia de nuestras vidas no rasgó la amistad. Fuimos siempre,
los dos, fieles al buen recuerdo de los días remotos". La di-
vergencia de nuestras vidas, vaya… También González Martínez, en su oración fúnebre, habla de eso, y de los lustros:
"Nos unieron siete lustros de amistad perfecta, cosa nada
común entre dos vidas divergentes como la mía y la suya".
Estas "divergencias" de González Martínez y Alfonso Junco a mí me suenan como las "transparencias" de Octavio

Paz. Pero los entiendo a ambos, los disculpo, de todas formas había que invocarla no les fuera a salpicar el fango de la escandalosa existencia del poeta. Por lo demás, revisando la lista de los asistentes a su entierro —incluyendo borrachos, homosexuales, marihuanos— de todos sus vidas todas respecto de la suya fueron divergentes. El que se iba solo también había vivido solo.

En opinión de Ayala Tejeda Barba Jacob sólo volvió a la religión en sus últimos días, y según Abelardo Acosta, que le oyó decir que "cambiaba la eternidad por un tequila", eludió el tema de la religión cuanta vez él se lo planteara. Pero si todavía en la entrevista con Neftalí Beltrán declaró que era católico "por disciplina y elegancia", a Rafael le dijo que su voluntad era morir como habían muerto aquellos a quienes más había querido, don Emigdio y doña Benedicta, sus abuelos. La religión y la patria, necesidades del hombre antiguo... Barba Jacob, el espíritu intemporal, empezaba a personificarse, a encarnar en el hombre temporal asolado por la nostalgia y la muerte.

La confesión tiene lugar una noche, una de sus últimas noches en que creyendo que se moría mandó a Felipe Servín en un taxi a buscar al padre Méndez Plancarte a su casa de la colonia Santa María de la Ribera. Felipe me lo ha contado. Que eran las dos de la madrugada cuando se presentó a llamar a la puerta del sacerdote, a despertarlo de urgencia de parte de Barba Jacob. En un artículo de su revista Ábside el padre Méndez Plancarte ha referido la confesión. Quiero decir lo externo de la confesión, no la esencia de la misma, lo que el poeta le contó, sus palabras, porque las confesiones son secretas. ¿Pero qué más le iba contar de lo que aquí hemos contado? Que vivió, que pecó que es a lo que venimos todos. Al día siguiente, "con noble compostura y serena emoción" comulgó. "De súbito rompió en sollozos y lloró estremecida y dulcemente, velado el rostro entre las trémulas manos". El sacerdote le preguntó si quería recibir los santos óleos y él le respondió afirmativamente, con voz resuelta. Luego escuchó conmovido las palabras de la extremaunción: "Por esta santa unción y por Su piadosísima Misericordia, perdónete el Señor cuanto hayas pecado con la vista, con los labios y la palabra, con las manos y el tacto…" Y cuando el sacerdote iba a impartirle la bendición papal y le preguntó cómo quería que lo nombrara en las oraciones, conmovido le respondió: "Miguel Ángel", el nombre con que lo habían bautizado en la iglesia de Santa Rosa de Osos. ¿Pero de veras era Miguel Ángel Osorio? Yo siempre pensé que era Barba Jacob, ex Maín Ximénez, ex Ricardo Arenales, el heresiarca, el apóstata, el que rompiendo la ilusoria continuidad del yo iba camino a llamarse, suprema burla, Juan Pedro Pablo, para diluir su persona estorbosa en el nombre del nadie, en la total desintegración.

Dice Servín que además del cura le llevó al médico, al doctor Ismael Cossío Villegas, el último médico que le vio: opinó que nada quedaba por hacer y les aconsejó que no le dieran oxígeno seco (como había prescrito el doctor Alarcón) sino húmedo, haciéndolo pasar por una probeta de agua "para dulcificarle la agonía". He llamado al doctor Cossío Villegas por teléfono y no recuerda la visita. Como mucho, vagamente, recuerda el nombre del poeta.

El viernes nueve de enero la prensa colombiana dio equivocadamente, anticipándola, la noticia de su muerte. El domingo once volvió el padre Méndez Plancarte y Barba Jacob comulgó de nuevo: le confió que había llenado con oraciones el largo insomnio de la noche precedente. Ese domingo, a las nueve de la noche, le vio por última vez Germán Pardo García. Dice que salió del cuarto presa de una pena extraordinaria, a darle aviso del suceso inminente a En-

rique González Martínez, y que mientras en el umbral de
la puerta dudaba en marcharse Barba Jacob le miraba fijamente, agitado el pecho por la asfixia y cubiertos los ojos
por la niebla. González Martínez, según su hijo, le visitó entonces "casi a diario". También le visitó Manuel Gutiérrez
Balcázar según él mismo recuerda. También Alfonso Reyes
según ha escrito Rafael Heliodoro Valle. También Octavio
Valdés según ha escrito el padre Méndez Plancarte. Ya al
final, según Ayala Tejeda y Abelardo, le atendían dos amigos de Últimas Noticias: Prieto y Armando Araujo. Araujo,
en un artículo sobre los últimos días de Barba Jacob, escribe que el lunes doce el poeta agonizó durante tres horas.
Superada la crisis, pidió chocolate y pan con mantequilla.
Por medio de sondas le hacían llegar el oxígeno hasta los
pulmones. El martes trece Rafael y Ayala Tejeda, según ambos lo recuerdan, fueron a conseguir con gran prisa un tanque de oxígeno viendo que Barba Jacob se asfixiaba. Aún
hoy Rafael no comprende cómo lograron subir el pesado
tanque por la escalera. Cuando lo hacían empezaron a doblar las campanas de una iglesia. Laura Victoria, quien fue
amiga tanto de Barba Jacob como de Rafael, me dice que
cuando éste se iba a marchar a Nicaragua le contó que había
ido a rogarle al embajador Zawadsky que le diera el dinero
para un tanque de oxígeno y que el embajador se lo negó.
La noche del martes trece, sin saber que el poeta tenía una
cita próxima con la muerte, René Avilés fue a visitarlo. Le
llevaba su último libro. Recuerda que encontró a Barba Jacob respirando con ayuda del oxígeno y que le acompañaba
Rafael. Esa noche estuvo asimismo Alicia de Moya, quien
me dice que llamó al embajador Zawadsky para advertirle
de la inminencia del suceso, y estuvo el padre Méndez Plancarte. A las once llegaron el embajador y su esposa. En una
carta a Alfonso Mora Naranjo unos meses después el em-

bajador recordaba que el médico había indicado que se apagara el foco para darle mayor sosiego al moribundo, y que Barba Jacob se había incorporado para decir que le dejaran la luz encendida, que le aterraban las tinieblas. ¿Qué médico? ¿El doctor Cossío Villegas? Imposible saber ahora de qué médico estaba hablando. La señora de Zawadsky, por su parte, en la entrevista con José Gers le ha contado: "Se percibía su entrecortada respiración a través de la impresionante mascarilla. Los grandes ojos se fijaron en mí de una manera insistente, concentrada, desesperante, en su aguda inmovilidad. Tengo la sensación de que algo trascendental quiso decir. La enfermera entonces cortó aquella tensión dolorosa. 'Que Porfirio repose y que los señores se marchen', dijo, con su convincente acento norteño mexicano, dulce y cortante a la vez". La enfermera en cuestión es Margarita de Araujo, la esposa de Armando Araujo, el periodista de Excélsior. A las doce llegó Carlos Pellicer, que venía de una representación de ballet en el Palacio de las Bellas Artes. Cuando se marcharon los visitantes, entró con su paso irrevocable la temida muerte.

La temperatura había descendido a seis grados bajo cero y el agua se congelaba en las tuberías. Eran las tres y cuarto de la madrugada del miércoles catorce de enero de 1942 y "el canto de la alondra que entre mi pecho anida" se había silenciado para siempre. Dice Rafael que él y Conchita y Margarita de Araujo acompañaban en esos instantes al poeta. Dice que Barba Jacob se sacaba repetidamente los tubos de oxígeno y que mirando al crucifijo decía: "¡Ya, Dios mío, ya!" Sin los tubos, dejó caer la cabeza a un lado y cerró los ojos diciendo: "Dios mío, Dios mío, se termina esto". Rafael desesperado abrió las ventanas. Soplaba un viento helado afuera y por primera vez sentía junto a él la tremenda realidad de la muerte, la tremenda realidad de la vida. Ésa es su versión. La de Conchita, Concepción Varela, es algo distinta y ya la he contado: en el momento en que murió Barba Jacob ella estaba sola con él. Ni estaba la enfermera ni estaba Rafael que había bajado por algo a la casa de Artículo y Luis Moya. "¿Qué hace Rafael que no viene?", preguntaba insistentemente Barba Jacob, y ella le contestaba que había ido a su casa y que estaba por regresar. Barba Jacob, me dice, murió con toda su lucidez, muy tranquilo, sin asfixia y sin estar utilizando el oxígeno. Estaba acostado en el sentido contrario de la cama, mirando hacia la cabecera de suerte que la pared y el crucifijo le quedaban enfrente: "Ya, por favor, ya", repetía diciéndoselo al crucifijo y cerró los ojos. Así murió, no estando presentes ni Rafael ni nadie más aparte de ella, que le acompañaba sentada a alguna distancia. Muy poco después regresó Rafael y ella le dijo: "¡Por qué te vas! Mira, el señor ya se murió…" Dice que Rafael se puso a dar gritos y a llorar. "Cállate —le decía ella— que los vecinos te oyen". "¡Ah, no me importa que me oigan los vecinos!" le contestaba él llorando como un niño… El anterior relato de Concepción Varela tiene todo el peso de la verdad. En el momento en que Barba Jacob murió ella estaba sola con él. Es explicable que en su vida anónima Rafael, quien en tantos viajes acompañó al poeta, diga que estaba a su lado cuando partió para el último. Pero no estaba. Había bajado por algo a su casa, la casa de vecindad de dos pisos en Artículo y Luis Moya cerca de López, donde vivía con Concepción Varela. Por lo demás, tratar de precisar el instante de una muerte es como tratar de precisar cualquier otro de una vida: en su esencial gratuidad todos están en todos. "Y todo va en el turbión de la muerte, de la ignorada muerte… Somos briznas llevadas del huracán. Tu esquife azul flotó raudo, a impulso del último viento, hacia el país donde crece la flor de lilolá". Son frases del final de un lejano artículo que escribió Ricardo Arenales a la muerte de su amigo de Monterrey el licenciado Fernando Ancira.

Después de lo referido Rafael bajó a la calle a buscar un teléfono, pues el apartamento no tenía, y llamó al embajador de Colombia y a la redacción de El Universal. Poco después llegaron el embajador y su esposa, quienes tras dejar al poeta antes de la media noche se habían ido a una fiesta. Después de ellos llegó un reportero de El Universal Gráfico y tomó una foto, que el periódico publicó horas más tarde y en la que aparecen, de pie, de negro, cabizbajos, rodeando el féretro, Rafael y Conchita, la enfermera y los Zawadsky. Dice doña Clara Inés de Zawadsky en su entrevista con José Gers que el Secretario de Educación de México le manifestó a la Embajada su deseo de correr con los gastos póstumos, "atención que hubo de declinar el representante de Colombia, no sin agradecerla profundamente". Que dizque entonces se enteraron de un hecho hasta aquel momento desconocido: que la Secretaría de Educación de México le había asignado al poeta, desde meses atrás, "una no despreciable suma de dinero mensual, que se le estuvo pagando religiosamente". Si supiera la señora Clara Inés lo que le chocan a Borges esos adverbios en "mente", y lo "despreciable" que a mí se me hace el dinero...

Según Rafael fue el rector de la Universidad de México quien en las horas de la madrugada le ofreció, en nombre de la misma, correr con todos los gastos del sepelio, ofrecimiento que él no aceptó calculando que de hacerlo no recibiría el auxilio decretado por el Congreso de Colombia, que por voluntad expresa del poeta debía corresponderle. Su ingenuidad le hacía creer que por una ley colombiana había heredado algo más que viento y olvido...

Cuando en la mañana regresó René Avilés a visitar a Barba Jacob, se encontró con que estaban preparando el

entierro y Rafael haciendo una colecta. Con la misma escena se encontró María Duset, ignorante como Avilés de la
muerte del poeta. Me dice que de tiempo atrás, y por un motivo que ya no recuerda, se había disgustado con él y había
dejado de verlo: un día se encontraron en la Avenida de Mayo y Barba Jacob abrió los brazos y la saludó efusivamente;
ella, que continuaba enojada, no pudo negarle el saludo,
"por educación y porque iba acompañada". No le volvió a
ver nunca más. Sansón Flores, su marido (o amante o como
le quieran llamar), le decía que el poeta estaba muy grave
pero ella se negaba a creerle. Cuando le creyó y decidió ir
a visitarlo, al llegar al apartamento de López se encontró
con lo dicho. Le traía unas violetas, "sus flores preferidas",
que se sumaron a las coronas del entierro: las de Excélsior,
la Embajada Colombiana, la Secretaría de Educación... El
escultor colombiano, boyacense, Julio Abril, que adelanta-
ba estudios de arte en México, le tomó a Barba Jacob una
mascarilla, la cual terminó tiempo después en el anfiteatro
de Medellín sosteniendo unas urnas mortuorias. Alicia de
Moya me ha hablado de una mascarilla tomada por un pintor colombiano y borracho al que llamaban "el náufrago",
quien después la vendió. Será la misma, tomada por el mismo... En la calle, afuera, los voceadores de periódicos pregonaban entre noticias de la segunda guerra la invasión de
Hitler a Turquía.

De los diarios matutinos del día catorce sólo El Universal Gráfico alcanzó a dar la noticia de la muerte de Barba
Jacob y publicó la esquela fúnebre: "El poeta colombiano
Porfirio Barba Jacob falleció hoy a las 3 horas 15 minutos,
en el seno de Nuestra Madre la Santa Iglesia Católica, Apos-
tólica, Romana. Su hijo adoptivo Rafael Delgado Ocampo
y la Embajada de Colombia, lo participan a usted con el más
profundo dolor, suplicándole ruegue a Dios Nuestro Señor

por el eterno descanso del alma del finado. México, 14 de
enero de 1942. El duelo se recibe hoy a las 16 horas en la
casa número 98 de la calle de López, y se despide en el Panteón Español. No se reparten esquelas. Agencia Eusebio Ga-
yosso, Av. Hidalgo 13". Los diarios vespertinos anunciaron
escuetamente su muerte "en el seno de nuestra Santa Madre Iglesia Católica", y los matutinos del día siguiente rese-
ñaron el entierro.

"Entre las numerosas personas que formaron la luc-
tuosa comitiva que partió de la casa mortuoria situada en las
calles de López número 98, y que presidieron el señor doctor Jorge Zawadsky, embajador de Colombia, su esposa y su
hija, pudimos anotar a los señores Rafael Delgado Ocampo,
Concepción M. de Delgado, Enrique González Martínez,
Héctor González Rojo, Julio Ramírez, Carlos A. Quiroga,
Manuel A. Pérez Hernández, Jorge García, licenciado Alfonso Reyes, Alejandro Reyes, Alfonso Camín, Rafael Heliodoro Valle, Enrique Paso, Armando Araujo, Federico
Servín, Baudelio López, doctor Raúl Argudín, Luis Alberto Acuña y señora, Ester Gouzy, Rodrigo de Llano, Alicia
de Moya, Luis Felipe López, Ingreed Matheson de Hernández, Jesús Dávila, María Antonieta V. viuda de López,
Clemente Marroquín Rojas, Manuel Gutiérrez Balcázar,
Manuel Ayala Tejeda, Jesús Sansón Flores, Julio Barrios, R.
P. Gabriel Méndez Plancarte, Pedro Escobar, Emilio González T., Carlos Pellicer, Miguel Ordorica, Porfirio Hernández, Raúl Vega, licenciado Felipe Servín, Álvaro Medrano,
licenciado José Martínez Sotomayor, Laura Victoria, general Roque González Garza, Federico Barrera Fuentes,
Guillermo Prieto y M., Ángel H. Ferreiro, Alfonso Guillén
Zelaya, Jorge Flores D., licenciado Roberto Araujo, Santiago R. de la Vega, arquitecto Leonardo Kaím y muchas otras
personas más". Es la lista que dio Excélsior. Años me he pa-

sado revisándola, meditándola, llenando de una identidad, con datos reunidos de aquí y de allá, esos nombres vacíos, buscando hasta encontrarlos a los que aún no habían tomado el camino de ese entierro. Al principio, lo confieso, sólo sabía de Alfonso Reyes y Enrique González Martínez, muertos ya. Mi ignorancia de la historia patria no había oído ni siquiera mencionar al general Roque González Garza, presidente que fuera de México en 1915 tras la caída del general Eulalio Gutiérrez. Me lo disculparán. Con esta proliferación de presidentes, generales, rateros... Rodrigo de Llano dirigía Excélsior y Miguel Ordorica Últimas Noticias, de las que Enrique Paso era reportero y Álvaro Medrano lo era de El Universal. Ingreed Matheson de Hernández era la sobrina de Concepción Varela, y Luis Alberto Acuña un joven pintor colombiano que trabajaba en la Embajada. La "T" de Emilio González T. es de Tavera, y Raúl Vega era Vega Córdova. Alfonso Guillén Zelaya, Rafael Heliodoro Valle y Porfirio Hernández eran hondureños, Alfonso Camín español, Julio Barrios nicaragüense, Clemente Marroquín Rojas guatemalteco... Jorge García, un viejito borrachito colombiano, y Ester Gouzy debía de ser hermana de Luis Gouzy, sin duda colombiano también pues estaba en el entierro del cónsul de Colombia Julio Corredor Latorre, muy anterior al de Barba Jacob... Precisiones tan vacías acaso como los nombres. En fin, había allí quienes conocían al poeta desde hacía diez, veinte, treinta años. Pero ninguno antes que Alfonso Reyes y su hermano Alejandro quienes lo habían visto llegar en 1908 a Monterrey. En México sólo Leopoldo de la Rosa tenía recuerdos del poeta aún más lejanos, pero Leopoldo se abstuvo de asistir. En cuanto a la remota Colombia, quedaba allí una mujer ya muy anciana que le quería desde el día mismo en que le vio llegar "al torrente de la vida": María del Rosario Osorio de Cadavid, la tía Rosario. Pero el torrente desde hacía muchos años les había separado y ahora desembocaba en el mar de la muerte.

Hablaron González Martínez, Fernando Ramírez de Aguilar, Raúl Argudín y Alfonso Reyes. Al dirigirse éste a los presentes, según me ha dicho Rafael, dijo que Barba Jacob le había pedido que a su muerte recitara la "Parábola del Retorno". Pero la emoción le impidió hacerlo. Entonces Julito Barrios, un joven nicaragüense que quería entrañablemente al poeta, pidió permiso y entre lágrimas recitó el poema "Futuro": "Decid cuando yo muera, y el día esté lejano..." De las oraciones fúnebres me dice Millán que le molestaron mucho las de González Martínez y Alfonso Reyes por su tono mezquino de que Barba Jacob había sido un gran poeta "a pesar de..." Y Jorge Flores recuerda que cuando bajaban el ataúd a la fosa un muchacho rompió a llorar desconsoladamente: el hijo adoptivo del poeta. "Nunca pensé que nadie fuera a llorar algún día por Ricardo Arenales", se dijo don Jorge, y evocó a ese lejano personajeególatra, indelicado, egoísta, para quien la suerte ajena no le importaba en lo más mínimo, y a quien había dejado de ver desde hacía mucho. Entonces recordó algo que le contó su padre, Esteban Flores, por el año veinte cuando nombraron a González Martínez Ministro Plenipotenciario en Chile: que fue Arenales adonde Miguel Alessio Robles, secretario particular del presidente De la Huerta, con una falsa carta de González Martínez que él mismo escribió, a pedirle no sé qué favor. Sabía Arenales de la deuda de gratitud del secretario con el otro, que cuando el cuartelazo de Agua Prieta, en una de las mudanzas de la revolución, sin ser su amigo le había salvado la vida escondiéndolo en su casa, y decidió sacarle partido al asunto y escribió la carta y falsificó la firma. ¿Qué le pedía Arenales? No se sabe. Sin duda no era trabajo en El Demócrata, de su hermano Vito Alessio Robles, pues su prestigio de periodista le abría las puertas de cualquier periódico solo. Tal vez dinero, o lo que fuera. A punto ya de marcharse para Chile, González Martínez se encontró con Miguel Alessio Robles y en el curso de la conversación éste le dijo: "Vino a verme Arenales con su carta, que atendí en el acto". "¿Cuál carta?" preguntó González Martínez extrañado. Entonces descubrió la patraña. He aquí por qué cuando un respetable caballero de Guatemala le escribió, por correo certificado, a González Martínez a la Argentina pidiéndole informes de Porfirio Barba Jacob, ex Ricardo Arenales, que le daba el nombre del diplomático mexicano como referencia personal y que se pensaba casar con su hija, aquél no le contestó, pensando que su silencio sería la mejor respuesta. He aquí también por qué nunca González Martínez le contestó las cartas a su amigo, según se desprende de este pasaje de una carta más de Barba Jacob, de diciembre de 1925 y escrita desde La Habana, a punto dizque de tomar el barco para España adonde González Martínez había sido trasladado de embajador: "¿Que por qué no te había escrito antes? Primero, por un rescoldillo de rencor estúpido: porque una vez, hace seis o siete años, te escribí dos cartas consecutivas desde los Estados Unidos, y no me contestaste. ¡Qué ridícula es a veces y qué exigente la amistad! Y después, porque en luengos tiempos no te acordaste de mí durante tus victoriosas y gratas correrías por Chile, por la Argentina... Esteban Flores me dijo una vez que a los amigos que eran muy felices no se les debía escribir, que ellos tendrían buen cuidado de no inquietarse". ¡Cómo no iba a haber salvedades en su entierro! Y sin embargo González Martínez conservó todas las cartas y tarjetas de Barba Jacob y de Arenales (también las de sus reproches), y a su muerte las conservó su hijo Héctor, quien me las ha enseñado. Héctor González Rojo, cuyo nombre pueden leer en la lista de fantasmas de ese entierro, y quien también en paz ya descansa.

Una avalancha de artículos periodísticos siguió a la muerte de Barba Jacob recordándolo: de México, Colombia, Cuba, Guatemala y demás países de Centro América, recordándolo y lamentando con ella "el aniquilamiento de un verbo universal". En cuanto a la prensa cardenista mexicana, propietaria de la verdad y de la revolución, no desaprovechó el suceso para continuar sus cursos de orientación ideológica: "Ese poeta recién bajado a la tumba —decía El Nacional— ha dado ocasión a periodistas de toda laya para inspirarse en ditirambos y para encender frases de fuego, tal como si quisieran con ellas purificar la vida impura del poeta. Se le ha comparado con Oscar Wilde, acaso no por el pensamiento, sino por los vicios. Díaz Mirón fue —se dice y lo creo— un gran poeta. Pero predicó la rebeldía como poeta, y practicó el servilismo como hombre. La deducción es clara: no fue hombre cabal a pesar de sus teatrales desafíos. Y el poeta de que hablamos fue, a no dudarlo, un gran poeta. Pero no hizo bien a la humanidad. Desperdició lamentablemente su talento, y no sólo en vicios, lo que sería poco. Mintió mucho, amigo mío: sólo en verso dijo lo que pensaba. Pero en su prosa, empleó deleznable retórica. Dijo siempre lo que le convino a su bolsa, no lo que le convenía a los demás. Y ahora el mundo necesita hombres cabales". "Practicó el servilismo", "lo que le convino a su bolsa" y "hombres cabales", ¿dicho por esos aduladores del granuja de Cárdenas, dañino y taimado? En México la mentira se vuelve delirante, marciana. Mejor el comentario de La Prensa, que reprodujo Vida Nacional, debido a la pluma jacobina de un señor Podán, que su madre conoce: "Cristianizado, reconciliado con Nuestra Santa Madre Iglesia por el valioso y literario conducto de su reverencia el presbítero don Gabriel Méndez Plancarte —que por poco iba a recibir órdenes y nada sagradas, del señor Serrano Suñer por el no menos digno conducto del señor Pemán, en la sacratísima España—, murió, ejecutado en la silla eléctrica de todas las infracciones a la higiene y a la moral, un cierto vate... Ese vate, ayudado por el no menos vate Plancarte, dicen los sabios que ha de estar al lado derecho del Señor, ayudando a templar las liras celestiales. No hay como ser un vicioso, un inmoral o un asesino, y morir en el Señor, porque sabido es que se regocija más el Buen Pastor cuando recobra una oveja perdida que cuando conserva el rebaño completo".

En los días que siguen al entierro, Rafael se presentó en la oficina del licenciado José Martínez Sotomayor llevándole un escrito del poeta que se refería a él, tomado de la valija: un largo, inconcluso, agradecido ensayo sobre la obra literaria de su amigo y protector, que Millán publicó en la revista América, y cuyo original me enseñó el propio licenciado cuando fui a visitarlo. Cómo no ir a visitarlo si Millán me habló de él; si a él estaba dedicado, en las "Canciones y Elegías", el poema "Futuro"; si figura entre los asistentes al entierro... En su casa —que ya no es, y desde hace mucho, la de la calle de Chiapas número 39, desde la que Barba Jacob le mandó un recado a Rafael Heliodoro Valle que me ha deparado el azar polvoso de una biblioteca— me contó el licenciado que conoció al poeta en México recién llegado de Cuba, y que se lo volvió a encontrar al año siguiente en Puebla, donde él era juez de distrito y adonde llegó Barba Jacob con la intención de dar un recital, que hubo de cancelar por enfermo. Al hospital en que se internó, "del gobierno, no de paga", acudió a visitarlo el licenciado quien en adelante, y éste es testimonio de otros, se convirtió en uno de los más entrañables amigos del poeta y en su protector. Cuando mi visita, acababa de ingresar a la Academia Mexicana de la Lengua y de consagrarle, a su recuerdo, el discurso de recepción. El original del ensayo que le llevó Rafael consta de unas treinta páginas mecanografiadas con correcciones de puño y letra del poeta; por el reverso del papel, impresa en mimeógrafo, hay una fórmula de solicitud de anuncio en la revista Atalaya y la fecha abierta en 1931. Atalaya, su ilusoria revista de Monterrey, y 1931 el año de ese sueño…

Con mayor o menor delicadeza, andaba pues Rafael vendiendo todo lo de Barba Jacob: sus papeles, el crucifijo, la cama… El crucifijo y la cama no sé a quién fueron a dar. Mejor. Así su museo no tendrá nada y será el más fácil de vigilar, el más espléndido, el del olvido: una casona vieja de pueblo cualquiera, de un pueblo cualquiera, con una placa que diga a la entrada que ahí nació, y con dos puertas: una adelante y otra atrás para que entre y salga a su antojo el viento.

Viento por lo demás es lo que heredó Rafael. El seis o siete de enero Barba Jacob moribundo les pidió al cónsul Carlos Casabianca y al embajador Zawadsky que el subsidio aprobado por el Congreso para su repatriación se lo dieran, cuando llegara, a su hijo adoptivo Rafael; que le arreglaran sus papeles para que pudiera salir de México, y que le ayudaran a regresar a su tierra, Nicaragua. Seis años se quedó Rafael en México aferrado a sus reclamaciones ante la Embajada, esperando, insistiendo, recordándoles al cónsul y al embajador que habían sido testigos de la última voluntad de Barba Jacob, de su voluntad expresa, que era que le dieran los cinco mil pesos de la ley del Congreso. El dinero nunca llegó. No entendía el pobre ignorante que agarrarse como tabla de salvación a una ley colombiana vale tanto como agarrar en pleno naufragio por la cola a una quimera. En el cuarenta y ocho, el Secretario de Gobernación mexicano Héctor Pérez Martínez, quien había sido cercano amigo de Barba Jacob, le arregló sus papeles migratorios, y tras de hacer abortar a Conchita y prometerle que volvería a llevársela a conocer su tierra, Nicaragua, para el día de su santo, con unos cuantos pesos que le dio el nuevo embajador de Colombia Jorge Zalamea para quitárselo de encima, el desgraciado se marchó. Nunca escribió, jamás volvió. O sí, volvió treinta años después, al siguiente de mi visita a Nicaragua: hecho un viejo, un espectro.

De sopetón se presentó en mi casa. Salomón, su hijo, el muchachito, el que nos acompañaba por los terregales de Nicaragua vendiendo cosméticos, el que él quería que yo me trajera a México a correr su suerte, se había matado en un accidente de carretera, y él entonces decidió vender el carrito y con el dinero que le dieron ahora volvía a México, a desandar los pasos. Me ofrecí a desandarlos con él. Fuimos a la casa de la calle de Córdoba, a la casa de la calle de Naranjo, al apartamento de la calle del Chopo, a la buhardilla de Fray Bartolomé de las Casas, a la pocilga de San Jerónimo, al Edificio Muriel… A buscar el Hotel Aída que ya no existe, y a encontrar el Hotel Sevilla más ruinoso y con el nombre cambiado.

A la casa de la calle de Córdoba se mudaron no bien dejó Barba Jacob el Hospital General. Se las pagaba, según Rafael, el licenciado Rueda Magro; según Kawage, González Martínez y la Embajada Colombiana. Según yo los tres, o mejor dicho ninguno: le daban a Barba Jacob el dinero para pagarla y Barba Jacob se lo gastaba. Situada en el cruce de Córdoba con Querétaro, en la mera esquina, tiene la casa por una calle una entrada principal y dos ventanas, y por la otra una entrada secundaria y catorce ventanas: siete en la planta alta y siete en la baja. Una mansión. La primera o segunda ventana de la planta alta correspondía a la habitación del poeta; en la planta baja estaba su cuarto de trabajo. Un matrimonio de criados les atendía, Refugio y María, que se emborrachaban con pulque y terminaban a golpes las borracheras, y tenían una secretaria-mecanógrafa "a la que sólo le pagamos un mes": uno de los tres que allí vivieron como príncipes, como cuando andaban muy campantes en Lima con la bendición de Leguía. La máquina de escribir para la secretaria-mecanógrafa ya no sabe Rafael de quién era, pero yo sí: de Shafick: la que Barba Jacob le empeñó, le vendió. Pues bien, con ese matrimonio de criados borrachos se fueron a Chilpancingo, capital del estado de la chingada, el día en que Barba Jacob se enteró de que su joven amigo Alejandro Gómez Maganda allí estaba de secretario del gobernador: del general Gabriel R. Guevara quien, según me lo cuenta el mismísimo Gómez Maganda en sus oficinas del Consejo Nacional de Turismo, nombró a instancias suyas a Barba Jacob de varias cosas: profesor emérito, por ejemplo, en el Colegio del Estado. Y hasta le permitió editar un semanario, Germinal, en los Talleres Gráficos oficiales, que saldría uno o dos números porque el gobernador lo corrió cuando supo que fumaba y sembraba marihuana: "Mire Gómez Maganda —le dijo enfurecido—, quiero que sepa, por si no sabe, que 'su maestro' está sembrando marihuana en la propia imprenta del Estado. Y hasta usted se las debe de 'tronar' con él". "Es una calumnia", replicó el joven. "No es calumnia —dijo el gobernador—, tengo las pruebas en la mano". Y le aventó un manojo de yerbas. Directo responsable de la presencia del poeta en Guerrero, Gómez Maganda corrió a buscarlo. Lo encontró en una calle: caminando con su bastón y fumando en boquilla. "Maestro, nos van a correr del Estado", le dijo: "¿Y por qué ese mal gusto?" contestó Barba Jacob. "Calma, calma, mi querido Alejandro, que lo veo muy agitado". "Dicen que usted siembra marihuana". "¡Ah! eso sí, mi querido Alejandro: la cultivo con mucho esmero". Luego, acompañado del joven, fue a despedirse del gobernador quien ya tranquilo de que se marchara su escandaloso huésped, con la elegancia de no aludir al motivo de la expulsión le preguntó cordialmente por su impresión de Chilpancingo, por lo que más le había gustado de su ciudad (pueblo). "Pues general —le contestó Barba Jacob—, ese maravilloso laurel de la India donde Morelos reunió el primer congreso de América, y aquella carretera para irme a la chingada". A ese mismo indefinido lugar de la dama de Guatemala.

Y otra vez de vuelta a México al rosario de los hoteles: el Washington, el Gillow, el Gual, el Bucareli, el Aída, el Jardín, el Pánuco... Del Bucareli queda una nota suya, manuscrita, a la señora guatemalteca Encarnación de Sandoval, que Fedro Guillén ha conservado: "Señora y amiga: vine a saludarla y a presentarle mis respetos a Ud. y a sus dignos acompañantes de excursión. Ojalá pudiera comunicarme con Ud. Por la mañana, hasta las 10, estoy en el Hotel Bucareli; por la tarde, de 7 a 8, en la Redacción de El Universal. Su amigo muy atento y fervoroso, Porfirio Barba Jacob". Y tras los hoteles las buhardillas, las pensiones, los apartamentos, las casas... Desandando los pasos he ido con Rafael a la calle de Naranjo, esquina con la que hoy lleva el nombre de María Enriqueta Carrillo, a ver la casa: en el 194, con cochera y de dos plantas. De esa casa queda una foto que Rafael ha conservado en Nicaragua: Barba Jacob en un sofá, con Shafick y Conchita. A Shafick Conchita no lo recuerda: uno más sería en el entrar y salir de visitantes. Tampoco recuerda a la poetisa colombiana Laura Victoria que me ha contado que recién llegada a México fue a esa casa a almorzar con Barba Jacob, invitada por él. Una vívida escena de esa invitación perdura en su recuerdo: que estando solos Barba Jacob se sintió mal y quiso subir a su recámara: cuando subía la escalera ayudado por ella le vino un vómito de sangre. Bañada en sangre fue la joven entonces a comprarle una medicina, "y a lavarse completamente en alcohol sabiendo de la tuberculosis del poeta". Era el año treinta y ocho, por los días de la expropiación petrolera, cuando el demagogo de Cárdenas soliviantaba a los obreros, "y en México un poeta no valía ni la centésima parte de lo que significaba un lidercillo analfabeto", palabras de Barba Jacob en las que he cambiado los tiempos.

En esta peregrinación de fantasmas llevé a Rafael a visitar a su viejo amigo Manuel Ayala Tejeda quien aún vivía, ciego, en su cuarto miserable de una casa de vecindad de la calle de Artículo. En la doble oscuridad de la noche y su ceguera salió a abrirnos a tientas. "¿Quién me busca?" preguntó. Le contesté que venía con Rafael. "Con Rafael Delgado", aclaró éste, y Ayala Tejeda extendió las manos para palpar al espectro. Treinta años se les vinieron encima. O más. Desde 1948 en que Rafael se marchó a Nicaragua no sabían el uno del otro. Al final vivían con Conchita en una "cerrada" por las calles de los cadetes. Ahora, a un paso de la muerte volvían a verse. Por última vez. Presenciando su reencuentro yo pensaba que habían sido buenos amigos, y por muchos años, gracias a Barba Jacob. Y que mientras vivieran Barba Jacob viviría en ellos. Ya ni me acuerdo de lo que hablaron. Lo que sí recuerdo es la impresión que tuve, y que aún no se me borra: que el tiempo lo borra todo.

Al día siguiente de esta visita a Ayala Tejeda, violando la promesa que le hice a Conchita cuando la conocí de nunca hablarle a Rafael Delgado de ella si aún vivía, si lo encontraba, no sólo le dije dónde estaba su casa, sino que le llevé a verla. Salimos de la mía, cruzamos el parque, subimos la escalera, y en la penumbra del edificio y en la frescura de la tarde tocamos a su puerta. Abrió Ingreed, la sobrina: Ingreed Matheson de Hernández que figura en el entierro. No les describo su asombro. Pasemos adelante, a la sala que da a las copas de los árboles del parque. Como cuando la conocí, Conchita estaba en el sofá, arropada en unas frazadas. Sentaron a Rafael a su lado e intentaron hablar. Penosamente, abrumadoramente. Había corrido tanta agua por el río que ya no tenían nada qué decirse. Ni un saludo, ni un reproche. Sentados uno al lado del otro en el viejo sofá, un abismo separaba a ese par de sombras. La conversación tomó el único cauce posible: Barba Jacob, que nos unía a los tres, y hasta a los cuatro, a Ingreed también, pues por algo asistió al entierro. Hablamos del entierro. Recordamos que hablaron Alfonso Reyes y González Martínez, y que Julito Barrios recitó el poema "Futuro" sin poder contener las lágrimas. "¿También usted estuvo en el entierro?" me preguntó Conchita. "Aún no había nacido", le contesté y me reí. Nací, exactamente, nueve meses después, así que sacando cuentas de esos pobres menesteres fisiológicos, y si uno da por sentado que uno es desde la primera célula y no cuando afuera brillen los astros, ahora podría afirmar que coincidí con él cuando menos un instante, uno solo aunque sea, sobre esta mísera tierra: cuando él se iba del "torrente de la vida" en México yo venía en Antioquia. Una fría madrugada en México en que el agua se congelaba en las tuberías…

Juan Bautista Jaramillo Meza, devoto amigo de desmemoriada memoria, intentó escribir la biografía de Barba Jacob. No le atinó ni al año en que se conocieron en La Habana: 1914 según él; 1915 según yo. Qué importa. Se conocieron en un parque, en el Martí. Juan Bautista departía cordialmente con un joven poeta español cuando se les acercó un desconocido: alto, desgarbado, modestamente vestido, los ojos de un alienado. Mirándolos fijamente les preguntó el nombre y el país de donde venían. Juan Bautista Jaramillo Meza era del pueblo de Jericó, de Antioquia, tenía veinte años y llevaba una semana en Cuba donde pensaba publicar un libro de poemas. Cuando el desconocido supo que Juan Bautista era su paisano, estrechándole la mano le informó: "Yo cuando fui colombiano me llamé Miguel Ángel Osorio. Ahora soy mexicano y ciudadano de América. Me llamo Ricardo Arenales. Mi nombre lo pronuncian con respeto y admiración en todos los países americanos menos en Colombia. En mi patria no me conocen ni me entienden". Ricardo Arenales, que no era tan famoso como pretendía, acababa de llegar a La Habana. Dice Jaramillo Meza que aquella tarde, paseando por el malecón, su insólito paisano sostuvo ante él las más escandalosas tesis filosóficas, literarias y morales. "Amigo mío —le dijo entre otras cosas—, para ser hombre, pero en toda su plenitud, son necesarias dos cosas imperativas: odiar la patria y aborrecer la madre". Su asombrado oyente no habría de olvidar aquella tarde del mes de abril de ese año confundido que le deparara el más notable encuentro de su vida. Tres décadas después, y ya muerto el poeta, su admiración por él le llevó a escribir su biografía, tan devota como inexacta y descuidada, y unos cuantos artículos de recuerdos. Aunque ni en la una ni en los otros lo haya dicho, yo sé de qué más hablaron esa remota tarde: hablaron de Francisco Jaramillo Medina y de Francisco Rodríguez Moya, sus paisanos y amigos, a quienes estaban unidos por la poesía, la amistad y el afecto. Hablaron también de Rubén Darío, que acababa de pasar por Cuba. ¡Cómo no hablar de quien brillaba como el sol de la poesía americana! Tremolaban las banderas en lo alto de los mástiles de barcos de múltiples naciones anclados en la bahía. La Habana de 1915, prodigiosa de mar y cielo y brisa y de palmeras.

También soñó con escribir la biografía de Barba Jacob su amigo hondureño Rafael Heliodoro Valle. Nadie como Rafael Heliodoro llegó a saber tanto del poeta, pero la muerte le dejó la biografía en proyecto. Shafick, el arquitecto mexicano-libanés, la empezó, basándose en sus recuerdos, pero Shafick no vio sino uno de los múltiples rostros de Barba Jacob y nada supo de Ricardo Arenales ni menos de Miguel Ángel Osorio. De quienes hayan conocido a Miguel Ángel Osorio, en Colombia, y escrito sobre él, sólo Pedro Rodríguez Mira y Francisco Rodríguez Moya, sus paisanos de Santa Rosa de Osos: unas páginas perdidas en no sé qué libro pueblerino ni qué periódico; que le conocieron en 1902, acabada la guerra civil, "descalzo, luciendo una vieja chaqueta de soldado abotonada hasta el cuello" según Rodríguez Moya, "dando la impresión de un recluta escapado furtivamente de los cuarteles en busca de parrandas y de jarana". Así también le ha recordado el otro. Era el veinte de julio, la fiesta patria. El pueblo se había congregado en la plaza: en el centro, desde una tribuna instalada junto a la estatua del Libertador, los oradores exaltaban la gesta emancipadora. Después de que hablaron otros subió un joven de unos veinte años: "alto, delgado, pálido, de tez un tanto morena", y "tan deplorablemente vestido" como hemos dicho: Miguel Ángel Osorio, a quien en su propio pueblo casi nadie conocía. Lo vieron subir a la tribuna con gran sorpresa y lo escucharon primero con curiosidad, luego con atención, luego con profunda admiración y respeto. "De esa fecha en adelante nada volvimos a saber del señor Osorio —escribe Rodríguez Mira—, hasta unos cinco o seis años después cuando leímos versos suyos, publicados en alguna parte de Centro América, tal vez de Méjico, firmados con el seudónimo de Ricardo Arenales". Pues a mí Toño Salazar en El Salvador me ha contado de un discurso de Arenales en favor de Huerta que gobernaba, pronunciado desde la capota de un automóvil en plena revolución mexicana…

En Colombia, además, Manuel José Jaramillo intentó un proyecto espléndido, tan espléndido cuanto imposible, su libro "Conversaciones de Porfirio Barba Jacob" en el que trató de reconstruir, diecisiete años después de haber acompañado al poeta a un recital en Sonsón, un pueblo triste de Antioquia, lo que le oyó hablar en los días de ese viaje, siendo Manuel José un jovencito. Como si fuera recuperable su voz, su ademán, su tono, el milagro que vio el viento. En ese libro, de todas formas, Manuel José ha escrito que cuando conoció a Barba Jacob se sintió sobrecogido como si se hallara ante un personaje supremo. Nunca había concebido en la limitación de su provincia que la palabra humana pudiera alcanzar el brillo de magia con que el poeta envolvía a cuantos le escuchaban. Y el asombro iba en aumento a medida que descubría la extensión de sus viajes, sus lecturas innumerables, sus experiencias de la vida y su conocimiento de los hombres, su asombrosa memoria, su imaginación deslumbrante.

Hay un par de libros más de recuerdos sobre el regreso de Barba Jacob a Colombia: "El Hombre y su Máscara" es uno, escrito por Lino Gil Jaramillo para revivir los días de su adolescencia en que tenía por jefe al poeta en El Espectador de Bogotá. El otro es "Barba Jacob, Hombre de Fé y de Ternura", de Víctor Amaya González, quien rememora la misma época en la misma ciudad. Se cuenta en éste que Barba Jacob se presentó en la casa del autor en la navidad del año veintisiete con juguetes para sus niños. Pusieron los juguetes en el árbol de navidad y los niños levantaron las manos hacia ellos. "Había soñado con una navidad como ésta, bella y pura —comentó Barba Jacob— y al fin la he vivido". Y escondió la cara entre las manos para que no vieran que estaba llorando... Fragmentarios, deshilvanados recuerdos desde Colombia sobre el poeta, que acababa de morir en México. Al dejar la casa de su joven amigo —y esto no lo tomo del libro de Amaya González sino de uno de los artículos de Barba Jacob, no firmados, de El Espectador— Barba Jacob tropezó con unos niños ebrios: unos chiquillos de doce a catorce años, todavía con la voz delgada y el pantaloncito a la rodilla, que salían de un café en estado de absoluta ebriedad. Barba Jacob los siguió desde el parque de San Diego por la Avenida de la República y la Calle Real. Los chiquillos iban abrazándose, trastabillando, cayendo, levantándose, volviendo a caer entre las risotadas de los transeúntes.

En un principio se dedicaron los antioqueños al laboreo de las minas y a la tala de los árboles. Todo lo escarbaron y lo desolaron. Con "el hacha que mis mayores me dejaron por herencia", que dice el himno, talaron los inmensos bosques de robles que cubrían el Valle de los Osos, donde se fundó a Santa Rosa, y cuando nació el poeta sólo quedaban las cañadas y los cerros cortados a pico y azadón por toda la comarca, para dar testimonio del paso de sus antepasados por la faz de la tierra. Las minas estaban agotadas, los árboles talados y el destino de Santa Rosa, como el de todas las otras pequeñas ciudades de Antioquia, inexorablemente señalado: vendría en adelante el lento, insensible, inevitable despoblamiento. Y he ahí la razón de la leyenda del poeta: El antioqueño ha tenido que marcharse siempre en busca de otras tierras donde tumbar los árboles; es la "colonización" antioqueña de Caldas, de Santander, del Valle, del Tolima, vastas zonas de Colombia. Va la raza con sus virtudes y sus vicios dilatando sus fronteras. Pero si unos se van otros se quedan. Son los dos grupos en que pueden dividirse los antioqueños, a quienes nunca han separado las barreras de clases. Cuando nació Miguel Ángel Osorio, los que se iban se iban a Caldas, a Santander, al Valle, al Tolima, a la capital. Pero siempre dentro de Colombia. Miguel Ángel se fue más lejos: a Costa Rica, Jamaica, Cuba, México, Perú, Centro América. Y más lejos aún se diría: lejos de toda mezquina moral. He ahí la razón de su leyenda: Barba Jacob es el antioqueño que se va.

Dice la partida de bautismo de Miguel Ángel Osorio, firmada por el cura y autenticada por el notario, que este niño hijo de tal y tal, y nieto de tales y tales, fue bautizado en la Iglesia Parroquial de Santa Rosa de Osos, pero no dice dónde nació. Quiere una tradición pueblerina que haya nacido no en Santa Rosa sino en un pueblo vecino, Angostura, y señalando una casa de una esquina de la plaza, el día que se cumplía el centenario del nacimiento asentado en esa partida de bautismo, fueron derecho a esa casa a chantarle una placa: "Casa de la Cultura y Museo de Barba Jacob". ¿Museo? Para guardar lo que dijimos, viento. Pues una publicación de esta casa, la casa del viento, ha determinado la fecha en que Miguel Ángel, renunciando a su cargo de maestro en Angostura, se marchó de ese pueblo y de Antioquia: mayo de 1906. A pie por bosques y breñales y después en lanchas por los ríos se fue a Barranquilla, adonde llegaba el mar, que lo sacó de Colombia.

Si la vida de los hombres se dividiera en capítulos como en las biografías, uno en la de Porfirio Barba Jacob podría titularse "Parábola del Retorno" y abarcaría tres años; otro "Parábola de los Viajeros" y abarcaría veinte. Hay una evidente desproporción, pero la vida sólo es proporcionada en las novelas. Ricardo Arenales escribió la "Parábola del

Retorno" en Barranquilla; la de los viajeros luego, en Monterrey. Se diría pues que no bien empezaba su peregrinaje y
ya soñaba con el retorno. En la "Parábola de los Viajeros"
se dice que todos los caminos dan al mar. Así es, en efecto,
en su vida de campesino nacido entre montañas. Es privilegio de los poetas trasponer los hechos personales a verdades o mentiras eternas, y encerrar en los pocos versos de un
poema la vida entera. "Ala bronca de noche entenebrida,
rozó mi frente, conmovió mi vida, y en vastos huracanes se
rompió. Iba mi esquife azul a la aventura, compensé mi dolor con mi locura, y nadie ha sido más feliz que yo". Por sobre las fechas y los hechos externos que la configuran, la
biografía profunda de Porfirio Barba Jacob cabe toda en
esa simple primera estrofa de su "Canción Innominada".
El esquife azul partió de Puerto Colombia, Barranquilla,
el martes veintidós de octubre de 1907 al amanecer. Era un
vapor italiano, el Venezuela, que iba rumbo a Costa Rica.
Casi veinte años después, el doce de abril de 1927, el que
se fue regresaba a Colombia en el Santa Cruz de la Grace
Line, que venía del Perú. Pero Colombia no es Antioquia.
Colombia es la patria de muchos, y por supuesto de nadie.
De suerte que el verdadero regreso de Barba Jacob, el que
a mí me importa, el que empezó en Antioquia su leyenda,
tiene lugar algo después, el quince de agosto de 1928 cuando desde Bogotá, de tren en tren, volvió a Antioquia, al pueblito de Copacabana donde vivía su querida tía Rosario. El
veintitrés, en el tren de la tarde, llegaba a Medellín. Da la
noticia, entre efusivas palabras de bienvenida, El Heraldo
de Antioquia, que en lo sucesivo habrá de ocuparse de la
estancia del poeta en la ciudad y de sus recitales: dos que
dio en el difunto Teatro Bolívar (que arrasó un incendio),
uno en el Club Unión y otro más en la Universidad de Antioquia, todos con éxito. Los del Teatro Bolívar se los orga-

nizaron los jóvenes que habían ido a recibirlo a la estación ferroviaria de Copacabana días antes. Alberto Duque, uno de ellos, presentó a Barba Jacob en el primero. Una cerrada ovación recibió al poeta cuando apareció al fondo del escenario y se adelantó hasta el proscenio. No quedaba una localidad libre. Universitarios, periodistas, hombres de negocios colmaban la sala. Cuando los aplausos se apagaron y se hizo el silencio, Barba Jacob, frotándose las manos con nerviosismo, empezó a decir su salutación al pueblo antioqueño. Las luces proyectadas hacia arriba hacían parecer más alta su figura, la nariz más prominente. Las manos largas, descarnadas, abriéndoles camino como siempre a las palabras. A la salutación al pueblo antioqueño siguieron unas narraciones poéticas: "La leyenda del hermoso Abdalá", "Historia de un viaje a Sopetrán", "La salamandra de oro"… Todos los recitales de Barba Jacob incluían narraciones o anécdotas con tema y título poéticos. Hay una, "El incendio de las florestas", que cuenta de un tren que viaja en la noche: de la locomotora caen unos carbones encendidos y provocan un gigantesco incendio de los bosques que se extienden a los lados de la vía férrea. Pasados los números musicales de la segunda parte Barba Jacob declamó sus poemas, éstos esta vez: "Canción de la Vida Profunda", "Balada de la Loca Alegría", "Canción de la Noche Diamantina", "Primera Canción de la Soledad", "Elegía de Sayula", "Canción de un Azul Imposible" y "Canción de la Serenidad". Tras anunciar el título de cada poema solía contar, a manera de exordio, las circunstancias en que lo había compuesto. La "Canción de la Serenidad", compuesta poco antes en Bogotá, no fue publicada nunca y se ha perdido. Los asistentes al Teatro Bolívar esa noche fueron los únicos en oírla.

El éxito del recital fue rotundo y clamoroso. Sin precedentes en Medellín. El Espectador de Bogotá lo comentaba extrañado, asegurando que "jamás se había visto un éxito de taquilla tan enorme en un acto artístico semejante". Y en una ciudad semejante, agregaría yo, la capital de una tierra de arrieros, especuladores, mercaderes, tumbadores de árboles... Así que, arrastrado por el éxito, Barba Jacob decidió dar un segundo recital en el mismo teatro la semana siguiente: las localidades se agotaron desde temprano y una enorme concurrencia llenó la sala pese a la lluvia. El pueblo de Antioquia, sordo y ciego a lo que no fuera dinero, se comportaba extrañamente frente al poeta; su presencia en la ciudad despertaba un inusitado interés en todos los círculos sociales. Barba Jacob inició su segunda presentación con un "Elogio lírico a la ciudad de Medellín" y luego, ante un público que lo escuchaba cautivado, refirió sus andanzas por los numerosos países de América que había recorrido. Luego declamó sus poemas, entre los cuales el "Nocturno I de Medellín", dando a entender que lo acababa de componer en la ciudad, siendo que en realidad era un poema viejo: "El Verbo Innumerable", escrito en el barrio Cerrito del Carmen de la capital de Guatemala en 1914. Donde en el poema original decía "Es la ciudad" cambió a "Es Medellín": "Es Medellín, el fuego y el yunque ante la mano..."

A la mañana siguiente a esos recitales estaba exultante. Cuando sus amigos iban a rendirle cuentas de lo recaudado los recibía con jubilosos aspavientos. Se frotaba fuertemente las manos y se los llevaba a un rincón del Café La Bastilla a tomar aguardiente y a contar el dinero... Quinientos pesos le pagaron por el recital del Club Unión y con esa suma, más lo que no había despilfarrado de los recitales en el Teatro Bolívar, se compró tres trajes: uno negro, otro ceniza y otro café. Tan insólito sería verle los trajes nuevos que medio siglo después dos personas coinciden en el recuerdo de los colores: su primo Antonio Osorio y Manuel José Jaramillo. Con el traje negro se hizo tomar una foto en Medellín: la que publicaron los diarios mexicanos a su muerte. Un contraluz marca el perfil resaltando la nariz algo curvada, el grueso labio inferior, la mandíbula prominente. Parece triste y pensativo. El dinero de esos recitales fue cuanto le dio Antioquia a su poeta; los trajes los dejó después en prenda en un hotel de Sonsón, un pueblo al que fue a dar un recital que fue un desastre: en prenda de que algún día volvería a pagar su alojamiento. Pero quién vuelve a Sonsón... Antonio Osorio me ha mostrado una copia manuscrita de la "Canción de la Vida Profunda" dedicada por Barba Jacob a él: "A Toño Osorio, fraternalmente" dice entre paréntesis bajo el título. Está fechada en Medellín el catorce de septiembre de 1928, un mes exactamente después de la que le dejara a Alfonso Duque Maya en Bogotá, y dos días después del recital del Club Unión, al que le acompañó su primo. Fechas, fichas, que voy rescatando del gran naufragio del mar del Tiempo para armar afuera, a la orilla, desde mi móvil tierra del presente, el rompecabezas del poeta. Me dice el doctor Osorio que en el recital del Club Unión Barba Jacob estaba algo subido de copas, y que cuando declamaba la "Canción de un Azul Imposible" se le olvidó el poema y tuvo que improvisarlo. Terminada su presentación, que fue aplaudida con entusiasmo, se inició un baile en el patio y los corredores del club, en tanto en el gran salón de recepciones la junta directiva y destacadas personas de la ciudad le ofrecían al poeta una copa de champaña. Con respetuosas palabras el presidente de la junta le pidió a Barba Jacob que recitara para los allí reunidos algo inédito, y Barba Jacob le contestó que no tenía nada inédito, salvo un largo y aburrido poema que no era del caso recitar entonces abusando de la hospitalidad que se le brindaba. Un clamor unánime se suscitó en el acto pidiéndole que recitara el poema. Como a sus negativas obstinadas se sucedían las peticiones y los ruegos debió acceder contrariado. Fue entonces un ir y venir de asientos por toda la sala, y de gente que buscaba el lugar más cómodo para escuchar el ansiado poema. Barba Jacob, puesto en pie, se aclaró la voz ceremoniosamente, y en el solemne y uncioso silencio declamó: "Jesucristo nació en un pesebre. ¡Ah carajo, donde menos se piensa salta la liebre!" Y seguido de su primo avergonzado y del pasmo general abandonó la sala. El dístico, por lo demás, lo he encontrado en un viejo artículo suyo, de Ricardo Arenales, en El Independiente de México.

Y ahora el recital-conferencia en la Universidad de Antioquia. Barba Jacob sostuvo siempre que la crítica literaria carecía de sentido frente a su poesía. Cargados de resonancias emotivas y musicales que la palabra habitual no logra despertar nunca, sus mejores versos son irreductibles a la lógica cotidiana. "Valle fértil con ojos azules, que el rumor del juncal adormece" empieza diciendo la "Canción de la Soledad", y la "Canción del Día Fugitivo" dice: "Y fuéme el día gárrulo mancebo, de íntima albura, y ojiazul y tibio". ¿Un valle y un día de ojos azules? Hay una personificación en esos versos, pero el observarlo no agota su magia. La hace más inquietante acaso saber que Barba Jacob le habló a Marco Antonio Millán en México de su fascinación por los muchachos de ojos azules. Por ello la tarde en que en el Aula Máxima de la Universidad de Antioquia José Hilario Beltrán, como un niño que rompe el muñeco de cuerda que camina para encontrarle el secreto, intentó en un largo discurso la interpretación de sus versos, Barba Jacob comentó fastidiado: "Los tontos multiplican las palabras". Manuel José Jaramillo me lo contó. Era la tarde del

veintiuno de septiembre en que Barba Jacob daba una conferencia a los estudiantes antioqueños, la cual encontré re-
señada en El Heraldo de Antioquia: Mil quinientos jóvenes
colmaban el Aula Máxima, los pasillos y las escaleras de la
universidad. En la mesa de honor el general Berrío (hijo del
más ilustre gobernante que tuvo Antioquia), el rector y algunos amigos del poeta. Vestido con uno de sus trajes nuevos Barba Jacob subió la escalera, cruzó los pasillos y entró
en el amplio recinto precedido por una salva de aplausos.
Su conferencia fue una de esas mezcolanzas suyas en que
hablaba de todo, de lo divino y lo humano. Habló sobre el
Swami Vivekananda, sobre San Francisco de Asís, sobre
el significado religioso del dolor, sobre el concepto de fe-
licidad, sobre la ética de los Estados Unidos, sobre el comunismo frente al individualismo, sobre lo pasajero y lo
permanente en la poesía, sobre las nuevas escuelas poéticas,
sobre el arte como expresión espiritual de la vida, sobre la
misión del poeta… Y él, tan dado a predicar lo que no hacía, no dejó de señalarles a los mil quinientos jóvenes que
lo escuchaban atentos la necesidad de huir de los vicios, de
refrenar los impulsos desordenados y ceñirse a la noción
del deber. Luego recitó algunos poemas, entre los cuales la
"Canción de la Inmortal Esperanza" que había empezado
a componer en Guatemala y terminado en Bogotá, que le
oyó Silvio Villegas en el Café Riviere, que le oyeron los estudiantes de esa tarde, y que irremediablemente se ha perdido.

La noche cae apacible sobre la provinciana ciudad de
Monterrey. Y digo ciudad pues ya tiene luz eléctrica y setenta mil habitantes. De altas montañas en las afueras y casas de zaguán de las que los vecinos sacan las sillas a la acera
para conversar al atardecer, se diría un espejismo de Antioquia en el norte de México, un doble de Medellín. Con las

ciudades y con las personas así pasa: en el confín del espacio o en el confín del tiempo yo sé, por ejemplo, que me voy a encontrar un día con el doble de mí mismo. Otra cosa es que viéndome desde fuera me llegue a reconocer. ¡Setenta mil habitantes cuando llegó Arenales! Los que tendría entonces Medellín… La diferencia, si acaso, sería el río: el de Medellín un río alegre, cristalino; el de Monterrey usualmente un cauce seco. Usualmente pero no siempre, porque el cauce de cascajo sin agua en la temporada de lluvias se volvía una furia y se salía, con perdón, de madre. En fin, un año escaso lleva Arenales en la ciudad y ya es no sólo el redactor en jefe de El Espectador, el primer diario del Norte de México, sino que escribe además en el Monterrey News y ha fundado una revista, la Contemporánea, de la que en seis meses ha publicado catorce números. Entre amantes de una noche (mujeres) y una puta que tiene enfrente del periódico "para despejarse la cabeza" —según le contó Barba Jacob a Servín—, Ricardo Arenales escribe artículos sobre los temas más disímiles: la política en México, las corridas de toros, las necesidades del comercio, los extinguidores de incendios… Y sueña con libros imposibles que nunca habrá de realizar: uno, por ejemplo, sobre "los Signos Exteriores y su influencia en la vida", vaguedades perogrullescas del Misterio. Mete en la máquina de escribir largas tiras de papel, teclea febrilmente, y hundido en sus pensamientos, perdiendo la noción del tiempo, pasa las horas. En las tardes se va a la casa de los Junco a contar historias de su infancia y a tomar chocolate. Tiene veinticinco años y ya lo abruman los recuerdos. Es un incorregible. Nunca va a cambiar. Va por aquí y por allá desperdigando sus historias, y no sé para qué si el viento se lo lleva todo. Tal vez para que alguien, algún día, un ocioso, se las pregunte al viento y haga con ellas un tomo. Don Celedonio Junco de la Vega, que tiene cuarenta y cinco, y su hijo Alfonso, que tiene doce y es poeta, le escuchan arrobados. Largo, desgarbado, se sentaba hecho un gancho en la silla y hablaba con ademanes angulosos y voz profunda: así al menos le recordaba el niño cuando ya era un viejo. Más de una hora los tiene un día el colombiano suspensos de su relato para contarles tan sólo que la encantadora jovencita de Monterrey de quien se había enamorado lo había visto al pasar. Verdad o mentira lo que cuenta, todo, lo cotidiano y lo profundo, se transfigura por su palabra. Como esas montañas pelonas de Monterrey que en verano, cuando sale el sol, se encienden transfiguradas. Trocadas en bronce vivo las cumbres arden. Una mañana Arenales advirtió el prodigio. Sintiendo los destellos en la piel, en los ojos, corrió hasta dar con el primer transeúnte: "¡Repare usted en esa maravilla —le dijo—: el monte arde!" "Eso pasa todos los días cuando amanece, señor", le contestó el hombre impasible, y siguió de largo su camino arreando una recua de asnillos. El milagro a fuerza de cotidiano se había hecho indiferente, pensó Arenales... A lo largo del día se oyen los tiros de los cazadores en las afueras donde pulula la caza menor, y cuando el día acaba en las plazas las urracas cortan con su vuelo negro el sol del atardecer. Entonces arrancan las serenatas y los conciertos, en Zaragoza, en Bolívar, en La Purísima, bajo la novedad de la luz eléctrica. Suenan los valses románticos de Juventino Rosas y Alberto Alvarado y la vida transcurre tranquila y plácida; arrullada por la música se duerme Monterrey. Pero no esta noche: cuando ya habían metido los vecinos las sillas de las aceras y cerraban puertas y ventanas, sobre las montañas tutelares se desató la tromba. Y el cauce seco de pedruscos y cascajo se volvió un arroyo, y el arroyo un río, y el río Santa Catarina rugiente y desbordado avanzó sobre calles y plazas y barrios arrasando con cuanto se le oponía. A la medianoche el servicio de luz eléctrica quedó suspendido y la gente, considerándose en peligro, vagaba por las calles con linternas en la mano. Hacia las dos el río ya había penetrado en la calle Hidalgo convirtiéndola en otro río. Manzanas enteras desaparecían bajo las aguas. En el barrio de San Luisito, completamente anegado, las casas se derrumbaban y por centenares morían sus habitantes. La mitad de la huerta y las caballerizas del fondo en la propiedad del ilustre general Reyes, el gobernador, se las llevó la creciente. El torrente ciego no hacía distingos, no respetaba. Quince mil fueron las víctimas y miles los ahogados. Esa noche, justo esa noche del veintinueve de agosto de 1909 en que el río Santa Catarina, furioso y desbordado, se llevaba rumbo al gran basurero del Tiempo hasta la fecha, Ricardo Arenales, que habría de escribir en El Espectador una serie de brillantes reportajes sobre la catástrofe, celebró sus nupcias con la Dama de Cabellos Ardientes: la marihuana.

Sumando indicios, siguiendo pistas, atando cabos he llegado a determinarlo, a descubrir tras la perífrasis de humo la identidad de la misteriosa Dama que en adelante presidió su vida y a la que le consagró, amén de unos reportajes espeluznantes en los periódicos mexicanos para asustar ingenuos, todo un poema: ese que lleva la expresión por título, que le dedicó primero a Arévalo en Honduras y después a Eduardo Avilés en Cuba, que publicó en Colombia y que después olvidó, pero que encierra en una estrofa la clave de su vida entera: "Pudiste ser el árbol sin la flama, caduco en su ruindad y en su colina, y eres la hoguera espléndida que inflama los tules de la noche y la ilumina. O el barro sordo, sordo en que no encuentra ni un eco fiel el trémolo del mundo, y eres el caracol donde concentra y fija el mar su cántico profundo". ¡Claro que descubrí quién era la Dama de los Cabellos Ardientes! Lo que sí no me queda firmemente establecido es cuándo, contrariando cánones y preceptos bíblicos y mandando al diablo las mismísimas Tablas de la Ley, se olvidó de las "encantadoras" jovencitas de Monterrey (y del ancho mundo) y empezó a escribirles poemas a los muchachos. Todavía en 1915, en La Habana, andaba con una prostituta, Olga, que le contagió una sífilis. O mejor "la" sífilis pues le duró veinte años, y si otras tuvo se le encadenaron en una sola. ¡Qué más da! No tiene ninguna importancia. No queda ni un ejemplar de El Espectador y a las Tablas de la Ley sí que se las tragó el Tiempo. "Y mozuelos de Cuba, lánguidos, sensuales, ardorosos, baldíos, cual fantasmas que cruzan por unos sueños míos; mozuelos de la grata Cuscatlán —¡oh ambrosía!— y mozuelos de Honduras, donde hay alondras ciegas por las selvas oscuras…" Miguel Antonio Alvarado, en Honduras, me explicó qué quería decir Arenales con este último, oscuro verso de la "Balada de la Loca Alegría": se refería al joven poeta Joaquín Soto, el de "El Resplandor de la Aurora", que tenía el don del canto aunque ninguna cultura en un país de ignorantes. Y he aquí cómo termina el poema. "La noche es bella en su embriaguez de mieles, la tierra es grata en su cendal de brumas; vivir es dulce, con dulzor de trinos; canta el amor, espigan los donceles, se puebla el mundo, se urden los destinos… ¡Que el jugo de las viñas me alivie el corazón! A beber, a danzar en raudos torbellinos, vano el esfuerzo, inútil la ilusión…" En algún momento tras esta estrofa le puso Arenales un "Envío" a Leopoldo de la Rosa, pero después Barba Jacob lo borró. ¡Qué se iba a merecer semejante poema semejante holgazán!

Envuelto en los aros de humo de su Dama de los Cabellos Ardientes que permiten ver con tanta claridad de confusión las cosas, descifrar lo indescifrable y descubrir en las más nimias razones los signos reveladores y en su ausencia absoluta su presencia suprema, voy viviendo con él, con la complicidad de la noche, esa noche de ochenta años atrás en que el río Santa Catarina crecido y desbordado se está llevando a Monterrey.

Miguel Ángel Osorio o Ricardo Arenales o Porfirio Barba Jacob o como se llame y quien sea, que fue conservador y liberal, zapatista y antizapatista, burgués y comunista, gringo y antigringo, que supo lo huecas y vanas que son las palabras y qué cambiantes y necias las verdades humanas, moralista, inmoralista, ortodoxo, heterodoxo, partidario del Espíritu Santo y de Nuestro Señor Satanás, ángel y demonio, que estuvo cuatro veces en Cuba, dos en Guatemala, una en Costa Rica, tres en Honduras, dos en El Salvador, y que tuvo dos patrias a falta de una, y a la postre ninguna, que escribió un centenar de poemas e infinidad de artículos, firmados y no firmados, en infinidad de periódicos de no sé cuántos países para decirse y desdecirse en su múltiple, inestable, inasible verdad de humo, ¿de veras existió? En el Instituto Universitario de Manizales y en la Universidad Popular de Guatemala quedan dos placas que lo nombran, amén de una partida de bautismo en la iglesia de Santa Rosa de Osos que el cura párroco asentó, ¿pero de veras existió? ¿O no será más bien acaso el invento de un novelista tramposo, una ficción? No. En absoluto. Barba Jacob existe, existió. Y lo aseguro yo que lo he seguido por años. Lo que pasa es que el personaje es un extravagante. Una burla, una paradoja. Como la estela de sus barcos que borra el mar con las olas, es en cada instante y se niega. Parece avanzar y no avanza. Dice que va a tal lado y no va hacia ninguna parte. Conozco una veintena de fotos suyas: con bigote, sin bigote, pero en ésas no está. Vanidosas fotos, engañosas fotos que se hizo tomar dándole la luz mentirosa en la cara para salir mejor. Y claro, salió en sombra.

Donde mejor se reconoce es en esas caricaturas que le hicieron en Cuba Blanco, Massaguer y Sirio y Armando Maribona y Pujol, y en Colombia Ricardo Rendón, un familiar de mi abuelo; en ésas sí está, sí lo veo: en ligeros trazos de humo con su espíritu burlón y su boquilla de ámbar, fumando, esfumándose, etéreo, huidizo, escurridizo, como un duende travieso, como el humo de una cita de otra cita de otra cita, recuerdos que son olvido: ése, ése es él, ya lo he encontrado. Barba Jacob es humo.

Índice onomástico

A

Abaunza 145, 146
Abril, Julio 383
Acosta, Abelardo 203, 213
  214, 218-220, 241, 247,
  248, 344, 368, 377
Acosta, José Manuel 15, 21,
  22, 29, 33
Acuña, Luis Alberto 384, 385
Agudelo, Juan Rafael 336,
  337
Aguirre Berlanga, Manuel
  66
Aguirre Velásquez, Eduardo
  363
Alarcón, Donato G. 275
Aldereguía, Gustavo 31
Alemán Bolaños, Gustavo 129
Alemán, Miguel 58, 59
Alessio Robles, Miguel 386,
  387
Alessio Robles, Vito 386
Alvarado, Alberto 408
Alvarado, Miguel Antonio
  125, 128, 131, 135, 191,
  192, 263, 268, 327, 329,
  410
Álvarez, Porfirio 307, 308
Amaya González, Víctor 178,
  398

Ancira, Fernando 74, 302,
  303, 382
Antiga, Juan 29, 31
Áñez, Jorge 286
Aragonés, Eutiquio 321
Araujo de, Margarita 292,
  380
Araujo, Armando 55, 238,
  240, 286, 374, 379, 380,
  384
Araujo, Roberto 361, 384
Arboleda, Jesusita 158, 224
Arellano, Jesús 220
Arenales, Alejandro 115
Arévalo Martínez, Rafael 9,
  42, 54, 88, 104, 313, 314,
  328
Arévalo, Teresita 103, 111,
  117
Argudín, Raúl 384, 386
Argüello, Agenor 145, 256
Arizmendi, David 208
Asencio, Manuel 83
Asturias, Miguel Ángel 129
Atehortúa, Emiliano 119
Avalitos 220
Avilés Ramírez, Eduardo 12,
  16, 21, 54
Avilés, Juan Ramón 255
Avilés, René 9, 25, 39, 379,
  382

Ayala Tejeda, Manuel 63, 73, 203, 220, 240, 384, 394
Ayón, María de Lourdes 147
Aznar, Manuel 29

B

Báez, Edmundo 7, 8, 13, 27, 368
Baguer, Miguel 32
Balvín, Constantino 158
Barba Jacob, Carmen 119, 121
Barba Jacob, Emiliano 119, 121
Barba Salinas, Manuel 140
Barba, Ramón 152
Baroni, Aldo 353, 354, 356
Barragán (general) 88
Baroni, Fulvio 357
Barrera Fuentes, Federico 365, 384
Barrera Parra, Jaime 152
Barriera, C. 80
Barrios, Julio 236, 294, 384, 385
Barrios, Justo Rufino 131, 133
Barrios, Roberto 67
Basurto, Luis 92, 366
Beltrán, José Hilario 405
Beltrán, Neftalí 373, 377
Benavente, Jacinto 129
Benítez, Pastora 223
Bernaldo, Rubén 220
Besserer de Grotewold, Margarita 216
Blanco, Andrés Eloy 21, 22, 27

Brisson, Adolphe 360
Bulnes, Francisco 338, 339

C

Cadavid Osorio, Jaime 152, 156
Cadavid Osorio, Leonel 167
Cadavid Osorio, Teresa 260
Cadavid, Raimundo 155
Cala 175, 176
Callagham 74
Calles, Plutarco Elías 97
Camín, Alfonso 21-23, 27, 384, 385
Camouflage 70
Cano, Antonio J. 283, 295
Cano, Gabriel 295, 354
Cantú Leal, Jesús 199, 285, 315
Cantú, Rogelio 285
Capistrán Garza, René 211
Cárdenas, Lázaro 204
Cardona Peña, Alfredo 220, 326
Cardona, Rafael 114, 271
Cardoza y Aragón, Luis 24, 26
Carías, Tiburcio 263
Carpentier, Alejo 18, 29
Carranza, Venustiano 269, 300, 301
Carrera, Rafael 131
Carrillo, José Domingo 133, 134
Casabianca, Carlos 199, 200, 201, 390
Casanueva, Bernardo 291
Caso, Antonio 193

Elguero, José 355, 357
Elizondo, José F. 362
Elmore, Edwin 269
Enríquez, Carlos 15, 24, 39
Escobar, José U. 179
Escobar, Pedro 384
Esguerra, Manuel 262
España (padre) 229
Espinosa Altamirano,
  Horacio 48, 65, 194
Espiridión 87, 93
Estrada Cabrera, Manuel
  135, 268

F

Falcón 28, 29
Farías 319
Favela, Lorenzo 179, 181
Fernández de Castro, José
  Antonio 29, 32
Fernández Ledesma,
  Enrique 48
Fernández Valenzuela,
  Juan 190, 330
Fernández, Justino 43, 44, 54
Fielle, Jacme 117
Figueredo, Germán 207
Figueroa, Gilberto 319
Flores, Rosa 52
Flores, Esteban 70, 71, 73, 75,
  76, 83, 84, 98, 193, 386,
  387
Flores, Jorge 67, 69, 70, 73,
  74, 77, 81, 147, 196, 304,
  326, 384, 386
Forero Franco, Guillermo
  162, 267
Franco, León 137

G

Gallego, Romualdo 154
Gamboa, Federico 362, 363
Gamboa, Julio C. 160
Gándara Durán, Antonio
  111, 128, 129
Gándara Durán, Carlos 111
García Cálix, Abel 190, 330,
  331
García Herrera, Tomás 168
García Lorca, Federico 10,
  25, 26
García Naranjo, Nemesio
  116
García, Jorge 384, 385
Garfias, Pedro 220
Garza Aldape, Manuel 74,
  362
Garza Nieto, Alfredo 318
Gers, José 208, 210, 211,
  277, 278, 287, 380, 382
Gil Jaramillo, Lino 178, 398
Giraldo, Eugenia 224
Godoy 220
Gómez Morín, Manuel 374
Gómez, Federico 315
Gómez, Juan Vicente 14, 162
González Durán, Jorge 294
González Garza, Agustín 285
González Garza, Roque 384,
  385
González Martínez, Enrique
  11, 44, 54, 77, 193, 234,
  310, 312, 330, 376, 378,
  379, 384, 385
González Rojo, Héctor
  193, 234, 384, 387
González Tavera, Emilio 217
González, Pablo 59, 61, 104

Quiroga, Carlos A. 384
Quiroga, Miguel 73, 74

R

Rábago, Jesús 96
Ramírez de Aguilar,
    Fernando 98, 386
Ramírez Villarreal,
    Francisco 300-302
Ramírez, Julio 384
Ramírez, María 87
Rash Isla, Miguel 50
Rébora, Fernando 275, 278,
    279
Regueros Peralta, Jorge 346
Rendón, Ricardo 152, 411
Restrepo, Fabio 295
Revueltas, José 220
Reyes Retana, David 73, 74
Reyes, Alejandro 220, 221,
    289, 384
Reyes, Alfonso 44, 53, 54, 80,
    220, 221, 294, 301-303,
    379, 384-386, 395
Reyes, Bernardo 72, 290
Riera, Alberto 15, 35, 40
Rivas Dávila, Andrés 145
Roa, Raúl 18, 25, 34, 39
Rocha, Joel 220, 315
Rodríguez Mira, Pedro 397
Rodríguez Moya, Francisco
    396, 397
Rodríguez Peña 73
Rodríguez, Ignacio 179
Rodríguez, Luis 346
Roel, Santiago 285
Romero Flores, Jesús 300,
    305, 307

Romero Ortega 55
Rosales, Justiniano 286
Rosas, Juventino 408
Rozo, Rómulo 54, 220
Rueda 267
Ruvalcaba 46, 197

S

Salazar Arrué, Salvador 141
Salazar, Adolfo 25
Salazar, Antonio 93
Saldaña, José P. 72
Salinas, Norberto 146, 255
Samper Ortega, Daniel 295,
    371
Sánchez Borja, José 329, 333
Sánchez de Huelva, Alfonso
    16, 99, 326
Sánchez, Agustín 146
Sánchez, Eloy 146, 253, 254
Sánchez, Luis Alberto 270
Sandoval, Encarnación de
    393
Sansón Flores, Jesús 203,
    208, 220, 384
Sansores, Rosario 264
Santoveña, Manuel 132, 264
Serpa, Enrique 31, 54
Serrano Gómez, Gustavo
    125
Servín, Federico 384
Servín, Felipe 46, 63, 176,
    195, 203, 214, 218, 220,
    222, 234, 239, 241, 248,
    281, 292, 306, 307, 361,
    377, 384
Servín, Rafael 308
Sigala, Jesús 83

W

Wilde, Oscar 356, 388
Wyld Ospina, Carlos 106,
129

Y

Yarza, Emilia 220

Z

Zalamea, Jorge 244, 251,
294, 391
Zambrano, Nicéforo 285
Zapata, Emiliano 60, 101,
102
Zavala 237
Zawadsky, Clara Inés de
208, 382
Zawadsky, Jorge 208, 284,
352, 384

Este libro se terminó
de imprimir en los talleres gráficos
de Editorial Nomos S.A.,
en el mes de abril de 2003,
en Bogotá, Colombia.